KB085431

변경

4

변경

이문열 대하소설

1부 불임(不妊)의 세월 4

RHK
알에이치코리아

차례

출발 연습

영희 보아라.

그간 어린것들 데리고 별고 없었느냐? 에미는 이곳 집안(문중) 사람들의 보살핌 덕에 잘 지낸다. 일도 그런대로 풀려 오늘은 중도금 2만 환도 받았다. 나무가 빽빽히 들어찬 13정(町)짜리 산이 겨우 5만 환이니 일가들은 모두 반값이라고 말하지만, 목마른 놈이 샘 판다고 당장 급한데 어쩌겠느냐. 보릿고개가 한창인데 석공(石公: 대한석탄공사)이라도 있어 산을 사 주니 오히려 생광스럽게 여겨야지.

하지마는 명훈이한테 일이 있어 너희들에게는 얼마 보내지 못하게 되었으니 답답하기 그지없다.

네 서울 오라비도 이번 학생들 소동에 휩쓸렸다가 어디 좀 다친 모양이더라. 거기다가 직장도 그만두었다며 돈을 좀 보내 달라는 편지가 왔다. 어지간해서는 내게 그런 소리를 안 하는 네 오라비라 거기 우선 만 환 보냈다. 생각 같아서는 서울로 가 보고 싶다마는 제 말이 두 번 세 번 별거 아니라 하고, 또 나도 여기서 달리 알아볼 일이 있어 돈만 보냈다. 그 만 환 빼고 그동안 여기서 빚진 푼돈 갚고 나니 너희에게는 겨우 5천 환밖에 보낼 수 없게 되었다. 잔금은 다음 달 말이 되어야 결제가 된다 하니 부디 이 돈으로 아껴 그때까지 견뎌 보아라. 내 생각에는 우선 이걸로 모두 보리쌀을 사고 거기 있는 밀가루 보태면 저번에 보낸 5천 환도 있고 하니 어째 견딜 만도 하지 싶다. 땔감은 아이들 하고 강가 무나무(강가에 떠내려온 나무토막)라도 주워 보태고 반찬은 안집에 얘기해 밭나물 외상으로 좀 얻어먹어라. 말이 났으니 하는 말이다만 지금 여기도 보릿고개로 접어들어 하마 때거리(끼니거리) 떨어진 집이 태반이 넘는다.

내 있는 횡계(橫溪) 댁만 해도 아침저녁, 밥보다는 산나물이 훨씬 많은 나물밥 아니면 송기죽이다. 곱삶은 보리라도 세 끼 이을 수만 있다면 오감은(분에 넘치는) 줄 알고 에미가 갈 때까지 어떻게 버텨 보아라.

그리고 네 학교 얘긴데, 너는 아이가 어찌 그리 염량이 없느냐? 우리 형편 뻔히 알면서 어느 입으로 학교 타령이 나오느냐?

그 엄청난 일을 저질러 놓고도 아직도 제정신을 차리지 못한 듯해 어미 마음 실로 걱정이고 또 걱정이다. 나는 그래도 네가 화낙(울분 섞인 짜증 또는 심술)을 부리기는 해도 지난 몇 달 곱게 들어앉아 있는 걸 보고 염량이 돌아온 줄 알았다. 모든 거 없었던 일로 치고 한 몇 년 집

안에 틀어박혀 지내다가 맞춤한 신랑 만나 시집이나 갈 생각인 줄 알았다. 그런데 학교라니? 그것도 남녀공학인 농잠(農蠶)고등학교에 편입하겠다니 그게 도대체 어느 입으로 나온 소리냐?

명훈이가 쎄워(우겨) 마지못해 보내기는 했다마는 나는 하마 네가 중학 간다고 나설 때부터 반 마음에도 안 찼더랬다. 그래 그 꼴난 학교 하다가 어떻게 되었느냐? 작년 내가 서울서 내려올 때만 해도 네 학교는 그쯤 하고 함께 데려갔으면 했는데, 너희 남매가 뻗대 기어이 서울에 남더니 무슨 영광 보았느냐?

학교는 이제 그만 끝난 줄로 알아라. 돈이 썩어 문드러져도 네가 다시 집 밖을 나가 돌아다니는 건 안 보기로 작정한 에미다. 부디 흘려듣지 말고 행여라도 딴생각 마라.

편지를 쓰다 보니 마음이 격해 좀 심한 소리가 됐다마는, 이게 다 널 위해 하는 소리다. 세상에 제 새끼 잡아먹는 법이 있다더냐? 오늘은 이만 쓴다.

부디 당부 잊지 말고 그대로 하고 에미가 갈 때까지 기다려라. 아이들 잘 돌보고. 어쩌면 노리골 있는 참나무 산도 석공이 맡아 줄지 모르는데, 그리 되면 작은 점방 하나 차릴 밑천은 될 듯싶다.

경자년 양력 5월 7일

돌내골에서 에미 씀

다 읽고 난 영희는 자신도 모르게 그 편지를 방바닥에 내팽개쳤다. 얼굴이 화끈 달아오르며 가슴이 막히고 손발이 떨려 그대로는 견딜 수가 없었다.

'역시 이 여자는 어머니도 뭣도 아니야!'

영희는 그런 생각으로 이를 악물었다. 어느 정도 어머니의 반응을 예측했지만 그렇게까지 모질게 나오리라고는 생각하지 않았기에 감정이 더욱 격해졌는지도 모를 일이었다.

실은 영희가 편지에 학교 얘기를 써 보낼 때만 해도 어머니가 순순히 허락하리라는 기대는 거의 안 했다. 돈과 함께 들어 있는 어머니의 편지가 전에 없이 다정한 데다, 마침 이웃집 명자로부터 농잠학교에는 편입이 쉽다는 말을 들은 터라 지나가는 소리로 슬쩍 내비쳐 본 것뿐이었다. 오히려 그런 영희의 참뜻은 학교보다는 어머니와의 화해라는 쪽이 옳았다. 안 될 줄 뻔히 알면서도 응석 삼아 그렇게 말해 그때껏 막혀 있던 거나 다름없던 어머니와의 통로를 한번 열어 보려 한 것이었다. 그런데 어머니의 비정한 거절은 영희에게 일종의 모욕감까지 느끼게 했다. 영희는 그 편지의 행간에서 어머니의 날카롭고 차가운 꾸중 소리를 듣는 듯했다. 그녀가 이 세상에서 가장 소름 끼쳐 하는, 그러면서도 언제나 겁나기보다는 반발부터 먼저 느끼게 되는 어머니 특유의 목소리였다.

'역시 어머니하고는 이제 틀렸어. 아니, 어쩌면 애초부터 우리 사이에는 부모 자식 간의 정 같은 건 없었어…….'

이어 어머니의 매몰찬 나무람과 빈정거림이 갑작스러운 환청으로 변해 고막을 찔러 대자 영희는 그대로 방 안에 앉아 있을 수가 없었다. 단순히 화해의 손을 내밀었다가 거절당한 이상의 분노가 오래 가슴속에 웅어리져 있던 미움과 서러움의 기억들을 일시에 의식 표면으로 끌어냈다.

밖에 나가 바람이라도 쐬고 오려고 일어난 영희는 습관적으로 머릿수건을 찾으며 작은 벽걸이 거울 앞에 섰다. 분노로 달아오른 얼굴과 한층 치찢어진 듯한 두 눈꼬리에 이어 이제 제법 국민학교 계집애들의 단발머리만큼은 자란 머리칼이 거울에 비쳤다.

영희는 잠시 거울에 붙어 서서 자신의 머리칼을 이리저리 살펴보았다.

밤중에 마구잡이로 한 가위질이라 군데군데 움푹움푹 들어간 곳이 있기는 하지만 이미 넉 달이나 지난 일이어서인지 반드시 수건을 쓰고 나가야 할 만큼 보기 흉하게 짧은 머리칼은 아니었다. 머리칼을 되찾은 기쁨이 영희의 격한 감정을 조금 다독여 주었다.

오랜만에 머리칼의 일부처럼 덮어쓰고 다니던 머릿수건을 벗어 던지고 집을 나와 둑길에 오르니 어느새 봄은 초여름으로 무르녹아 있었다. 억센 갈퀴로 여러 차례 뿌리까지 긁혔는데도 강둑의 잔디는 새파랗게 되살아났고, 군데군데 이름 모를 풀꽃들이 무리지어 피어 있었다. 남녘이라고는 하지만 섭섭하리만큼 빨리 지나가 버린 봄이었다.

시원한 강바람을 쐬며 한동안 강물을 바라보던 영희는 뱃다리 거리 쪽으로 걸음을 떼어 놓았다. 그녀는 의식하지 못했지만, 읍내 쪽에서 은은히 들리는 브라스밴드(관악대)의 연주 소리가 그녀를 이끌었다는 편이 옳았다.

거칠고 격정적인 만큼 섬세하지도 지속적이지도 못한 그녀의 감정은 좁고 어두운 방 안을 벗어나 탁 트인 둑길로 올라서는 순간 태반은 풀어지고 없었다.

브라스밴드는 공교롭게도 읍내 저쪽에 자리 잡은 농잠고등학교의 것이었다. 무슨 행사가 있어 삼문동에 있는 공설 운동장에라도 가는지 영희가 느릿느릿 뱃다리거리에 이르렀을 때 브라스밴드를 앞세운 농잠고등학생들도 읍내 쪽 뱃다리거리로 올라서고 있었다.

영희는 몇몇 할 일 없는 늙은이들과 어린아이들 틈에 끼어 서서 다가오는 학생들의 행진을 바라보았다. 어떻게 한번 편입해 보았으면 했던 학교라 더욱 흥미가 있었는지도 모를 일이었다.

호리호리한 몸매를 화려한 제복으로 감싼 악장(樂長)이 은빛으로 도금된 지휘봉을 휘두르며 뒷걸음으로 브라스밴드를 지휘해 다리를 건너고 이어 쑥베 바지 하복의 학생들이 줄지어 그 뒤를 따랐다. 흔해 빠진 구경거리라고도 할 수 있는, 시골 고등학생들의 시가행진이었다.

영희도 처음에는 별 생각 없이 그런 그들의 행진을 바라보았다. 그러다가 그 행렬의 끄트머리를 따르는 여학생들을 본 순간 눈시울이 화끈해질 만큼 묘한 충격을 받았다. 모두 합쳐 서른쯤 될까, 남학생들의 행렬이 끝난 뒤 한 칸쯤 띄워 여학생들이 뒤따르고 있는데, 갑자기 그녀들이 왜 그렇게 부럽던지. 목깃과 소매에 검은 테가 있는, 어쩌다 읍내에서 한둘씩 마주칠 때에는 촌스러움까지 느껴지던 흰색 블라우스 교복이 어찌도 그리 고귀한 신분의 상징처럼 보이던지.

영희는 한때 자신도 그녀들과 같은 학생이었다는 것을 까마득히 잊은 사람처럼 그런 그녀들의 행렬이 흰 길 저쪽으로 사라져버린 뒤까지 두 눈으로 뒤쫓았다. 안동 역전에서 껌통을 들고 역전 거리를 돌던 어린 날, 또래의 여중생들에게 보냈던 부러움과 시새움의 눈길 이상이었다.

영희가 막연히 꿈꾸어 오던 가출을 구체적으로 결의한 것은 아마도 거기서 돌아가는 둑길에서였을 것이다. 그전에도 '머리만 자라면……' 하는 되뇌임을 곱씹어 왔지만, 그다음은 뚜렷하게 생각해 둔 게 없었다. 그런데 이제 무엇을 왜 해야 되는지가 뚜렷하게 떠오른 것이었다. '집을 나가야 한다. 어머니의 손아귀를 벗어나 학교를 계속해야 한다…….'

하지만 목표와 결의는 구체적이 되어 가도 실행에 옮기는 일은 아직도 막막했다. 세상일에 어느 정도 닦이기는 했지만 아직도 그녀는 홀로 세상을 걸어 본 적이 없는 열아홉의 계집아이일 뿐이었다. 어렵다 어렵다 해도 완고하기 그지없는 어머니와 정 많은 오빠가 꾸려 온 가정에서 자라난.

그래도 방 안으로 돌아간 영희는 한동안 집 떠날 일을 골똘히 생각해 보았다. 가면 서울이겠지만 취직은 잘될까. 명훈 오빠는 뭐라고 하며, 여기 남겨질 인철과 옥경은 또 어떻게 될까, 정말로 혼자 힘으로 학교는 해 나갈 수 있을까, 세상이 바뀌었다는데 서울은 어떻게 달라졌을까. 때로 황홀한 상상에 가슴 뛰기도 했지만 또한 어김없이 그 상상은 두려움과 불안으로 힘없이 스러지곤 했다.

영희, 너 이리 와. 그 머리 아예 깎아 버려야겠다. 안 돼요. 싫어. 그렇게 서캐가 많아 가지고 이가 네 머리통을 다 파먹겠다. 이것 봐, 여기까지 헌데(부스럼) 투성이잖아. 싫어요. 머슴애같이 까까머리는. 이제부터 머리 자주 감을게요. 빗질도 잘하고, 안 된다니까. 어서 오지 못해, 밉상스러운 게 고집은 또 세서. 엄마가 집게 같은 손으로 영희의 손목을 잡아끌고 대청으로 올라간다. 싹뚝싹뚝, 싹뚝싹뚝……. 신문지 위에 부스스 떨어지는 머리칼. 박박 깎은 머리에 군데군데 아카징키(머큐로크롬)를 발라 아이들이 새끼 도깨비라고 놀려 대고, 울며 돌아가자 엄마의 꾸중. 못생긴 게 아무려면 어때서, 꼴에 이쁜 건 알아 가지고……. 하지만 아빠가 오셨다. 여보, 영희 머리가 저게 뭐요? 서캐가 들끓어서요. 그래도 벌써 학교에 다니는 애를. 평소에 자주 빗질하고 씻기지 않고. 언제 그럴 시간 주셨어요? 식모를 두는 건 부르주아 근성이라고 안 된다. 그래도 손님은 시도 때도 없이 몰려오고, 몸은 열 개라도 모자랄 판인데 언제 한가롭게 계집아이 빗질이나 하고 앉았을 수 있겠어요? 엄마와 아빠가 가볍게 다툰다. 아빠가 편들고 나서니 갑자기 설움이 복받쳐 눈물이 난다. 아이고, 꼴에 응석까지. 울긴 왜 울어. 눈에 재를 뿌려 놀라. 애한테 못 하는 소리가 없어. 당신 참 이상해. 다른 데는 안 그러면서 애한테는 왜 그렇게 모질어? 아직도 욱이 죽은 게 얘 때문이라고 믿는 거야? 애 상대로 무슨 앙갚음이라도 하는 거야? 안 되겠다, 영희야, 내 방으로 가자. 아빠의 가슴은 넓고 따뜻하다. 아빠, 내가 많이 보기 흉해? 아니, 아빠 눈에는 우리 영희가 세상에서 젤 예쁜데. 볼에 닿아 오는 구레나룻의 꺼칠꺼칠함이 오늘은 싫지 않다. 아빠, 요즈음은 왜 그렇게 나가 다녀? 그러니까 엄마가 내 머리를 깎아 버렸잖아? 막 때리고. 인제 좀 나가지 마. 그래, 안 나가지. 다시는 엄마가 영희를 때리지도 못하고 머리도 못 깎게. 정말이야? 약속해? 약속하지. 피이, 거짓말. 아빠는 또 혁명하러 나가야잖아. 왓하하, 혁명이 뭔데? 거 왜 있잖아. 사람들하고 모여 수군수군하는 거. 그래, 그럼 앞으로 혁명 안 할게. 이젠 눈물 닦아. 머리칼은 곧 자랄 거야…….

"이영희 씨, 이영희 씨. 도장."

누군가 문을 두드리며 소리치는 바람에 영희는 두서없는 꿈에서 깨어났다.

아이들 점심을 차려 준 뒤 다시 빈방에 누워 공상에 잠겼다가 깜박 잠이 든 모양이었다. 문을 열고 보니 낯익은 우체부 아저씨가 편지 한 통을 들고 서 있었다.

"오늘 학생 집에 웬일고? 하루에 등기 편지가 두 통이 오다이……."

우체부 아저씨는 수취 확인표를 겉봉에서 떼 내고 편지를 내밀다가 그제야 영희가 선잠에서 깨난 줄 알았는지 좀 미안한 듯 덧붙였다.

"아이고, 단잠을 깨왔는가 베. 글치만 우야겠노? 학생이사 팔자가 좋아 늘어지게 낮잠을 잘 수도 있지만 내는 일이 있으잉께. 어서 도장이나 찾아온나."

그 소리에 겨우 정신이 든 영희는 목도장을 찾아 내준 뒤에야 발신인 주소를 살폈다. 어머니가 갑자기 돈이 생겨 또 부쳤나 해서였지만, 발신인은 뜻밖에도 모니카였다.

멋 부린다고 일부러 삐뚤빼뚤하게 쓴 모니카의 글씨를 알아보는 순간 영희는 반가움보다 까닭 모를 불안이 먼저 일었다. 서울에서 내려온 뒤 넉 달이 넘도록 엽서 한 장 없던 그녀였다. 두어 달 전 명훈에게서 느닷없이 다시는 그녀와 만날 생각을 말라는 편지가 온 것과 그 얼마 뒤 형배의 편지에서 짧게 언급된 그녀 얘기 외에는 전혀 소식이 끊겨 있었는데, 갑자기 편지를 보내온 게 아무래도 이상했다. 웬만한 일이 아니고는 편지 같은 걸 쓰지 않는 그녀라 더욱 그랬는지도 모를 일이었다.

영희가 겉봉을 뜯자 봉투의 글씨와는 달리 노트에 연필로 마구 흘려쓴 편지 한 장이 나왔다.

영희에게

그간 잘 있었니? 막상 펜을 들고 보니 어째 서먹서먹하네. 하지만 이 일은 네게 꼭 알려야 할 것 같아서 망설이던 끝에 이렇게 쓴다. 실은 형배 오빠가 죽었어. 지난달 19일 데모대에 끼었다가 어떻게 된 모양인데 집에서 안 것은 그다음 날 저녁때야. 병원에 누워 있는데 우리가 가니 인사불성이더구나. 결국 깨나지 못하고 그저께 죽었는데, 참 이상하더라. 죽기 전에 나보고 꼭 무슨 말을 할 듯 말 듯한 눈길을 몇 번이나 보냈거든. 물론 사촌 간이라도 남다르게 가까웠던 사이라서 그랬다고도 볼 수 있지만, 그 밖에도 꼭 무슨 딴 할 말이 있는 것 같았어. 그런데 오늘 아침 고모의 전화를 받고 그 오빠네 집엘 갔다가 문득 나는 그게 네 얘길지도 모른다는 생각이 들었어. 고모가 오빠 서랍에서 나왔다며 네 사진을 한 장 주는데 그게 여간 정성스럽게 보관돼 있는 게 아니었거든. 거 왜, 오빠하고 사귄 지 얼마 안 돼 서로 나눈 그 명함판 사진 말이야.

게다가 그걸 보니 또 하나 생각나는 게 있었어. 오빠가 죽기 한 달 전쯤이었을 거야, 아마. 하루는 술에 취해 내게 찾아왔더구나. 네가 있던 치과엘 갔던 모양인데 누구에게 무슨 소리를 들었던지 한참을 다 알았다는 소리만 되풀이하더라. 네가 왜 멀어졌는지, 그리고 왜 서울을 떠났는지를 다……. 그러면서도 너를 잊지 못해 괴로워하는 눈치였어. 지금에사 드는 의심인데, 어쩌면 오빠가 그렇게 데모에 열심이었던 것도 너를 잊기 위한 노력이나 아니었는지 몰라. 내가 그런 생각을 하는 게 거룩한 4·19 혁명의 순국 영령을 너무 욕보이는 게 될까.

물론 형배 오빠에 대한 네 감정은 내가 잘 알아. 다 끝난 일 더 듣고 싶지도 않은 기분이겠지. 하지만 그는 이미 이 세상에 없는 사람이야. 사랑이 아니라면 동정이라도 보내 줘. 약간은 슬퍼해 줘. 갑자기 형배 오빠가 너무너무 불쌍하다는 기분이 들어 편지가 두서없이 길어졌어. 언제 다시 만날 수 있을지. 이만 잘 있어.

4293년 5월 11일

서울에서 모니카가

모니카의 편지는 그렇게 끝나 있었다. 군데군데 맞춤법이 틀린 데가 있었지만 언제나 머리 한구석이 비어 있는 것처럼 보이는 모니카가 썼다고는 믿기지 않을 만큼 조리 있는 내용이었다. 그러나 읽고 난 영희는 그 내용이 주는 충격 때문에 잠시 그것조차 느낄 수가 없었다.

'형배, 형배가 죽었다고……?'

영희는 한동안 멍한 머릿속으로 그렇게 중얼거렸다. 그녀가 알고 있는 형배는 너무 평범해서 도무지 그런 별나고 갑작스러운 죽음이 어울리지 않은 까닭이었다. 어떤 때는 구멍가게 주인에다 통장을 겸한 그의 아버지의 늙은 모습이 바로 수십 년 뒤의 형배 자신일 것 같아 혼자서 쿡쿡 웃은 적도 있었다. 그런데 그가 신문마다 그렇게 요란스레 떠들던 바로 그 혁명의 날 데모대의 선두에서 피를 뿜고 쓰러져 갔다니…….

하지만 아무래도 모니카가 거짓말을 하고 있는 것 같지는 않았다. 그 전해 가을 마지막으로 그를 만났을 때 언뜻 본 예사롭지 않은 변모도 그런 영희의 짐작을 뒷받침했다. 그때는 자신이 평범하지 않음을 애써 내보이려고 허풍을 떤 것쯤으로 가볍게 보아 넘겼지만 그때 이미 형배의 내부에서는 영희가 모르는 또 다른 그가 자라나고 있었음이 분명했다. 그리하여 형배의 죽음이 정말인 것 같다는 느낌이 들자 영희의 감정은 먼저 느닷없이 원망의 형태를 띠었다.

'못난 사람, 그렇게 죽어 버리면 나는 어떻게 해. 이제 어떻게 묵은 감정을 풀고, 어떻게 다시 시작해 볼 수 있느냐고…….'

영희는 그와 다시 만날 굳건한 언약이라도 한 사람처럼 문득 눈앞에 떠오르는 형배의 환상을 향해 마음속으로 소리쳤다.

사실 따져 보면 영희의 그런 원망은 억지나 다름없었다. 밀양으로 끌려 내려와서 어둡고 짓눌린 나날을 보내는 동안 그 모든 원인이 된 박 원장에 대한 분노와 원한이 형배에 대한 기억을 호전시킨 것은 틀림없었지만, 그를 다시 만나 어떻게 새로 시작해 보겠다는 정도까지는 아니었다. 어머니처럼 철저한 것은 아니라도 은연중에 주입된 정조 의식이 형배에게로 돌아가는 길목을 완강히 막아서고 있었을 뿐만 아니라 다시는 서울로 돌아갈 수 없으리라는 단정에 가까운 예감도 현실적인 그녀에게 체념을 강요했다.

그러다가 영희가 다시 형배와 만날 가능성을 생각해 보게 된 것은 느닷없는 그의 편지가 온 뒤였다. 그가 말하고 있는 종말의 예감이라는 것이 어쩌면 과장된 그리움의 표현일지도 모른다는 생각이 언뜻 들며, 헤어지고 거의 처음으로 그와 다시 만나게 될지 모른다는 느낌을 품게 되었다. 그러나 그 재회의 형식이나 시기는 상상 속에서조차 막연하기 그지없었는데, 갑작스러운 죽음의 소식이 그녀에게 그런 착각을 일으킨 듯했다. 되풀이 다짐한 재회의 약속을 일방적으로 형배 쪽에서 파기한 것같이 느껴지는 것이었다.

'이제 내가 곧 갈 건데. 가서 내가 잘못한 게 있으면 무릎 꿇고 빌고, 형배가 다시 받아만 준다면 새로 시작해 보려 했는데…….'

영희는 한동안 그런 원망을 마음속으로 되뇌었다. 이상하게도 그가 그걸 위해 목숨을 내던졌던 대의나 그에게 그런 자기투척을 강요했던 상황에는 조금도 관심이 가지 않았다. 유년의 기억에는 가위 눌림과도 같이 혼란스러우면서도 두려운 추상이었고, 조금 철이 들어서는 금단의 과일을 엿보는 듯한 호기심의 대상이었던, 그리고 지난 한 달은 까닭 모를 가슴 두근거림인 동시에 어두운 예감의 근원이었던 그 혁명이란 것에도.

그리하여 얼마 뒤 다시 그녀를 사로잡은 것은 엉뚱한 서두름이었다. 그전보다 훨씬 구체적이긴 해도 아직 행선지나 시기는 막연한 상상 속에 방치되어 있던 가출의 결의가 갑작스레 실천을 재촉하기 시작했다.

'빨리 서울로 돌아가야 한다. 가서 형배 씨도 만나고 학교도 계속해야 한다. 이제 여기를 떠나야 돼…….'

이윽고 영희는 자신이 받은 충격과 그런 결정 사이의 논리적 연관에 개의함이 없이 그렇게 중얼거렸다. 형배가 이미 죽어 그와의 만남은 결코 집을 떠나는 이유가 될 수 없음이 언뜻언뜻 떠오르지 않는 것은 아니었으나 그런 그녀의 서두름을 달랠 정도까지는 못 되었다.

뒷날 그녀의 삶을 또래의 여인들과 판이하게 이끌어 간 성격상의 묘한 불균형도 영희의 첫 출발에 한몫을 했다. 크고 중요한 결정은 격정과 직감에 의지해 쉽게 끌어내는 데 비해 그 세부적인 과정에는 치밀하고 현실적인 계산으로 빈틈이 없는 게 그녀의 한 특성이었는데, 그때도 바로 그랬다. 기본이 되는 결정은 두 번 되풀이 생각해 보는 법 없이 영희는 곧 출발을 위한 세부적이고 치밀한 계획에 들어갔다.

그러자 무엇보다도 먼저 문제가 되는 것은 그 출발에 필요한 돈이었다. 어머니의 뜻에 맞서 떠나는 이상 오빠 명훈을 찾아가는 것은 단념해야 했고, 그러자면 혼자 시작할 준비가 넉넉해야 했다. 흑석동이나 구로동 같은 변두리가 되더라도 방을 따로 하나 얻으려면 적어도 만 환은 있어야 하고, 학교로 돌아가려면 두 학기분(分)의 공납금에다 책값을 합쳐 또한 적어도 6천 환, 거기다가 취직을 할 때까지 버티는 데 또 적어도 몇천 환 하다 보니 줄잡아 2만 환은 있어야 될 것 같았다.

거기서 영희는 나머지 계획이나 걱정은 모두 돈이 마련된 뒤로 미루고, 먼저 필요한 돈을 만들 궁리에 온 정신을 쏟았다. 어떻게 보면 고등학교까지 다닌 적이 있는 열아홉의 여자아이로서는 놀라운 대담성인 동시에 단순함이기도 했다.

뒷날 영희는 그녀와 비슷한 삶의 길을 걷는 여인네들로부터 해

결사란 별명을 얻었는데, 그것은 아마도 구체적인 목표가 결정된 뒤면 곧잘 발휘되는 그녀의 남다른 수완 때문이었을 것이다.

그 수완은 그때도 이미 어지간히 자라 있어 곧 몇 가지 방안이 떠올랐다.

그녀가 첫째로 찾아낸 재원(財源)은 그전에 사라호 태풍 때도 어머니가 그것 하나만 이고 피난 갔다는 재봉틀이었다. 헌 걸 샀지만 일제라서 틀 대가리(재봉틀 몸통)만 뽑아 가도 만 환은 받을 수 있다던 말을 언젠가 어머니에게 들은 적이 있었다. 설령 어머니의 말이 과장이라 하더라도 그 절반은 문제없을 것 같았다.

두 번째는 영남여객 댁이었다. 어머니의 옛말 삼아 하는 소리나 처음 밀양으로 왔을 때 걷어붙이고 나와 도와준 걸로 보아서는 결코 가볍지 않은 친분과 인연이 얽힌 집 같았다. 당장은 감정이 나서 발길을 끊고 있지만, 잘만 하면 얼마쯤은 빌려 낼 수 있을 것 같았다.

그리고 마지막은 서울에 있는 막내 이모 댁이었다. 이모부가 중령으로 서울 근처의 부대에 근무하고 있어 신촌 쪽에 살고 있었는데, 영희네가 찾아가면 겉으로는 반기면서도 속으로는 어딘가 경계하는 눈치가 느껴지곤 했다. 아마도 아버지 때문일 테지만 — 영희는 이모부가 얼굴도 모르는 빨갱이 동서 때문에 진급에 지장이 많다고 불평한다는 소리를 들은 적이 있다. 그걸 거꾸로 이용해 볼 작정이었다. 가서 눌어붙으면서 졸라 대면 자신이 집 안에 있는 게 싫어서라도 얼마간은 빌려 줄 것 같았다. 그 밖에 서울에 대여섯 집 되는 친가 외가의 친척집도 급할 때는 약간은 도움이 되리라…….

그렇게 대강의 방도가 서자 영희는 곧 행동에 들어갔다. 먼저 어머니가 신주 단지 모시듯 몇 겹으로 싸 묶어 시렁 위에 얹어 둔 손재봉틀을 내려 상태를 살펴보았다. 'D'란 글씨의 금박이 몇 군데 헐어 있었지만 어머니가 기름칠해 닦아 둔 몸통은 아직 새것처럼 검고 반질거렸다.

그러나 그 재봉틀을 이고 막 나서려던 영희는 문득 새로운 문제점에 부딪혔다. 그 재봉틀을 처분할 곳이었다. 서울처럼 전당포가 흔한 곳이면 그곳에 잡히는 게 자신과 어머니를 위해서 좋을 듯한데, 이런 작은 읍에 전당포가 있을 것 같지가 않았다. 또 헌옷 가게 골목에서 중고품을 사고판다는 말을 들은 적도 있지만, 거기서 재봉틀의 출처를 의심해서 캐고 들면 일이 난감해질 수도 있었다.

그런데 마침 학교에서 돌아온 옥경이가 뜻밖에도 좋은 곳을 일러 주었다.

"언니, 재봉틀은 왜 내려놨어? 구제품 옷집에 갈 거야?"

방바닥에 내려놓은 재봉틀을 보자 어머니가 그걸로 일하던 헌옷 가게가 생각나 물은 말이지만, 영희에게는 그런 옥경의 물음이 훌륭한 암시가 되었다.

'그래, 거기 가 보자. 그곳은 이 재봉틀이 필요한 곳이고, 값도 제대로 알 것이다. 옥경이를 데려가면 출처를 의심하는 일도 없을 게고, 또 원(元) 집산가 뭔가 하는 이북내기 아주머니는 우리 사정을 잘 아니까 우리를 돕기 위해서라도 어떻게 해 줄 것이다.'

그렇게 마음을 정한 영희는 짐짓 태연한 표정을 지으며 말했다.

"응, 그럴 참이야. 그런데 그 가게를 잘 몰라서 널 기다리는 중이었어."

"거긴 왜? 언니도 틀일(재봉사일) 하려고?"

"아니, 이 틀 팔려고."

"뭐?"

옥경이가 놀란 듯 눈을 동그랗게 뜨며 물었다. 어머니가 너무 아끼는 물건이라 어린 생각에도 의심이 든 것 같았다. 영희는 옥경이부터 속여 두어야 할 필요가 있어 옥경이 묻는 정도 이상으로 세밀하게 설명해 주었다.

"오늘 엄마 편지가 왔는데, 거기서 그러라고 말씀하셨어. 서울 큰오빠 있지? 그 오빠가 데모하다 다쳐 거기에 돈을 보내시느라 우리한테는 돈을 부치지 못하게 되셨대. 그래서 이걸 팔아 다음에 돈 부칠 때까지 쓰라는 거야. 쌀도 사고 반찬도 사고 옥경이 신발도 사고……."

그러자 옥경이도 의심이 가신 듯 쫄랑쫄랑 앞장을 섰다.

헌옷 가게에서의 일은 기대 이상으로 잘 풀렸다. 원 집사란 아주머니는 정말로 영희네를 동정해서인지 아니면 재봉틀이 탐이 나서인지 여러 소리 없이 재봉틀을 7천 환에 맡아 주었다. 돈은 어머니의 장담보다 줄어들었지만, 언제든 그 돈에다 월(月) 5부 이

자만 더해 주면 물어 주겠다는 말이 영희의 마음을 가볍게 만들었다. 좀 어긋난 게 있다면 7천 환 중 4천 환을 이틀 뒤인 장날에 받기로 한 것 정도일까.

거기에 힘을 얻은 영희는 집으로 돌아오자마자 영남여객 아주머니에게 쪽지를 썼다.

밀양 이모님께

부끄럽고 염치없는 일이라 차마 찾아가 뵙지 못하고 이렇게 글로 말씀드립니다. 당돌하다 나무라지 마시고 읽어 주십시오. 오늘 어머님께 편지가 왔는데 서울 명훈 오빠에게 아주 나쁜 일이 있었다고 합니다. 데모하다 가슴에 총을 맞아 목숨이 위태롭다는 것입니다. 그 바람에 어머님께서는 그동안 고향에서 마련하신 돈을 모두 가지고 서울로 가시면서 저희들에게 당부하셨습니다. 산을 팔고 받을 막대금은 내달 말경에야 한 3만 환 나올 게 있으니 우선 이곳 생활은 밀양 이모님께 만 환쯤 꾸어서 어떻게 꾸려 나가 보라는 것입니다. 옛정을 보아서라도 차마 거절하시지는 않으리라는 말씀이셨습니다.

이모님. 이 은혜는 꼭 잊지 않을 터이니 가엾은 아이들을 위해서라도 한번 자비를 베풀어 주십시오. 어머님께서 이곳을 떠나신 지는 벌써 두 달이 가까우나 이제껏 부쳐 온 것은 가신 지 한 보름 만에 5천 환 부쳐 온 게 전부였습니다. 벌써 일주일째 아이들은 도시락도 싸 가지 못하고 아침저녁 밀가루로 끼니를 때우고 있습니다. 다시 한 번 저희들을 불쌍히 여겨 주십시오.

4293년 5월 14일

못난 영희가 엎드려 빕니다.

철이가 한사코 영남여객 댁으로의 심부름을 마다하는 바람에 다시 옥경이를 앞세워 보낸 그 편지는 이번에도 적잖은 성과를 거두었다. 바라던 돈 대신에 쌀 한 가마니와 간장, 된장이 왔지만 그리 큰 차질은 아니었다. 영희는 쌀을 가마니째 싸전에 넘겨 쉽게 목표한 금액에 가까운 돈을 손에 넣을 수 있었다.

그렇게 영희의 첫 출발은 채비가 갖춰져 갔다. 멀지 않아 닥쳐올 산업사회의 그늘을 — 흔히 매음으로 상징되는 자본주의 문명의 그 질펀한 밑바닥을 — 직접 그 몸으로 뒹굴며 헤쳐 나가야 할 운명의 길로 접어드는 첫 출발은.

G현

버스가 역전통으로 접어들 무렵에는 제법 어둠살이 깔리고 있었다. 낮 동안 찌푸리고 있던 하늘이 그예 비를 뿌리는 듯 버스 차창에 가는 빗살들이 내리그었다. 기차역이 가까워 오자 누나도 마음이 여려지는지 보퉁이를 부둥키듯 안고 있던 손 하나를 빼내 철의 손을 꼬옥 잡았다.

"철아, 꼭 내가 시킨 대로 해야 돼. 내일 당장 등기로 어머니에게 편지를 띄우는 거야. 나는 가고 옥경이는 아프고 먹을 건 없다는 걸 써서…… 그래야 남겨 놓은 쌀이 떨어지기 전에 어머니가 온단 말이야."

평소는 좀체 듣기 어렵던 부드럽고 살가운 목소리였다. 막상 떠나려고 하니 아무도 돌보아 줄 사람 없는 곳에 어린 두 동생만 남겨 두고 가는 게 걱정스러워진 모양이었다. 철이 말없이 고개를 끄덕이자 이번에는 부엌 살림의 요령을 일러 주기 시작했다. 이미 이틀 전부터 되풀이 실습까지 한 것들이었다.

"쌀 이는 거 이제 알지? 세 번은 꼭 일어야 해. 쌀을 안칠 때 물은 손등이 보일 듯 말 듯해야 되고, 밥이 끓어 밥물이 넘치면 불을 그만 때는 것도 잊지 마. 콩나물국 끓일 때 냄비 뚜껑 자주 열면 비린내 난다는 것도 알고 있지? 김칫단지 부뚜막에 얹어 두면 군내 난다는 것도……."

누나는 전에 없이 세밀하게 이것저것을 말해 주었다. 철은 건성으로 고개를 끄덕였지만 생각은 진작부터 딴 곳을 헤매고 있었다.

'누나가 떠난다. 어쩌면 영원히……. 어머니는 결코 이런 누나를 용서하지 않을 것이다. 어머니가 용서하지 않으면 누나는 돌아오지 못할 것이고, 어쩌면 우리 남매는 두 번 다시 만나지 못할 것이다. 이제 누나와 이 세상에서의 마지막 이별이 될지도 모른다…….'

얼마 전부터 철은 그런 생각으로 누나인 영희보다 오히려 속 깊은 비감에 젖어 있었다.

그것도 조숙 탓인지 모르지만, 철은 진작부터 누나가 집을 떠날 것이란 예감을 가지고 있었다. 어쩌면 형과 누나가 돌아온 그 이튿날 아침부터였을 것이다. 전날 밤 누나가 형과 어머니에게 끌려 나가듯 나가는 걸 보고 불안스레 잠이 들었는데, 아침에 눈을 떠 보니 자신의 상고머리보다 조금 나을까 말까 한 까까머리로 변한 누나가 돌로 깎은 사람처럼 방 한구석에 앉아 있었다. 때마침 아침밥이라도 지으려는 듯 방을 나서는 어머니의 뒷모습을 노려 보는 누나의 두 눈이 어찌도 그리 무섭게 번쩍이던지. 이미 그것은 어머니를 보는 딸의 눈길이 아니었다.

그 뒤 한 두어 달, 어머니와 누나가 보이지 않는 싸움에 들어가 집안이 겉으로는 평온을 회복한 듯할 때도 철의 그런 예감은 짙어만 갔다. 누나뿐 아니라 이따금 누나의 등허리에 쏘아 보내는 어머니의 눈길도 이미 피를 나눈 딸을 바라보는 눈길이 아니었다. 어떤 때 — 아주 드물었지만 — 그런 어머니와 누나가 말없이 등지고 앉은 걸 보면, 철은 조금도 과장 없이, 커다란 얼음덩이와 한창 불붙은 장작더미가 한 구덩이에 던져져 김과 연기를 뿜어 내고 있는 듯한 느낌마저 들었다.

갑작스레 어머니가 고향으로 가서 방 안에 누나 혼자서만 남게 된 뒤에도 마찬가지였다. 어머니가 없어져도 누나는 여전히 그 방 안에 남아 있을 사람이 아니라는 느낌은 지워지지 않았다. 그녀가 하루의 대부분을 망상하며 보내는 것은 틀림없이 그곳에서 먼 어떤 다른 세계였고, 매일처럼 손거울을 들여다보며 자라 가는 머리칼과 함께 길러 가는 것도 그 세계를 향해 떠나려는 결의임에 분명했다.

거기다가 언제부터인가 철의 의식을 건드려 오는 이질감도 그녀가 떠나리란 예감을 길러 주었다. 먼저 그 이질감은 그녀의 예쁜 손목시계와 반짝이는 구두와 고급 만년필 같은 것으로부터 왔다. 모두 서울에서 지니고 온 것들로, 초가집 아래채의 단칸 셋방에서뿐만 아니라 읍내의 여학생들에게서조차 보기 힘든 물건들이었다. 어머니가 고향으로 돌아간 그날 오후부터 방 안을 떠돌게 된 럭스 비누의 향기나 그때로서는 값이 짐작 안 갈 만큼 비싼 나일론 스카프며 늘어 가는 크림 통 같은 것도 그랬고, 고향의 어머니에게서 돈이 왔을 때 누나가 서슴없이 한턱 내는 탕수육이나 생과자도 먹는 즐거움보다는 그 같은 이질감의 원인이 되는 수가 더 많았다. 누나는 그런 것들이 예사스러운 다른 세계에서 자기들의 어둡고 더러운 방으로 잘못 굴러떨어진 사람이었다…….

하기야 그 이질감의 부분에서는 철에게도 반발이 있었다. 무엇보다도 철을 반발하게 한 것은 1년 전까지만 해도 누나가 평범한 가족 가운데 하나일 뿐이었다는 기억이었다. 그때도 누나는 서지(모직 천) 스커트나 군데군데 가죽 장식이 달린 고급 책가방 같은, 그들의 살림살이에는 어울리지 않게 비싼 물건들을 가질 때가 있었지만, 그것은 어디까지나 혹독한 대가를 치른 뒤였다. 어머니는 그런 사치스러운 물건을 조른 누나와 조른다고 그걸 덥석 사 준 형을 몇 날이고 꾸중과 잔소리로 들볶음으로써 누나의 그 같은 누림이 턱없는 짓임을 분명히 했다.

역시 어머니가 고향으로 내려간 뒤의 일이지만, 누나의 그 같은 누림이나 씀씀이가 철에게 주는 피해도 적지 않은 반발의 원인이 됐다. 어머니와 함께일 때 같으면 한 달 생활비로도 넉넉할 돈이 누나의 손에서는 열흘을 제대로 견디지 못하는 탓이었다. 그것도 탕수육이나 생과자처럼 셋이 함께한 지출이 아니라 그녀 혼자만을 위한 지출로 끼니까지 위협받게 되면 원망이 일지 않을 수 없었다.

따라서 철이 누나에게 느낀 이질감이란 기실 호의적인 승인이라기보단 적의 섞인 체념에 가까웠고, 그녀가 떠나리란 예감도 가만히 따져 보면 가정의 평온을 위한 바람(희망)에 지나지 않았는지도 모를 일이었다. 누나가 떠날 채비를 갖추는 그 며칠간 철이 이렇다 할 슬픔이나 괴로움을 느끼지 못한 것은 분명 그 때문이었다. 솔직히 말해 어린 옥경이와 둘만 남겨지게 된다는 불안보다는 누나가 집으로 돌아옴으로써 시작된 그 몇 날의 숨막힐 듯한 분위기며 어머니가 떠난 뒤로 자신과 옥경이 받게 된 피해가 이제 끝나게 된다는 홀가분함이 더 앞섰다.

하지만 그날 저녁 무렵 막상 누나가 보따리를 꾸려 집을 나서는 걸 보자 철의 마음은 갑자기 변했다. 그게 바로 피의 끈끈함일까, 호오(好惡)나 이해타산만으로는 설명할 길 없는 새로운 감정이 일며, 그때까지 생각이 미치지 못했던 그 떠남의 여러 의미를 돌아보게 하였다. 누나가 마다하는데도 철이 굳이 기차역까지 따라 나오게 된 것은 바로 그 때문이었다. 그리고 이제 이 세상에서의 마지막 이별……이란 데까지 생각이 미치자 걷잡을 수 없는 비감에 젖어 들게 된 것이었다.

"역전 다 왔심더, 내리이소. 역전 다 왔심더, 역전요……."

그새 버스는 역전 광장에 멈추어 서고, 남자 차장이 반쯤 쉰 목소리로 그렇게 외쳐 대는 소리가 들렸다. 줄곧 이것저것 당부하고 다짐받던 누나가 보따리를 안고 일어나면서 말했다.

"철이 넌 여기 앉아 있다가 이 차로 바로 돌아가. 옥경이가 기다릴 거야."

그제야 깊이 모를 비감에서 퍼뜩 깨어난 철이도 누나를 따라 몸을 일으켰다.

"아냐, 나도 내릴래. 어차피 이 버스는 누나가 탈 기차에서 내린 손님을 받아 태우고 읍내로 돌아갈 거야. 누나를 바래 주고도 넉넉히 탈 수 있어."

그런 철의 목소리에서 무얼 느꼈는지 영희도 굳이 말리지는 않았다.

버스에서 내려 보니 몇 방울씩 듣는 줄만 알았던 비가 제법 굵은 부슬비로 변해 있었다. 그때쯤은 누나도 철이와 같이 꽤나 감상적이 되어 둘은 빗발을 아랑곳 않고 천천히 역사 쪽으로 걸음을 떼어 놓았다. 막 켜진 외등 주위로 사선을 그으며 떨어지는 빗줄기가 까닭 없이 음울하게 느껴졌다.

대합실은 생각보다 많은 사람으로 붐비고 있었다. 당시 밀양에서의 서울행 기차는 낮차보다 밤차가 더 인기 있었다. 급행도 열 시간 가까이 걸리던 시절이라 서울역에 떨어지면 아침이 되는 밤차 쪽이 여러 가지로 편리한 까닭이었다. 거기다가 그날은 비까지 내려 마중 나온 사람이 더 많아지는 바람에 대합실이 전에 없이 붐비게 된 것 같았다.

'그런데 누나는 왜 떠나는 것일까. 서울의 누구를, 무엇을 찾아

떠나는 것일까……'

누나가 기차표를 사기 위해 줄을 서 있는 동안 대합실 벤치 한 모퉁이에서 옷보따리를 맡아 앉아 있던 철은 다시 자신만의 생각으로 빠져 들어갔다. 한편 어둡게 보기 시작하자 그때껏 아이다운 낙관으로 은근한 부러움까지 느끼며 상상했던 누나의 앞길이 갑자기 두렵고 불안하게만 여겨졌다. 그가 읽은 책 속의 모든 집 나간 소년 소녀들이 겪어야 했던 슬픔과 고통이 일시에 누나를 덮치려고 기다리는 듯했다. 그 갖가지 슬픔과 고통이 다시 피를 통해 자신에게도 전해 오는 것 같아 철은 가볍게 진저리를 쳤다.

'내가 잘못했어. 영남여객 댁 아주머니에게라도 의논을 드리는 건데. 그 아주머니가 못 말리면 어머니를 모셔 와서라도 누나를 못 가게 했어야 하는 건데. 아냐, 지금이라도 말려야 해. 누나를 그냥 가게 해서는 안 돼. 어쨌든 내 누나야. 이대로 잃어버릴 순 없어.'

이윽고 철이 그렇게 마음을 굳혀 가고 있는데 차표를 산 누나가 돌아왔다.

"이제 됐어. 자, 일어나. 기차는 십 분 뒤에 도착이래. 그 보따리 이리 주고 너는 그만 버스로 가 봐."

누나는 그 말과 함께 철이 안고 있는 보따리를 가볍게 낚아챘다. 철이 두 손을 풀지 않고 누나를 올려보며 아이답지 않게 심각한 어조로 물었다.

"누나, 정말로 가야 돼? 서울 거기 뭐가 있어? 누가 기다린다는 거야?"

"그게 무슨 소리야?"

누나가 이렇게 가볍게 받았다가 철의 얼굴에서 어떤 심상찮은 기색을 느꼈던지 갑자기 정색을 하며 말했다.

"그래, 가야 돼. 거기서 날 기다리는 게 무엇이든 여기 있는 것보다는 좋을 거야."

"그런 게 어딨어? 엄마가 그랬잖아? 여자는 집 밖으로 나돌아서는 안 된다고. 더구나 누나는 형도 찾아가지 않을 거 아냐?"

"그렇지 않아. 오빠는 찾아봐야지. 곧 찾아보고 되도록이면 전처럼 함께 있어야지."

"거짓말 마. 형한테 가면 형이 엄마한테 편지 안 할 것 같아? 그리고 엄마가 그걸 알면 누날 그냥 가만둘 것 같아? 당장 쫓아 올라가 잡아 올 거야."

그제야 누나도 철을 어린아이로만 취급해서는 안 되겠다 싶었는지 한숨을 푹 내쉬며 털어놓았다.

"물론 당장은 곤란하지. 그렇지만 성공하면 꼭 오빠를 찾아갈 거야."

"성공이 뭐야? 아무도 없는 곳에 누나 혼자 올라가 어떻게 성공을 한다고 그래?"

철은 나름대로 제법 매섭게 따지고 든다고 따지고 들었으나 누나는 별로 흔들리는 기색이 없었다. 취직, 학업, 훌륭한 사람 따위 추상적인 말로 어렵잖게 철의 말문을 막아 버렸다.

오래잖아 철은 아직 논리로는 누나를 잡아 둘 수 없다는 걸 본능으로 알아차렸다. 자신은 뚜렷하게 느끼지 못하면서도 이번에는 재빨리 감정 쪽으로 매달려 보았다.

"그렇지만 이렇게 떠나면 나와도 마지막이야. 어쩌면 우린 이 세상에서 다시는 못 만나게 될지도 몰라."

"그게 무슨 소리야? 성공해서 돌아온다고 하잖았어?"

"엄마가 절대로 용서하지 않을 거야. 그리고…… 엄마가 용서하시지 않으면 나도 누나를 다시는 못 보게 돼. 성공 못 하면 더욱 그렇고…… 결국 이걸로…… 영원한 이별이야……."

거기까지 말해 놓고 나니 철은 절로 눈물이 솟았다. 어쩌면 그때 철은 이별의 슬픔 그 자체보다 책에서 읽은 여러 가지 감동적인 장면 중 하나를 자신이 실연(實演)하고 있다는 것에 더욱 감정이 과장되어 있었는지도 모를 일이었다. 억세고 꿋꿋하다고는 해도 누나는 역시 집엣나이 열아홉의 처녀 아이일 뿐이었다. 철의 눈물을 보자 그녀도 이내 눈시울이 붉어졌다.

"넌 왜 여기까지 따라와 사람을 울리고 그래? 쬐그만 게……."

누나가 울음 섞인 소리로 그렇게 철을 나무라는데 갑자기 개찰구 쪽이 수런거리며 사람들이 그리로 몰렸다. 개찰이 시작된 듯했다. 그게 무슨 자극이 되었는지 무엇에서 퍼뜩 깨난 사람처럼 눈가를 만져 눈물 흔적을 없앤 누나가 세차게 옷 보따리를 채 갔다.

"어쨌든 나는 떠나야 돼. 여기 있다간 아주 미치거나 말라죽고 말 거야."

누나가 다시 철에게 입을 뗀 것은 개찰구를 두어 걸음 남긴 곳에서였다. 그새 눈물을 닦고 곁에 붙어 선 철에게 누나는 다시 약간 떨림 섞인 목소리로 작별의 다짐을 건넸다.

"철아, 잘 있어. 공부 열심히 하고 훌륭한 사람 되어야 해. 나도 잘할 거야. 꼭 성공해서 돌아올 거야."

그때 그녀가 말한 성공이란 말의 뜻은 무엇이었을까. 세상의 어떤 보통명사보다 더 뚜렷하고 구체적인 내용을 가진 말로 어김없이 믿으며 둘이서 주고받은 그 추상명사가 진정으로 의미하는 것은 무엇이었을까.

그날 철은 누나가 보슬비 속을 뚫고 어두운 플랫폼 쪽으로 사라진 뒤에도 한동안을 더 개찰구의 나무 난간에 기대서 있었다. 비에 젖어 번쩍이는 철길을 건너 상행 승강장 쪽으로 멀어져 가는 누나의 뒷모습이 어찌도 그리 자그맣고 외로워 보이던지. 그 바람에 갑자기 추상화된 슬픔은 잡을 수 없는 눈물이 되어 철의 두 볼을 줄줄이 타고 내렸다. 모르긴 해도, 어쩌면 그때 철이 눈물 흘린 것은 거칠고 어두운 세상 속으로 떠나가는 한 피붙이를 위해서라기보다는 황무(荒蕪)하고 절망적인 상황 속에 내던져진 인간 일반의 쓸쓸한 몸부림 그 자체에 대해서가 아니었는지.

뒷날 한 말[言語]의 장인이 된 철이 역(驛)을 소재로 쓴 어떤 소품에는 다음과 같은 구절이 보인다.

……그 무렵의 나는 주로 대합실의 나무 벤치에 막연히 앉아 시

간을 보냈다. 아마도 내 어린 영혼이 미처 주체할 수 없는 커다란 슬픔 때문이었거나, 아니면 그만큼 찬란한 공상에 잠겨서였을 것이다. 따라서 그런 내게는 이미 신기하고 재미있는 것은 별로 없었고, 마찬가지로 그 대합실 주변에 대해서도 이렇다 할 기억이 없다. 다만, 그 장소와 결합된 기억 중에서 그때의 내 슬픔이나 공상의 두꺼운 벽을 뚫고 내 의식에 아프게 와 닿은 것들만이 때때로 애련한 슬픔 속에 떠오른다.

가출하는 누님을 식구들 몰래 전송해 주었던 저녁, 내가 난생 처음 삶의 우수에 가슴 저려한 것도 그 대합실에서였고, 질주하는 야간 열차의 창에서 새어 나오는 푸르스름한 빛을 느닷없는 애상(哀傷)에 젖어 바라보며, 그 속에서 떠오르는 창백한 얼굴들에게 알지 못할 연민을 느끼기 시작한 것도 그 대합실에서였다. 아아, 부슬비 오는 날 내 심금의 G현을 울린 것은 산굽이를 돌아가는 열차의 긴 기적 소리였지. 어느 곳으로든 떠나고 싶다는 열망과 그것을 실천하고자 하는 장한 결심으로 내 작은 주먹은 얼마나 자주 텅 빈 대합실의 나무 벤치를 내리쳤던가…….

모든 자전(自傳)이 어쩔 수 없이 소설적이듯이 모든 소설 또한 어쩔 수 없이 자전적이다. 틀림없이 철은 그 소품의 주인공처럼 기차역 주변에서 자라난 아이는 아니었지만, 그런 역에서 그날 밤과 같은 인상적인 사건이 일생 수없이 되풀이되었다는 점에서는 그 작품도 어느 정도 자전적이라 할 수 있을 것이다.

그해 6월의 캠퍼스

자유, 너는
피를 머금어 피어나는 꽃
소유하는 자의 것이 아니라
열망하는 자의 것……

자신의 시를 소리 내어 읽는 유만하의 목소리가 어울리지 않는 노랫가락처럼 강의실을 휘젓고 다녔다. 토요일 오후라 벌써 조용해진 운동장으로 눈길을 보내고 있던 명훈은 높아진 유만하의 목소리에 놀라 그가 서 있는 쪽으로 눈길을 보냈다. 그런 명훈의 귓속으로 한층 높아진 유만하의 목소리가 다시 파고들었다.

불의한 총칼이 파리한 심장을 찢어

더운 피 남김 없이 포도(鋪道)를 적셔도

오오, 자유여

너는 영원하라

그러므로 더욱 세차게 타오를

우리의 열망처럼 영원하라……

거기까지 읽은 유만하는 상기된 얼굴로 원고지를 넘겼다. 그즈음 들어 매주 토요일마다 있는 합평회(合評會)에서 녀석이 발표하는 시는 거의가 그런 식이었다. 그러나 듣고 있는 회원들의 표정은 심드렁해 보였다. 실은 유만하뿐만 아니라 다른 회원들도 걸핏하면 그 비슷한 시로 열을 올리곤 했다. 그날도 유만하에 앞서 「늦어버린 혁명가」란 제목의 시를 읊은 회원이 하나 있었다.

하기야 처음 한동안 그런 주제의 시들이 그 합평회에서 거둔 성공은 눈부시다 할 만했다.

대학생이란 신분 하나만으로도 야릇한 승리감에 들떠 있는 그들에게 혁명, 자유, 피라는 단어는 특별히 세련된 구조로 얽히거나 절묘한 경구로 수식되지 않더라도 쉽게 감동을 불러일으켰다. 그 바람에 5월 한 달은 온통 혁명 시와 참전기(參戰記)로만 합평회를 채워 가다시피 했다.

말할 것도 없이 명훈도 그런 분위기에 적지 않은 유혹을 느꼈다. 더구나 회원들도 그 모임에서는 유일한 의거 부상자인 명훈에게 은근히 기대하는 눈치였다. 거기다가 입원해 있던 열흘 동안 겪은 새로운 의식과 말의 세계는 김 형과 황의 논쟁을 경청하면서 익힌 것들과 더불어 명훈에게도 그런 종류의 노래를 부를 수 있을 것 같은 자신을 주었다.

그러나 어찌 된 셈인지 막상 펜을 들고 써 보면 도무지 시가 엮어지지 않았다. 부상의 참된 까닭이 알려진 것과는 정반대라는 데서 온 마음속 깊은 곳의 부끄러움 때문이기도 했지만, 그보다는 갑작스레 세상을 파도처럼 휩쓰는 유사의식(類似意識)에 대한 반발 탓이 더 컸다. 합평회뿐만 아니라, 신문·잡지마다 넘쳐나는 말이 민주 자유요 혁명이요 정의였다.

「이러다간 애국문인(愛國文人) 사태(沙汰)날까 걱정」이란 제목의 비꼬임 섞인 글이 없는 것은 아니었으나, 신문의 사회면이 연일 자유당 간부와 그 협력자들의 구속 기사로 메워지는 것과 짝을 이루어, 문화면은 4월 19일에 일어난 일이 정말로 그 자신이 직접 보고 들은 바로 그날의 일인가 의심이 갈 만큼 엄청난 해석과 의미 부여로 넘쳐 나고 있었다.

신문과 잡지뿐만이 아니었다. 사람들도 모두 스스로를 승리한 혁명군의 일원으로 착각하는 것 같았다. 모두들 갑작스레 의사 표현에 용감해져서 전리품을 요구하듯 떼를 지어 거리를 휩쓸고 다녔다. 강화도의 어떤 패륜아는 혁명의 소식을 듣고 기다리던 때가 왔다 하며 평소 거추장스럽게 여기던 아버지를 때려죽였다는 기사(記事)까지 보였다. 종류는 달라도 대학 또한 시끄럽기는 마찬가지였다. 학생들은 자기들의 주장처럼 학원으로 돌아갔지만 학업으로 돌아간 것은 아니었다. 다 풀지 못한 열정은 학내(學內)로 옮아 붙어, 특히 5월 한 달은 캠퍼스마다 어용 교수 시비로 왁자(지껄)했다.

명훈에게는 차츰 그런 현상이 사회 한구석에서 일고 있는 광기가 아니라 전체를 휩쓰는 분위기처럼 느껴지기 시작했다. 그러자 문득 아득한 유년의 기억에서 한 섬뜩한 인물이 떠올랐다. 전쟁 전 혜화동에 살 때 그곳 통장 노릇을 하던 영감이었다.

……하계(下溪) 쪽에 땅을 좀 사서 농부로 위장한 아버지가 숨어살기 전이었다. 그 무렵 영감은 하루에도 몇 번씩 명훈네 집을 들렀는데 할머니와 어머니는 그가 다녀갈 적마다 화를 냈다.

"저눔의 영감쟁이는 뭣 땜에 맨날 남의 집안을 삐꿈삐꿈 딜따보노?"

"글케 말입니더. 무슨 큰 비밀이라도 털어놓는 거매로 아들이 민청(民靑)에 나간다고 그랬지만 아무래도 수상시러버요. 저번때 한 열흘 우리 집 부근에 잠복했던 그 형사들 있잖습니꺼? 한번은 그 형사들하고 요 앞 골목에서 쑥덕거리는 걸 봤는데 여간 사이가 은근해 뵈지 않습디더."

대개 그런 의심과 경계에서 나온 수군거림과 함께였다. 그리고 하계로 옮겨 갈 때도 무엇보다도 영감의 눈에 띄는 걸 겁내며 야반도주를 하듯 식구들 몸만 혜화동 집을 빠져나왔다.

그런데 전쟁이 나고 며칠 뒤 혜화동 집으로 돌아갔을 때 가장 먼저 뛰어와 넉살을 떨고 없어진 가구나 집기를 되찾아 주는 데 열심이던 사람이 바로 그 통장 영감이었다. 영감은 명훈네가 집을 비워 두고 있던 동안 몰래 가구나 집기를 집어 간 사람들을 알아 두었다가 되찾아 들인 것이라 떠벌렸지만 동네 사람들의 비쭉거림에 따르면 그 태반은 자신의 집에서 가져왔으리라는 것이었다.

그러나 그의 맏아들이 민청 간부로 붉은 완장을 차고 다니고 있고 영감 자신도 어느새 동(洞) 인민위원인가 뭔가가 되어 있어 할머니와 어머니도 예전같이 무턱대고 경계와 의심으로만 대하지는 않았다. 거기다가 인민군 환영 대회를 전후해서 그가 보여 준 열성은 어린 명훈까지 예전의 까닭 모르게 싫던 감정을 잊을 수 있게 해 주었다.

그때 그는 가장 큰 깃발(인공기)을 들고 앞장서서 동네 사람들을 대회장으로 이끌었는데, 동네 골목을 벗어나기도 전에 벌써 '위대한 인민 해방군 만세'와 '남조선 해방 만세'의 선창(先唱)으로 목이 쉬어 있었다. 아버지를 인민군 대장쯤으로 착각하고 있던 그 무렵의 명훈으로서는 감동하지 않을 수 없는 열성이었다.

그러다가 9·18 서울 수복 뒤의 어느 날 밤을 마지막으로 그에 관한 기억은 섬뜩함 속에 굳어지고 만다.

수원에서 황망히 북으로 떠난 아버지를 따라 남은 식구들도 모두 북쪽으로 길을 잡았다가 그새 앞질러 북진해 온 경찰과 국군이 무서워 더 북쪽으로 가지 못하고 서울에 자리 잡은 며칠 뒤의 일이었다. 명훈은 할머니와 어머니 몰래 혜화동 옛집으로 숨어들었다. 별다른 준비 없이 나선 피난길이라 먹을 것과 바꿀 만한 물건이 없는 식구들이 굶주리는 것을 보고 몰래 모험을 한 셈이었다. 가족들이 수원으로 옮겨 가기 전, 당장에는 필요 없지만 그래도 좀 값나가는 것은 뒷마당의 작은 방공호에 감춰 두고 나온 일이 생각난 까닭이었다.

그 모험에서 명훈은 세 번씩이나 큰 성공을 거두었다. 첫 번째는 기름종이에 싸 둔 겨울옷 뭉치에서 양단 치마저고리와 공단 두루마기를 꺼내 가 쌀 두 되와 바꾸었고, 두 번째는 놋그릇과 놋 제기(祭器) 한 자루를 가져 나와 또한 식구들의 먹을 것을 얻는 데 적지 않은 도움이 되었다. 세 번째는 무얼 꺼내 왔는지 잘 떠오르지 않지만, 어쨌든 그걸로 떡을 바꿔 식구들이 배불리 먹은 것만은 기억에 남아 있다. 그런데 그 세 번째 모험에서 돌아오는 길에 명훈은 그 통장 영감과 마주치게 되었다.

"보자, 너 저쪽 큰 유리 대청집 애지?"

명훈을 보자 영감은 달려와 손목을 잡듯 그렇게 물었다. 자신을 겨우 그렇게밖에 기억해 주지 않는 게 한편으로는 서운하면서도 명훈은 앞서는 반가움에 눈시울이 다 화끈했다. 그 바람에 명훈은 할머니와 어머니의 당부도 잊고 그가 묻는 대로 그들 가족의 근황을 사실 그대로 말해 주었다. 다 듣고 난 그가 별 내색 없이 말했다.

"굳이 딴 곳에 숨어 지낼 거까진 없는데……. 가서 할머님이나 어머님께 말씀드려라. 내가 임시로 이곳 치안대장을 맡고 있으니까, 돌아오셔도 괜찮다고."

하지만 그 말을 전해 들은 어머니와 할머니는 의견이 서로 달랐다.

"그 사람이 멀쩡하게 동네를 나다니더라고? 더군다나 치안대장까지…… 그렇다면 이번에는 또 경찰 쪽에 붙었다는 말 아녜요? 우리를 끌어들여 경찰에 넘기려는 수작일 거예요."

어머니는 그렇게 말했지만 할머니는 좋게만 생각했다.

"그 사람매치로 열렬한 일꾼이 어예 그래 되겠노? 다 수단일 게라. 자기 한 몸 살고 우리 같은 사람도 도우려고 무신 수를 부린 게지. 분명히 무슨 딴 내막이 있을 게라. 만약 우리를 뿌뜰 생각이라면 명훈이는 뭘 땜에 놓아주었겠노? 아아를 바로 붙잡아 앞세우고 여길 찾아오믄 되지……."

거기서 고부간에 한동안 가벼운 말다툼이 있었으나 곧 절충이 이루어졌다.

"그래믄 내 혼자 먼저 가 보마. 만약 뿌뜰래믄 내 한 몸 입 다물고 죽지. 내가 저물어도 안 오거든 아이들 데리고 달리 빈집을 찾아봐라."

할머니가 그렇게 나오자 어머니는 더욱 반대하고 나섰으나 끝내 말리지는 못했다. 벌써 날은 추워 오는데 가진 것이라고는 몸에 걸친 옷밖에 없는 그들이었다. 먹을 것도 먹을 것이지만 문종이도 제대로 발려 있지 않은 빈집에서 떨며 밤을 나야 하는 것도 예삿일이 아니었다.

어머니의 걱정과 달리 할머니는 해 질 무렵 이불 보퉁이를 이고 의기양양하게 돌아왔다.

"글쎄, 그 사람이 참말로 그 동네 치안대장이더라 카이. 몸이 아파 여름에 벌써 동 인민위원을 그만두고 있었디, 아무것도 모르는 경찰이 들어와 전에 통장질한 것만 가지고 치안대장을 씨게 주더라 카지 뭐꼬? 그래서 지 한 몸도 지키고 다른 일꾼들 가족도 보호할 생각으로 맡았다는 거라. 내 짐작이 맞은 게제. 워낙 수완이 좋은 사람이었으이께는…… 어쨌든 내일은 혜화동 집으로 돌아가자."

할머니가 직접 가 보고 돌아와 그런 소리를 하자 어머니도 드디어 마음을 놓은 듯했다.

"그렇다믄 내일까지 기다릴 거 뭐 있습니꺼? 저물더라도 오늘 당장 우리 집으로 돌아가입시더. 어차피 돌아갈끼라 카믄 하룻밤이라도 내 집에서 자는 게 편하지 않겠습니꺼?"

오히려 그렇게 서둘러 앞장을 섰다.

그리하여 그들 일가가 혜화동 옛집에 이르렀을 때는 벌써 날이 어두워진 뒤였다. 막상 마음먹고 돌아오기는 했어도 어둠 속에 웅크리고 있는 옛집이 공연히 불길하게 느껴져 머뭇머뭇 다가서는데 갑자기 야경꾼의 딱따기 소리 같은 게 났다. 이어 집 안과 골목 구석구석에서 우르르 달려 나온 것은 그 동네의 우익 청년들이었다.

"왔구나! 드디어 몽땅 제 발로 걸어 들어왔구나!"

그들이 그렇게 소리치며 플래시를 비춰 댔다. 그러나 아버지가 없는 게 몹시 실망스러운 모양이었다.

"낌새를 알고 다른 데로 튄 거야."

그렇게 저희끼리 주고받는데 플래시 불빛 아래로 한 낯익은 얼굴이 드러났다. 나이에 어울리지 않게 국방색 작업복을 걸친 통장 영감이었다.

"모두 끌고 가."

영감은 명훈네를 거들떠보지도 않고 대원들을 향해 차갑게 명령했다. 그런데 참으로 알 수 없는 것은 실제보다 더 뚜렷하게 기억나는 그 순간의 환상이었다. 명훈은 그 영감이 이번에는 커다란 태극기를 휘두르며 진주해 오는 국군과 유엔군을 맞아들이는 모습을 본 듯했다. 애국가로 벌써 목이 쉬어…….

그런데 명훈이 그해 5월의 시위 군중에게서 언뜻언뜻 보는 것은, 진정한 정의감과 용기로 나선 사람들에게는 참으로 미안하게도, 바로 그 통장 영감이었다.

그들이 앞세운 플래카드에서는 그 영감이 흔들고 나서던 인공기나 태극기가 느껴졌고, 그들이 외치는 구호도 옛날의 그 목쉰 만세 소리처럼 들리곤 했다. 어떤 때는 신문의 외부 기고란이나 심지어는 어용 교수 퇴진을 요구하는 학생 데모에서까지, 절반은 겁에 질리고 절반은 아첨에 찬 그 만세 소리를 들을 때가 있었다.

'차라리 가만히들 있기나 했으면…….'

명훈은 언제부터인가 시위대만 보면 속으로 그렇게 중얼거렸다. 그의 소박한 견해로는 그 혁명의 과일을 움킬 자격이 있는 것은 실탄 사격에도 꺾이지 않고 경무대나 서대문에서 공방전을 거듭하던 그 학생들 몇뿐이었다. 뒤에 가세한 구두닦이나 양아치들은 말할 것도 없고, 제법 걷어붙이고 학생들과 함께 어울린 어른들도 그 본질은 구경꾼에 지나지 않아 보였다.

어떻게 보면 혁명을 가장 순진하게 이해하고 있는 셈이기도 했다. 그러나 어쨌든 그리 되고 보니 그런 주제에 제대로 감흥이 일리 없고, 감흥이 없다 보니 혁명 시 같은 게 쓰여질 리 없었다.

그사이 시 낭송이 끝났는지 유만하가 원고를 접어 들고 명훈 곁에 있는 제자리로 돌아오고 있었다. 몇 사람이 성의 없는 박수로 미지근한 호평(好評)을 나타냈다. 그제야 명훈도 마음 안 내키는 박수를 보탰으나 속으로는 한 달 전 병원으로 찾아온 유만하가 부끄러운 고백처럼 뇌까리던 말을 떠올리고 있었다.

"시인은 역사의 조연(助演)에 불과하다더니 젠장할, 내가 꼭 그 꼴이 되고 말았어. 그 전날 결심이야 장했지. 특히 고대생들이 당했다는 소문을 듣고서는 나도 한판 박 터지게 붙어 볼 참이었어. 그런데 그 웬수 놈의 술이…… 울분을 핑계 삼아 초저녁부터 모여 퍼마시기 시작한 술이 새벽 두 시까지 뻗쳤거든. 다음 날 깨고 나니 벌써 열두 시데. 학교에 가 봤자 모두들 떠났을 테고, 그렇다고 혼자서 데모를 나설 수도 없고……. 그래서 에라, 하고 다시 누워 버렸지. 다시 일어나니 하마 세 시야. 솔직히 그때까지만 해도 좀 심각한 놀이 같은 데모만 생각하고 있었지 혁명 같은 것은 꿈에도 생각 못 했거든. 그런데 밖에 나갔다 돌아온 어머니 말씀이 숙취를 싹 가시게 하더군. 경찰이 총질을 하고 학생들이 수없이 죽고…… 그 소리를 듣자 그제야 이건 아니다 싶더군. 시내에서 벌어지고 있는 게 단순한 사건이 아니라, 한 위대한 역사라는 생각이 퍼뜩 들었어. 가기를 꺼려하는 택시 운전사를 달래 남영동까지 가고, 거기서 다시 중앙청 앞까지 걸어갔을 때는 이미 상황 끝이더라고. 계엄령이 선포되고 탱크가 시가지로 들어서고 있었어. 젠장할, 조연은커녕 구경꾼 노릇조차 제대로 못 한 셈이야. 그 이튿날부터 열심히 뛰었지만 역사의 핵심이 되는 무대는 19일 하루로 막이 내려져 버린 뒤였어. 기껏해야 뒷북이야. 우리의 시(詩)처럼…….”

그날 그렇게 뇌까리던 유만하의 눈길에는 무엇을 향한 것인지 모를 통분 같은 게 번들거렸다. 명훈으로서는 얼른 이해 안 되는 감정이었다.

“어땠어? 너무 산문적인 것 같지 않아?”

자리에 앉은 유만하가 명훈의 허리를 꾹 찌르며 물었다.

“으응, 뭐?”

명훈이 퍼뜩 제정신으로 돌아오며 되물었다. 유만하가 조금 겸연쩍어하는 얼굴로 물음의 내용을 바꾸었다.

“내 시 말이야. 너무 아포리즘에 집착한 거 같지 않았어?”

아포리즘이란 말을 얼른 알아듣지 못해 난감하였으나 명훈이 꼭 대답할 필요는 없었다. 그때 마침 그 문학회의 회장인 영문과

3학년 학생이 비슷한 요구를 거기 있는 회원 모두에게 내놓았기 때문이었다.

"국문과 1년 유만하 씨의 「자유송(自由頌)」 낭독이 있었습니다. 회원 여러분의 활발한 비판과 토의가 있기를 기대합니다."

회장의 제안에 이어 곧 열기 없는 합평이 시작되었다. 너나없이 문예이론에는 그리 밝지 못해 장님이 장님 길 인도하기 식의 어설픈 인상비평이 한동안 오갔다. 불문과에 다닌다던가, 우리말보다는 외래어를 더 많이 섞어 알아듣지도 못할 논리로 딴 회원이 발표하는 작품마다 난도질해 대던 안경잡이가 안 나온 게 오히려 합평회의 열기를 줄여 버린 느낌이었다.

명훈은 언제나 그렇듯 가만히 그들의 말을 듣고만 있었다. 원래도 남의 작품을 평할 만큼 이론이 있는 편이 못 되는 데다, 민주니 자유니 하는 시에는 더욱 입 댈 자신이 없어서였다. 유만하를 빼고는 아직 이름조차 잘 기억하지 못할 만큼 서먹한 나머지 다른 회원들과의 관계도 명훈을 뻣뻣이 굳어 있게 했다.

명훈이 그 문학회에 나가게 된 것은 퇴원하고 며칠 안 돼서였다. 깡패들에 대한 경찰의 수배망이 점점 촘촘해져 백구두나 살살이 정도의 골목 오야붕들까지 쓸어 가는 걸 본 명훈은 학교를 유일한 피난처로 삼았다. 자취방에 있는 것조차 불안해 학적은 야간에 두고 있으면서 아침부터 학교에 나가 저물도록 어정거리는 식이었다. 다행히도 어머니가 보내 준 만 환이 힘이 되어 헤프게 쓰지만 않는다면 방학까지는 어떻게 견뎌 낼 수도 있을 것 같았다. 그러나 억지 춘향이 꼴로 학교에는 하루 종일 붙어 있어도 강의를 듣는 데는 끝내 별 재미를 붙이지 못했다. 꼭 필요한 강의만 때우고는 빈 강의실을 찾아 낮잠을 자거나 기껏해야 도서관에서 소설 나부랭이를 읽는 것으로 시간을 죽이는 게 고작이었다. 그런데 어느 날 갑자기 유만하가 주간부에 나타나 그런 명훈을 문학회로 이끌었다.

따지고 보면 시란 명훈에게는 언젠가는 돌아가야 할 멀고 그리운 고향 같은 것이었다. 저 안동에서의 암담한 시절, 자포자기와 다름없는 심경으로 역전 뒷골목을 헤매며 소년 시절을 보내던 그에게 우연히 얻어 읽게 된 소월 시집이 준 것은 감동이라기보다는 섬뜩한 충격이었다. 자신의 삶이 무가치한 것이라면 그 까닭은 바로 그러한 세계를 몰랐기 때문이며, 요행 가치 있는 삶으로의 복귀가 가능하다면 그것은 틀림없이 그 세계를 통해서일 것 같았다. 몸은 소매치기의 바람잡이로까지 전락해 가면서도 소월 시집의 맨 첫머리부터 끝 구절까지를 줄줄 외다시피 한 그 엉뚱한 열정은 바로 그런 느낌 때문이었으리라.

하지만 안동을 떠날 때까지도 시는 아직 막연한 동경에 지나지 않았다. 이따금씩 알 수 없는 충동으로 일상의 말과는 다른 체계와 용도를 가진 구절들을 얻어 내고 가슴 설레한 적은 있었지만, 그게 시로 접어드는 길목이라고는 감히 생각하지 못했다.

그러던 명훈이 시를 한 구체적인 구원의 가능성으로 생각하게 된 것은 서울로 옮겨 온 뒤 고등학교에 편입하고 나서였다. 정규 교육이 국민학교 6학년 1학기를 채 마치지 못하고 끝나 버린 뒤로는 고향 돌내골에서 친척 형들이 옛 서당 자리를 빌려 열었던 야학 몇달과 그 뒤 안동에서 한 1년 오락가락한 고등공민학교가 학력의 전부인 그에게 갑작스레 시작된 고등학교 2학년 과정은 거의 생소하다시피 했다. 그런데 그 유일한 예외가 국어 과목, 그중에서도 특히 시였다. 어둡고 거친 세월을 보내면서도 틈틈이 읽은 흥미 위주의 소설 덕분인지, 국어만은 논설문의 예문으로 시작된 첫 시간부터가 낯설지도 어렵지도 않았다. 틀림없이 우리말이면서도 뜻 모를 낱말이 튀어나와 암담해지고, 쓸데없이 길게 길게 이어 놓은 문장 때문에 뻔한 낱말로 이루어졌는데도 그 뜻이 얼른 오지 않아 가슴이 철렁한 적도 있었지만, 국어사전의 힘을 빌리고 거듭된 정독(精讀)을 거쳐 그 문장이 뜻한 바에 이르는 과정은 차라리 기쁨에 가까웠다. 그러다가 「시의 이해」란 그다음 단원이 시작되면서부터 시는 막연한 동경에서 구원의 가능성으로 명훈에게 다가왔다. 틀림없이 실패한 시인인 듯한 털보 국어 선생을 통해 그때껏 나름의 이해와 감동으로 알아 왔던 시의 또 다른 의미에 어렴풋하게나마 닿게 되면서, 명훈은 비로소 자신도 시를 쓸 수 있을지도 모른다는 기대와 더불어 쓰고 싶은 충동을 느끼게 되었다.

그때 그런 명훈을 격려해 준 게 《학원》지였다. 물론 그전에도 명훈은 그런 잡지가 있는 줄은 알았으나 어쩌다 손에 들어와도 구석구석 살피지는 않았다. 그저 팔자 좋은 학삐리들(학생)이나 끼고 다니는 잡지쯤으로 여겨 은근한 반감까지 느끼며 만화나 훑고 내던져 오다 드디어 자신도 학생이 되자 어떤 의무감 같은 걸 느끼며 꼼꼼히 읽게 되었는데, 거기서 보게 된 게 학생 문예란이었다. 명훈은 자신보다 어린 소년 소녀들이 벌써 시를 만들어 내고 있다는 것에 놀라움과 시새움을 동시에 느꼈다. 그러나 그 못지않은 것이 거기 실린 작품의 대단찮아 보임에서 오는 일종의 자신감이었다. 이 정도는, 하는 생각이 이윽고는 그에게 시를 써 볼 용기를 내게 했다.

예상 외로 그 성과는 컸다. 인색한 대로 국어 선생의 칭찬으로부터 맛보기 시작한 시의 달콤한 과일은 「학원」 독자투고란을 거쳐 마침내 자신의 글이 인쇄된 걸 보는 감격으로 이어졌다. 그리고 다시 바로 그 시를 통해 경애로부터 자신을 인정받게 되면서, 그는 처음으로 진지하게 시인으로서의 삶을 꿈꾸어 보기까지 했다. 그로서는 좋은 시절의 얘기였다.

하지만, 가정이 흩어지고 경애가 떠나가면서부터 헝클어지기 시작한 그의 감정은 서정(抒情)을 바탕으로 하는 그의 시까지 헝클어 놓고 말았다. 그러다가 잘못된 정보로 집요하게 추적해 온 경찰의 시달림을 받고 직장을 잃고 배석구를 알게 되고 마침내는 거친 뒷골목 생활로 되돌아가게 되자, 시는 음침한 열정의 형태로 그의 의식 깊은 곳에 숨어 버렸다. 특히 대학에 등록하기 전 대여섯 달은 야릇한 반감까지 느끼며 의식적으로 시를 외면하기까지

한 시기였다.

그런데 막연하게 시작된 대학 생활과 거기서 만난 유만하가 새로운 자극이 되었다. 흔히 사람들에게 미신처럼 퍼져 있는 국문과와 시의 연관성에다, 실제 이상으로 명훈의 재능을 높이 보는 유만하의 부추김이 까마득히 잊고 지내던 추억을 되살려 주듯 시에 대한 명훈의 열정을 되살리기 시작했다. 특히 어쩔 수 없이 학교를 피난처로 삼게 되고, 거기서 고등학교 때와 다름없이 어떤 학문적인 성취보다는 졸업장이나 기다려야 할 삭막한 대학 생활이 시작되면서는 다시 한때 시에서 보았던 구원의 가능성까지 되찾을 수 있었다. 유만하에게 억지로 끌려온 척했지만, 모임에 참여한 뒤로는 매주 있는 합평회를 한 번도 거른 적이 없는 것도 아마 그 때문이었을 것이다.

하지만, 때마침 그 문학회를 휩쓰는 분위기는 명훈이 홀로 길러온 그런 시에 어울리지가 않았다. 그의 말은 겨우 그가 살아온 세월의 황폐하고 고단함을 아득한 슬픔과 외로움의 정조로 바꾸는 데나 익숙해 있을 뿐이었다. 그걸 삽시간에 설익은 관념과 과장된 감격으로 엮인 혁명 시로 바꾸기에는 이미 말한 까닭 외에도 여러 가지로 어려움이 있었다.

"회장, 동의(動議)가 있습니다."

어떤 웃음 헤픈 여학생 회원의 지리멸렬한 평을 끝으로, 더 나서는 평자가 없어 다음 회원의 발표로 넘어갈 무렵 강의실 한구석에서 누군가가 소리쳤다. 명훈이 보니 언제부터인가 까닭 모르게 관심이 가던 회원 하나가 앉은 채로 손을 들어 하얀 손바닥을 펴 보이고 있었다.

명훈이 참가한 다섯 번의 합평회에서 한 번도 작품을 발표한 적이 없어 시 쪽인지 산문 쪽인지조차 잘 알 수가 없었으나, 명훈은 왠지 그가 남다른 무엇이 있는 사람처럼 느껴졌다. 그도 명훈처럼 줄곧 침묵으로 다른 회원들의 글과 말을 듣기만 하는 쪽이었지만 그 입가를 떠도는 엷은 웃음은 어쩐지 경멸과 냉소의 혐의가 가는 것이었다.

"장형수 회원, 말씀하십시오."

회장이 뜻밖이라는 듯 그를 멀거니 건너다보며 발언을 허락했다. 그러자 장은 앉은 채로 가볍게 몸을 뒤채며, 회장에게라기보다는 여럿을 향해 말했다.

"이제 앞으로 이 합평회에서의 작품 발표는 주제를 좀 제한했으면 합니다만……."

"구체적으로 어떤 주제를 말씀하는지요?"

회장이 더욱 알 수 없다는 듯 다시 물었다. 그러자 장이 악의가 드러나는 말투로 그 물음을 받았다.

"민주 타령, 자유 타령에 되다 만 혁명 환상곡은 이제 그만 들었으면 좋겠다 이겁니다."

그 말에 일순 실내는 찬물이라도 끼얹은 듯 조용해졌다. 명훈도 생각은 비슷했지만, 막상 그렇게 드러내어 말하는 것을 듣자 자신도 모르게 움찔해 장을 보았다. 장이 꼿꼿하게 그런 명훈의 눈길을 되받았다.

여럿 앞에서 흙탕물을 뒤집어쓴 꼴이 된 유만하가 애써 감정을 감추며 말했다.

"물론 나도 우리의 솜씨가 미숙하고 낱말 선택이 서투르다는 점은 인정합니다. 그러나 무엇보다도 시는 한 시대 의식의 결정입니다. 따라서 주제로는 방금 장형수 회원이 빈정거린 그것들이 꼭 잘못되었다고 할 수는 없을 듯싶은데요."

"나는 회원들이 발표한 시의 기교에 대해 불평을 하고 있지는 않습니다. 여러 회원이 발표한 작품들은 아직 길 위에 있는 우리 처지로선 감탄할 만한 수준이라 할 수도 있습니다. 문제는 바로 그 시대 의식이란 겁니다. 어거지로 덧씌운 것 같은 그 유사의식이 메스껍단 말입니다."

장은 그렇게 맞받아 놓고 한층 혐오 섞인 말투로 말했다.

"어제까지 서정만을 시의 요람으로 여겨 오던 양반이 하루아침에 '민주주의의 아들이여, 정의의 순교자여!' 하며 생경한 목소리로 외쳐 대는 것이나, 덜 소화된 실존(實存)을 꺼억꺼억 토해 낸 것에다 꼬부랑 단어 몇 개 웃기로 얹어 모더니즘이네 뭡네 하고 사람 겁주던 양반이 갑자기 '그놈(이승만)의 사진부터 밑씻개로 쓰자!' 따위 지각한 저항시를 무슨 비명처럼 질러 대는 게 구역질 나지 않습니까? 좀 가혹한 말이지만, 우리는 부디 그런 기성세대의 뇌동에 다시 뇌동하지 말자 이겁니다. 듣기 좋은 꽃노래도 한두 번이라고 이제 이만큼 푸닥거리를 했으면 가당찮은 혁명 콤플렉스에서 벗어나 이제 제 노래를 부르자는 말입니다."

그러자 이번에는 두 사람의 목소리가 한꺼번에 고함처럼 터져 나왔다.

"뭐야? 그럼 그런 시는 모두 부화뇌동이란 말이야? 모두가 숭어 따라 뛰는 망둥이 새끼들이란 말이지?"

"저 자식 저거 수상한 자식 아냐? 야, 너 정체가 뭐야? 우리의 피로 이룩한 거룩한 혁명에 무슨 불평이 있느냐고? 대체 뭐가 못마땅해?"

둘 다 전에 혁명 시로 갈채를 받은 적이 있는 회원들이었다. 그들 중 하나는 4·19 날 몇 안 되는 그 학교 데모의 주동자였다는 소문도 있어 시가 한층 실감 있게 들렸는데, 그쪽 목소리가 훨씬 거칠고 시비조였다.

"조용히 합시다. 지성인다운 토론이 되도록 유의해 주십시오."

회장이 그렇게 둘을 주저앉혀 놓고 짐짓 차분한 목소리로 장에게 물었다.

"확실히 장형수 회원의 말씀에는 우리가 귀 모아 경청할 것이 있습니다. 그런데 한 가지 알 수 없는 것은 혁명 콤플렉스란 말입니다. 그게 무슨 뜻이지요?"

상대가 워낙 예절을 갖춰 묻자 알 수 없는 악의에 내몰리는 듯하던 장이 오히려 머쓱해 말을 더듬었다.

"이를테면, 혁명 그 자체보다 지각한 혁명 의식, 현장에 있지 않았다는 부재감(不在感), 전혀 기대하지 못했던 복권이 맞아떨어졌을 때와 같은 당혹 따위가 있겠지요. 넓게는 불안에 찬 관망과 능동적인 참여의 혼동, 군중심리에 의한 돌팔매질과 혁명 이념으로 치른 역전(歷戰)의 혼동 따위도 포함되겠지만……."

"야, 말 어렵게 만들지 마."

"공연히 잘난 척 뒤틀지 말라고."

다시 앞서의 둘이 성난 소리로 끼어들었으나, 역시 회장은 회장다운 데가 있었다. 그 둘을 엄격한 눈길로 제지하고 난 뒤 다시 조용히 물었다.

"한마디로 말해, 이 혁명에 대해 떳떳하지 못함이 더 큰 목소리의 노래로 나온다는 뜻으로 해석하면 되겠습니까?"

"감정의 투기(投機)도 있습니다. 우연한 휩쓸림을 의도적인 투쟁으로 미화하거나 대단찮은 동참을 결정적인 기여로 과장해 남과 자신을 함께 속이고 바친 것보다 터무니없이 많은 몫을 차지하려는 것 따위지요. 비록 그것이 무형의 감정적인 도취에 지나지 않을지라도……."

장이 이죽거리듯 그렇게 말끝을 흐리자 그때껏 용케 참고 있다 싶던 유만하가 벌떡 몸을 일으켰다.

"문학적인 논의와는 거리가 있어 보이지만 문학과 본질적인 관련을 가진 부분이 있어 이 논의를 본격적으로 끌어 나갔으면 합니다. 과연 장형수 회원의 준엄한 지적은 그날 불행하게도 혁명의 대열에 동참하지 못했던 저 같은 사람에게는 부끄러움을 일으키게 하는 데가 있습니다. 하지만 그에 못지않게 묻고 싶은 게 있는 것 또한 사실입니다. 먼저 지각한 혁명 의식의 문제인데, 과연 혁명적 행위와 혁명 의식의 발생 순서가 한 혁명의 해석에 그렇게 중요한 것일까요? 뒤늦은 의식에는 앞선 행위를 보완하는 효과가 전혀 없는 것입니까?"

"물론 모든 혁명이 먼저 혁명 의식이 형성되고, 거기서 다시 혁명적 행위로 나아가는 순서로만 이루어진 것은 아닙니다. 때로는 그 순서가 뒤바뀔 수도 있고, 한꺼번에 뒤엉켜 있기도 하겠지요. 또 행위보다 늦은 의식이라도 행위를 보완하는 기능이 있다는 것은 인정합니다. 하지만, 그 기능은 내적인 것입니다. 내면적인 성찰과 회개의 촉구 없이 목소리만 높여 불려지는 승리의 혁명가는 다만 유사의식을 양산할 뿐입니다."

장과 유만하의 공방이 그렇게 진행될 때만 해도 명훈은 은근한 감탄까지 머금고 귀를 기울였다. 황과 김 형이 학적을 둔 명문(名門)에 주눅이 들어, 자신도 그들 중 하나이면서도 동문들을 '형편없는 따라지 대학' 하는 눈으로 보아 오던 명훈에게는 제법 자부심까지 느낄 만큼 조리 있는 논쟁으로 들렸다. 하지만 그 조리는 그리 오래 가지 못했다.

"내면적인 성찰이나 회개의 촉구 없이 다만 목소리만 높여 불려지는 혁명가는 유사의식을 양산할 뿐이라는 지적, 이 시점에서 적절하고 유익하다 할 수 있습니다. 과연 우리의 노래가 그러했다면 마땅히 비판받아야 하겠지요. 하지만 그래도 한 가지 더 묻고 싶은 게 있습니다. 조금 전 장형수 회원께서 기성 시인들의 예를 들며 그것을 부화뇌동이라고 잘라 말하셨는데, 과연 거기에 충분한 근거가 있는지 궁금합니다. 특히 두 번째로 예를 삼은 시인은 저도 구체적으로 누구를 가리키는지 알 듯합니다만 과연 장형수 회원께서는 지금까지 그분이 발표해 온 시와 그의 지나 온 삶의 궤적을 충분히 검토해 보셨는지요? 덜 소화된 실존이라 하든 사람 겁주기 위한 꼬부랑말이라 하든 상관없으나 그분의 시가 자유를 향한 열망이나 부조리에 대한 저항의 의지와는 무관한 말놀음에 지나지 않았다는 확신은 어떻게 얻었는지 궁금합니다."

"너무 가혹한지 모르지만 적어도 4293년 4월 26일 이전에 발표된 그 시인의 시로서는 그랬습니다. 시인 모두에게 공통된 리버럴리즘 정도라면 모를까, 4월 26일 아침의 그것처럼 격렬한 노래를 부를 저항 시인의 모습은 그 이전에는 보지 못했습니다."

"유감스럽게도 저는 장형수 회원처럼 그 시인에 관해 철저한 검토를 해 보지 못해 그 점에 대해서는 반박할 수가 없군요. 하지만 설령 장형수 회원의 검토가 정확하고 면밀한 것이었다 해도 여전히 의문은 남습니다. 곧 어떤 특정한 사회적 사건이, 특히 혁명 같은 대사건이 한 시인의 몽롱하던 의식을 일깨웠다 해서 그것이 꼭 부정적으로만 이해되어야 하는지요? 잠든 자는 언제나 잠들어 있어야 하고 몽롱한 의식은 언제나 몽롱한 대로 남아 있어야 부화뇌동이 되지 않는다는 겁니까?"

"물론 어떤 사회적 사건을 계기로 한 시인의 몽롱하던 관념이 뚜렷해지고 마비되었던 의식이 깨어나는 수가 있음은 인정하겠습니다. 아니, 어쩌면 그게 바로 역사에 나타나는 그 빛나는 혁명 시인의 참모습에 가까울지도 모르지요. 출발이 좀 늦기는 해도 이제야말로 그 의식은 빛나는 출발을 했으며, 지난날의 그 어떤 성과보다 더 큰 성과를 바로 이번에 그가 새로 품게 된 자유에 대한 사랑과 불의에 대한 저항에서 이뤄 낼지도 모르지요. 하지만 그것은 먼 앞날의 불확실한 성취이고 당장 민망한 것은 그런 갑작스러운 눈뜸이 우리의 의식 상황에 주는 나쁜 본보기입니다. 특히 시인 지망생들이 그런 그의 변용에서 어떤 지름길을 찾아내려 한다면, 다시 말해 시의성(時宜性)과 대중적 분위기에의 영합을 자기 현시(顯示)의 가장 효과적인 방편으로 여기게 된다면, 그건 나쁜 본보기를 넘어 해악이 됩니다……."

유만하와 장형수의 공방이 거기쯤 이르렀을 때였다. 용케 참는다 싶던 둘 중 하나가 벌떡 몸을 일으키며 소리쳤다.

"집어치워, 이 새끼야!"

유만하와 장형수의 공방에 취해 있던 명훈이 퍼뜩 눈길을 돌려보니 바로 4·19 시위 때 그 학교 주동자 가운데 하나였다던 4학년 학생이었다. 그는 험한 욕설로 그치지 않고 똑바로 장형수가 앉은 수강용 의자 앞으로 다가갔다.

"너, 일어나. 좀 따져 보자."

금세 주먹을 내지를 듯한 기세에 장형수가 순간 움찔했으나 강의실 가득한 회원들의 눈길을 의식했는지 곧 냉정하게 받았다.

"따질 게 있으면 그냥 따지슈."

"그래, 좋아. 너 이 새끼 바로 불어. 너 자유당한테 붙어 뭐 얻어 먹었지? 지금 뭐 하는 수작이야?"

"그게 무슨 소리요?"

"몰라서 물어, 새꺄. 입으로야 이리 비틀고 저리 싸 발라 그럴 듯하게 줘섬겨 대고 있지만 한마디로 뚝 뿌러뜨리면 우리 혁명 엿 먹이자는 수작 아냐? 이쯤에서 적당히 구정물 끼얹어 자유당한테 한숨 돌릴 틈을 주려는 수작이지?"

"여긴 문학회 합평 모임이지 정치 토론장이 아니오. 거기다가 이건 아무리 상급생이라도 폭언이 너무 심하지 않소?"

장형수가 여전히 꼿꼿이 앉은 채로 그렇게 대꾸하자 데모 주동자는 마침내 폭력으로 나왔다. 목을 자른 군홧발로 힘껏 장형수의 의자를 걷어차는 바람에 장형수는 앉은 채 의자와 함께 강의실 바닥에 넘어졌다. 그런 장형수에게 다시 덮치려는 그를 몇 사람이 나와 말렸다.

"피 흘리고 쓰러져 간 4·19 영령들이 지하에서 울고 있다. 이 썩은 새끼야. 뭐 유사의식? 혁명 콤플렉스? 이게 어디서 함부로 나불거려? 주둥이가 달렸다고 마음대로야? 어서 꺼져! 가서 이제껏 핥던 자유당 뒤나 핥으란 말이야!"

그는 여럿이 떼어 놓는 바람에 제자리로 밀려가면서도 무엇이 그렇게 분한지 입에 거품을 물며 소리소리 질렀다. 명훈은 잠시 아연해 그런 그를 살펴보았다. 장형수가 한 말을 아무리 되씹어 봐도 그가 그렇게 분해할 까닭을 알 수가 없었다. 오히려 그의 난폭하기 그지없는 언행에서 명훈이 느낀 것은 그가 그때껏 자신이 몸담아 온 세계와 그리 멀지 않은 곳의 인간이리라는 짐작뿐이었다. 학도호국단이나 반공청년단과의 연결은 확인할 수 없었지만, 틀림없이 그 대학 한 모퉁이를 휘어잡고 있는 주먹인 것 같았다.

그런데 알 수 없는 것은 그곳에 함께 있던 스무남은 회원의 동향이었다. 먼저 판을 깼다 할까, 문학적인 논의를 벗어난 것도 그였고, 논리고 뭐고 없는 마구잡이 욕설로 분위기를 망친 쪽도 그였으나 아무도 그를 나무라는 기색이 없었다. 오히려 그와 함께 분개하는 게 의식이 있는 표시라도 되는 듯 그를 제자리로 끌어들이면서 장형수를 보는 눈길들이 사뭇 험악했다.

명훈처럼 어정쩡한 기분으로 멀거니 바라보고만 있는 축도 없지는 않았으나 반드시 장형수에게 동조하는 것 같지는 않았다. 오히려 다른 사람들과 함께 분개하지 못하는 게 무언가 겸연쩍은 듯 이쪽저쪽을 번갈아 살필 뿐이었다.

하지만 장형수도 그리 만만하지는 않았다. 실내의 분위기가 자신에게 별로 유리하지 못하다는 것쯤은 느낄 만한데도 숙어 드는 기색이 전혀 없었다. 한동안 의자와 함께 넘어진 채 찬웃음을 흘리더니 천천히 몸을 일으켰다. 그리고 날아간 만년필과 노트를 차근차근 챙긴 뒤에 누구에게라 할 것도 없이 깐깐하게 쏘아붙였다.

"진작 집어치웠어야 하는데 턱없이 질질 끌려다니다 결국 욕을 보는군. 그러잖아도 이번만, 이번만 하던 중이었소. 하지만 이왕 논의가 비문학적으로 발전하고 말았으니 나도 주제넘지만 정치적인 충고 하나 하겠소. 윤 선배, 아까 자꾸 자유당, 자유당 하셨는데, 정말로 자유당을 무덤 속에서 다시 끌어내 올 사람은 누구인지 아시오? 아니 어쩌면 자유당보다 더 파렴치하고 가혹한 극우 보수 세력에게 이 사회의 상부구조를 송두리째 갖다 안겨 줄 사람이 누군지 아시오? 바로 선배 같은 사람들일 거요. 틀림없이 선배가 들떠 있는 그 유사의식은 전혀 값 치르지 않고 얻은 것도 아닌 이 혁명을 한판 잘 맞아떨어진 역사의 복권으로 만들고 말 것이오. 당신들이 근거 없는 승리감에 취해 찧고 까불고 하는 동안에, 이 혁명의 과일은 마침내는 이전보다 더 가혹한 주인에게 되돌려지고 말 것이며, 어림없는 허영으로 설익은 자유와 민주를 즐기는 사이에 엄청난 반동의 날은 밝아 올 것이오."

그로부터 거의 20년이 지난 뒤에야 그의 이름은 한 치열한 저항 시인으로 신문의 사회면 기사에서 읽게 된다. 그러나 그날 장형수가 그 말을 내뱉고 강의실을 나설 때 이미 명훈은 그에게서 쉬이 잊히지 않을 한 시인을 본 듯했다. 그가 말한 극우 보수 세력의 대두에 대해서는 아무런 예감도 가지고 있지 못하면서도.

그런데 참으로 묘한 것은 장형수가 그 강의실을 나가 버린 뒤의 분위기였다. 모두가 같은 곳에 남아 있다는 데서 만들어진 동료 의식일까, 그의 말에 까닭 모를 섬뜩함을 느낀 것도 잠시, 그들은 곧 어울리지 않게 진지한 문학 회원으로 되돌아갔다. 또 한 회원의 수필인지 소설인지 모를 지루한 작품 발표와 건성의 합평이 이어지고 그 마지막에는 학교 앞 대폿집으로 몰려가 단합을 과시했다. 장형수는 어느 누구의 마음에도 남아 있는 것 같지 않았다.

썩 마음이 내켜서는 아니었지만, 명훈도 끝내 그 분위기에서 벗어나지는 못했다. 거의가 함께 몰려간 대폿집뿐만 아니라, 회장과 윤(尹) 무언가 하는 그 데모 주동자의 권유를 뿌리치지 못해 2차까지 함께 갔다. 그리고 또 무슨 들뜸에서였을까, 실은 단순한 술자리가 아니라 저희끼리는 사전에 짜 놓은 모임에 가까운 그 자리에서는 오히려 엉뚱한 역할까지 자청해 떠맡게 되었다.

"우리 학교가 비록 따라지 대학이라고 하지만, 사람까지 따라지일 수는 없지 않은가 말이야. 듣자니 서울대학교에서는 '국민 계몽'대를 만든다는 말이 있고 다른 대학에서도 '신생활 운동'이나 '공명선거 운동' 같은 활동을 벌일 단체들이 구성되고 있는 거 같아. 그런데 우린 뭐야? 4·19 날도 서울대·고대·연대가 모두 거리로 나섰단 말을 듣고서야 우리 몇몇이 한 2백 명 끌고 나가 겨우 이름만 내걸었을 뿐이잖아? 그래 놓고 그 후속 활동까지 따라지 대학답다는 소리를 들어서는 안 되지 않겠어? 마침 법정대 녀석들이 뭘 꾸미는 모양인데 우리 그쪽하고 손잡고 한판 화끈하게 벌여 보는 게 어때? 하다못해 자유당 잔당 까부수는 운동 같은 거라도 시작해 보자고. 모르긴 하지만 민주당도 법만 가지고는 어쩌지 못해 쩔쩔매는 구석이 있을걸. 그럴 때 우리가 나가서 가려운 데를 긁어 주면 그 사람들도 우리 괄시를 못 할 거야……."

제법 술들이 거나해진 걸 보고 윤이 그렇게 속셈을 털어놓았을 때였다. 그의 말투가 지난날의 배석구를 연상케 해서일까, 아니면 지금 그가 서 있는 자리가 그 전해 배석구의 그늘로 들어갈 때처럼 어중간해서일까, 명훈이 그 순간까지도 전혀 준비되어 있지 않았던 맞장구로 윤의 말을 받았다.

"좋지요. 사실 나는 서울대 쪽, 연고대 쪽뿐만 아니라 다른 대학의 운동 단체들과도 약간 연결이 있습니다. 그쪽과 손잡을 일이 있으면 언제든 제가 다리를 놓지요."

술기운 못지않게 알 수 없는 영웅 심리에 내몰리어 한 말이었다. "이 형쯤이면 그럴 줄 알았지. 실은 우리도 그럴 것 같아 이 형을 불러들인 거요."

윤이 기다렸다는 듯 그런 부추김으로 명훈의 말을 받았다. 명훈은 까닭 없이 우쭐해져 자취방과 병원에서 몇 번 본 황의 친구들 얘기를 과장스레 떠벌리기 시작했다.

귀향

"오빠, 배고파."

개찰구를 나오자마자 옥경이가 얼굴을 찡그리며 말했다. 난생 처음 해 보는 둘만의 여행이라 잔뜩 긴장한 탓인지 평소 몸에 밴 막내로서의 응석은 조금도 들어 있지 않았다. 철은 대답 대신 대합실 벽에 걸린 시계를 힐끗 쳐다보았다. 아홉 시 사십오 분. 여름 아침으로는 꽤 늦은 편이었다.

"알았어. 우선 차 시간부터 알아 놓고."

철은 갑자기 어른이 된 듯한 기분으로 그렇게 무뚝뚝하게 말해 놓고 다시 얼른 부드럽게 덧붙였다.

"조금만 참아, 내 맛있는 것 사 줄게."

따지고 보면 옥경이도 그때까지 무던히 참은 편이었다. 가난하게 자라도 막내여서 그런지 언제나 참을성 없게 졸라 대기 일쑤였지만, 둘이서 하게 된 긴 여행에 지레 주눅이 든 것임에 틀림없었다. 철은 그게 전에 없이 안쓰럽게 느껴져 짐짓 부드러운 목소리를 짓고 있었다.

안동으로 가는 기차는 오십 분 뒤에 있었다. 정확히 이십칠 분 뒤에 급행이 있었지만 철은 굳이 오십 분 뒤의 완행으로 표를 끊은 뒤에야 역 광장으로 나왔다. 안동에서도 고향 돌내골까지는 꽤 먼 버스 길이 남아 있음을 아는 그였으나 안동까지 가는 차표를 산 것만으로도 어쩐지 고향에 거지반 이른 기분이었다.

역 광장으로 나오니 아침 햇살이 눈부셨다. 문득 그 시간이 첫 수업 시간쯤 되리라는 게 떠오르며 말없이 학교를 결석한 일이 새삼 철의 마음에 걸려 왔다.

"오빠, 우리 저기 가서 국수 먹자."

옥경이가 문득 광장 한 모퉁이의 나무 그늘을 가리키며 말했다. 잇대어 놓은 나무 탁자 저편에서 아주머니 몇이 삶은 국수가 든 함지박을 펼쳐 놓고 앉아 있는 것이 보였다.

"아침 국수, 낮 얘기 세 자리(토막)라는데, 아침부터 국수는?"

철이 그렇게 퉁을 놓았다가 다시 옥경이가 자신의 보호 아래 있음을 상기하고 목소리를 바꾸어 물었다.

"국수가 먹고 싶어?"

"아냐, 어른도 없이 우리끼리 국밥집에 들어가려니까 좀 그래서……."

“어른이 없으면 어때? 우리가 뭐 얻어먹으러 가나?”

“돈도 이쪽이 쌀걸…….”

옥경이 그렇게 말하자 철은 옥경이 무얼 걱정하는지를 알았다.

“걱정 마, 우리 밥 사 먹을 돈은 있어.”

그렇게 대답은 해도 철 또한 갑자기 고향까지의 여비가 걱정되기 시작했다. 기찻삯까지는 알았지만, 고향까지 나머지 버스 찻삯이 얼마인지는 자신이 없었다.

“안동 가서 버스비 알아보고 배불리 먹지 뭐, 군것질도 하고…… 여기서는 국수로 해.”

옥경이가 또 어른 같은 소리를 했다. 그때야 철이도 못 이기는 척 국수 목판 쪽으로 걸음을 옮겼다.

역 광장에 줄지어 펼쳐진 국수 목판 앞의 조잡한 나무 의자에 쪼그리고 앉은 철의 눈에 맞은편 역사 벽에 붙은 ‘영천(永川)’이란 역 이름 걸개 간판이 번뜩 들어왔다. 보호자도 없이 하는 긴 여행이 주는 긴장으로 다만 기차를 갈아타야 할 곳으로만 알아 두었던 그 역 이름에 문득 새로운 기억과 감회가 첨가되었다. 바로 그곳에서 멀지 않은 외가 때문이었다. 철이 어머니와 함께 외가에 들른 것은 겨우 서너 살 때라 이렇다 할 기억이 남았을 리 없고, 그 뒤 외가에 대한 어머니의 언급도 무언가 감정의 앙금이 가라앉은 것이었으나, 철은 왠지 그곳이 낯익고 정답게 느껴졌다.

“너 아니? 여기서 얼마 안 가면 금호면이 있는데 거기 우리 외가가 있다.”

국수를 마는 아주머니의 손길에 눈을 팔고 있는 옥경에게 철이 어른스레 말했다. 외가란 말에 어떤 느낌을 받았는지, 옥경이 호기심 어린 눈길로 물었다.

"정말? 오빠 가 봤어?"

"그래, 큰 기와집이 있고 외할아버지, 외할머니에다 이모들도 있었어."

철이 어렴풋한 기억을 무슨 대단한 추억처럼 늘어놓았다.

"그게 언제야? 언제 가 봤어?"

"6·25 사변 나고. 그때 그리 피난을 갔지."

"뭐? 그럼 그게 몇 살 때야?"

"네 살 때……."

집에서 치는 나이로는 그렇게 말할 수도 있지만 만으로는 채 세 살이 차지 않았을 때였다. 그게 철을 좀 머쓱하게 만들어 말끝을 흐리는데 옥경이 배식 웃으며 말했다.

"애개, 그럼 아기 때잖아? 그런데 어떻게 그런 걸 다 알아?"

그 말을 빈정거림으로 받아들인 철은 불끈 화가 났다. 남은 일껏 진지하게 말하는 걸 그렇게 받는 데 대한 얄미움이 그때껏 어른스레 수행해 온 보호자 역할을 잠시 잊게 만들었다.

"기집애야, 난 그래도 다 기억난단 말이야!"

그 바람에 철은 대뜸 그렇게 퉁명스레 쏘아붙였다. 철의 성난 기색에 기가 죽은 옥경이 어쩔 줄 몰라 하며 겁먹은 눈길로 할금거렸다. 그걸 보고 다시 안쓰러워진 철이 공연히 성낸 걸 후회하고 있는데 마침 국수 장수 아주머니가 목판 위로 국수 그릇을 밀어 놨다. 멸치 우린 국물에 미리 삶아 두었던 국수 가락을 풀고 그 위에 살짝 데쳐 짧게 썬 미나리 한 줌과 양념간장 한 술을 떠 놓았을 뿐인 싸구려 막국수였으나 배고픈 그들 남매에게는 세상에서 더없이 맛난 음식으로만 비쳤다.

"자아, 국수 먹자."

철은 국수 그릇을 옥경이에게 먼저 밀어 주는 것으로 자신의 화가 풀렸음을 간접적으로 표시했다.

그제야 옥경은 마음을 놓은 듯 들고 있던 대젓가락을 국수 사발에 찔러 넣었다.

밀가루 음식에는 어지간히 질려 있는 그들 남매였지만, 그날만은 둘 다 달게 그릇을 비웠다. 실로 각별한 맛이었다. 뒷날에도 철은 중앙선 영천역에 내릴 일만 있으면 별로 식욕이 없을 때도 역 광장의 막국수 목판을 찾곤 했다. 그때의 그 기막힌 맛에 이끌린 것인데 번번이 실망하면서도 막국수 목판이 번듯한 역전 식당 골목으로 온전히 사라진 1970년대 초까지도 철은 그 기대를 버리지 못했다.

철과 옥경이 안동으로 가는 완행열차에 오른 것은 오전 열한 시가 넘어서였다. 기차가 이십 분이나 연착하는 바람에 은근히 맘을 졸이던 철은 옥경과 함께 빈자리를 찾아 앉고서야 겨우 여유를 찾았다. 배가 차자 다시 신나고 즐거운 기차 여행 놀이로 돌아간 옥경이 차창에 붙어 서서 바깥 풍경에 정신을 팔고 있는 동안 철은 애늙은이 같은 얼굴로 그 전날 있었던 일을 쓸쓸하게 되씹었다.

영희 누나가 떠나면서 시킨 대로 철은 그다음 날 돌내골로 편지를 띄웠다. 누나가 써 두고 간 편지는 따로이 봉함이 되어 있어 내용을 정확히는 알 수 없었으나 대강 짐작은 가는 데가 있었다. 집을 나가는 누나의 변명과 함께 어머니가 빨리 돌아와 자기들 남매를 보살펴야 한다는 말이 씌어 있을 것이었다.

누나의 눈물 섞인 설득에 넘어가 역까지 바래 줄 정도로 그녀의 가출에 찬동하긴 했지만 막상 아무도 없는 도시에 어린 옥경과 자신, 둘만 남겨지게 되자 철은 갑자기 불안과 외로움에 빠져들었다. 거기다가 누나가 남겨 두고 간 쌀 몇 되와 돈 5백 환도 너무 적어 걱정이 안 될 수가 없었다. 누나는 어머니가 편지를 받는 즉시 달려올 거라고 단언했으나 세상일이 언제나 마음먹은 대로 되지는 않는다는 것쯤은 철이도 이미 알고 있었다.

그런데 일은 바로 가장 걱정스러워한 대로 되어 갔다. 편지를 보내고 일주일이 지나도록 어머니가 돌아오시기는커녕 답장조차 없었다. 아끼느라고 아꼈지만 누나가 남긴 쌀과 돈으로는 열흘을 버텨 낼 수 없었고, 헌옷 가게 원 집사나 읍내에 꼭 한 집 있는 먼 친척집을 찾아 빌리는 것도 어린 그에게는 한계가 있었다. 모두들 넉넉한 살림들이 못 돼, 어린것들만 남겨 놓고 돌아오지 않는 어머니만 나무랄 뿐 손에 쥐어 주는 것은 많지가 않았다.

그래도 철은 한 보름은 갑작스레 떠맡게 된 어린 가장 노릇을 용케 해냈다.

동네의 구멍가게는 말할 것도 없고, 어떤 때는 어머니를 따라 몇 번 갔다가 겨우 낯이나 알아볼 만한 싸전에 가서 봉지 쌀을 외상으로 얻기도 했다. 심지어는 목사님 댁에 가서 훌쩍이며 쌀 몇 되와 김치를 얻어다 먹은 적도 있었다.

하지만 이제 겨우 열세 살인 나이로는 그렇게 버티는 데도 한계가 있었다. 어렵게 용기를 내어 빌리러 나서기는 해도, 같은 집에 두 번째 찾아갈 뻔뻔스러움까지는 없어 스무 날이 지나자 이제는 더 손을 내밀려야 내밀 곳이 없어지고 말았다.

하기야 그동안도 끊임없이 철의 굶주린 마음을 유혹하는 곳은 있었다. 바로 영남여객 댁이었다. 한때 그 읍내에서는 그 어떤 친척보다 가까이 지냈던 집안이고, 또 그때껏 철이 찾아가 손을 벌린 그 어떤 집보다도 살이가 넉넉한 집안이었다.

그러나 철은 이를 악물고 그 유혹을 이겨 냈다. 무엇보다도 명혜에게 자신이 빠져 있는 참담한 곤궁이 알려지는 게 싫었고, 동정과 함께 자신이 떠오르게 될 게 두려웠다. 어머니의 당부 — 이제는 그 집에 얼씬도 말라는 — 도 그렇게 되자 더 생생하게 살아났다.

거기다가 자세한 내막은 모르지만, 누나가 서울로 떠날 때 이미 쌀 한 가마니를 빌렸다는 게 또 영남여객 댁을 찾는 발길을 엄하게 가로막았다.

그러다가 마침내 견뎌 내지 못한 철이 영남여객 댁을 찾은 게 바로 그 전날이었다. 아침을 못 먹고 학교에 간 옥경이가 어지럽고 메스껍다며 조퇴를 하고 와 누운 걸 보고 철은 막다른 골목에 몰린 심경으로 영남여객 댁으로 갔다. 끼니를 제대로 찾아 먹지 못한 것은 벌써 사나흘 되었고, 특히 그 전날은 안집에서 보다 못해 갖다 준 보리밥과 삶은 감자로 겨우 한 끼니만 때운 터라 철이도 허기를 느껴 오던 중이었다.

그러나 철이로서는 거의 필사적인 용기를 짜 냈는데도 막상 그 집 앞에 이르자 대문을 밀고 들어갈 수가 없었다. 출입을 금하던 아저씨의 괴로운 표정보다도, 어쩌다 길거리에서 마주쳤을 때 보이는 아주머니의 까닭 모를 허둥거림보다도, 동정 어린 명혜의 눈길을 받게 되는 게 훨씬 끔찍했다.

죽고 싶다. 철이 그의 일생에서 그런 중얼거림을 최초로 절실하게 되뇐 것은 아마도 그때 그 집 앞이었을 것이다. 만약 쉽게 죽을 길만 있다면 그렇게라도 괴로운 자리를 피하고 싶다는 게 그때 철의 솔직한 심경이었다. 그 바람에 철은 늘어져 누운 옥경이를 남겨 놓고 집을 나설 때의 결심은 까맣게 잊고 영남여객 댁 뒷문 앞에서 잠시 망연하게 굳어져 서 있었다. 그렇게 얼마나 지났을까. 명혜 때문에 본래보다 몇 배나 과장된 참담함은 끝내 철을 뒷문으로 내려가는 돌계단에 쪼그리고 앉아 훌쩍거리게 만들었다.

뒷날 철은 어떤 책에선가 한 동물학자가 흰쥐들을 상대로 한 실험을 바탕으로 인간이 가진 여러 욕망에 순서를 매긴 걸 보고 은근히 반발한 적이 있다. 먼저 그 학자는 건장한 흰쥐 수컷들을 오랫동안 격리해 두었다가 고압 전류가 흐르는 철망 건너편에 발정기의 암놈을 넣어 보았다고 한다.

그때 숫쥐들은 물론 암놈을 보고 몰려갔으나, 앞선 몇 마리가 고압 전류 철망에 걸려 타 죽자 나머지는 모두 달려가기를 멈추었다. 그다음 다시 그 학자는 그 숫쥐들을 여러 날 굶긴 뒤에 이번에는 철망 너머에 먹을 것을 놓아두어 보았다. 그런데 이번에는 마지막 한 마리까지 그 철망으로 돌진해 모조리 고압 전류에 타 죽더라는 내용이었다. 그 동물학자는 그 실험을 바탕으로 인간에게 있어서도 애정(또는 성욕)보다는 물욕(또는 식욕)이 우선하는 욕망이 아닌가 하는 추정을 했는데, 그걸 읽은 철은 몇 번인가 은근한 분노까지 느끼며 그의 논리적 비약을 여럿에게 비판했다. 어쩌면 그것은 그날 영남여객 댁 뒷문 돌계단에 주저앉아 흘린 눈물의 기억 때문인지도 모를 일이었다.

"아이고, 이기 누고? 철이 아이가?"

울다 보니 더욱 비참해져 제법 소리까지 내 가며 흐느끼던 철이 퍼뜩 정신을 차린 것은 그런 나직한 외침을 듣고 난 뒤였다.

얼른 눈물을 훔치고 보니 흐릿한 시야에 영남여객 댁 아주머니의 놀란 얼굴이 들어왔다.

"엉야, 니가 여다서 웬일고? 우째서 이래 울고 앉았노?"

아주머니는 그렇게 물으면서도 연신 집 안쪽을 돌아보았다. 아마도 아저씨가 집 안에 있어 자신이 아직도 철이네와 왕래를 하고 있는 걸 들키는 게 겁난다는 표정이었다. 그러나 철은 아주머니를 보자 더욱 걷잡을 수 없이 쏟아지는 눈물 때문에 대답을 할 겨를이 없었다. 연신 주먹으로 눈물을 훔치며 코만 훌쩍이자 아주머니가 가만히 말을 끌었다.

"안 되겠다. 저다 쫌 가서 얘기하자. 안에 병우 아부지가 있어서……."

눈물로 앞뒤를 못 가리는 중에도 그 말만은 또렷이 철의 귀에 들어왔다. 어쩌면 아저씨보다도 바깥의 인기척에 내다볼지 모르는 명혜 때문에 벌써 다급해 있었는지도 모를 일이었다. 허둥대면서도 작은 샛골목을 빠져나와 강둑 시멘트 난간 있는 데로 갔다. 시원한 강바람 덕분인지 눈물이 좀 진정되며 자신이 찾아온 목적이 떠올랐다.

"뭐가 우예 됐노? 답답따, 어서 말해 봐라."

뒤따라온 아주머니가 다시 그렇게 재촉하자 철은 띄엄띄엄 말문을 열었다.

"옥경이가 아파요……. 집에는 아무도 없고…… 어제저녁부터 아무것도…… 못 먹었어요."

"뭐시라? 영희는 어데 갔노?"

"서울요. 벌써 한 달쯤 됐어요."

"서울? 서울은 왜?"

"학교를 마쳐야겠대요. 성공하면 돌아온대요……."

그제야 아주머니도 짚이는 게 있는 듯했다. 약간 미간을 찌푸리며 다시 물었다.

"거라믄 느그 어무이도 알고 있나?"

"편지했어요. 두 번이나……."

"그런데도 안죽 안 왔단 말이제? 어린 너그 둘이만 내삘어져(버려져) 있는데도."

"네……."

"보자, 글타 카믄 어제저녁부터 암것도 못 묵었다는 거 아파서 글탄 말이가? 묵을 기 없어서 글탄 말이가?"

"먹을 게 없어서……."

그렇게 대답하고 나니 다시 눈물이 쏟아져 눈앞이 흐려졌다. 앞서의 참담함에다 알 수 없는 굴욕감까지 곁들여져 쏟아지는 눈물이었다.

"글치만 느그 누부(누나) 쪽지 받고 쌀 한 가마이 보낸 기 한 달도 안 되는데, 그건 다 우쨌노?"

"누나가 서울 갈 때 팔아 가지고 갔어요."

"우야꼬! 참말로 몬됐데이. 나(나이)도 몇 살 안 먹은 가시나가 우째 그래……."

아주머니는 그렇게 영희를 나무라다가 갑자기 철의 등을 밀듯 말했다.

"알았데이. 먼저 가 있그라. 내 쪼매 있다가 느그 집에 가꾸마."

그리고 종종걸음 쳐 다시 집 안으로 돌아갔다.

아주머니는 그로부터 오래잖아 철이네 집으로 왔다. 식은 밥과 반찬을 따로 담은 찬합 둘을 싸 들고 왔는데 뜻밖에도 명혜를 뒤딸리고 있었다.

옥경의 어지럼증과 메스꺼움은 아마도 허기진 속 때문이었던 듯했다. 옥경은 밥을 보자 핼쑥해서 누워 있던 아이답지 않게 허겁지겁 퍼 넣기 시작했다. 그러나 철은 명혜를 보자 새로이 샘솟기 시작한 눈물 때문에 밥을 넘길 수가 없었다. 아주머니가 억지로 쥐어 주는 숟갈로 몇 술 뜨다 끝내 흐느낌 속에 숟갈을 놓고 말았다.

"엉야, 머스마가 저래 가지고 우야겠노? 저러코름 맘이 약해 가지고 뭐에다 쓰겠노?"

아주머니가 그렇게 핀잔을 주었으나 목소리는 측은함으로 떨리고 있었다.

철이 그 새로운 눈물에서 놓여난 것은 눈물을 훔치면서 흘깃 훔쳐본 명혜의 표정 때문이었다. 맑은 두 눈 가득 눈물을 글썽이며 철을 바라보다가 눈길이 마주치자 얼른 고개를 돌리는 게 갑작스러운 깨달음과도 같은 자극이 되었다.

'그래, 못나게 보여서는 안 된다…….'

철은 그런 마음속의 결의로 이를 악물듯 턱없이 과장되기만 하는 감정을 억눌렀다.

"정말로 고맙습니다. 이 은혜 결코 잊지 않겠습니다."

이윽고 철은 눈물을 거두고 그로서는 그때 떠올릴 수 있는 최상의 말을 골라 그렇게 고마움부터 나타냈다.

"은혜는 무신…… 우선 밥이나 먹그라. 엊저녁부터 굶었으믄 얼매나 배가 고프겠노?"

아주머니가 그러면서 다시 숟갈을 쥐어 주었다. 그러나 철은 아무래도 밥을 먹을 수가 없었다. 식욕이 없어서라기보다 묘한 자존심 때문이었다. 적어도 명혜가 보는 데서 걸신 들린 듯 밥을 퍼 넣을 수 없다는 엉뚱한 고집이, 두어 술 떠 넣은 밥 때문에 오히려 더욱 치열해진 배고픔을 이겨 나가게 했다.

"보자, 너그 고향이 돌내골이라 캤지? 안동 근처 어데…… 니 차비 있으면 거다까지 갈 수 있겠나? 너그 어무이 있는 데 말따."

아주머니가 그걸 물은 것은 찬합을 반 넘게 비우고서야 겨우 오빠 생각을 한 옥경이가 아쉬운 듯 숟가락을 놓은 뒤였다. 그 말을 듣자 철이도 문득 그때껏 그 생각을 못 한 게 억울했다.

진작에 어머니를 찾아 나섰더라면 명혜에게 자신의 그런 참담한 꼴을 보이지 않아도 되었으리란 생각이 든 까닭이었다.

"네, 찾아가려면 갈 수는……."

어머니가 보낸 편지 봉투의 발신인 주소를 떠올리며 철이 그렇게 말끝을 흐리자 아주머니가 미리 생각해 온 게 있는 듯 결정을 내렸다.

"그라모 이래 하자. 내가 차비를 해 줄 낀게 며칠 결석하더라도 니가 너그 어무이한테 함 갔다 온나. 콩낱만 한 알라들만 놔뚜고 시상에 이기 무슨 일고? 우짜든지 너그 어무이나 데불꼬 오그라. 그동안 옥경이는 우리 집에 와 있고……."

"싫어요. 저도 오빠 따라갈래요."

곁에 있던 옥경이가 입부터 비쭉이며 그렇게 끼어들었다.

"갈 거라면 옥경이도 데리고 가죠 뭐."

철이도 이왕 어머니를 찾아간다면 옥경이 혼자 남겨 두고 가고 싶지는 않아 거들었다. 아주머니 역시 굳이 옥경이를 잡아 둘 생각은 없었던지 그런 남매의 희망을 쉽게 들어주었다. 철과 옥경의 그 돌연한 귀향은 그렇게 이루어졌다…….

평소에는 거의 잊고 지냈으나 한번 되살려지자 문득 한없는 정감으로 다가오는 고향이란 낱말과 그리로 돌아간다 싶자 느닷없이 이는 가슴 설렘. 거의 본능적으로 자기들이 가진 옷 중에서 가장 좋은 옷을 골라 빨고 다리고 하는 동안 당연히 울적해야 할 그 귀향길은 어느새 신나고 즐거운 여행길이 되고 말았다. 서투른 빨래와 다리미질로 뻡석 같던 그 하룻밤, 새벽 안개 자욱한 길로 내일동 버스 정류장을 향하던 때의 야릇한 흥분과 난생 처음 스스로 기차표를 사던 때의 으쓱함. 그러나 그 모든 유쾌하다면 유쾌할 수도 있는 회상에도 불구하고 철은 끝내 옥경이처럼 즐거운 어린 여행자로 되돌아갈 수는 없었다.

끊임없이 그를 따라다니고 있는 듯한 명혜의 눈길 때문이었다. 칡뿌리 사건 뒤로 어쩌다 먼빛으로 마주쳐도 공연히 심술스러운 표정을 지어 대는 철에게 겁먹은 대로 무언가를 호소하는 듯하던 그 애의 눈길이 그날은 철이 알 수 없는 어떤 괴로움으로 젖어 있었다. 제 어머니 곁에 작은 그림자처럼 붙어 앉아 있다가 말 한마디 나누지 않고 돌아갔지만, 철은 그 애의 두 눈에 흥건히 괴어 있던 눈물이 단순한 동정에서 우러난 것만은 아닌 어떤 괴로움이라고 단정 지었다. 그리고 그런 단정을 바탕으로 삶의 한 시기를 지날 때마다 새로워지는 그 눈물의 의미는 여러 가지로 그의 삶에서 소중한 역할을 했다.

외롭고 불우했던 소년 시절, 자칫하면 순박이라는 아름다운 이름을 가진 무식과 평범이란 그럴싸한 수식 뒤의 패배적인 삶으로 굳어졌을 그를 배움과 남다른 자기 형성의 길로 이끈 것은 바로 그 애의 그런 눈길이었다. 배움과 출세 지향의 길을 떠난 후에도 종종 그를 주저앉게 만들던 여러 삶의 불리한 여건들에 대해 분발과도 같은 용기와 참을성으로 맞서게 해 준 것 또한 그 눈길이었으며, 이것저것 다 지쳐 그대로 침몰했을 뻔했던 그의 젊은 날에 말과 글로 이루어진 가능성의 섬을 찾게 해 준 것도 틀림없이 그 눈길을 대상으로 한 오랜 감정 연습의 한 부산물이었다. 그리하여 삼십 분마다 한 번씩 절망이 강요되는 그 허망한 노력 속에 젊은 날의 나머지가 탕진되는 동안에도 비뚤어진 집착으로 언어의 가소성(可塑性)과 형성력에 매달리고, 모든 혁명 또는 반역의 아들들이 그들의 이념에 대해 품었던 것과 마찬가지의 어두운 열정으로 그 마술적 효능을 신앙할 수 있었던 데도, 그때 그녀의 눈물 괸 눈길에 대한 그 나름의 해석은 분명 무시 못 할 힘이 되어 주었다.

이제 더는 젊음과 사랑을 스스로의 것으로는 얘기하기 쑥스럽게 된 불혹(不惑)의 문턱에서도 이따금씩 그 눈길을 꿈꾸다 깨어난 새벽은 자욱한 담배 연기 속에 그대로 하얗게 밝기 일쑤였다…….

기차가 안동역에 닿은 것은 오후 네 시가 가까울 무렵이었다. 뒷날에는 특급으로 두 시간 안 걸리는 거리가 철도 사정이 열악하던 그 시절의 완행으로는 거의 네 시간이나 잡아먹었다.

가끔은 창밖의 풍경에 눈을 팔기도 하고, 잡상인들이 파는 김밥이나 실로 얽은 풋사과에 정신을 뺏기기도 했지만 그때까지도 철의 주된 정조는 명혜의 눈물을 자신에게 불리하게만 해석한 데서 온 울적함이었다. 그러나 안동역에 내리면서부터 철의 기분은 달라졌다. 까마득하게만 느껴지던 안동에서의 어린 시절이 역 광장 앞 거리의 낯익은 풍경으로 문득 생생하게 살아난 까닭이었다.

저만치 자신이 입학해서 2년이나 다닌 국민학교가 그리운 옛집처럼 눈에 들어왔고, 자기들이 살던 구시장 골목길도 조금만 정성 들여 더듬어 가면 금세 찾아낼 것 같았다.

시외버스 정류장인 통일역도 3년 전과 같은 자리에 별로 달라지지 않은 모습으로 남아 있었다. 아무리 변화의 속도가 느린 1950년대 말의 3년이라 해도 그때 나름으로는 꽤나 달라졌겠지만, 서울 같은 대도시를 본 눈에는 오히려 전보다 더 작고 초라해진 듯 보일 뿐이었다. 거기다가 사탕과 껌, 멀미약 따위를 펼쳐 놓은 작은 목판을 메고 이 버스 저 버스를 옮아 다니는 난쟁이 아저씨도 그대로인 걸 보고, 철은 잠시 자신이 그곳을 그토록 까맣게 잊고 지낸 게 스스로 이상할 지경이었다.

철의 그 뒤 귀향담은 다시 나중에 그가 쓴 어떤 자전적인 글을 통해 들어 보기로 하자.

……아직도 약간은 그렇지만, 그때 내가 벌써 고향 동구를 느낀 것은 안동에서 고향으로 가는 막차에 오르면서부터였다. 마침 그 노선의 읍면(邑面)에는 장(場)이 선 데가 없었던지, 어렵지 않게 버스 안에 자리를 차지하고 앉자마자 나는 그동안 아득히 잊고 지냈던 고향을 일시에 흠씬 느낄 수 있었다. 그 지방 특유의 거칠고 억센 사투리로 격한 말싸움처럼 주고받는 왁자한 농담, 정한 차 시간이 있는데도 하염없이 느긋한 운전사와 조수, 어디로 새 들어오는지 버스가 출발하기도 전에 차 안 가득 차 들어오는 가솔린 냄새……. 그러나 무엇보다도 고향을 가깝게 느끼도록 한 것은 군데군데 박혀 앉은 고향 사람들이었다. 그 편에서는 자라나는 우리를 알아보지 못해도 우리는 금세 알아볼 수 있는, 언제나 그저 조금 늙었을 뿐인 그들, 그때만 해도 고향 가는 막차의 절반을 차지했으나, 문중(門中)의 해체와 더불어 점차 줄어들어 이제는 차 안에서 한둘도 찾아보기 어렵게 된 그 낯익은 집안 사람들…….

그런데 참으로 알 수 없는 것은 우리들 기억의 추상성이다. 뚜렷하고 개별적인 기억이 오래갈 것 같지만 가장 오래가고 쉽게 되살아나는 것은 오히려 추상적인 느낌이나 막연한 분위기 쪽이다.

내가 고향을 떠난 것은 겨우 여섯 살 때였고, 그 뒤로 나는 단 한 명의 고향 사람도 제대로 기억해 내지 못했다. 그런데도 그때 나는 내 기억을 스쳐 간 막연한 느낌만으로 그들을 알아맞혔는데, 나중에 고향에 가서 확인해 보니 나 자신도 놀랄 만큼 착오가 없었다.

버스 차창으로 내다본 고향까지의 백여 리 길도 마찬가지였다. 그 길에 대한 내 기억은 할머니 품에 안겨 높게 올라앉았던 원목 실은 산판 트럭과 이따금 깊게 내려다보이는 산골짜기뿐이었다.

그런데 안동읍을 벗어나고 얼마 안 돼서부터 나는 차멀미로 얼굴이 핼쑥해진 어린 여동생에게 늘 다니던 길을 일러 주듯 고향으로 들어가는 백 리 길 굽이굽이를 일러 주기 시작했다.

"저기는 내앞(川前)인데 우리 진외가가 있어."

"여긴 가랫재라 그러는데 옛날에는 호랑이가 나왔대."

"여기가 임동인데 안동과 우리 돌내골 사이에 꼭 중간이 되지……."

어떻게 그런 걸 아느냐고 물으면 전혀 대답할 길이 없는 기억의 신비였다.

버스가 돌내골로 들어가기 전의 마지막 갈림길을 지나서부터는 고향 쪽에서도 신호가 왔다.

"가마히 있그라. 보자, 너 인제 보이 돌내골까지 가는 모양이제. 누구 집 아아들이로?"

버스가 한참씩 쉬는 면 소재지 정류장마다 토하는 옥경이의 등을 토닥거려 주고 차 안으로 돌아오다 보면 정류소 앞 국밥집에서 어김없이 막걸리 사발을 들이붓듯 마시던 옆자리의 중년이 불쑥 나를 보고 물었다. 일가 아저씨거나 할아버지일 것이란 짐작이 퍼뜩 들었으나, 어떻게 대답할지 몰라 망설이고 있는데 그가 다시 물었다.

"너 웃대 택호(宅號)가 뭐로 이 말이따."

"택호요? 택호가 뭔데요?"

내가 그렇게 묻자 그가 공연히 소리 내어 웃더니 택호를 설명하는 대신 물음을 바꾸었다.

"너어 외가나 진외가가 어디로 이 말이라."

"외가는 영천 섬들[島坪]이고 진외가는 여기 내앞이예요."

"그래? 그래믄 화천댁 손자구나."

그가 그렇게 말하자 차 안 여기저기서 알은체들을 했다.

"그케, 어딘 동 물상(物相)이 많이 낯익드라 캤디……."

"아이, 그래믄 거 뭐시고 밀양인가 어딘 가서 오는 길이란 말가?"

"니 몇 학년고? 야는 니 동생인게세(가 보네)?"

그렇게 물어 오는 사람도 있고, 어떤 아주머니는 어렵잖게 내 이름과 여동생의 이름까지 금세 기억해 내기도 했다. 어머님의 근황도 그때 벌써 다 알 수 있었다.

"섬들댁이 여 온 지 하마 몇 달 된 거 같은데 안죽 안 갔나? 석공에 산도 하나 팔았다 카디……."

"어디, 명훈이 대학 씨겠는다꼬 그거 가주고는 안 되는 갑더라. 요새는 화계재 너머 큰 산 흥정하고 댕긴다 그카지 암매."

"그라믄 요 메칠 왜 안 비노? 통 못 보겠던데."

"그 소리 못 들었나? 상계 참나무 산을 궁씨(宮氏)네 서사(書士)란 놈이 가마이 다 비먹었뿌랬제. 얼매 전에 들으이 그놈 찾으러 갔다 카던데 인제는 돌아왔는 동 몰따."

그럭저럭 차가 고향 장터에 이르렀을 때는 유월의 해도 석병산(石屛山) 쪽으로 뉘엿할 때였다. 나는 그 장터에서 또 한 번 기억의 불가사의함을 경험했다. 현실이 잠재의식 속에서 기억을 건져 올렸다고나 할까, 한번 그곳을 둘러보자마자 그때껏 한 번도 구체적으로 떠올라본 적이 없는 기억이 한꺼번에 되살아나며 눈앞의 사물들과 일치되었다. 진성댁 술도가, 태갑 씨네 점방, 동묵 씨네 정미소, 형분이네 주막, 그리고 저만치 돌내국민학교……. 많아야 만 다섯 살이 채 안 되는 어린 날의 몽롱한 의식을 스쳐 간 사물들이 다시 대하자마자 금세 생생한 기억으로 되살아났다.

특히 태갑 씨네 점방은 상품의 진열까지도 어린 내가 빨간 1환짜리 지폐를 들고 드나들 때와 똑같았다. 대패질하지 않은 송판으로 만든 다섯 층의 계단식 진열장 맨 위에는 몇 종류의 아메다마(눈깔사탕)가 든 크고 목이 넓은 유리병이 줄지어 서 있고, 그 아래층은 울긋불긋한 종이로 싼 질 낮은 포도주(실은 화학주)에다 석불(石佛)이 그려진 조잡한 상표가 붙은 소주병과 숫제 상표조차 붙지 않은 청주 됫병 따위가 늘어서 있으며, 그다음 층은 성냥과 양초갑, 비누, 실 같은 일용잡화 하는 식으로 내려가다가 맨 아래 납작한 유리 상자에는 센베이, 비가, 또뽑기, 꽈배기 따위의 과자류가 담겨 끝이 나는.

하지만 그 첫 번째의 귀향에서 가장 큰 감동을 받은 것은 두들(언덕)이라고 불리는 언덕 마을과 거기 선 여남은 채의 고가(古家)였다. 이번에는 기억이 그때껏 부려 온 것과 정반대의 요사를 부린 탓이었다.

고향의 다른 사물들과 달리 그 언덕 마을과 고가는 어렴풋한 대로 내 기억에 있었고, 이따금씩 꿈을 꾸기도 했다. 그러나 기껏 나지막한 산자락과 고만고만한 기와집 몇 채로 이루어진 평범한 마을에 지나지 않았는데 그때 눈앞에 나타난 것은 너무나 달랐다. 아름드리 참나무 사이로 난 길을 따라 언덕에 오르자 상상 속에서나 그려 보았던 덩그런 기와집들이 잇따라 나타나 이미 도회적인 안목으로 굳어 가는 내게 느닷없는 충격으로 다가왔다. 거기다가 그 뒤 사흘 고향에 머물면서 들은 여러 가지 옛 고향의 영광은 그것을 한때의 충격에서 깊은 감동으로 키워 마침내는 뒷날의 내 의식에까지 지워지지 않는 흔적을 남겼다.

하기야 그전에도 내게는 영락 의식(零落意識) 또는 유적감(流謫感)이라 이름할 수 있는 특이한 종류의 의식이 어렴풋한 대로 형성되어 있었다. 곧, 내가 원래 있어야 할 곳에 있지 않다는, 무언가 잘못된 힘에 의해 부당하게 학대받고 고통당한다는 느낌이 그것이었다. 우리가 옛날에는 부자였다던가 아버지가 동경 유학을 다녀오고 어머니는 전문학교를 중퇴했다던가 하는 따위에 근거한 것으로, 어쩌면 그것은 결핍과 불안의 현실에서 스스로를 위로하기 위해 억지로 지어 낸 미신일지도 모를 일이었다. 그런데 그 귀향에서 본 고가들 중의 하나가 바로 우리 집이었다는 사실은 그 뒤 알게 된 몇 가지 과장된 보학(譜學) 지식과 더불어 내 영락 의식 또는 유적감에 그 어떤 것보다 더 든든한 근거가 되어 주었다.

그 뒤로도 줄곧 펴지지 않은 삶의 고단함과 외로움 탓이었을까, 경상도의 좁은 칸살로도 겨우 마흔 칸 남짓의 그 고가는 그대로 고색창연한 중세의 고성(古城)으로 자라 갔고, 제법 철이 들어서까지도 자신은 그 어떤 음험한 저주로 영지(領地)에서 쫓겨나 방랑하는 소공자 또는 저항할 수 없는 운명에 패배해 떠도는 비극적인 영웅으로 망상하곤 했다. 나이가 들고 식견이 자라면서, 그리하여 자신이 기껏해야 흔해 빠진 토반(土班)의 후예요 실패한 식민지 지식인의 아들에 지나지 않았음을 알게 되면서, 차차 벗어나게 된 유사(類似)의식의 일종이지만, 한때는 내 삶의 많은 선택과 결정이 그 비장감과 자부심에 좌우됐다는 점에서 또한 내 정신의 형성과 전혀 무관하지는 않을 것이다…….

홀로 가는 길

영희가 양장점 문을 열었을 때 양재사 시다 여자애는 바로 영희의 옷을 다림질하고 있었다.

"어찌나 일이 밀리는지, 이제 겨우 끝냈네."

양재사 아주머니가 변명인지 거드름인지 모를 소리로 영희를 맞았다. 재봉틀 선반에 놓인 일감이 헌옷가지인 걸로 보아 가겟일이 그녀의 말처럼 바쁜 것 같지는 않았다.

"이제 다 됐어요. 한번 입어 보세요."

영희보다 두어 살 아래로 보이는 시다 계집아이가 곧 다림질을 마치고 옷을 내밀었다. 첫물인 포플린으로 지은 여름 교복 윗옷은 희다 못해 푸르스름한 빛까지 돌았다.

아직 남은 다림질의 온기가 종종걸음 쳐 온 영희에게 후끈하게 느껴졌지만 그리 불쾌하지는 않았다. 새 옷을 입게 될 때 품게 되는 여자 특유의 기쁨과 들뜸 덕분이었다.

"어때, 잘 맞지? 학교 앞에서 학생들만 전문으로 상대하는 싸구려 맞춤집과는 다를 거야."

양재사 아주머니가 어느새 제법 큰 벽 거울을 떼어 영희를 비춰 주며 제 솜씨에 스스로 만족해하는 표정을 지었다. 그 바람에 영희도 더욱 기대를 가지고 거울 속을 차분히 들여다보았다. 그런데 참으로 알 수 없는 일이었다. 옷은 틀림없이 교복의 격식을 갖추었고 몸에도 잘 맞았지만, 거울 속에서 마주 보는 것은 아무래도 교복을 입은 여학생이 아니었다. 몸매나 표정이 교복과 너무 어울리지 않아 꼭 교복을 빌려 입고 여학생 행세를 하려 드는 논다니처럼 느껴졌다.

작년에 입던 교복이 어울리지 않는 걸 그저 옷이 작아지고 낡아서 그리 된 줄로만 알았던 영희는 새로 맞춘 교복에서까지 그런 느낌이 들자 문득 섬뜩해져 자신을 돌아보았다.

'이 1년 동안에 무엇이 달라진 것일까? 왜 교복이 이렇게 어울리지 않게 되었을까……?'

말할 것도 없이 가장 먼저 떠오른 것은 오빠 명훈 때문에 밀양 집으로 끌려가 넉 달 가까이나 못 나가게 된 학교였다. 박 원장과 어머니에게 음험한 원한을 불태우며 밥 짓기와 설거지와 빨래로 보낸 그 넉 달이 자신에게서 학생 티를 벗겨 버렸으리라는 짐작이 든 까닭이었다. 하지만 그것과 거의 동시에 짚여 오는 또 다른 짐작은 미처 누구를 원망할 틈도 없이 영희를 풀썩 주저앉고 싶을 만큼 상심하게 만들었다. 바로 그녀의 몸이 겪은 변화였다. 그 교복이 어울릴 대부분의 계집아이들과는 달리, 남자를 알아도 제법 깊숙이 알게 된 자신의 몸이 교복에는 어울리지 않는 어떤 유별난 징표를 드러낸 게 아닌가 싶어 가슴이 서늘해졌다.

"왜? 맘에 안 들어? 어디야? 어디가 어때서 그래?"

거울 속을 들여다보다가 갑자기 굳어지는 영희의 표정에 양재사 아주머니가 약간 당황하는 눈치로 물었다. 영희가 거울 속을 살피느라 그녀의 수다를 무시한 게 옷에 대한 불만으로 받아들여진 것임에 틀림없었다.

영희는 또 영희대로 양재사 아주머니가 자신을 빤히 쳐다보며 그렇게 묻는 게 당황스러웠다. 그저 눈치만을 살피는 게 아니라 몸 구석구석을 샅샅이 훑어보는 듯 느껴진 까닭이었다. 금세 자신의 몸이 겪은 변화를 알아보고 빈정거릴 것 같아 속으로 울컥 화가 치밀기까지 했다.

"아무래도 교복인데 가슴을 너무 살린 거 아니에요? 에리(목깃)도 너무 좁고……."

영희가 얼른 눈에 띄는 대로 불만을 털어놓자 양재사가 넉살 좋게 받았다.

"이 학생 이제 보니 영 쑥이네. 요새 학생들 젖통 크게 보이게 하지 못해 안달인 줄 알았는데…… 그리고 에리도 그래. 아무리 교복이라 해도 에리가 너무 넓으면 촌스럽다고. 썩 잘 어울리는

데 뭘 그래?"

그렇게 받아넘기는 양재사의 말이 영희의 마음을 조금 누그러지게 했다. 아무런 근거 없는 지레짐작으로 그녀에게 화를 낸 게 오히려 미안해 옷에 대한 불평은 그쯤에서 거두었다. 그리고 어떻게 좀 깎아 볼까 하던 바느질삯을 그대로 치르고는 다시 종종걸음 쳐 이모네 집으로 돌아갔다.

집을 나설 때 이미 자욱이 감돌던 전운(戰雲)은 그사이 더욱 짙어져 있었다. 명인 이모는 아직도 간밤을 새운 그 자리에 앉은 채 표독을 부리고 있었으나 외박을 하고 돌아온 이모부는 이불을 둘러쓰고 눕는 대신 시원스레 벗어부치고 수돗가에서 세수를 하고 있었다.

그 태도가 너무 당당해 영희에게는 오히려 위험스럽게 보였다. 영희가 알고 있는 그들 내외의 관계로 미뤄 보아서는 그런 이모부의 태도가 터무니없게 느껴지기까지 했다.

싸움은 까닭 없이 조마조마해진 영희가 식모 후불이의 부엌방으로 피해 들어앉은 지 몇 분 안 돼 터졌다.

"김 일병, 김 일병."

이모부가 큰 소리로 운전병을 부른 뒤,

"부관에게 연락해. 나 오늘 점심 먹고 들어간다고 작전과장보고 부대 좀 잘 장악하고 있으라고 그래."

그렇게 명령조로 말하는데 그때껏 표독을 부리지 않았던 이모의 앙칼진 목소리가 끼어들었다.

“아이고, 이젠 아주 부대까지 팽개치고 나서네. 당신 그전에 나 좀 봐요.”

“또 왜 그래?”

이모부가 적어도 기가 죽은 것은 아닌 목소리로 그런 이모의 말을 받았다.

“어쨌든 들어와서 얘기해요. 애들하고 김 일병 보는 데서 창피 당하지 않으려거든.”

이모가 다시 그렇게 쏘아붙이자 이모부는 마루에라도 걸터앉는지 삐걱 하는 마룻장 소리를 내며 느긋하게 말했다.

“이거 우리 금호 마님께서 왜 이러시나? 그래, 무슨 얘기야.”

“당신 똑바로 말해요. 어제 왜 외박했어요?”

“내 말하지 않았어. 동기생들하고 술 한잔하다가 늦어졌다고.”

“둘러대지 말아요. 전에는 통금이 돼도 잘만 돌아오지 않았어요? 그럼 새벽 다섯 시까지 얘기했단 말이에요?”

이모가 그렇게 따지고 들자 이모부는 대답이 좀 궁해진 듯했다. 그러나 여전히 기죽지는 않았다.

“남자들 간에는 밤새워 이야기할 일도 있는 법이야.”

그렇게 머뭇머뭇 말하자 갑자기 이모의 목소리가 높아졌다.

“흥, 또 그리로 둘러대려고. 그래, 당신 동기생 몇이 참모총장을 몰아냈다고 당신이 덩달아 들뜰 건 뭐예요? 누가 그 참모총장 자리에 당신 앉혀 준답디까?”

"바깥일을 그렇게 안에서 함부로 말하는 게 아니야."

"왜 말 못 해요? 당신 그때 보지 않았어요? 김 중령 부인이 울고불고 사방으로 뛰어다니는 꼴 말이에요. 죄목이나 적어야지. 국가반란음모죄라니, 끔찍하지도 않습디까? 다행히 송(송요찬) 장군이 점잖아 조용히 총장직을 물러났기에 망정이지. 그런데 이제 와서 또 뭐예요? 더군다나 당신은 뒤늦게 뭐 어쩌겠다고 그 사람들과 어울려요?"

"어어? 이 여자 봐. 그러니까 당신, 내가 기생집에서 오입질하느라 외박하지는 않았다는 걸 알면서도 부리는 강짜요?"

"그래요. 어느 쪽도 마찬가지예요. 도대체가 당신까지 나서서 덤벙대는 게 못마땅하단 말이에요. 혁명이고 민주고 학생들이나 민간인들이 떠들고 나서는 거지, 군인인 당신들이 어떻다는 거예요? 왜 쓸데없이 모여 수군대는 거예요?"

"어라, 이 똑똑한 여자가 점점 더 못 하는 소리가 없네. 남 들으면 우리가 모여 무슨 큰 역적질 모의라도 하는 줄 알겠어. 그건 그렇고 군인이 어쩌고 하는 당신 말투도 아주 기분 나쁜데. 그럼 군인은 이 나라 국민도 아니란 거야? 군인이라고 해서 나라가 썩어 문드러져도 보고만 있으란 말이지?"

"도대체 당신들이 뭘 안다고 나서는 거예요? 정치라면 그쪽으로 수십 년 부대끼고 닳은 정치가들이 있잖아요?"

"시끄러워!"

갑자기 이모부의 언성이 높아졌다. 그전의 관계로 보아서는 상상도 못 할 만큼의 위엄과 노기가 서려 있었다.

그 기세에 눌렸는지, 아니면 이모부의 그 같은 표변에 아연했는지, 이모도 잠시 말대꾸가 없었다. 그 때문에 생긴 바깥의 짧은 침묵을 다시 이모부의 삼엄한 말소리가 깼다.

"당신이 나보다 많이 배우고 많이 안다는 건 나도 알아. 하지만 한 가지 경고하겠는데, 제발 이 일만은 좀 아는척 나서지 마. 당신도 모르는 게 있다는 걸 알고 입 좀 다물고 있으라고. 군인 여편네 노릇을 하마 10년이나 했으니 이게 무슨 소린지는 알아듣겠지?"

그러고는 삐걱이는 마룻장 소리를 내는 게 마루를 가로질러 안방으로 들어가는 듯했다.

"아니, 저 양반이 이제는 아주……."

이모가 발끈해 뒤따라 들어가며 그렇게 중얼거렸으나 싸움은 그 뒤로 별 진전이 없었다. 한동안 말다툼이 계속되었어도 어디까지나 주위를 의식한 자제된 것이어서 주고받는 내용은 더 알아들을 수가 없었다.

하지만 그 싸움이 언제나 그런 것처럼 이모의 일방적인 승리로 끝나지 않았음은 분명했다.

"김 일병, 시동 걸어!"

잠시 후 군복으로 갈아입은 이모부가 그새 운전병이 번쩍이게 닦아 놓은 군화에 발을 꿰면서 외치는 목소리에는 조금도 억눌린 낌새가 느껴지지 않았다. 시작과는 달리 오히려 몰린 눈치가 보이는 것은 이모 쪽이었다.

"저 맺고 끊고 못 하는 양반이 공연히 무슨 일을 내지……."

이모부가 탄 지프가 사라진 쪽을 보며 그렇게 중얼거리다가 방문을 열고 내다보는 영희와 눈이 마주치자 황급히 말끝을 흐리는 게 평소의 싸움 끝과는 많이 달랐다.

이모 내외의 싸움이 그렇게 가라앉는 걸 보고 영희는 곧 제 볼일로 돌아갔다.

"후불이 너 미안하지만 아이롱(다리미)에 숯불 좀 피워 줄래?"

영희가 그렇게 부탁하자 영희 못지않게 주인 내외의 싸움에 신경을 쓰고 있던 후불이가 까닭 없이 화들짝 놀라며 물었다.

"이 더운 날에 엇다 대림질을……."

"교복 스커트를 좀 다렸으면 해서. 어제 빨았는데 서지라서 그런지 영 주름이 안 펴지네."

"학교는 저녁때 가잖아요?"

달아오르기 시작하는 유월 중순의 한낮 햇볕에 숯을 피우기가 아무래도 마음 내키지 않는지 후불이가 탐탁잖게 대꾸했다.

'이 기집애가…….'

영희는 후불이가 자신을 무시하는 것 같아 화가 훅 치밀었으나, 아직 얼마나 더 그 집 신세를 져야 될지 모른다는 생각에 꾹 눌러 참았다. 아무리 이모네 식모라지만, 더부살이하는 자신의 처지로서는 그녀와 틀어져 지내 이로울 게 없는 까닭이었다.

"낮에 어디 좀 가 볼 데가 있어서…… 그럼 숯 있는 데나 알려 줘. 내가 불 피울 테니."

영희가 그렇게 숙이고 들자 후불이도 좀 미안한지 배시시 웃으며 일어났다.

"새 옷 찾고 스커트 다려 입고 어디 애인 만나러 가요?"

"애인은 무슨…… 숯 있는 데나 알려 줘."

"숯불은 제가 피워 줄게요. 한번 피웠다 물을 부어 꺼 둔 거라 언니 솜씨로는 어려울걸요. 대신 바른 대로 고백해요."

겨우 두 살 아래인데도 까마득하게 어린 것처럼 느껴지는 후불이의, 남녀 관계에 대한 호기심이 진득이 밴 말투였다.

영희는 적당히 눙쳐 그 호기심을 곱게 살려 줄까 하다가 이내 바른 대로 말하기로 생각을 바꾸었다.

"실은 취직을 하러 가. 면접 시험이 있어서……."

"취직요? 어딘데요?"

"몰라. 조그만 회사래. 경리를 뽑는다는데……."

"학교는 어떡하고요?"

"야간은 어떻게 다니게 해 주겠대."

그러자 후불이는 좀 전과는 달리 사근사근해져 부엌으로 나갔다. 후불이가 부엌에서 숯불을 피우느라 풍구 돌리는 소리를 듣고 있는데 방문이 열리며 이모가 들어왔다. 어렸을 적 그렇게 눈부셔 보이던 그녀의 아름다움은 이젠 살이에 찌든 중년 여인의 화장 짙은 얼굴 속에 희미한 자취로만 남아 있었다.

"영희, 나 좀 보자. 안방으로 건너와."

이모는 그 말과 함께 문을 닫고 나갔다. 이제 드디어 시작이구

나. 영희는 그렇게 생각하며 이모를 따라 안방으로 건너갔다.

"너 말이야, 혹시 무슨 다른 일이 있어 집 나온 거 아니냐?"

이모가 자리에 앉기 무섭게 물었다. 영희가 시치미를 떼고 되물었다.

"무슨…… 다른 일이라니요?"

"하마 네가 온 지 스무 날 가까운데 어째서 언니한테는 한 번 연락도 없지? 언니 성격으로는 말만 한 처녀 애를 내보내 놓고 하루도 못 배길 텐데 편지 한 장 없는 게 이상해. 그리고 명훈이는 또 어떻게 된 거야? 네가 와 있다면 아무리 바빠도 한 번쯤은 여길 들여다봐야 할 거 아냐?"

"이모님한테 미안해서일 거예요, 둘 다."

"아냐. 무언가 좀 이상해. 너 밀양서 올라온 게 언제라고 그랬지?"

"이모님 댁에 오기 전날요."

"명훈이는 보고 왔니?"

"네."

"그때 남매가 같이 자취한다는 소릴 들은 것 같은데, 이번에는 왜 여기로 오게 됐니? 물론 나한테 온 게 잘못이란 뜻은 아니다만……."

"말씀드렸잖아요? 그 방은 오빠 친구들이 둘이나 와 있어서……."

"그래도 어떻게 남매가 함께 지낼 구처(방도)를 내 봐야지……."

"그러잖아도 오빠는 지금 방을 얻어 나오려 하고 있어요. 곧 연락이 올 거예요."

영희는 그렇게 둘러대면서도 새삼 자신이 너무 오래 이모님 댁에 머물렀다는 생각이 들었다. 평소에 별로 왕래가 없는 것만 믿고 온 것이었지만, 거꾸로 이모 쪽에서 어머니와 오빠에게 연락을 할 위험이 있다는 걸 잊고 있었다.

다행히도 이모는 그 일을 더 꼬치꼬치 캐지는 않았다. 원래 하고 싶은 얘기가 따로 있었는지 잠시 침묵으로 뜸을 들이다가 입을 열었다.

"실은 말이다, 너도 알다시피 이모부는 군인이다. 더구나 지금은 진급을 앞두고 있어 주위에 신경을 써야 할 땐데 영 걱정이구나. 너야 무슨 문제가 있겠느냐마는 너희 아버지가 워낙 좌익으로 드러난 사람이 돼서 어째……. 물론 이모부는 내가 이런 소리를 한 걸 알면 펄쩍 뛸 거다. 그 양반은 4·19로 세상이 온통 뒤집힌 줄 믿고 있지만 사상 문제만은 그렇지 않아……."

거기까지 듣자 영희는 더 듣지 않아도 이모가 무슨 말을 하려는지 알 것 같았다. 하기 힘든 말을 빙빙 둘러서 해야 하는 어려움에서 이모를 빼내 줄 양으로 그녀의 말허리를 잘랐다.

"그렇지 않아도 오늘은 어떻게 해 보려던 참이었어요. 취직도 곧 될 것 같고……."

그렇게 생각도 안 한 거짓말을 둘러댔다. 사실 취직만 된다면 구태여 남의 눈칫밥을 먹고 있을 생각은 없었다.

영희가 그렇게 나오자 이모도 더 길게 늘어놓지는 않았다. 영희가 나가기를 바란 게 자신의 무정함 때문만은 아니라는 변명 비슷한 말만 두어 번 되풀이하고 영희를 놓아주었다.

영희가 명인 이모네 집을 나선 것은 열한 시가 넘어서였다. 벌써 6월도 중순이어서 가로수 잎새가 한창 싱그럽게 피어나고 있었다. 사람들의 차림도 거의가 반소매였다.

신촌 로터리까지 걸어 나온 영희는 거기서 청계천으로 가는 버스를 탔다. 그리고 주머니에서 다시 한 번 종이쪽지를 꺼내 찾아가는 곳을 확인했다. 청계천 3가 수도빌딩 맞은편 대흥기업. 몇 번이나 읽어 벌써 머릿속에 박히다시피 한 내용이었다.

"학교를 통해서라기보다는 내가 개인적으로 더 잘 아는 곳이다. 이북 사람들이라 지독한 구석은 있지만, 속은 알차지. 내일 오전 중으로 찾아가 봐라."

쪽지를 건네주며 그렇게 말하던 담임선생의 덤덤한 얼굴이 떠올랐다. 만약 그게 행운이라면 실로 뜻밖의 행운이었다. 겨울방학, 봄방학을 빼고도 80일이 넘는 결석을 그동안 밀린 월사금을 일시에 내는 걸로 해결을 보고 복학을 하던 날 그가 교무실로 부를 때만 해도 영희는 취직 부탁 같은 것은 생각해 본 적이 없었다. 그러나 장기 결석 사유를 묻는 그에게 어려운 가정 형편으로 둘러대다가 건성으로 한번 부탁해 본 것인데, 한 달이 지난 어제야 불쑥 그 쪽지를 내밀며 찾아가 보라고 권했다.

"드디어 개헌안이 통과됐군. 양원(兩院)에 내각책임제라…… 밥

그릇 수를 이만큼 늘려 놨으니 이제는 그놈의 쌈박질이 좀 숙질까."

앞 좌석에 앉아 신문을 펴 들고 앉았던 신사복이 동행인 듯한 옆사람에게 신문을 넘겨 주며 말했다. 둘 다 왠지 대학교수거나 그 비슷한 직업 같은 인상을 주는 사람들이었다.

"밥그릇 수만 늘려서 뭘해? 밥을 늘려야지, 밥을……."

상대가 그렇게 받자 처음 사람이 그 말을 받는 식으로 두 사람은 한동안 누구에겐지 모를 빈정거림을 계속했다. 그러나 취직 문제에 정신이 팔려 있는 영희의 귀에는 그들의 말이 잘 들어오지 않았다.

청계천 3가에 내린 영희는 수도빌딩을 찾는 데 한동안 진땀을 뺐다. 빌딩이라는 말에 높고 큰 건물로만 생각했으나 겨우 찾아내고 보니 길가의 낡은 일본식 3층 건물이었다. 거기다가 영희를 더욱 맥 빠지게 하는 것은 그 건물 맞은편이었다. 대흥기업이 있을 그 맞은편은 얼핏 보아 작은 고물상이나 철물점이 모여 있는 거리 같았다. 가게 앞 길가에 이런저런 잡동사니를 늘어놓아 그러잖아도 작은 가게를 더욱 초라하고 옹색해 보이게 하는 업체들이 줄지어 늘어선 그 거리 어디에도 영희가 상상해 온 대흥기업은 있을 것 같지가 않았다. 영희는 자신이 길을 잘못 찾아든 것 같아 다시 한 번 수도빌딩을 확인해 보았다.

1층에 세 들어 철물 가게를 하는 아저씨에게 물었더니 틀림없이 거기가 수도빌딩이란 대답이었다. 그렇다면 대흥기업도 틀림없이 맞은편 거리의 콧구멍만 한 점포들 가운데 하나일 것이란 생각이 들자 영희는 그대로 돌아서고 싶은 심경이었다. 그 거리 어디에도 경리나 사무원은커녕 심부름하는 계집애라도 제대로 월급 주어 가며 부릴 만한 업체가 없어 보이는 까닭이었다.

그렇지만 기분대로 할 수 없는 게 또한 그 무렵 영희의 사정이었다. 밀양에서 재봉틀을 잡히고 쌀을 팔아 만 5천 환이 넘는 돈을 마련했을 때만 해도 영희는 그 돈이면 무엇이라도 할 수 있을 것 같았다. 그러나 막상 서울에 와서 보니 그게 아니었다.

복학 때문에 두 학기분 공납금을 한꺼번에 내고 책가방에 책권 마련하느라 거의 8천 환이 날아간 데다, 한 열흘 모니카네 집에 얹혀 지내면서 모니카와 함께 흥청거리느라 또 몇천 환이 날아가 이모네 집으로 옮길 때는 이미 5천 환도 남아 있지 않았다. 거기다가 교복 윗도리 찾는 데 다시 1천 환 가까이 줄고, 그동안 조금씩 쓴 잡비도 있어 벌써 영희에게 남은 돈은 3천 환이 채 안 됐다. 용케 취직이 된다 해도 골방 하나 세 얻을 돈도 남아 있지 않았다.

'어쨌든 사람을 구해 달랬으니까 그만한 힘은 있겠지. 설마 월급도 안 주고 사람 부릴 생각을 했을라고…….'

영희는 까닭 모르게 한심해지는 기분을 달래며 길을 건너 대흥기업을 찾았다. 참으로 알 수 없는 것은 그 거리의 간판들이었다. 길 건너서 보기에는 초라한 고물상 같은 가게들이었는데도 간판만은 한결같이 어마어마했다. '경원기계', '영남공업', '흥국철물', '한남전업'……. 그러다가 얼마 안 가 찾고 있는 대흥기업이 눈에 들어왔다. '시대냉동'과 '진흥기계' 사이에 끼인 여남은 평의 점포로 그 앞 보도에는 부서진 선풍기와 녹슨 철사 뭉치, 내용물을 알 수 없는 철제 상자 같은 것들이 함부로 무더기 져 있었다.

영희가 쭈뼛거리며 다가가니 가게 안에서 두 사람이 무언지 잘 알 수 없는 기계를 좁은 바닥 가득 뜯어 놓고 마주 앉아 있는 게 보였다. 한 사람은 나이 마흔쯤 되었을까, 단단해 뵈는 체구의 중년이었고 다른 한 사람은 땀과 기름때에 전 러닝셔츠를 걸친 상고머리 젊은이였는데 어딘가 약간 겁먹은 듯한 눈길로 나이 든 쪽이 하는 양을 주의 깊게 지켜보고 있었다.

"대체 어드렇게 된 거이야? 같은 냉장고가 와 이래 다르네? 학교서 뭐 새로 들은 거 없어?"

나이 든 쪽이 젊은이를 향해 시비하듯 물었다. 젊은이가 어깨까지 움찔하더니 더욱 겁먹은 눈길로 더듬거렸다.

"냉장고는…… 학교서 한 번도……."

"그놈의 학교는 뭐 하는 곳이가? 공고(工高)라면서? 뭐 필요한 것만 골라 안 가르치는 데간?"

나이 든 쪽은 금방 쥐어박기라도 할 듯한 눈초리로 젊은이를 쏘아보다가 다시 그 기계에 달라붙었다.

뒷날 이 나라 냉동기기 제조업계를 주름잡게 될 그들이었지만 그날의 영희에게는 땀과 기름때에 전 그들이 바로 그 가게의 주인 부자(父子)라는 것조차 짐작이 가지 않았다. 오히려 주인이 일꾼에게 가게를 맡기고 자리를 비운 것이라는 근거 없는 단정으로 그때까지의 쭈뼛거림에서 벗어나며 물었다.

"저어 사장님은 어디 가셨습니까?"

"뭐이가? 무슨 일로 왔네?"

나이 든 쪽이 여전히 시비라도 받는 말투로 물었다. 고등학생이라고는 해도 나이가 있어선지 그 무렵은 낯선 어른들이 자신에게 말을 놓는 일이 드물었는데, 그 사람이 대뜸 반말로 나오자 영희는 속으로 은근히 화가 치밀었다. 그러나 어쩌면 앞으로 그와 함께 일하게 될지 모른다는 짐작에서 나온 계산이 그런 영희를 달랬다.

"사장님을 뵈러 왔는데요."

영희는 치미는 부아를 억누르며 그렇게 또박또박 말했다. 그가 더욱 거칠게 받았다.

"그러니까 뭣 땜에 왔느냐고 묻지 않았네? 사장은 무슨……."

그제야 영희는 그가 바로 주인이라는 걸 알았다. 머쓱함과 아울러 다시 한 번 한심한 기분이 들었으나, 어떻게든 일자리를 얻어야 하는 다급함에 몰려 공손하게 자신이 온 목적을 밝혔다.

"명신여상에서 손병규 선생님이 보내서 왔습니다. 사람을 구한다고 하시기에……."

"아, 손병규 선생?"

담임선생의 이름을 듣자 그의 말투가 좀 풀어졌다. 그러나 재빨리 영희를 훑어본 눈길이 이내 실쭉해지며 말을 이었다.

"글티만 뭐 하이칼라 여사무원을 쓰자는 건 앙이고, 가게 청소부텀 자질구레한 수금까지 막 부릴 체니(처녀)아일 찾은 거인데 학생이 할 수 있갔어?"

"네, 일은 뭐든 할 수 있어요."

사람을 대하는 데 너무도 자신 있어 하는 그의 말투에 오히려 까닭 모를 기대를 걸게 된 영희가 고까움을 참고 그렇게 받았다. 그가 이래도냐는 식으로 덧붙였다.

"것두 한 달에 몇천 환 갰구서."

그런데 그 '몇천 환' 하는 말이 또 너무 수월하게 들려 더욱 영희의 마음을 끌었다. 보기에는 꾀죄죄해도 벌이는 좋은 모양이로구나. 절로 그런 생각이 들 만큼 몇천 환을 가볍게 말했기 때문이었다.

그 바람에 영희가 처음과는 달리 대답에 정성과 간절함을 담게 되자 그 뒤는 쉽게 풀렸다. 월급은 5천 환. 거기다가 더욱 좋은 것은 그 가게 뒤의 작은 골방을 쓸 수 있게 된 것이었다. 가게도 지킬 겸 해서 그때까지는 아들인 그 젊은이가 기거해 오던 한 평 남짓의 방으로, 그렇잖으면 따로 돈을 들여 방을 얻어야 할 영희에게는 그걸 쓸 수 있게 된 게 여간 다행한 일이 아니었다.

사실 그동안도 영희는 일자리를 얻기 위해 두 군데나 찾아가 본 적이 있었다. 첫 번째는 전봇대에 붙은 '종업원 구함'이란 쪽지를 보고 찾아간 시장 근처의 식당이었는데, 학교에 갈 틈을 주지 않을 뿐만 아니라 월급도 침식을 제공한다는 명목으로 겨우 3천 5백 환밖에 안 됐다. 무슨 봉제 공장이라는 곳도 대우가 좋지 않기는 마찬가지였다. 역시 학교 갈 틈이 없을 뿐만 아니라, 침식밖에 안 대 주는 견습 두 달이 끝나 정식 재봉사가 되어도 월급은 5천 환이 차지 않았다.

거기 비하면 대흥기업의 조건들은 바로 영희를 위해 일부러 마련된 것처럼 맞아떨어지는 셈이었다.

영희에게는 거짓말처럼 일이 쉽게 풀려, 다음 날부터 일을 나가기로 하고 그곳을 나선 것은 점심때가 다 된 뒤였다. 그들의 단골밥집에서 점심상이 배달돼 오자 주인아저씨는 무뚝뚝하고 거친 말투와는 달리 옷자락을 잡듯 영희에게 함께 먹기를 권했지만 영희는 왠지 쑥스러워 그대로 털고 일어났다.

그녀 자신에게는 몹시 심각한 일이라 영희가 긴장해서 그랬던지, 가게 안에 있을 때는 몰랐으나 거리에 나와 보니 날은 6월 같지 않게 무더웠다. 하지만 영희의 기분은 무거운 짐을 내려놓은 듯 홀가분하고 상쾌하기까지 했다. 종로 쪽으로 길을 건너다 가만히 돌아보았을 때 이미 '대흥기업'은 처음 볼 때처럼 초라한 고물상같이는 느껴지지 않았다.

그로부터 20년은 지나서야 꽃필 이 나라의 산업사회 — 부정적 의미로든 긍정적인 의미로든 — 로의 튼실한 싹을 거기서 보았다는 식의 대단한 발견은 아닐지 몰라도, 기름때에 절어 선진 문명의 이기(利器)를 제 것으로 만들고 있는 그들 부자에게 어떤 믿음 같은 걸 품게 된 것만은 사실이었다.

'오늘은 오빠에게나 가 볼까…….'

이제 모든 것이 해결됐다는 기분에 우쭐해지기까지 하며 영희는 불현듯 명훈을 떠올렸다. 서울에 온 지 한 달이 가깝도록 오빠를 찾아가지 않은 것은 지난 일로 먹게 된 앙심보다는 그에 의해 다시 어머니에게로 끌려가게 될지 모른다는 두려움 때문이었다. 어머니의 말은 웬만하면 그대로 따르는 오빠의 성격으로 미루어 어머니의 엄한 당부가 있을 때는 머리채를 끌고라도 집으로 다시 데려갈까 걱정되었다.

그러나 이제는 다를 것 같았다. 아무리 오빠라도 혼자서 학교를 마칠 수 있도록 되어 있는 그녀를 굳이 집으로 끌고 갈 것 같지는 않았다. 거기다가 벌써 넉 달째나 오빠를 못 본 데서 생긴 그리움 같은 것이 한 달이나 혼자서 객지를 떠돌면서 느낀 외로움으로 과장되어 영희를 명훈의 자취방으로 끌었다.

영희에게는 까마득한 세월이 지난 것처럼 느껴졌으나 따지고 보면 겨우 다섯 달 남짓이어서 그런지 동네는 조금도 변함이 없었다. 자취방으로 오르는 골목길 어귀의 헌책방에는 주인아저씨가 대낮부터 얼큰하게 취해 건들거리고 있었고, 악착스러운 구멍가게 아주머니는 가게 앞 골목길에 물을 뿌린다, 쓴다 하며 바지런을 떨고 있었다. 형배에게 뺏기듯 입맞춤을 당한 공터도 아직 그대로였다.

영희는 몇십 년 만에 귀향하는 사람처럼 그 모든 걸 감회 어린 눈길로 보며 천천히 언덕길을 올라갔다.

그런데 그 무슨 조화였을까. 저만치 눈에 익은 자취방 창문이 보이는 곳에 이르렀을 때 문득 섬뜩하게 가슴을 스쳐 가는 예감이 있었다. 무언가 그 집 안에 좋지 않은 일이 자신을 기다리고 있는 듯한 느낌이 바로 그것이었다. 그 바람에 영희는 무턱대고 집 안으로 들어가는 대신 잠시 창문 밑에 붙어 서서 방 안의 동정에 귀를 기울였다. 어쩌면 방 안에서 새어 나오는 말소리가 있어 절로 귀를 기울이게 된 건지도 모를 일이었다.

"그 기집애가 거길 뭣 땜에 갔겠어요? 어머니가 올라오시면 맨 먼저 들이닥칠 줄 뻔히 알면서……."

명훈이 무엇엔가 마음 내키지 않아 내는 볼멘 목소리가 먼저 들려왔다. 이어 어머니의 성난 목소리가 심장에 얼음덩이를 갖다 대는 듯한 느낌과 함께 영희의 고막을 쑤셔 댔다.

"그 덜 돼 먹은 년이 돈이사 몇 푼 뭉쳐 갔다 카지마는 앞이 뻔하다. 내 속으로 난 자식 내가 모리고 누가 알겠노? 보나마나 학교 드가는 데하고 번쩍번쩍하는 구두에, 시계에, 옷에 다 털어 옇고 벌써로 한푼 안 남았을 끼다. 그래서 이 집 저 집 떠댕기다 지금은 너그 셋째 이모 집에 처억 들앉았을 끼란 말이다. 어서 일나라. 집이나 좀 갈채(가르쳐) 다고……."

얼어붙은 듯 창틀 밑에 굳어 있던 것도 잠시 영희는 곧 절박한 위기감까지 느끼며 그곳을 떠났다. 그리고 금세라도 어머니가 뛰쳐나와 머리채를 휘어잡을 것 같은 공포에 쫓기며 뛰듯이 골목길을 내려갔다.

영희가 겨우 제정신을 차린 것은 지나가는 시발택시를 잡아

탄 뒤였다.

"신촌으로 가요, 신촌으로."

허겁지겁 차에 뛰어올라 그렇게 소리치자 덩달아 긴장해 속도를 내던 운전사가 길게 한숨을 내쉬는 영희에게 물었다.

"학생이 무슨 급한 일이 있는 모양이지."

"네, 좀……."

영희는 그렇게 대답해 놓고 비로소 자신의 행동이 지나치게 남의 눈길을 끈 데 대해 경계심을 느꼈다. 만약 이모네 집에 가서까지 그렇게 허둥댔다간 눈치 빠른 이모에게 붙잡힐지도 몰랐다. 책가방이나 옷 보따리라도 잡고 늘어지며 이것저것 캐묻는 사이에 어머니와 오빠가 들이닥치게 되면 그야말로 큰일이었다.

다행히도 이모는 집 안에 없었다. 영희는 의아롭게 여기는 후불이를 무시한 채 짐을 쌌다. 책가방과 옷 몇 벌이 든 여행 가방뿐이라 그리 시간이 오래 걸리지는 않았다. 그러나 이모네 집을 나와 갈 곳도 정하지 않고 아무 버스에나 오를 때까지도 금세 오빠와 어머니가 뒤쫓아 오는 듯한 절박감에 내몰려야 했다.

'어디로 간다?'

영희가 비로소 그런 생각을 하게 된 것은 버스가 어느덧 이모네 집 동네에서 서너 정류장을 지나고 나서였다. 조금 가라앉은 마음으로 차창 밖을 내다보니 모니카네 집이 있는 마포 쪽으로 가고 있는 듯했다. 얼결에 뛰어올랐지만 실은 버스에 오를 때부터 그 집을 향하고 있었는지 모를 일이었다.

어머니가 서울로 올라와 친척집은 안전할 수 없게 된 그때로서는 사실 거기밖에 찾아갈 데가 없었다.

하지만 막상 모니카네 집으로 갈 생각을 하자 영희는 이내 강한 거부감을 느꼈다. 아무리 다급해도 거기만은 다시 가고 싶지 않다 — 그게 영희의 솔직한 심경이었다. 처음 서울로 올라와서 한 열흘 잘 지낸 집인데도 그토록 강한 거부감이 이는 게 스스로도 이상해 영희는 잠시 그 까닭을 생각해 보았다. 짐을 꾸려 나오기 전날 저녁 모니카네 어머니가 빈정대듯 한 말 한마디뿐, 그렇게 그곳이 싫어야 할 까닭이 얼른 떠오르지 않았다. 그러다가 한참 뒤에야 영희는 그게 바로 모니카 자신과 그 집을 감싸고 있는 야릇한 분위기 때문임을 알았다.

처음 서울로 온 영희가 모니카를 찾아갔을 때 그녀는 영희를 끌어안고 눈물을 글썽일 정도로 반겼다. 그 뒤의 대엿새도 한편으로는 형배의 추억으로, 다른 한편으로는 넉넉한 시간과 돈으로 사게 된 이런저런 즐거움으로 둘은 그 어느 때보다 잘 죽이 맞아 돌아갔다. 형배의 묘소를 찾아가고 어마어마한 합동 위령제에 제법 고인의 미망인이라도 되는 듯 참석해 눈물을 흘리기도 했다. 대단찮은 형배의 추억을 과장해 주고받으며 밤을 지샜고 한 번은 용기를 내어 그의 집을 들러 본 적도 있었다.

그러나 한편으로 둘은 형배를 위해 흘린 눈물이 채 마르기도 전에 둘만의 즐거움을 찾아냈다. 전에는 쉽게 들어갈 수 없던 고급 빵집에서 깔깔거리고, 영화관을 있는 대로 도는가 하면, 그 무렵 새로 생긴 음악실을 기웃거리며 남은 해를 보내기도 했다. 영희에게 복학을 하고도 몇천 환이나 되는 돈이 아직 남아 있어 원래 돈에는 쪼들리는 법이 없던 모니카와 함께 흥청대기에는 모자람이 없었다.

하지만 형배에 대한 영희의 열중은 그리 오래가지 못했다. 그와의 추억을 과장하면 과장할수록 그녀의 마음은 공허해졌고, 그의 죽음에 대한 살아남은 이들의 찬사가 화려하면 화려할수록 그 진상이 수상쩍어졌다. 흥분한 신문의 보도에만 의지해 밀양에서 상상했던 혁명이란 말은 엄청나기 짝이 없었지만, 실제 서울에 와서 보니 달라진 것은 다만 사흘이 멀다 하고 이런저런 데모대로 미어지는 거리와 득세한 정당 및 정치인의 이름뿐이었던 것처럼, 형배의 죽음도 우발적인 사고의 터무니없는 미화일지 모른다는 생각과 함께 자신도 실은 스스로를 위해 억지스러운 감정놀음을 하고 있는 것이나 아닌가 하는 의문이 들었다. 곧 억눌리고 불만스러운 밀양에서의 나날이 있지도 않은 감정을 과장하여 서울로 돌아와야 할 구실 하나를 보탰을 뿐일지도 모른다는.

아무런 대책도 없이 나날이 줄어드는 돈도 영희의 남다른 현실감각을 일깨웠다. 오랜만에 되찾은 자유와 여유에 취해 보낸 것도 한동안일 뿐, 영희는 곧 홀로 걸어야 할 멀고 험한 길을 떠올렸다. 밀양에서의 출발은 바로 가정과 부모 형제로부터 떠남이었으며, 이제 그녀의 삶은 오직 그녀 자신에 의해서만 개척되고 성취되어야 한다는 사실이 새삼 무겁게 어깨를 짓눌러 왔다. 눈앞의 즐거움에 쉽게 빠지는 것만큼이나, 아무리 황홀한 도취 속에서도 선뜻 깨어 현실로 돌아설 수 있는 게 또한 그녀의 특성이기도 했다.

그러나 그보다 더욱 급하게 영희를 모니카네 집에서 떠나도록 한 것은 바로 그때껏 숨겨져 있던 모니카와 명훈의 파국이었다. 영희가 온 지 엿새짼가, 모니카는 무슨 큰 고백이나 하듯 그녀와 깡철·명훈 사이에 벌어졌던 치정극을 털어놓았다. 그래도 진정으로 사랑한 것은 오빠 명훈뿐이었음을 눈물 섞어 얘기할 때만 해도 영희는 하마터면 그녀를 용서할 뻔했다. 어떤 일을 당해도 더럽혀질 수 없을 것 같은 순진한 영혼…… 그녀에게서 엄청난 고백을 들을 때마다 놀라움이나 경멸을 느끼기에 앞서 빠져들게 되는 그 야릇한 연민의 정 때문이었다.

그러나 다음 날 집 밖에서 나는 휘파람 소리에 모니카가 눈치를 할금할금 보며 집을 빠져나가고, 나중에 그 휘파람의 주인이 바로 깡철이며 또 몇 시간을 어디선가 그녀가 그와 뒹굴고 왔다는 것을 알게 되자 영희는 더 견딜 수가 없었다. 꼭 오빠 명훈을 위한 것만도 아닌, 알 수 없는 굴욕감과 불결한 느낌 때문이었다.

그동안 무심히 참아 넘겨 온 모니카네 집 분위기도 점점 견뎌내기 어려워졌다. 모니카네 어머니가 요정이거나 그 비슷한 장사를 한다는 것은 전에도 대강 짐작하고 있었지만, 영희는 그 장사의 냄새가 그렇게 집 안 속속들이 배어 있을 줄은 몰랐다.

낮 동안 화투를 치거나 낮잠을 자면서 방 안에 틀어박혀 있다가 해거름만 되면 찍고 바르고 해서 휘황하게 집을 나서는 젊은 여자들, 새벽녘에야 술에 취해 돌아오기 일쑤인 모니카의 어머니, 그리고 이따금씩 대낮에 찾아와 몇 시간이고 문을 닫아걸고 그녀와 시시덕거리다 돌아가는 모니카의 의붓아버지라는 배불뚝이…… 그런 게 바로 그 지독한 직업의 냄새였다. 힘들고 어려운 어린 날을 보내긴 했어도 그런 마구잡이 삶까지 곁에서 들여다본 적이 없는 영희에게는 그 모든 게 차츰 끔찍하게 느껴지기 시작했다. 어쩌면 뒷날 자신이 겪게 될 그런 종류의 삶이 한 불길한 예감으로 와 닿아 그녀를 섬뜩하게 했는지도 모를 일이었다.

그런 여자들이 자주 그러하듯 모니카의 어머니도 영희가 얹혀 지내는 데 대해서는 관대했다. 아직 대부분 사람들에게는 먹는 걸 해결한다는 것만도 몹시 힘든 일이던 그 시절이었지만, 그녀는 영희를 경제적인 이유로는 조금도 불편하게 하지 않았다. 오히려 때로는 모니카와 함께 있는 방 안까지 들어와 둘 모두에게 적잖은 용돈까지 나누어 줄 정도였다. 그러다가 열흘짼가 되던 날 전혀 경제적인 것과는 무관한 한마디를 던졌는데, 결국은 그게 영희가 그 집을 나설 결심을 한 결정적인 동기가 되었다.

"얘, 너 보니까 집을 나온 모양이구나. 여자하고 사기그릇은 집 밖에 내돌려서는 안 된다던데…… 너 조심해라, 자칫하면 쟤들 꼴 난다."

저녁 장사를 나서다 문득 돌아서서 앞서 가는 술집 색시들을 턱짓으로 가리키며 별 성의 없이 던진 말이었으나 영희에게는 이상하게도 아프게 들렸다.

'하지만 어떻게 해? 당장은 갈 만한 데도 없고…… 거기다가 내일부터는 가게 골방을 쓰게 되니까 하룻밤뿐이잖아. 그것도 학교 갔다 오는 시간 빼면 겨우 몇 시간인데 뭘…….'

마음속의 거센 반발에도 불구하고 영희는 이윽고 그렇게 생각을 굳혔다. 아직 혼자 여인숙 방을 찾아들 만큼 대담하지 못한 그녀였다.

영희는 되도록 시간을 끌어 등교 시간쯤 모니카네 집으로 가려고 했으나 거추장스러운 옷가방 때문에 뜻 같지가 못했다. 모니카네 집 앞 빵집에서 빵으로 점심을 때우며 시간을 끈다고 끌었는데도 모니카네 집에 갔을 때는 아직 오후 네 시가 안 되었을 때였다.

모니카의 어머니나 젊은 여자들을 만나는 게 난감스러워 대문께에서 기웃거리던 영희는 전에 없이 집 안이 조용한 걸 보고 살그머니 모니카의 방 앞으로 다가갔다. 모니카까지 없으면 어떡하나 싶었으나 방문을 열어 보니 모니카는 방 안에 있었다. 그것도 방 안에 오두마니 앉아 소주병을 홀짝이면서였다.

"어머, 이 기집애 좀 봐. 너 지금 뭐해?"

영희가 놀라 자신도 모르게 목소리를 높였다. 벌써 술병을 반나마 비운 모니카가 그녀답지 않게 착 가라앉은 목소리로 대답했다.

"술 마셔."

"미쳤어? 지금 네 신데 학교 갈 준비 안 할 거야?"

"나 오늘 학교 안 가."

"뭐라고? 어머니가 가만두겠어?"

학교만 보내면 다 된다는 듯 학교에 보내는 데는 무엇보다 극성인 그녀의 어머니를 떠올리고 영희가 다시 물었다.

"엄마는 없어. 어느 밸 빠진 영감탕구가 언니들이랑 싹쓸어 극장에 데려갔어. 영화 구경하고 바로 업소로 갈 거야."

"그래도 그렇지. 도대체 무슨 일이야. 쬐그만 기집애가…… 그 독한 소주를……."

"그러지 말고 들어와 봐. 술 이거 참 좋은 거다. 너도 한번 마셔 봐. 이거 한 병만 마시면 다 좋아지거든. 세상 모든 일이 다……."

"어머, 이 기집애가 점점 못 하는 소리가 없네. 아주 술꾼같이……."

영희는 그렇게 나무라며 술병을 뺏으려 했다. 그러자 그녀의 어디에 그런 힘이 숨어 있었던지 모니카가 세차게 술병을 빼내며 표독스레 소리쳤다.

"이거 놔! 날 가만두란 말이야!"

그런 그녀의 두 눈에는 전에 못 보던 파란 불길 같은 게 뚝뚝 듣는 듯했다. 거기 긴장한 영희가 목소리를 부드럽게 해 물었다.

"너 정말로 무슨 일이 있구나. 무슨 일이야?"

그러자 문득 그 야릇한 불길이 꺼진 모니카의 퀭한 두 눈 가득 눈물이 괴더니 뒤이어 얕은 한숨과 함께 그녀가 말했다.

"깡철이 그 새끼가 오늘 갔어……."

"가다니? 어딜……?"

"군대에. 깡패라면 마구잡이로 잡아들이니까 겁이 나 튄 거지. 개새끼. 그럴 걸 가지고……."

영희로서는 아연할 수밖에 없는 말투였다. 그러나 한편으로는 그녀의 눈물이 깡철이를 향한 것이라는 게 왠지 불쾌했다.

"그래, 그게 그렇게 괴로워? 네 말로는 그 사람에게 어거지로 당했다며?"

"그 새끼 때문에 괴로운 게 아냐."

"그럼 뭐야? 눈물까지 흘리고선."

"내가 우는 건 니네 오빠 때문이야. 그 깡철이 짜식이 망쳐 놓은 우리 사랑 때문이라고……."

이번에는 좀 전과는 다른 종류의 아연함으로 영희가 그런 모니카를 보았다. 그새 술이 올라 발그레진 얼굴에는 제법 괴로워하는 표정까지 떠올랐으나, 그게 그리 절실한 것 같지는 않았다. 어쩐지 영화에서 보는 실연한 여배우의 술주정처럼 순간적인 감동은 주어도 속 깊은 동정이 일지는 않았다.

모니카가 넋두리처럼 이어 갔다.

"그래도 그 짜식이 찰거머리처럼 달라붙어 악착을 떨 때는 깜박깜박 명훈 씨를 잊곤 했는데…… 너 알아? 깡철이 그 새끼가 얼마나 악종인지. 한번은 독한 마음을 먹고 관계를 딱 끊어 보려는데 소포가 왔어. 끌러 보니 글쎄, 손가락 한 마디가 들어 있지 않겠어? 피로 써서 시커멓게 굳은 글씨 — 나는 절대로 너를 놓아 주지 않겠다! 하고……. 생각하면 걔도 안됐긴 해. 고 못된 소가지로(속)도 내가 웃으며 꼬시면 뭐든 내가 좋아하는 대로 해 주려고 기를 썼지. 엊저녁에는 밤새 잠도 제대로 못 자더라고. 경찰 등쌀에 억지 춘향이로 지원은 했지만 나와 헤어지게 된 걸 참으로 괴로워하는 것 같았어. 같이 죽어 버리면 좋겠다는 소리까지 하더라고……"

"거 봐, 네가 우는 건 결국 깡철인가, 그 자식 때문이잖아?"

영희는 다시 울컥 역거움이 치밀어 그렇게 퉁을 놓았다. 모니카가 그 말에 소스라치듯 도리질까지 치며 목소리를 높였다.

"하지만, 아냐. 그 짜식은 어쨌든 깡패고 개새끼야. 그 짜식이 우리 사이를 망쳐 놨어. 명훈 씨하고 한참 잘돼 가고 있었는데……. 너 알아? 명훈 씨의 성난 얼굴. 정말로 무섭더라. 여길 봐, 여기 이 눈썹 모양으로 찢긴 흉터 있지? 그때 명훈 씨가 발길질해 생긴 거야. 어쩌면 내가 그 뒤로도 계속해 그 짜식과 만난 건 명훈 씨에게 당한 앙갚음을 해 주려고 그랬는지도 몰라. 그 짜식이 한껏 달아서 설치도록 놔뒀다가 잔인하게 걷어차 버릴 작정이었지. 내가 모질지 못해 좀 끌려다닌 구석은 있지만 꼭 그러려고 했는데……."

영희로서는 통 종잡을 수 없는 소리였다. 닳고 닳은 탕녀의 넋두리 같기도 하고, 정신의 성숙보다 지나치게 앞당겨 온 육체의 체험에 성적으로 온전히 망가져 버린 여자의 어처구니없는 자기 고백 같기도 했다. 그 어느 편이든 이제 겨우 열여덟의, 그리고 적어도 고등학교에 적을 두고 있는 계집아이의 말과는 너무도 거리가 멀었다.

자신도 그 방면의 남다른 체험이 있고, 고생스레 자라는 동안 보고 들어 알게 된 성년의 비밀도 또래와는 비교 안 될 만큼 많은 편이었지만 영희는 그날의 모니카 앞에서는 거의 속수무책이었다. 내심으로는 새로운 경험을 하는 긴장으로, 모니카가 소주병을 홀짝거리며 하는 말을 듣고만 있었다. 특히 모니카가 영희로서는 아직도 제대로 체험하지 못한 육체와 성의 신비를 태연스레 말할 때는 깜짝깜짝 놀라기까지 하면서.

뒷날 오빠 명훈은 모니카를 '혼돈의 여자'라고 정의한 적이 있는데 그게 선악과 미추를 가늠할 수 없는 그녀의 비정형적(非定型的) 인격을 가리킨 것이라면 그녀의 특성을 제대로 나타낸 말이라 할 수 있을 것이다. 그날도 그런 특성을 보였다. 자신도 모르게 엄청난 깊이까지 알게 된 성년의 비밀스러운 체험과는 무관하게 모니카가 흘린 눈물의 결론은 뜻밖일 만큼 단순하고 백치 같은 것이었다.

'69식 장총'이라든가 '맷돌 치기', '잼 핥기' 따위. 어지간한 영희로서도 낯 달아오르는 짐작밖에 가지 않는 성희(性戱)의 기교까지 거침없이 입에 올리며 명훈과 깡철을 번갈아 추억하던 모니카가 갑자기 그새 눈물이 마른 두 눈을 반짝이며 물었다.

"그런데 말이야, 이제 깡철이 개도 갔으니까, 니네 오빠와 다시 어떻게 안 될까? 아니 하룻밤만 어떻게 함께 지낼 수 있으면 잘해 낼 수 있을 것도 같은데……. 어때, 영희 너 좀 도와주지 않을래? 그래, 오빠에게 잘 말해 한 번 만나 보게만 해 줘. 응, 한 번만."

"그렇담 기집애야, 네가 직접 찾아가 보렴."

영희는 모니카의 말이 하도 어이가 없어 자신도 모르게 피식 웃으며 그렇게 받았다. 그러나 모니카는 진지하기 그지없었다.

"명훈 씨는 내가 다시 눈앞에 보이면 죽여 버리겠댔어. 정말 이대로 불쑥 찾아갔다간 맞아 죽고 말 거야. 그때 명훈 씨의 눈길이 그게 참말이라고 말하고 있었거든. 하지만 네가 조금만 도와주면 될 거야. 아직도 그런 마음 변하지 않았는지만이라도 알아다 줘."

그렇게 말하면서 무릎걸음으로 다가와 영희에게 매달리듯 했다.

"너 미쳤니? 나는 집을 나왔다고 그러지 않았어? 오빠에게 붙들리면 바로 밀양행이야. 그놈의 지긋지긋한 감옥 생활로 돌아간다고."

영희가 얼결에 몸을 뒤로 빼며 가출을 핑계 대고 거절의 뜻을 말했다. 거의 본능적인 방어에 가까운 거절이었다. 그러다가 모니카가 손까지 더듬어 쥐고 간절하게 매달릴 때에야 비로소 그 부탁을 거절할 감정적인 이유를 찾아냈다. 그만큼 모니카의 온몸에서 뿜어 나오는 치정의 열기는 사람을 정신 못 차리게 하는 데가 있었다.

"그리고 너 말이야, 기집애가 아주 못돼 먹었어. 오늘 새벽까지 깡철인가 뭔가 하는 그 작자하고 뒹굴다가 이제 그가 가고 나니 오빠하고 다시 어째 보겠다고? 도대체 너 날 어떻게 보는 거니? 남도 아닌 바로 오빤데. 그런 널 다시 붙여 줄 것 같아? 더럽게……."

영희는 갑작스레 덮쳐 오는 불결함과 오욕의 느낌에 몸까지 떨며 목소리를 높였다. 모니카의 눈길에 반짝하며 다시 푸른 불길이 일었다. 처음 방 안에 들어서서 소주병을 뺏으려다 언뜻 본 그 불길이었다.

"뭐, 더럽다고? 너까지 그렇게 생각해? 내 마음속에는 언제나 명훈 씨뿐이었는데도? 어쩔 수 없이 깡철이에게 깔려 있을 때도 내가 머릿속에서 안고 있던 사람은 니네 오빠였어. 아냐, 옛날 암것도 모르고 담임선생님에게 당할 때도, 가짜 형사에게 당할 때도 머릿속에서는 똑같은 사람을 안고 있었는데, 나중에 니네 오빠를 만나 보니 니네 오빠가 바로 그 사람이었어. 거짓말 아냐. 너는 믿지 않겠지만 나는 니네 오빠를 만나기 훨씬 전부터 니네 오빠를 알고 있었던 것 같아. 쬐그만 계집아이 시절 막연하게 뒷날 함께 살게 될 사내애를 상상하기 시작하면서부터……. 착각하고 있는 건 세상과 그 사람들뿐이야. 어쩌다 어거지로 나와 살을 맞댔다고 해서 나를 소유했다거나 나하고 사랑을 나누었다고 믿는 그 나쁜 자식들……. 나는 니네 오빠하고밖엔 진정으로 마음도 몸도 나눈 적이 없어……."

영희로서는 오랜 세월 산업사회의 어두운 뒷골목 진창을 허우적거린 뒤에야 겨우 이해하게 될 괴상한 논리였다. 그날 영희가 끝내 모니카를 쓸어안고 알 수 없는 연민에 가슴 저려하게 된 것은 다만 그녀가 한번 쓰기 시작하면 같은 여자이면서도 버텨 내기 어려운 그 눈물 때문이었을 뿐이었다.

"난 언제나 널 언니처럼 여겨 왔어, 날 좀 도와줘, 언니. 난 명훈 씨를 다시 만나지 못하게 된다면 죽고 말 거야. 난 알아. 내가 손댈 수 없이 망가져 버린 애라는걸. 하지만 명훈 씨만은 날 고쳐 놓을 수 있어. 그와 함께할 수 있게만 된다면 나도 온전한 여자로 잘 살게 될 거야. 깨끗하게 구원받게 되는 거라고. 언니, 날 좀 도와줘 응."

이윽고 따지고 대드는 대신 눈물에 젖은 얼굴로 모니카가 그렇게 다가들자 영희는 잠시 자신이 이제 홀로 걷게 될 멀고 고달픈 길을 앞둔 걱정도 잊고 그녀의 등을 쓸어 주며 달래 주지 않을 수 없었다.

"그래, 널 도와주지. 도와주고말고. 가엾은 것……."

갈아타기

교정의 일부가 된 야산 비탈은 마지막 강의 시간이 가까워서인지 고요하기 그지없었다. 방금 교문을 빠져나가는 대여섯의 남녀 학생이 아니었더라면 일요일쯤으로 착각할 정도였다.

"진작 이렇게 단둘이 만나고 싶었다."

야산 비탈의 손바닥만 한 그늘을 찾아 자리 잡고 앉은 윤광렬이 까닭 없이 빙글거리며 허두를 꺼냈다. 그날 우왕좌왕하는 학생들을 휘몰아 늦게나마 자기네 대학도 4·19의 대열에 동참하는 영광을 갖게 해 준 용기와 결단의 사람, 또는 문학회에서 '행동하는 문학'을 외치던 선배로서의 위엄이나 권위 같은 것은 그 웃음에 조금도 남아 있지 않았다. 명훈은 그게 고맙고 송구스러우면서도 한편으로 막연한 경계심이 일었다.

실은 둘이서 조용히 하고 싶은 얘기가 있다며 그가 찾아왔을 때부터 그랬다. 문학회의 첫 모임에서 유만하가 소개한 뒤 먼빛으로 네댓 번 본 것에다 지난번의 술자리 외엔 별로 접촉이 없던 그였다. 그 술자리에서 그가 이끈 분위기와 갑작스러운 자기현시의 충동에 빠져 책임 못 질 허풍을 떨긴 했지만, 막상 그가 진지한 얼굴로 찾아오자 명훈은 왠지 자신이 다시 좋지 않은 일에 말려들 것 같은 불안에 빠졌다. 그에게서 느껴지던 뭔가 마뜩잖은 냄새, 뒷골목의 허세와 조잡한 감상 같은 게 그가 그렇게 다가듦으로써 한층 진하게 풍겨 오며, 이젠 멀리 가고 없는 배석구를 문득 연상시킨 까닭이었다.

그런데 방금의 빙글거림이 또 그랬다. 체면이니 계산이니 하는 따위는 모두 훌훌 털어 버리고 너에게는 마음을 터놓기로 했다는 식의 그 같은 웃음은 배석구가 어려운 부탁을 하거나 힘든 일을 시킬 때 허두를 떼던 두 가지 방식 가운데 하나였다. 턱없이 성난 표정이거나 심각한 기색을 지어 거절은커녕 반문을 할 엄두조차 나지 않게 하는 방식이 더 있었지만, 배석구는 그런 웃음 쪽을 더 자주 써먹은 편이었다.

"뭐 그렇게 긴장할 건 없어. 좀 진지하게 의논할 게 있는데…… 그건 그렇고, 학번이 넷씩이나 빠른 데다 고등학교까지 겹친 선배니까 말은 놔도 되겠지?"

명훈에게서 경계하는 눈치를 느꼈는지 윤광렬이 문득 웃음을 거두고 그렇게 물었다. 자신의 마음속을 들킨 데 찔끔해 명훈이 얼른 그의 말을 받았다.

"아, 네. 좋습니다. 그런데 무슨 일로?"

"대학 생활은 어때? 할 만하나?"

그가 대답 대신 뜻 모를 빙글거림을 되살리며 도리어 그렇게 물어 왔다. 그런 질문은 나중에 하지, 라는 말을 그 빙글거림으로 대신한 셈인데 묘하게도 명훈에게는 그런 뜻이 바로 와 닿았다. 명훈이 남의 부림을 많이 당해 봐서라기보다는, 남을 부려 본 것임에 분명한 그의 몸에 밴 특유의 표현 방식 때문인 듯했다.

"아직은 별로…… 생각보다는……."

명훈이 그렇게 더듬거리자 다시 그가 물었다.

"문학회는 어때? 꽤 열심인데."

"것도 별로…… 뭐 아는 게 있어야지요."

"하기야. 총알도 겁 안 내고 뛴 민주 투사가 고리타분하게 시라니…… 그럼 만하한테 끌려 나온 건가?"

"꼭 그건 아닙니다만…… 실은 할 수만 있다면 무엇보다도 좋은 시를 쓰고 싶습니다."

민주 투사라고 불러 주는 바람에 다시 찔끔해진 명훈이 황급히 고개를 가로젓다가 수줍음 섞어 말했다.

그러자 그는 모든 걸 다 안다는 투로 빙글거렸다.

"그래? 내가 그럼 잘못 보았나? 나는 너도 나처럼……."

"그럼 선배님께서는 글을 공부하기 위해 문학회에 나오신 게 아닙니까?"

"물론 나도 읽는 것은 좋아하지. 하지만 감히 나도 무얼 써 보겠다고 나간 건 아냐. 말이란 게 사람을 다루는 데는 무척 중요한 도구라서 그걸 좀 배워 보고 싶었을 뿐이었어. 거기다가 회원 서른 명이 넘는 단체라니 나름대로 힘도 가졌을 것 같고……."

뜻밖의 솔직한 대답에 명훈은 그 문학회의 한 회원으로서 무시당한 것 같은 불쾌함보다는 갑작스러운 호감 같은 걸 느꼈다. 무언가 음흉한 술수를 걸어올지도 모른다는 경계심으로 마음 한구석이 굳어 있었던 터라 그의 솔직함이 더욱 효과를 냈는지도 모를 일이었다. 명훈의 짐작처럼 남을 부려 본 경험이 많아서인지 이번에도 윤광렬은 명훈의 은밀한 동요를 알아보았다. 이제야말로 속마음을 털어놓을 때라는 듯, 한층 허심탄회한 목소리가 되어 명훈을 따로이 불러낸 까닭을 밝히기 시작했다.

"내친김이니 마저 털어놓기로 하지. 실은 내가 문학회에 나간 데는 마음 맞는 동지를 찾아본다는 목적도 있었어. 4·19는 틀림없이 놀라운 역사적 사건이기는 하지만 혁명으로는 아직 완성된 것이 아니야. 아니, 어쩌면 겨우 걸음마를 떼어 논 것에 불과할지도 몰라. 위대한 혁명은 파괴와 건설을 아울러 수행해야 해. 그런데 우리가 한 것은 파괴, 그것도 기껏해야 그 첫 단계인 정치권력의 외형적인 파괴일 뿐이야. 그런 의미에서 우리들 학생의 활동은 계속되어야 하고, 실제로도 여러 갈래로 계속되고 있지. 우리 대학이 비록 따라지라 해도 조국과 민족을 위한 이 활동에서는 예외일 수가 없어. 그래서 우리도 옛날의 학도호국단을 대신했을 뿐인 학생회같이 의례적이 아닌 단체를 몇몇 뜻 맞는 동지들끼리 얽어 봤지. 정예한 투사들로 만들어진 혁명 완수의 전위부대를 말이야."

거기서부터 명훈은 다시 조금씩 긴장하기 시작했다. 윤광렬이 얘기하고 있는 내용의 거창함 때문이 아니라, 그 거창함이 그가 지금껏 내비친 인상의 실제와 동떨어진 것이기 때문이었다. 그 말이 아름답더라도 말하는 사람의 실제와 동떨어진 것일 때는 거짓과 속임수를 경계해야 한다 — 거친 세상을 살아오면서 익힌 눈썰미 덕분이랄까, 명훈은 바로 윤광렬의 경우가 그럴지도 모른다는 생각이 들었다.

그런 명훈의 속마음을 아는지 모르는지 윤광렬은 조금씩 자신의 얘기에 취해 가는 듯했다. 끊임없이 명훈을 살피던 그의 눈길이 먼 도심 쪽을 향하며 목소리에 좀 전과는 다른 무게를 더해 가기 시작했다.

"다른 대학들은 벌써 소박한 질서 회복 운동 단계를 벗어나 여러 가지로 혁명의 완수를 위한 활동에 돌입했어. 너도 들어보았겠지만 신생활 운동이니, 국토 개발 운동이니, 공명선거 계몽 운동이니 해서 벌써 조직까지 끝낸 곳도 있는 모양이야. 하지만 신생활 운동이나 국토 개발 운동은 아직 정치적 혁명도 완수되지 않은 이 마당에 너무 멀리 간 듯하지 않아? 그런 것들은 이 땅에 진정한 민주 정부가 들어선 뒤에라도 늦지 않을 거야. 그래서 우리는 공명선거 계몽 운동으로 방향을 잡았지. 너도 알다시피 이제 한 달도 안 돼 총선거가 있는데, 그게 잘못되면 다른 게 무슨 소용이야? 자유당 찌꺼기들이 다시 국회라도 차고 앉게 된다면 4·19 혁명은 그야말로 물거품이 되고 마는 셈 아니냐고. 어때 그렇게 생각하지 않아?"

"설마 그럴 리야 있겠어요? 그 독재가 싫어 들고일어난 게 불과 얼마 전인데……."

마치 가만히 있으면 자유당이 다시 민위원과 참의원 의석을 모조리 차지하고 말리라는 것처럼 과장하는 게 너무 엉뚱스러워 명훈이 저도 모르게 피식 웃으며 그렇게 받았다. 윤광렬이 갑자기 울화까지 섞인 목소리로 몰아세우듯 말했다.

"모르는 소리 마. 그놈들은 무엇보다도 10년 동안이나 이승만이 밑에서 해 먹은 놈들이야. 그렇게 긁어모은 돈을 퍼부으면 어리숙한 촌사람들이 안 넘어가고 어떻게 배겨? 그동안 경찰과 행정관서의 비호 아래 길러 둔 조직도 민주당으로서는 족탈불급(足脫不及)일걸. 거기다가 이미 검찰에 달려 간 윗대가리 몇을 빼면 자유당 잔당에게는 이번 선거가 사활이 걸린 중요한 고비가 되지. 최소한의 의석을 확보하지 못하면 개인적인 몰락은 물론 민주당 주도의 국회가 제정한 엄격한 법 아래서 혁명 재판소에 서야 할 판이니까. 그런 그들이 이판사판으로 덤비면 어떻게 되겠어? 더구나 인정에 약하고 무엇이든 잘 잊어 주기로 유명한 게 이 나라 유권자들 아냐? 결코 낙관할 일이 아니라고. 만약 모두가 너처럼 보고만 있다간 되레 자유당한테 큰코다칠걸."

"그럴지도 모르지요. 그런데 전 왜?"

그의 목소리가 하도 강경해 더 맞서지 못한 명훈이 우선 궁금한 쪽으로 말머리를 돌렸다. 계몽 운동은 아무래도 자신과는 맞지 않을 것 같아서였다. 윤광렬도 그제야 자신이 엉뚱한 쪽에 열을 올리고 있었음을 깨달았는지 굳어져 있던 표정을 풀었다. 이어 사람 좋아 뵈는 너털웃음을 짓던 그가 목소리를 부드럽게 해 그때껏 미뤄 온 용건을 말했다.

"바로 우리와 함께 계몽대에서 뛰어 줬으면 해서야. 데모대의 선두에서 부상까지 당한 네가 이런 혁명의 위기를 못 본 체하지는 않겠지?"

"하지만 제가 뭐 아는 게 있어야지요."

"그건 또 무슨 소리야? 국민 계몽 운동에 아는 거 모르는 거는 왜 따져?"

"계몽이라면 여럿 앞에 나가 연설도 할 수 있고 이론도 밝아야 되잖겠습니까?"

"아, 그거? 뭐 대단할 거 없어. 우리가 맡을 지역은 농촌이니까. 연설이랬자 농군들 여남은 명 이장 집 마당에 모아 놓고 자유당 찍어서는 안 된다는 다짐이나 받는 정도라고. 오히려 필요한 건 다른 걸걸."

"다른 거라뇨?"

"주먹. 자유당 잔당에게 푼돈이나 받아먹고 설치는 촌놈들한테는 열 번 타이르는 거보다 그거 한 방 앵기는 게 훨씬 효과적일 수도 있지. 투개표 감시 때도 그래. 그 방면에는 이력이 붙을 대로 붙은 놈들이 그놈들 아냐? 또 옛날식으로 깡패들 동원해 투표함 바꿔치기라도 하려 들면 어쩔 거야?"

거기까지 듣자 명훈은 비로소 그가 자신을 찾은 이유를 알 것 같았다. 하지만 그가 상정하는 상황은 아무래도 수긍이 가지 않았다. 그는 그럴듯하게 둘러댔으나 공명선거 계몽 운동과 주먹이 도대체 연결되지 않는 까닭이었다.

"글쎄요……."

명훈은 그렇게 말끝을 흐리다가 문득 그것보다 더 궁금한 게 떠올라 물었다.

"그런데 제게 무슨 주먹이 있다고……?"

"아, 그거 만하에게서 들었지. 상당하다던데 뭘 그래?"

윤광렬이 좀 전과는 뜻이 달라 보이는 묘한 웃음을 흘리며 대수롭지 않게 말했다. 그가 갑자기 자신에 차 보이는 게 명훈에게는 왠지 불안했다.

"그거야 고등학교 때 일 아닙니까? 하도 그 자식들이 — 똥개도 아니고, 텃세를 하길래……."

"그래도 대단한 근성이던데. 또 수도극장인가 거기서 기도를 선 적도 있다며? 청계천 건너 제법 반듯한 골목에서 논 적도 있다던데, 그건 잘못 들은 건가?"

놀라는 명훈을 지그시 바라보며 윤광렬이 그렇게 덧붙였다. 유만하도 잘 모르는 일까지 그가 아는 걸 보고 명훈은 가슴이 섬뜩했다. 진작부터 여느 대학생은 아닌 것 같다는 짐작은 했지만,

아니, 그 이상으로 어딘가 뒷골목 물이 밴 데가 있음을 느껴 왔지만, 그토록 가까이서 자신을 들여다본 사람일 줄은 몰랐기 때문이었다.

명훈은 퍼뜩 그가 자신을 아는 게 어느 정도며 어떤 경로를 통해서인지를 좀 더 자세히 캐 봐야겠다는 생각이 들었다. 그러나 명훈이 미처 그런 생각을 입 밖에 낼 틈도 없이 그가 찍어 넘기듯 다시 한마디를 더 보탰다.

"길은 다르지만 니네 돌개 형도 알 만한 사이지. 솔직히 말하면 그 패에게 한 팔을 빌려 줄 뻔한 적도 있어. 그랬다면 지금쯤은 한창 지명수배에 쫓기고 있을 테지만……."

그 말에 명훈은 힘이 쭉 빠졌다. 어쩌면 자신의 가장 모양 좋은 가면인 의거 부상의 진상까지도 그가 알고 있을지 모른다는 생각이 들어 더 뻗대기는커녕 궁금한 걸 물어볼 기력조차 없었다.

"그렇다고 나까지 이상하게 보아서는 곤란해. 나도 주먹은 있지만 대의가 없으면 움직이지 않는 사람이야. 뒷골목도 알 만큼은 알지만 아직 거기서는 쓴 막걸리 한 잔 얻어 마신 적 없다고. 거기다가 보다시피 문학회까지 기웃거릴 만큼 지식욕에 찬 학도고……. 대학도 빵빵 군번(대졸단기 사병 군번. 00으로 시작해 빵빵군번이라 함.)으로 군대를 때운 몇 학기를 빼면 개근상을 받을 만큼 착실하게 나오고 있지. 학점도 올 B는 될걸, 아마……."

말을 잃고 멍하니 자신을 바라보고 있는 명훈에게 윤광렬은 한동안 약간의 거드름까지 섞어 스스로를 과시했다. 그러나 명훈은 그런 그의 말에서 감동이나 놀라움보다는 신이 나서 자신의 정치적 야망을 늘어놓던 좋은 시절의 배석구를 떠올림과 함께 이번에는 또 다른 뜻에서의 섬뜩함을 느꼈다.

배석구가 떠난 뒤로 명훈은 종종 그리움으로 그를 떠올렸다. 정도 별로 없이, 그리고 어울려 다녔다기보다는 데리고 있었다는 표현이 더 정확한, 도치네 패거리보다는 그가 더 절실한 그리움의 사람일 수 있었던 것은 무엇보다도 자신을 알아주던 그에 대한 고마움 때문이었다. 그러나 한편으로는 어떻게든 이 사회의 질서와 그 질서가 보장하는 평온한 삶으로 복귀하려는 자신을 뒷골목의 어둠 속으로 되불러들인 것이 결국 그였다는 깨달음으로 그와의 추억조차 섬뜩해질 때가 있었는데, 이제 윤광렬에게서 바로 그런 배석구를 다시 느끼게 되었다.

생각하면 참으로 알 수 없는 일이었다. 그때껏 윤광렬이 내세운 것은 어디까지나 민주고 대의였으며 그가 암시한 대가도 '혁명완수의 전위부대'나 '정의의 젊은 사자' 같은 정신적인 영광뿐이었다. 거기다가 몇 군데 수상쩍은 구석이 있기는 해도 윤광렬은 어디까지나 대학 4학년에 재학 중인 학생 신분이고 나이도 배석구보다 열 살 가까이는 아래로 보였다. 그런데도 명훈은 왠지 그에게서 반공과 애국심으로 자유당 옹호의 논리를 펴던 뒷골목의 '형님' 배석구를 느끼게 될 뿐이었다. 이 사람의 대의 뒤에는 틀림없이 감추어진 개인의 이익이 있을 것이다, 고 하는 의심과 함께.

명훈의 그런 마음속의 의심이 다시 그에게 가 닿은 것인지, 윤광렬이 갑자기 입을 다물더니 우려 섞인 관찰의 눈길로 명훈을 보았다. 하지만 그것도 잠시였다. 이내 명훈의 침묵이 무엇 때문인지 알았다는 듯 그동안 잊고 있던 너털웃음과 함께 물었다.

"별로 흥미가 없는 얼굴인데, 왜 갑자기 열정이 식었나?"

"아뇨, 그건 아니지만……."

"어쨌든 무언가 마음속에 숨기고 있는 말이 있는 듯한데……."

그 말에 명훈은 다시 한 번 찔끔했으나 그와 함께 알 수 없는 오기가 일었다. 뒷골목의 허세와 비슷한 종류였다.

"선배님께서 저를 특별히 보아 주시니 모든 것을 솔직히 털어놓겠습니다. 나도 오도꼬(남자 기질)란 게 무엇인지는 좀 아는 놈입니다."

명훈은 어느새 목소리까지 뒷골목의 과장된 억양을 되살려 천천히 입을 열었다. 윤광렬의 눈길에서 반짝하고 긴장의 불빛이 이는 듯하다가 이내 빙글거림 속에 묻혀 버렸다.

"그건 내가 알지. 그래, 뭐야?"

"우선 선배님은 나를 투사, 투사 하시지만 실은 그리 대단한 투사는 못 됩니다. 이미 짐작하시는 대로 내가 그날 이기붕의 집 앞으로 가게 된 것은 순전히 우연이었어요. 혁명이니 민주니 하는 말은 지금도 실감이 잘 나지 않는다 이 말입니다."

명훈은 허세 겨룸에서 기선을 제압하는 기분으로 그렇게 털어놓았다. 중요하지 않은 진실을 되도록 많이 털어놓음으로써 가장 중요한 진실 — 실은 이기붕의 집을 지키는 동료들과 합류하려 했다는 — 을 더 깊이 감추는 방법을 명훈도 나름대로 터득하고 있었다.

“겸손이 지나치군. 왜 갑자기 그 얘기는…….”

기선 제압의 효과가 나타난 것인지 명훈의 그런 계산된 솔직함에 윤광렬이 희미한 동요를 내비치며 말끝을 흐렸다.

“별로 세상 물을 많이 먹지는 않았어도 그럴듯한 명분 뒤에는 반드시 그걸 주장하는 개인의 이익이 숨어 있다는 것쯤은 나도 압니다. 화끈하게 까놓고 말해서, 사람이란 게 본래 그런 거 아닙니까?”

“무슨 말을 하려는 거지?”

“공명선거 계몽 운동이건 신생활 운동이건 다 좋습니다. 그런데 우리가 그걸 해서 얻을 수 있는 게 무엇이지요? 뭣 땜에 나서야 하는 겁니까? 단, 민주니 자유니 하는 거창한 명분은 빼고 말입니다.”

명훈은 그렇게 말해 놓고 대담하게 윤광렬을 쏘아보았다. 거기까지 기대하지는 않았지만 윤광렬은 단순히 기선이 제압당한 이상의 충격을 받은 듯해 보였다. 놀라움과 곤혹스러움과 망설임이 착잡하게 얽힌 눈길로 명훈을 마주 보다가 애써 여유를 가장하며 그 말을 받았다.

“호, 이건 완전히 기습을 당한 기분이군, 무슨 소리를 들은 모양인데…….”

‘뭐가 있구나…….’

명훈은 그런 짐작이 드는 순간 재빠른 넘겨짚기로 들어갔다.

"그럼 역시……?"

"그렇지만 아냐! 우리가 맡으려는 선거구의 민주당 입후보자는 틀림없이 내 당숙이지만 거기서 뭘 얻어먹겠다고 이러는 건 아니라고. 우리는 전국적인 공명선거 계몽 운동의 일환으로 그 지역을 맡은 거뿐이란 말이야. 내가 바라는 것은 다만 자유당의 폐허 위에 올바른 민주 정부가 무사히 들어서는 걸 보는 것뿐이고. 만하 그 자식이 멋모르고 나불댄 소릴 곧이들어서는 곤란해."

윤광렬은 명훈이 만하에게 무슨 소리를 들은 걸로 단정한 듯했다. 마지못해 일부를 털어놓기는 했지만 몹시 못마땅한 눈길이었다. 명훈은 나머지를 다 듣지 않아도 그가 왜 그렇게 계몽대 조직에 열을 올리는지를 알 만했다. 고단한 소년기를 보내느라 대의가 인간 정신에 끼칠 수 있는 힘을 이해할 겨를이 없었던 명훈으로서는 인간 활동의 모든 동기를 실리에서 찾을 수밖에 없었다.

중년이 되도록 야당 언저리에서 행동대나 이끌고 있게 될 그의 뒷날이 보여 주듯, 윤광렬의 정치적 기질도 그리 대단한 것은 못됐다. 그러고도 한동안은 더 민주와 공명선거로 뻗대었지만, 이윽고 제풀에 지친 듯 뒷골목의 방식으로 돌아갔다. 명훈이 쉽게 그의 대의를 받아들여 주지 않고 침묵과 심술궂은 탐색의 눈길만으로 그의 말을 받자 윤광렬이 마침내 과장된 한숨과 함께 털어놓기 시작했다.

"다호가이(터프가이)는 후이후치(암습)를 않는다…… 널 오도꼬

가 있는 놈이라고 보고 아싸리하게(시원하게) 말해 주지. 그 대신 너만 알고 있는 거야."

먼저 그렇게 다짐을 받아 놓고 명훈으로서는 이미 짐작하고 있는 말을 무슨 큰 비밀이나 들려주듯 말했다.

"실은 이 선거만 잘되면 당숙은 나를 비서관으로 써 주시기로 했어. 나도 어차피 내년에는 졸업이고…… 너희들에게도 구체적으로 무얼 약속할 수는 없지만 섭섭하게 하시지는 않을 거야."

하지만 막상 털어놓고 나니 허전한 모양이었다. 뒤이어 다시 전에 없는 열정으로 민주화 혁명을 떠들어 댔다.

"마, 정치란 게 그런 거 아니겠어? 이제 해도 슬슬 기울고 하니 우리 어디 가서 한잔하며 얘길 계속하도록 하지. 통할 만한 놈이다 싶어 솔직하게 털어놓기는 했지만 어째 좀 맨송맨송해."

이윽고 윤광렬이 그렇게 말하며 자리를 털고 일어난 것은 다섯 시가 훨씬 지난 뒤였다. 명훈의 미지근한 반응이 자꾸 불안하게 느껴지는 듯했다.

"오늘은 약속이 있습니다. 다음에 한잔하도록 하지요."

명훈은 그동안 잊고 있었던 약속을 퍼뜩 생각해 내고 그렇게 사양했다. 그러나 윤광렬은 명훈이 핑계를 대는 것으로 여기는지 한층 간곡하게 권했다.

"그러지 말고 같이 가. 내 낫게 한잔 사지. 아직 못다 한 얘기도 있고……."

그러다가 끝내 명훈이 거절하자 덮어씌우듯 말했다.

"좋아, 그럼 다음에 하지. 네가 우리하고 같이 뛰어 보기로 결정한 걸로 하고…… 오늘 실한 팔 하나를 얻어 벌써부터 든든한 기분이야."

"생각해 보겠습니다."

그의 말투에 이상한 거부감을 느끼며 명훈은 진심 이상으로 냉담하게 그의 말을 받은 뒤 언덕길을 내려왔다. 서둘러도 약속 시간에 늦을 것 같아서였다.

실은 윤광렬의 부름을 받기 전까지만 해도 명훈은 줄곧 그날 저녁의 모임을 생각하고 있었다. 모인댔자 한 방에서 먹고 자는 김 형과 황에 명훈 자신을 합쳐 셋뿐이었지만, 그 모임에는 전 같지 않게 유별난 뜻이 있었다.

여덟 달이 넘는 세 사람의 공동생활이 드디어 끝나게 되어 특별히 가지기로 그들만의 모임이었다.

"아무래도 빨리 건너가야겠어. 학기야 아직 서너 달 남았지만 하루라도 일찍 가서 적응하는 게 나을 거야. 파파도 오케이야."

그저께 김 형이 그런 말과 함께 출근한 지 얼마 안 돼서였다. 그날따라 일찍 학교에서 돌아온 황이 김 형과 무슨 약속이라도 한 듯 불쑥 말했다.

"정들자 이별이라니 이놈의 오르막도 이젠 다 돼 가는군. 다음 주부터 다시 입주(가정교사)하기로 했어. 그동안 신세 많이 졌다."

학교를 나와 버스 정류장으로 가면서 명훈은 잠시 그들과의 나날을 떠올려 보았다. 아홉 달이 채 차지 않았는데 꽤 오랜 세월을 함께 보낸 것 같은 느낌이었다. 미군 부대 시절 매일 만나다시피 하며 보낸 1년이 더해져 그런 느낌을 주는지도 모를 일이었다.

하지만 명훈이 그들의 갑작스러운 떠남에 적지 않이 충격을 받은 것은 반드시 그동안에 든 정 때문만은 아니었다. 무슨 애틋한 정 같은 걸 내세울 만큼 가까이 지낸 것 같지는 않은데도 불구하고 명훈이 말 못 할 허전함을 느끼게 된 것은 순전히 그들에게 의지해 오다시피 한 인문적인 사변(思辨) 때문이라는 편이 옳았다.

김 형과 황이 가진 것 중에서 무엇보다 명훈이 귀하게 여긴 것은 세계와 인생에 대한 그들의 독특한 해석과 이해였다. 같은 사물에 대해서도 그들의 방식은 명훈과는 사뭇 달라, 명훈이 의지하는 것은 언제나 겉으로 드러나는 현상과 물질적인 동기인 데 비해, 그들은 보이지 않는 본질과 정신적인 계기를 중시했다. 방향은 그 둘 사이에도 상당히 다르고, 또 그들 방식의 해석과 이해에 명훈이 언제나 동의해 온 것은 아니지만, 적어도 세상 모든 것에 겉으로 드러나는 것 외의 질서가 있다는 짐작은 가게 해 주었는데, 그게 명훈에게는 새롭고 귀중한 경험이었다. 특히 그들이 정치를 비판하고 사회를 분석할 때는 명확히 알아듣지 못하면서도 자신의 안목까지 넓어진 것 같은 느낌에 까닭 모르게 가슴 뿌듯해지기도 했다.

명훈이 그날 밤 술자리를 제안한 것은 그런 그들과의 이별이 주는 허전함 때문이었다. 다음 날 아침 김 형이 돌아왔을 때 명훈이 약간 쑥스러워하며 그 얘기를 하자 먼저 김 형이 평소의 그답지 않게 판을 키웠다.

"그래야지. 하지만 이번에는 뭐랄까, 좀 그럴듯하게 마시자. 아니 내가 한잔 사지. 내일 저녁 어때? 내일 저녁은 남이 만들어 준 안주에 남이 따라 주는 술로 한번 취해 보자. 그러잖아도 명훈에게는 보증금 없이 방을 얻어 쓴 신세도 진 게 있으니까."

그러자 황이 한술 더 뜨고 나섰다.

"명훈에게 신세를 졌다면 그건 내가 더할걸. 지난 몇 달은 밥까지 공짜로 먹은 셈이니까. 마침 눈먼 돈이 생긴 것도 있으니 오늘 저녁은 내가 한판 걸판지게(거방지게) 사지. 김가 네놈 취해서 고꾸라지는 꼴도 한번 보고 말이야."

그렇게 돼서 무교동 쪽에서 만나기로 한 게 그날 저녁 일곱 시였다.

때 맞추어 온 버스에 올라 시계를 보니 시간은 그럭저럭 늦지 않게 닿을 것 같았다. 그 잠깐의 여유가 명훈의 생각을 다시 윤광렬과의 만남 쪽으로 이끌었다. 차근차근 그의 얘기를 돌이켜 보면 특별하게 불쾌할 것이 없는데도 왠지 마음이 개운치 못했다. 겉으로는 전혀 다른 것 같으면서도 끊임없이 배석구를 연상시키는 윤광렬의 접근 방식 탓인 듯하였다. 역시 회답을 피한 게 잘했다는 생각이 들었다.

시청 건너편 골목의 약속된 다방으로 들어가니 아직 시간이 되지 않았는데도 김 형이 벌써 와 있었다. 희미한 조명 아래 무얼 열심히 읽고 있었는데 가까이 가서 보니 무슨 외국 주간지였다.

"김 형, 웬일이야? 벌써부터 출근 않는 거야?"

명훈이 다가가 가만히 어깨를 건드리며 그렇게 묻자 김 형이 책을 덮으며 말했다.

"아니, 부대에 들러서 왔어. 실은 오늘 저녁까지 근무해야 달을 채우지만 조장이 하루 봐주더군. 어차피 봉급도 받아야 하고 정리할 것도 있으니 한 번은 더 나가야겠지만……."

"출국 날짜 언제랬지?"

"7월 10일쯤 될 거야. 별일이 없다면."

"그럼 송별 파티가 너무 빠르잖아? 아직 열흘도 더 남았는데 그동안은 어디 가 있으려고?"

"여기저기 인사도 다니고 고향에도 다녀오고."

"고향? 김 형한테 고향이 있었어? 고등학교까지 고아원에서 마쳤다고 하잖았어?"

"고향 없는 사람이 어딨어? 하기야 자칫 그곳을 잊어버리고 고아로만 자랄 뻔도 했지. 그렇지만 그동안도 1년에 한두 번씩 눈물 질금거리며 찾아 주는 고모가 있었어. 그 고모가 나를 끝내 고향에 얽어 놓은 셈이지."

그때 레지 아가씨가 차 주문을 받으러 왔다. 그 바람에 화제가 잠시 딴 곳으로 흘렀으나 무심코 던진 명훈의 한마디가 다시 화제를 김 형의 고향 쪽으로 돌렸다.

"고향이 어디랬지? 하도 김 형과 고향이란 말이 어울리지 않아서……."

실은 그게 명훈의 진심이었다. 처음부터 끝까지 도회적으로만 세련돼 있는, 악의적으로 말해 도회에서 닳고 닳은 그에게 어떤 고향이 있을까가 궁금했다.

"경남, 거창 쪽……."

"뭐야? 김 형이 경상도라고? 그런데 어떻게 말이 그렇게?"

"말이야 고향이 경북인 너도 표준말을 쓰잖아?"

"나야 서울에서 국민학교까지 다녔으니까. 또 그쪽에 내려가 산 것도 몇 해 안 되고……."

"그렇다면 나는 더하지. 전쟁 전 방학 때 두어 번 고향에 간 걸 빼면 24년 모두 서울에서 살았으니까……."

"언젠가 부친이 고향 쪽에서 좌익 활동을 했다고 들은 것 같은데……."

"그 양반은 그랬지. 하지만 무슨 맘에선지 어머니와 나는 일찌감치 서울로 옮겨 뒀거든."

"그럼 고향에 선산 같은 것도 있어?"

"선산?"

거기서 문득 김 형의 눈빛이 묘해졌다. 미처 그걸 못 알아본 명훈이 부연해서 물었다.

"작별 인사를 드릴 부모님 묘소라도 있는가 이 말이야."

명훈은 거기까지 말해 놓고서야 아차 싶었다. 언젠가 그의 아버지가 끔찍한 죽음을 당했다는 얘기를 들은 것 같은 기억이 떠오른 때문이었다. 그러나 김 형은 명훈이 걱정한 만큼 자극을 받은 것 같지는 않았다. 잠시 대답을 머뭇거리다 씁쓸한 웃음과 함께 말했다.

"그런 것도 있지. 한꺼번에 쓸어 넣고 묻은 구덩이를 덮고 봉분을 한……. 이미 시체가 부패해 버려 끝내 신원을 밝혀내지 못한, 여남은 명이 한꺼번에 묻힌……."

그러나 그다음은 달랐다. 곧 전에 없이 감상에 젖은 얼굴이 되어 묻지 않은 것까지 말해 주었다.

"하지만 내가 가 보고 싶은 곳은 그 무덤이 아니야. 오히려 아버지가 사살됐다는 그 골짜기를 다시 한 번 가 보고 싶어. 아버지를 포함해 야산대(野山隊) 스물한 명 전원이 군경의 포위 공격에 끝까지 저항하다 몰살됐다는 그 골짜기……. 고등학교를 졸업하고 고아원을 나와 잠시 고모 집에 들렀을 때 고모가 울며 그 언저리를 손짓해 가르쳐 줬지. 동네 나무꾼을 따라가 보니 뒤틀린 다복솔과 떡갈나무 숲으로 뒤덮인 꽤 긴 골짜기였는데, 그때부터 내게는 이상하게 그 골짜기가 선산같이 느껴지데……."

그럴 때의 김 형은 전혀 딴사람같이 느껴졌다. 모든 걸 냉정한 계산과 실리에 따라서만 결정하는 영악한 처세가의 모습이 나이보다 겉늙어 뵈는 그 얼굴 어디에도 드러나 있지 않았다. 하지만 그런 감상에 그리 오래 머물러 있지는 않았다.

"내가 지금 무슨 얘길 하는 거야? 미국에 죽으러 가는 것도 아닌데……."

갑자기 김 형은 얕은 졸음에서 깨어나기라도 한 사람처럼 놀라는 시늉까지 하며 화제를 바꾸었다.

"그런데 석현이는 왜 안 오지? 오늘도 또 모여 쑥덕거릴 일이 있나……."

그러나 명훈은 그의 몇 마디가 주는 알 수 없는 감동에서 쉬이 깨어날 수 없었다. 두 사람의 아버지에게 공통되는 어떤 특성이 새삼 진한 동료 의식으로 그와 김 형을 얽으며, 아마 일치하는 게 많을 아버지에 대한 기억을 더 오래, 그리고 더 깊이 나누고 싶은 충동을 느끼게 했다.

하지만 명훈이 입을 뗀 것보다는 때마침 그 다방으로 들어선 황의 수선스러운 외침이 먼저였다.

"여, 벌써들 왔군."

다방 안에 있는 사람들이 모두 그를 힐끗거릴 정도로 큰 소리였다. 뒤이어 그들에게 다가온 황이 대뜸 김 형의 손에 있는 주간지를 빼어 탁자에 팽개치며 말했다.

"또 이놈의 꼬부랑글씨 책이야? 이제 미국 가면 신물 나게 읽을 텐데 여기까지 들고 와서…… 자, 모두 일어나. 이만 나가자고."

김 형이 그 주간지를 찬찬히 접어 주머니에 넣으며 빈정거림으로 받았다.

"하지만 내가 뭘 읽고 있었는지 알면 그런 소리를 못 할걸. 한국 군부(軍部) 소장파의 동향에 대한 관찰인데."

그 말에 앞서 걸어 나가려던 황이 걸음을 멈추고 호기심에 찬 눈길로 물었다.

"뭐? 그 원본이야? 언젠가 신문에서 요약해 난 적이 있는 그 군부 동정?"

오히려 그런 황의 등을 미는 것은 김 형이었다.

"그것 봐. 어쨌든 일어났으니 나가자고, 자리를 옮겨서 얘기해."

다방을 나오면서 명훈은 비어홀 '풍차'를 생각했다. 짱구는 깡패 검거 선풍에 지레 겁을 먹고 튀어 버렸지만 얼굴을 아는 똘마니들은 몇 남아 있어, 외상술까지는 몰라도 턱없는 바가지는 쓰지 않을 것 같았다. 거기다가 실내장식이나 분위기도 그럴듯해 그들과 이별의 술잔을 나누기에는 안성맞춤일 성싶었다.

그러나 명훈은 '풍차'에 도사리고 있을 여러 가지 위험을 떠올리고 속으로 가만히 고개를 저었다. 아직 그 자신이 경찰의 리스트에 올랐다는 정보를 들은 적은 없지만 어쨌든 그 술집은 배석구가 무슨 아지트처럼 써 오던 곳이었다. 자신이 배석구의 여러 '똘똘한 아우'들 중에 하나라는 것을 잘 아는 지배인과 마담이 있고 골탕깨나 먹은 여급들도 더러는 남아 있을 것이다. 어느 굼뜬 형사가 그때쯤은 깊숙한 산속 절간에 머리 깎고 들어앉았을 배석구를 기다리며 잠복해 있고, 세상이 바뀌어 주먹 걱정은 안 하게 된 지배인이나 여급이 그 사실을 그 형사에게 귀띔이라도 해 주게 되면 엉뚱한 일이 벌어질 수도 있었다.

둘 모두 자기가 술을 사겠다고 장담했지만, 김 형이나 황의 호주머니 사정도 생각해야 했다. 김 형은 월급 때가 다 됐고, 황도 그 무렵은 어디서 돈이 생기는지 술잔깨나 낫게 마시고 다니는 눈치기는 해도, 그들이 '풍차'의 술값을 감당해 낼 능력이 있는지는 의문이었다. 보통 술꾼은 어지간해서 마실 엄두가 안 날 만큼 비싼 맥주와 재료비의 열 배는 될 만한 안줏값에다 술 따를 여급이라도 하나 붙는 날이면 설령 김 형이 봉급 봉투를 고스란히 넣어 왔다 해도 모자랄 판이었다. 더구나 그들의 주량은 셋 모두 남다르게 센 편이었다.

입 밖에 낸 적조차 없으면서도 그들을 '풍차'로 데려가지 못하는 게 공연히 미안해 터덜거리며 뒤따르는 명훈을 보며 황이 기세를 올렸다.

"어이 명훈이, 어디 근사한 집 없어? 모르긴 해도 이 방면으로는 우리보다 한 수 위 같은데. 돈 걱정은 말고 한번 안내해 봐."

그때 명훈은 다시 한 번 '풍차'를 떠올렸다. 그러나 아무래도 켕기는 데가 있어 어물어물 잡아떼는데 김 형이 끼어들었다.

"야, 너희 김 의원이 몇 푼이나 쥐어 주었는지 모르지만 너무 거품 뿜지 마. 차라리 알맞은 방석집이나 찾아내 조용히 마시는 게 어때?"

김 의원은 황이 그 무렵 반해 있는 어떤 젊은 민주당 의원이었다. 그러나 그 김 의원이 황에게 돈까지 집어 준다는 소리는 또 처음 듣는 것이라 명훈이 어리둥절해 쳐다보자 황이 손까지 내저으며 목소리를 높였다.

"너 사람 모함하지 마. 남 들으면 내가 뭐 국회의원 뒷돈이나 얻어먹고 다니는 놈 같잖아? 이 돈은 어디까지나 내 노동의 값이라고. 어떤 대한민국 사업가의 돌대가리 자식 새끼들을 가르치는 데 한 달 내내 진을 뺄 대가를 미리 반쯤 가불한 것일 뿐이란 말이야."

황은 그러면서 한 움큼의 백 환짜리 지폐를 내보였다. 어림잡아 5천 환은 넘을 듯한 액수였다. 입주 가정교사의 반달치 봉급치고는 지나치다 싶을 만큼 많은 돈이라 명훈이 다시 이상히 여기고 있는데 김 형이 빈정거림 섞어 그 말을 받았다.

"그게 그거지 뭘. 그 사업가 김 의원이 소개한 사람이라며?"

"그래도 김 의원은 김 의원이고 그는 그야. 나와 그 사이는 어디까지나 정당한 고용계약이 있을 뿐인데 무슨 소리야?"

"그게 아닐걸. 내가 보기에 그 사람은 이제 파트너를 자유당에서 민주당으로 바꾼 것 같은데. 전형적인 관료 매판자본가의 길을 향해……. 그래서 김 의원에 바칠 정치자금의 일부를 가정교사 봉급이란 그럴듯한 명목으로 그 젊은 추종자인 네게 나눠 준 것 같은데……."

그러자 황이 벌컥 화를 냈다.

"너 정말…… 헤어지는 마당까지 사람 자꾸 한심하게 만들래? 도대체 왜 그래? 내가 김 의원하고 어울리는 게 그렇게 맘에 안 들어? 그럼 내일부터라도 당장 손을 끊지. 내가 그를 만나는 건 어디까지나 차기의 수권 정당으로 예측되는 정당의 유력한 의원과 민주화를 열망하는 학생운동 단체의 대표로서일 뿐이야. 사람을 꼭 국회의원 뒤나 핥고 다니는 개새끼 취급을 하고……."

그러나 김 형도 먹은 마음이 있는지 수그러드는 기색이 없었다. 오히려 이번에는 악의까지 섞인 비꼼으로 황의 말을 받았다.

"하기야 너 같은 정치 지망생에겐 현실 정치를 미리 보아 두는 것도 좋겠지. 그렇지만 제발 작은 정치가 흉내는 내지 마라. 그들이 습관적으로 건네주는 금박 찍힌 명함이나 거드름 섞어 청하는 악수에 감동하거나 우쭐해져서는 안 돼. 특히 그들이 모이 뿌리듯 던져 주는 푼돈에 맛 들이지 말고……. 나는 한 훌륭한 이념가의 재목이 초라한 현실 정치의 소도구로 깎이고 말까 봐 진정 겁난다."

떠난다는 것, 특히 자신의 조국을 떠난다는 것이 사람의 감정을 엄숙하고 진지하게 만든 것일까. 악의 섞인 비꼼으로 시작한 김 형이었으나 끝낼 때는 걸음까지 멈춘 신중한 말투였다. 실은 벌써 두어 달 전부터 김 형은 예전의 그가 아니었다.

영악스럽다 할 만큼 실리에 밝고 얄미울 만큼 약삭빠르며 심각함을 곧 바보스러운 것으로 단정하는 게 명훈이 처음 만났을 때의 김 형이었다. 그 뒤 유별나게 셋이 자주 어울리면서 그들 사이에서는 되도록 드러내지 않으려 들었지만…… 셋의 공동생활이 시작된 뒤까지도 여전히 김 형의 그런 특성은 남아 있었다. 턱없이 덤벙대다가 턱없이 심각해지는 명훈이나 황에게는 경멸스러우면서도 이따금씩 부럽기 짝이 없는 특성이었다. 그런데 한국에서의 생활을 정리하기 시작하면서 김 형은 조금씩 달라지기 시작했다. 닳고 찌든 애늙은이 같은 허물을 벗고 외국 유학을 앞둔 스물네 살의 진지한 학도로 변해 가고 있었다.

그 무렵은 황도 그런 김 형의 변화를 느끼고 있었는지 속이 상하면서도 전처럼 마구잡이로 몰아대지 못했다. 오히려 애써 화를 억누르며 순수하게 김 형의 말을 받아들였다.

"그런 걱정이라면 안심해도 돼. 나 아무렇게나 남의 발 아래로 기어드는 사람 아니야. 앞으로 다시 그들을 만나게 되더라도 네 충고를 꼭 기억하지."

하지만 그 바람에 분위기가 적잖이 어색해진 건 사실이었다. 명훈은 그런 분위기를 위해 아무 곳이나 눈에 띄는 술집으로 그들을 이끌었다. '전주옥(全州屋)'이란 간판이 붙은 골목 안 술집이었다. 두 사람도 그런 명훈의 기분을 알아차렸는지 군소리 없이 뒤따랐다.

알고 찾아간 술집은 아니었지만 비교적 알맞은 곳으로 찾아든 셈이었다. 낮에는 주로 한식을 팔고, 저녁에는 값싸고 실속 있는 요정 역할도 하는 그런 집이었는데, 아직 날이 저물지 않아서였는지 집 안은 조용했다.

"그게 수주(樹州: 변영로) 선생이었지, 아마. 술 마시고는 아예 찬바람 부는 곳에 서지 않는다던가…… 술이 깨게 되니까 말이야. 우리도 저녁은 그만두고 술을 바로 시작하지. 밥을 먹으면 도통

술이 오르지 않아서…… 솔직히 술맛이야 빈속에 싸르르하게 퍼져 가는 술맛보다 더한 게 어딨겠어?"

자리에 앉자마자 이번에는 황이 나서서 분위기를 잡아 나갔다. 그러나 술상이 들어와 제대로 분위기가 어우러지기까지 또 한 차례의 입씨름을 거쳐야 했다.

"아까 한국 군부 소장파가 뭐 어쨌다고? 어디 그것 좀 봐."

화장을 짙게 한 중년의 마담이 주문을 받고 나간 뒤 황이 김 형의 상의 주머니 영문 잡지를 손가락질하며 말했다. 김 형이 아무 말 않고 잡지를 내주자 대강 훑어본 황이 말했다.

"이거라면 벌써 이달 초순에 AP 통신으로 우리 신문에도 난 거 아냐? 우리 영관(領官)급 장교들의 군 숙정(肅正) 운동을 확대 해석한 것으로 보이는데……."

"그렇게 단순하지는 않을걸. 끝까지 읽어 봐."

김 형이 그렇게 받으면서 이제는 거의 습관적이 된 그들의 설전이 슬슬 시작됐다.

"이건 뭐 그저 추측 아냐? 군인들이 스스로를 이승만 정권을 붕괴시킨 학생들과 똑같은 위치에 있는 걸로 생각한다고 했지만, 그거 누가 확인해 봤어? 또 그들의 숙정 운동은 승진하고 싶은 욕구 때문이었다고 단정했는데 그건 좀 지나친 해석 아냐? 3·15 부정선거에 협조한 썩은 장성들에 대한 젊은 장교들의 순수한 의분이라고는 왜 못 봐?"

"그렇지는 않을걸. 군부와 정치 관련이라면 우리보다 더 풍부

하고 구체적인 경험을 가진 게 그쪽 사람들이야."

김 형은 그렇게 말해 놓고 좀 뜸을 들였다가 이었다.

"내가 보기에 그 기사에는 적어도 두 가지 암시가 들어 있어. 하나는 한국의 군이 혁명의 주체 세력이 될 수도 있다는 것이고, 다른 하나는 군 내부의 적체 현상이 외부의 관찰에도 드러날 만큼 한계에 이르렀다는 거지."

"군이 혁명 주체가 될 수도 있다. 그럼 그게 바로 쿠데타 아냐? 그건 틀렸어. 외국인들이 우리의 오랜 문민정치(文民政治)의 전통을 모르고 하는 소리야. 이성계의 등극을 쿠데타로 본다 쳐도 그 뒤 5백 년의 세월은 그대로 문민정치였다고 할 수 있지. 연산, 광해 시절의 반정(反政)이 있기는 하지만 쿠데타로 부르기는 무리고…… 이승만에 대한 장성들의 충성 경쟁만 보아도 그 전통은 충실히 계승되고 있다는 걸 알 수 있어. 그건 그렇고, '군 내부의 적체 현상'이라니 그건 또 무슨 소리야? 그럼 외국인들이 보는 대로 이번의 참모총장 축출을 진급을 위한 소장파의 밀어내기로 본단 말이야?"

"충분히 가능하지. 우리는 인구와 영토에 비해 지나치게 많은 군대를 거느리고 있어. 거기다가 군대의 역사가 짧아 장성의 태반은 30대를 넘기지 않은 젊은이들이야. 6·25가 있어 얼마간 여유를 주기는 했지만 그들이 늙어 은퇴하기를 기다리자면 인사(人事)의 적체는 필연적이지. 아직 겉으로 드러나지 않아 느끼지 못하고들 있는 것 같은데 실은 앞으로도 두고두고 되풀이될 심각한 문젯거리 중의 하나야."

"네 눈썰미가 매서운 줄은 알지만 그건 아무래도 지나친 관찰 같은데."

"더구나 정치에는 언제나 무관심하고 냉소적인 처지에 말이지. 그러나 때로는 멀찍이 떨어져서 보기 때문에 더욱 잘 보이는 수도 있지. 이 기사를 쓴 기자처럼……. 내가 보기에 이 기자는 대단한 한국통일 거야."

하지만 아무래도 황은 김 형의 말을 받아들이기 어려운 모양이었다. 곧 무어라 그 특유의 열정 섞인 목소리로 김 형을 반박하기 시작했다.

까닭 없이 섬뜩해 그들의 대화에 귀 기울이고 있던 명훈은 문득 며칠 전 영희를 찾으려고 들렀던 셋째 이모네를 떠올렸다. 한참을 영희 이야기로 보낸 뒤 어머니가 이모부의 근황을 물었을 때 이모는 푸념처럼 말했다.

"모르겠어, 덤벙대다 뭔 일 내려고 그러는지. 이번엔 뭐 그 양반 동기들이 주동이 돼 참모총장인가 누군가를 몰아냈다나. 그게 뭐가 신나는지 요새 한창 기가 살아 돌아다니느라 날이 새는지 지는지 몰라."

그때는 별생각 없이 들었는데, 김 형의 얘기와 맞춰 보니 갑자기 뭐가 있는 듯도 싶었다. 그러나 입 밖에 내기에는 공연히 으스스한 말이라 마음속으로만 되씹고 있는데 김 형이 무슨 결론처럼 말하는 소리가 들렸다.

"외국 잡지 한 구절로 지나치게 비약했는지도 모르지만, 어쨌든 군의 동향이 이번 혁명의 추이에 중요한 변수로 작용할 수도 있다는 점에 유의하는 게 좋을 거야. 너희들의 논의가 민주의 단계를 넘어 민족이나 섣부른 통일 논의에 이르면. 특히 내가 전에 말한 적 있지? 우리의 분단은 공산주의와 민주주의라는 이름 외에 진보 내지 혁신과 보수라는 실질도 있다고. 그 진보 내지 혁신을 독점한 게 이북이고 보수의 몫이 이남이라는 것 말이야. 따라서 남한은 더 이상 진보나 혁신 쪽에 무얼 내줄 여유가 없어. 남한에서 다시 진보나 혁신이 몫을 요구한다면 틀림없이 우파(右派)는 위기감으로 극단화되고 거기서 우리는 엄청난 반동을 경험하게 될 수도 있을 거야. 그런데 그 우파 물리력의 핵심이 바로 군이란 말이야. 더군다나 분단만이 그 기형적 비대를 정당화하는……."

"요컨대 또 그 소리군. 민주(民主)까지만 가고 민족까지는 가지 말라는……. 그게 아메리카 제국의 변경에서 가능한 혁명의 한계라는……."

황이 그렇게 빈정거려 놓고 다시 무어라 말을 이으려는데 방문이 열리며 술상이 들어왔다. 그 술상의 풍성함이 셋의 주의를 끌어 얘기는 거기서 중단되었다. 황의 허풍스러운 주문을 충실히 지켜 그 집으로서는 아마도 최고급일 술상이었다. 거기다가 곱게 한복을 차려입은 색시까지 상머리에 앉자 자리는 그대로 흥청거리는 술판으로 바뀌었다.

김 형도 그동안의 절제와 검소를 그 자리에서 한꺼번에 보상 받으려는 듯 전에 없이 호기를 부렸다. 김 형이 그렇게 자신을 풀어놓고 술에 빠져드는 게 명훈에게는 신기하다 못해 불안스럽기까지 했다. 황은 한술 더 떴다. 아직 술이 제대로 오르기도 전에 색시를 끼고 앉아 제법 그럴듯한 난봉꾼 흉내를 냈다.

그 바람에 화제는 두 번 다시 딱딱한 쪽으로는 돌아가지 않았다. 제대로 결론지어지지 않은 군에 관한 얘기도 황의 빈정거림을 끝으로 다시는 되살아나지 않았다. 어쩌면 김 형도 황도 워낙 실감 나지 않는 가능성의 부분이라, 겉보기와는 달리 그냥 해 본 소리였는지도 모르는 일이었다.

명훈도 그 화제에 그리 오래 집착하지는 않았다. 이모부의 일이 잠깐의 긴장을 주기는 했지만 그 자리에서뿐만 아니라 뒷날 다시 그들의 대화를 떠올렸을 때도 허황되게 느껴지다 못해 풀썩 웃음까지 일곤 했다. 적어도 이듬해 초 입대한 그가 그해 5월 16일 새벽, 비상이 걸려 단잠에서 깨어날 때까지는.

그날 밤 술상이 들어온 뒤로 정치나 사회 쪽의 논의가 있었다면 그것은 단 하나 명훈의 물음으로 시작되었다가 색시의 노랫가락으로 흐지부지되어 버린 공명선거 계몽 운동에 관한 것이었다.

명훈은 꽤 진지하게 물었으나 윤광렬이 무엇보다도 자신의 주먹에 기대를 걸고 있다는 소리를 차마 못해 순수한 학생운동의 한 갈래로만 말한 탓인지, 김 형도 황도 문제없이 명훈의 가담을 찬동해 주었다. 특히 황은 공명선거가 곧 민주당 후보의 당선이라는 의심쩍은 등식까지도 거침없이 승인했다. 술에 취해 들뜬 까닭도 있지만 한편으로는 그게 그 무렵의 철저하지 못한 학생운동권에 공통된 표면적인 의식이었는지도 모를 일이었다.

그날 밤 셋은 색시 둘을 더 불러 통금이 지나도록 마시다가 결국은 모두 한 덩어리가 되어 그 술집에서 곯아떨어졌다.

그해 여름의 풍경 하나

"기호는 7번, 기호는 7번, 민주 투사 김희온 선생을 국회로 보냅시다……."

교문을 나서는데 그런 확성기 소리가 삐익삐익 하는 기분 나쁜 이음(異音)과 함께 귀청을 찔러 왔다. 철이 반사적으로 골목 끝 큰길을 바라보니 검고 붉은 글씨로 된 현수막을 둘러쓴 지프 한 대가 지나가고 있었다. 그 무렵 들어 부쩍 요란스레 읍내 거리를 누비고 다니는 선거운동 차 가운데 한 대였다. 이제는 별로 신기할 것도 없어진 일이라 철은 아무런 감동 없는 눈길을 발 아래로 거두고 터벅터벅 걸었다. 7월 하순 한낮의 뙤약볕에 모래 섞인 길바닥은 무슨 하얀 빛이라도 내쏘는 듯 눈부셨다. 철은 새삼 숨이 턱 막혀 오는 듯한 더위를 느끼며 그늘을 찾아 길가로 붙었다. 그러나 정오가 가까워서인지 어디고 마땅한 그늘은 눈에 띄지 않았다.

"니, 아나? 기호 7번 김희온이 말따, 국남이네 외삼촌이라 카드래이. 인자 그 사람 국회의원 되믄 국남이 글마 폼 막 잡을 끼라. 국회원 그거 얼매나 높은 긴데……."

"글치만 김희온이는 안 된다 카드라."

"아일꾸로. 울 아부지 말로는 인기가 좋다 카든데, 우짜믄 대빵(가장 높은 대장) 묵을 끼라꼬……."

내일동 패거리가 뒤따라오면서 저희끼리 떠드는 소리가 들렸다. 방금 지나간 선거운동용 지프가 그들의 주의를 끈 탓인 듯 화제는 흔치 않게 선거에 관한 것이었다. 철은 흘려들으며 걷고 있었으나 이내 그들 쪽으로 귀를 기울이지 않을 수 없었다.

"모르는 소리 마래이. 택도 없다 카드라. 나도 어제 울 아부지가 어른들하고 술 묵으며 하는 소리를 들은 기 있단 말따."

"그기 뭔데? 와 김희온이는 떨어진단 말고?"

그렇게 이어져 가던 그들의 대화 다음에 나온 말 때문이었다. 앞서의 물음을 받은 것은 아버지가 군청인가 세무서의 계장이라는 윤상도인 듯했는데, 그 애가 갑작스레 목소리를 죽이며 대꾸했다.

"김희온이 그 사람, 숭악한 빨갱이랬다 카드라. 세월이 좋아 껍죽대고 있지마는, 안 마(맞아) 죽으믄 다행일 끼라 안 카나? 느그도 허뿌(허투루) 그 사람 편들라 카지 마래이."

빨갱이란 소리에 철은 저도 모르게 걸음을 늦추며 그들의 대화에 귀를 기울였다.

"그라믄 그 사람이 괴뢰군 대장이라도 했단 말가?"

"몰라, 우예튼 숭악한 빨갱이랬다 카드라. 그 사람하고 한패는 6·25사변 때 뱃다리거리에 모가지가 매달래 있었다 카든데."

"뭐시라, 모가지가?"

"그래, 이래 돼 가지고……."

철이 힐끗 돌아보니 상도는 손바닥으로 자기 목을 치는 시늉을 하며 아이답지 않게 심각한 표정을 지어 보이고 있었다. 다른 곳도 아닌 뱃다리거리에, 읍내에 사는 사람이면 누구든 하루 한 번은 지나다니는 그곳에, 사람의 잘린 목이 걸려 있었다는 말에 충격을 받은 탓인지 아이들은 일순 걸음까지 멈칫하며 상도를 쳐다보았다. 상도도 갑자기 제 김에 겁을 먹었는지 말끝을 사려 뒤이은 아이들의 질문 공세를 흩어 버리려 했다.

"글치만 몰라, 내가 본 게 아이이께는. 우예튼 어른들이 그카더라. 아이믄 그만이고오……"

하지만 아이들의 호기심은 이미 발동된 뒤였다. 저마다 무언가를 물으려고 입을 벌리려는데 가까운 발 아래로 물이 쏟아지며 뒤이어 느긋한 목소리가 들려왔다.

"일마들아, 발밑 조심하그래이."

골목 어귀 구멍가게 아저씨였다. 긴 나무 자루가 달린 바가지로 수챗물을 떠서 먼지가 풀썩이는 길 위에 뿌리면서 내지른 소리였다. 아이들의 일부는 길바닥의 마른 흙이 묻어 물방울이라기보단 흙방울에 가까운 게 바지에 튄 탓에, 그 나머지는 갑작스레 코를 찔러 오는 수채의 퀴퀴한 냄새에 잠시 그동안의 화제를 잊어버리고 흩어졌다. 철이도 마찬가지였다. 발등에 떨어진 몇 방울 흙탕물의 기분 나쁜 감촉에 펄쩍 놀란 사람처럼 뛰어 가게 앞을 지나가기에 바빴다.

하지만 철이도 다른 아이들도 끝내 그 끔찍하면서도 궁금하기 짝이 없는 화제로 되돌아가지는 못했다. 그렇게 내몰리듯 큰길로 나서자 이번에는 다시 가까워 오는 확성기 소리가 그들의 주의를 끌었다. 공설운동장 입구 쪽에서 차를 돌렸는지 얼마 전에 큰길을 지나간 바로 그 지프가 돌아오며 내는 소리였다.

"기호는 7번, 김희온 선생을 국회로 보냅시다……."

뱃다리거리로 이르는 곧은길에 이를 때까지도 고막을 찢을 듯 왕왕거리며 느릿느릿 지나쳐 가는 그 확성기 소리 때문에 그들은 말을 주고받을 엄두를 내지 못했다.

그 지프는 삼삼당구장 앞에서 다시 방향을 역전 쪽으로 돌렸다. 오래잖아 확성기 소리는 조금씩 멀어지기 시작했지만, 이번에는 또 새로운 광경이 아이들의 눈길을 그쪽으로 끌었다. 불쑥 솟아나듯 눈앞에 나타난 때 아닌 만장(輓章) 행렬 때문이었다.

아이들은 물론 철이도 처음에는 그게 흔한 장의 행렬의 선두인 줄만 알았다. 그러나 그 깃발이 너무도 크고 호화스러운 데다 숫자까지 여느 장례 때와 견줄 수도 없을 만큼 많은 게 이내 다른 예감을 주었다. 단순한 장례가 아니라 무언가 의미 있는 사건 또는 볼 만한 구경거리가 이어질 것 같았다.

더구나 보통의 장례식에는 만장이나 명정이 읽기 어려운 한문으로만 되어 있게 마련인데, 거기서 펄럭이는 것들 중에는 한글로 된 플래카드까지 섞여 있어 철의 호기심을 더욱 키웠다.

'무덤도 없는 원혼이여, 천년을 두고 울어 주리라.'

'조국 산천도 고발하고 푸른 별도 증언한다.'

'학살 원흉 처단하고 유족에게 보상하라!'

철은 그때 틀림없이 그런 플래카드 구석에 한글로 쓰인 '보도연맹'이란 글씨를 보았다. 또 '경상남도 피살자 유족회'란 것도 읽은 듯했다. 그러나 그 장의 행렬이 바로 어머니가 몸서리까지 쳐 가며 말하던 그 '보련(保聯)'의 희생자들을 위한 것임을 안 것은 그로부터 훨씬 뒤의 일이었다.

명정과 플래카드의 행렬에 이어 보기 드물게 큰 상여가 따르고 다시 그 뒤를 백 명은 더 될 듯한 소복 행렬이 뒤따랐다.

노인들, 할머니들과 젊은 아주머니들이며 철이 또래의 아이들까지 섞여 있었는데 모두가 방금 상을 당한 사람들처럼 울부짖으며 걷고 있었다. 그러나 무엇보다도 철을 압도한 것은 그들이 입은 소복의 흰빛이었다. 7월의 햇살 탓일까, 대개는 광목으로 지어진 소복인데도 그 흰빛은 그야말로 눈부셨다. 간간이 끼어 있는 옥양목이나 포플린으로 지은 소복은 희다 못해 눈알이 시릴 만큼 섬뜩한 빛을 뿜어 댔다. 어떻게 보면 길거리를 메운 울부짖음이 그 같은 기억의 왜곡을 일으킨 듯도 하지만, 철에게는 아주 뒷날까지도 그날의 광경이 무슨 현란한 빛의 축제처럼 기억날 정도였다.

반드시 철이 받은 느낌과 똑같은 것이었는지는 알 수 없으나, 뒤따라오던 내일동 패거리도 그대로 조용했다. 길가에 늘어서서 구경하는 어른들 틈에 끼어들면서 슬쩍 돌아보니 녀석들도 한결같이 무엇에 질린 듯한 표정들이었다.

분명 어린 날의 신나는 구경거리와는 종류를 달리하는 광경이었지만, 철은 그날 그 행렬이 다 지나가고 어른들이 모두 흩어질 때까지 길가에 붙어 서 있었다. 영문을 알 수 없는 기괴한 감동에 떨며 섰는 철의 귀에 구경하는 어른들의 수군거림이 흘러 들어왔다.

"아이, 이 쪼맨한 읍내에서 그 일로 맞아 죽은 사람이 이마이(이처럼) 많단 말가?"

"죽일 놈들."

"하마 보도연맹에 가입했다 카믄 얼추(대개) 한 짓이 별기 아이기나 맴(마음) 약한 사람들뿐 아이가? 그라이믄(그렇지 않으면) 참말로 이짝(쪽)으로 돌아선 사람일 테고……."

"와 아이라, 그런데 그걸 한 구딩이에 씰어(쓸어) 넣었뿌랬으이…… 엥이, 숭악한 놈들!"

"그래 놓고도 10년이 되도록 보도연맹 관계로 징역 갔다는 순사 따까리 하나 못 봤으이, 하늘이라 카는 게 없는 기제."

그런 분노에 찬 소리가 들리는가 하면 보다 조심성스러운 걱정도 있었다.

“김희온이, 아무리 표도 좋지만 이래도 괜찮을까이?”

“그라이 말이라. 저기 저 함 봐라. 생이(상여) 뒤쪽에 저기. 인자 제우(겨우) 몇 년 됐다고, 남로당 경남도당 간부가 다부(거꾸로) 경찰 자(잡아)묵자고 푸랑카드 들고 나서노?”

“니도 알아봤나? 죽은 지 알았디 어디 살아 있다가 나왔노? 그라고 하필이믄 그노마를 앞장세워 김희온이, 그 사람 뒷감당은 우얄라 카는지 몰라. 백지로 국회위원도 몬 해 보고, 가로늦가(뒤늦게) 콩밥 묵게 안 될란강.”

“하기사 그 시절 한패이께는 그 일이라믄 글마밖에 앞세울 사람도 없겠제. 글치만 우얀지 성그리(섬뜩)한 기 표 찍을 맘 안 나네. 내사 잘 몰따마는 그놈아들 그래(그렇게) 기 살려 놓으믄 세상 깨나 시끄러불 꺼로.”

그런가 하면 앞서와는 전혀 질을 달리하는 분노도 있었다. 그날 행렬이 사라지고 난 뒤 흩어지는 구경꾼들 사이를 빠져나온 철이 강둑길을 따라 집으로 돌아갈 때였다. 다리를 저는 중년 하나와 그보다는 좀 젊어 보이는 한복 차림의 사내가 무엇에 성이 났는지 큰 소리로 떠들며 앞서 가고 있었다.

“세상 듀쿠나야! 뭐이야? 위령탑에다 보상비 내놓으라고? 아예 금성무공훈장을 내놓으라고 하디 기래. 빨갱이 짓 하다가 죽은 공으로다가…….”

처음에는 그 낯선 억양에, 그리고 나중에는 조금 전에 들은 어른들의 수군거림과는 전혀 성질을 달리하는 그 말의 내용이, 아직도 기괴한 감동에 젖어 멍해 걷고 있는 철의 주의를 끌었다. 절름거리며 걷는 쪽의 술기운 실린 말이었는데 한복 차림이 좀 가라앉은 목소리로 받았다.

"그렇게만 말할 수는 없지. 정말로 억울한 사람들이 많아. 솔직히 말해 그때는 이쪽도 제정신들이 아니었거든."

"썩어 빠진 소리 말라우야. 너 정말 갸네들 악질인 거 몰라서 그러네? 초반에 드세게 잡도리 쳐서 그렇디 그냥 뒀으면 그 빨갱이 새끼들 무스게 짓 했을지 몰라야. 보지 않았늬? 무슨 일이 터지믄 얼치기들이 더 설쳐 대는 거. 북쪽 아이들이 내려왔을 때도 뒥(죽)이고 패고 한 거는 뭘 좀 아는 진짜배기 빨갱이들이 아니라 바로 그런 얼치기들이었다능 거……."

"그렇더라도 아무것도 한 짓이 없는 사람들을 한 구덩이에 쓸어 넣은 게 잘한 일일 수는 없지. 더구나 보도연맹이란 게 원래가 전향한 그들을 보호하고 인도한다는 뜻에서 설립한 게 아닌가. 말하자면 품 안으로 날아 들어온 새를 때려잡은 셈이지."

"글타고 미 군정 때도 아닌데 빨갱이 새끼들이 백주에 떼를 지어 거리를 휩쓸게 한단 말이야? 그 짓 하자고 삼팔 이북을 떼어 가지 않아서? 그런데 정작 맞아 뒈져야 할 가이(개)새끼덜이 운 좋게 살아남아 꺼꾸로 몽둥이를 들고 설쳐 대도 되는 거이야?"

"이쪽이 구실을 준 거지. 그렇게 마구잡이로 사람을 잡아 놨으니 입이 열 개라도 할 말이 있겠어?"

한복 입은 쪽이 그렇게 변호를 계속하고 있었지만 자신 있어 하는 말투는 아니었다. 그 또한 적어도 그처럼 떠들썩한 행렬은 못마땅한 듯했다. 그런 그를 메어꽂기라도 하듯 절름발이 사내가 목소리를 높였다.

"둇 같은 소리 말라우야! 너나 나나 어드레 카다 이 꼴이 되었네? 이놈의 다리몽둥이 어드렇게 날아갔네? 김희온이, 이 가이새끼, 제눔이 얼마나 배기는지 두고 보갔어. 이 남한 천지에서 그놈덜 득세가 며칠이나 가는지 두고 보갔다고!"

거기까지 엿들으며 따라가는데 어느새 집으로 들어가는 골목 입구가 발밑까지 와 있었다. 집으로 가려면 둑길을 내려서야 하는 곳에 이른 셈이었다. 그런데도 눈앞의 두 사람은 여전히 열을 올리며 걷고 있었다. 아마도 집이 삼문동이어서가 아니라 치미는 울화를 삭이기 위해서 강둑을 따라 걷고 있는 듯했다.

철은 잠시 더 따라가 볼까 망설였으나, 곧 집으로 가는 골목길 쪽으로 내려섰다. 10년 전의 진상에 대한 무지와 그날 벌어진 일에 대한 서로 다른 견해의 충돌에서 오는 혼란이 그의 나이로는 아무래도 뛰어넘을 수 없는 벽 같은 걸 느끼게 한 까닭이었다. 그리고 그 길로 돌아온 집에서 기다리고 있는 어머니의 편지는 이내 그를 참담한 현실로 끌어내 그날의 별난 기억을 그쯤에서 끝나게 했다.

철이 보아라.

찌는 듯한 삼복지절(三伏之節)에 옥경이 다리고 잘 있느냐? 엄마가 일이 있어 한 열흘 서울을 다녀온 새 너희들 편지가 두 통이나 와 있더구나. 돌아간다는 약속도 못 지키고 돈도 보내지 못했으니 너희들 고생이 오죽하겠느냐? 마음 같아서는 당장 달려가고 싶었으나, 빈손으로 가 무엇 할까 싶어 한 푼이라도 만들려 하다 보니 답장이 늦었다.

그러나 타는 것은 애간장뿐이고, 돈은 쥐어지지 않으니 어쩌면 좋겠느냐? 거기다가 너는 또 과외수업이 시작되어 여름방학이 돼도 이곳으로 올 수 없다니 더욱 기막힌다. 여기만 와도 죽이든 밥이든 너희들 배 곯리는 일은 없을 듯하다만, 코앞에 둔 중학 입시를 외면할 수야 없지 않겠느냐?

생각다 못해 또 한 번 영남여객 댁 신세를 져 보기로 했으니 너는 이 편지 받는 즉시로 그 댁엘 가 보아라. 아주머니보다는 아저씨한테 이 편지를 보이고 넉넉잡아 두 달만 어찌 돌보아 달라고 청해 보아라. 지금 애쓰고 있는 일이 잘 성사돼 석공 쪽에서 20정(町)짜리 큰 산소등만 사 주면 웬만한 장사 밑천은 될 게고, 그러잖아도 햇곡식만 나면 찌끄러기 위토(位土)를 팔아도 그 신세는 갚을 수 있을 듯하다.

그럼 할 말은 태산 같지만 이만 쓴다. 공부 열심히 하고 옥경이 잘 돌보아라. 어린 너에게 못할 짓 하는 것 같아 어미 마음 미어지는 듯하다.

4293년 7월

돌내골에서 어미가 쓴다.

어머니의 편지는 그렇게 끝나 있었다. 저번 고향에 가서 얼마 얻어 온 돈은 벌써 열흘 전에 다 떨어진 터라, 그동안 다시 힘겨운 싸움 같은 나날을 보내 온 철에게는 어머니가 돈을 보내지 못한다는 게 암담하기 그지없게 느껴졌다. 그러나 그보다 더 괴로운 것은 또다시 영남여객 댁에, 아니 명혜네 집에, 구걸과 다를 바 없는 빌리기를 해야 한다는 점이었다. 선거, 보도연맹 위령제, 어른들의 서로 다른 견해가 주는 묘한 긴장감 따위는 씻기듯 머릿속에서 사라지게 하는 고통이요 충격이었다.

하지만 또한 알 수 없는 게 사람의 기억이다. 비록 강렬하긴 했으나 잠깐 동안 어린 날의 몽롱한 의식을 스쳐 갔을 뿐이라 해도 좋을 그날의 기억은 세월이 지날수록 생생하고 뜻깊게 재생되었다. 결국 선거에서 떨어진 김희온 후보는 그해 여름이 채 가기도 전에 구속되었으며, 다시 이듬해 그가 군사 법정에서 무거운 형을 받았다는 불확실한 소문이 그 일을 상기시킨 탓도 있지만, 철의 성장 조건이나 의식 상황도 그 같은 기억의 재생과 무관하지는 않을 듯싶다.

월북자나 부역자의 버림받은 자식들에게는 어느 정도 공통된 정신의 단계가 있다. 하나는 아버지와 그의 이념에 대한 분노와 원망의 단계요 다른 하나는 흥미와 동경의 단계다.

분노와 원망의 단계는 대개 겪어야 했던 혹독한 성장 환경에서 비롯된다. 육체는 밑바닥 삶의 진창을 기고 정신은 끊임없는 좌절과 억압을 맛보면서 이념 그 자체보다는 그 이념이 자신에게 끼친 결과에 속 깊은 원한을 품게 된다.

분노와 원망이 다분히 후천적인 데 비해 흥미와 동경은 거의 선천적이다. 그 이념이야말로 인류가 가장 늦게 고안한 것인 만큼 그들이 빠져 있는 여러 문제에 가장 가까운 근사치의 답을 주리라는 따위 논리적인 추측의 도움도 받지만, 그보다는 피의 동질성이 그 아버지가 소중하게 품고 죽어 간 이념에 대해 호의 어린 탐색의 눈길을 보내게 하는 경우가 많다.

그런 단계의 순서는 사람마다 다를 수도 있고, 어떤 때는 동시적이기도 하다. 또 그런 단계들이 개인의 정신에 남기는 흔적도 여러 가지로 다르다. 어떤 이에게는 아버지에 대한 원한으로만 결정되고 어떤 이에게는 아버지의 적(敵)에 대한 때늦은 복수감으로 자리 잡으며 드물게는 객관성을 유지한 채 그들의 화해와 타협을 시도하기도 한다.

그런데 철에게 있어서는 분노와 원망이 먼저였고, 흥미와 동경이 나중이었다.

혹독한 유년과 소년기를 다 보낸 뒤의 일로, 그 무렵의 한때 그는 아버지의 적들이 저지른 잔혹한 사례들에 열중한 적이 있는데, 어쩌면 그때 수집한 보도연맹 관계의 기록과 증언들도 1960년 여름의 그 하루를 생생하고 뜻깊게 되살리는 데 한몫을 했을 것이다.

헛구역의 날들

"그래, 어땠어?"

점심 숟갈을 놓기 바쁘게 투표장 분위기를 살피러 간다며 나갔다가 들어오는 태욱을 향해 윤광렬이 물었다. 사뭇 보고를 요구하는 상관 같은 어조였다.

"신통찮아예. 말이사 이꾸저꾸(이렇게 저렇게) 해 싸도 꿍심(속셈)은 따로 있는 눈치들이라예."

태욱이 공연히 주눅 든 얼굴로 목소리까지 떨며 그렇게 대답했다. 그곳 출신이라 윤광렬과는 국민학교 때 한 번 더 선후배 관계를 맺어서인지 처음부터 다른 대원들보다는 한풀 더 접혀 지내던 태욱이었다. 그러나 그날의 태도는 그런 평소의 공손함을 훨씬 뛰어넘는 것이어서 바깥의 좋지 않은 공기를 절로 짐작게 했다. 웃통을 벗어부친 채 막걸리 잔을 비우고 있던 윤광렬이 목소리를 높였다.

"뭐야? 꿍심이 따로 있다면 어느 쪽이야?"

"소금 문(먹은) 놈이 물 킨(켠)다꼬 암만 캐도 신(辛)가 쪽으로 기우는 갑데예."

"아니, 반혁명 세력 규탄 데모가 그렇게 시끄러웠는데도 자유당 부스러기한테 표를 던진단 말이야? 더구나 이번에는 고무신 한 짝 술 한 잔 제대로 돌리기 어려웠는데……."

윤광렬이 애매한 태욱을 노려보며 따지듯 말했다. 더욱 움츠러든 태욱은 말까지 더듬거렸다.

"와예, 그래도…… 민주당이라 카는 거 하나만 믿고…… 말만 푸짐했던 우리하고는 다를 낍니더. 구석구석이 펴부은 거…… 행임(형님)도 잘 알 꺼로요……."

"그럼 박(朴)가네는 어때?"

"그거사 지가 하마 안 캅디꺼? 혁신 계열이라 카는 거 촌에서는 맥 못 춘다꼬. 행임이 백지로 갊아(시비를 받아주어) 글체, 처음부터 우리 상대는 신가 글마(그놈아)였던 기라예."

거기서 무엇 때문인가 조금 자신을 얻은 태욱의 목소리가 또렷해졌다.

"그래도 나라 전체의 분위기라는 게 있지 않은가 말이야. 마산서는 자유당 입후보자를 선거 하루 앞두고 구속까지 했잖아. 물론 시민들의 반혁명 규탄 데모에 경찰이 못 배겨서였을 테지만…….”

“바로 그기라예. 얻어문(얻어먹은) 것도 얻어문 거지만, 이쪽에서 너무 그꾸싸이(그렇게 나대니) 그쪽으로 실찌기(슬그머니) 동정이 가는 것 같아예. 이번 선거에 떨어지문 인자 신 머시기는 죽는다꼬……. 그래도 어디 학교 풍금 사다 준 것도 신 머시기고, 어디 또랑에 세멘(시멘트) 다리 놔 준 것도 신 머시긴데, 캐 싸미 말입니더.”

태욱이 그렇게 받아 놓고 약간 항변까지 섞어 덧붙였다.

“4·19 혁명, 4·19 혁명, 도회지 사람들이나 떠들어 쌌지, 촌에서야 어데…….”

그 말을 듣자 윤광렬은 갑자기 다급해진 모양이었다. 들고 있던 잔을 툇마루에 소리 나게 놓으며 그 곁 감나무에 걸쳐 둔 남방셔츠를 걸쳤다.

“어이, 누구 나하고 나가 볼래?”

함부로 구두를 꿴 윤광렬이 여인숙 본채 마루에 줄줄이 누워 있는 대원들에게 소리쳤다. 그들 중에 끼어 지금껏 윤광렬과 태욱이 주고받는 말을 흘려듣고 있던 명훈은 그 소리에 짐짓 눈을 감았다. 더운 날씨 탓도 있지만, 그보다는 며칠 전부터 그를 억누르고 있는 무력감 탓이 더 컸다.

다른 대원들도 모두 식사 후의 노곤함에 잠이라도 들었는지, 선뜻 나서는 사람이 없었다.

“마, 지(저)하고 함 가 보입시더. 멀리 갈 것도 없고, 교문 앞 느티

나무에 앉아 실찌기 조(주워)들어도 감은 올 끼라예."

태욱이 그렇게 나서자 윤광렬도 굳이 쉬고 있는 대원들을 끌고 나가려 하지 않았다. 그들의 멀어지는 발소리에 묘한 안도를 느끼며 명훈은 문득 그 낯선 곳 여인숙 마루에 누워 있는 자신을 씁쓸한 웃음으로 돌아보았다.

명훈이 본교 공명선거 계몽대에 끼어 서울을 떠난 것은 7월 10일경이었다. 3·15 선거 때의 씁쓸한 경험 때문에 그럴듯한 명분 뒤에 감춰진 윤광렬의 마뜩잖은 의도를 알기 전에도 명훈은 그런 일에 끼어드는 게 마음 내키지 않았다. 그에게 필요한 것은 깡패의 전력을 숨겨 줄 적당한 보호색이었을 뿐 민주 운동 그 자체는 아니었다. 아니, 그 이상 조금이라도 정치적인 색채를 띤 활동이면 본능적으로 경원을 느끼는 그였다. 작별의 술자리 때 김 형과 황은 이례적으로 함께 그 운동에 찬동해 주었지만, 그것도 명훈의 마음을 크게 돌려놓지는 못했다. 명훈이 차마 감춰진 의도까지는 밝히지 못해 그들이 들은 것은 다만 윤광렬이 내세운 그럴듯한 명분뿐이었는 데다, 둘은 모두 취해 있었고, 또 이별을 앞두고 감정이 과장돼 있었기 때문이었다. 만약 그렇지 않았다면 공명선거가 곧 민주당 후보의 당선이라는 억지 등식조차 승인하지는 않았을 것이다.

윤광렬이 주도하는 그 수상쩍은 운동에 명훈이 끼어드는 데 황과 김이 도운 게 있다면 그것은 오히려 그들이 떠나 버린 뒤의 공허함이었다. 지난 아홉 달, 정신적인 것은 거의 그들에게 의지하다시피 해 온 명훈에게 다시 홀로 남겨진다는 것은 단순한 외로움 이상의 고통이었다. 거기다가 방학이 되어도 갈 곳이 없어 훅훅 찌는 듯한 자취방을 뒹굴며 하루하루를 죽여 가야 했기 때문에 그 괴로움은 더욱 커졌다. 전 같으면 밀양에 내려가 지낼 수도 있고 고향을 찾아볼 수도 있었으나, 경찰의 수배가 있을지 모르는 마당이라 그런 연고지에 가는 것은 위험했다. 철저하게 신분을 위장하고 얻은 그 자취방이 오히려 안전하게 느껴질 정도였다.

그러나 그 어떤 것보다 세차게 명훈을 윤광렬에게로 몰아붙인 것은 그러다 보니 더욱 꼼꼼하게 읽게 되는 신문이었다. 더 정확히 말하면, 매일매일 사회면의 머리기사로 나오는 부정선거 원흉들의 재판 사이에 낀 정치 깡패의 이름들이 전에 없는 위기감으로 숨을 곳을 찾게 한 까닭이었다. 임화수, 이정재, 유지광 또 누구누구……. 전에는 감히 이름조차 그대로는 입에 담을 수 없었던 거물들이 굴비 두름 엮듯 묶인 채 여론의 질타를 받고 있었고, 한때 술잔을 바로 받기조차 어렵던 그 빛나는 '형님들'은 아예 조무래기로 불리며 웃음거리가 되고 있었다. 그게 한편으로는 나 같은 것쯤이야 하는 안도를 주면서도 다른 한편으로는 자신이 몇 달 몸담았던 뒷골목에 대한 사회 전반의 거대한 분노와 증오를 확인하는 것 같아 그대로는 견뎌 내기 어려웠다.

그럴 때, 맞추어 찾아 준 게 유만하를 앞세운 윤광렬이었다. 윤광렬은 마치 명훈의 그런 심리 상태를 훤히 읽고 있었다는 듯이 일방적인 통고처럼 말했다.

“내일 출발이야. 전화가 없으니 연락할 수가 있어야지. 애들을 대신 보낼 수 있는데도 내가 직접 온 거, 더 말 안 해도 되겠지? 내일 아침 열 시에 서울역 광장 집결이야.”

그런데 참으로 알 수 없는 것은 명훈 그 자신이었다. 그도 마치 미리 약속한 일인 듯 단 한마디의 이의도 없이 고개를 끄덕이고 말았다. 그리고 오히려 굳이 빠지려 드는 유만하에게 함께 가기를 권유하기까지 했다.

목적지는 이미 알고 있었던 대로 윤광렬의 당숙이 민주당 후보로 출마한 경남의 어떤 군(郡)이었다. 생각보다 출발은 그럴듯했다. 무궁화호로 여덟 시간에, 다시 버스로 시간 반을 달려 군청 소재지가 있는 읍내에 이르렀을 때부터가 그랬다. 윤 의원(전에 도의원[道議員]을 한 경력 때문인지 아니면 당선될 거라는 믿음에서 앞당겨 그리 부르게 된지는 모르지만, 사람들은 그 후보를 한결같이 의원님이라 부르고 있었다.)의 배려인 듯 계몽대의 숙소로 정해진 곳은 이름만 여인숙이지 속은 어지간한 여관 뺨치는 건물과 시설이었다. 그 여인숙 입구의 철근 아치에 ‘공명선거 계몽 운동 경남 6지구대 숙소’란 현수막을 걸고 들어앉으니 내막을 잘 모르는 대부분의 대원은 물론 명훈까지도 정말로 국가와 민족을 위해 무슨 큰일을 하러 온 것 같은 느낌이 들었다.

그들이 실은 민주당 후보 선거운동원의 한 별동대에 지나지 않는다는 게 상대편 후보들에게 뚜렷이 인식될 때까지의 일주일도 신나는 나날이었다. 그들이 묵고 있는 여인숙 마당은 열한 명의 민의원(民議員) 입후보자와 아홉 명의 참의원(參議員) 입후보자가 경쟁하듯 들여놓는 과일과 음료로 비좁을 지경이었고 밤이 되면 '격려차'란 명목으로 각 입후보자의 간부 운동원들이 여기저기서 술자리를 마련하고 불러 댔다. 속셈은 따로 있으면서도 윤광렬은 그런 입후보자들의 접근을 마다하지 않았다.

"이쪽저쪽을 가리지 않아야 위장이 잘되는 거야. 골 빠진 놈들, 저 좋아서 내미는 거 마다할 거 없어."

명훈에게는 귀띔해 주듯 그렇게 핑계를 댔지만, 때로는 상대에게 무언가를 흥정하는 눈치까지 보이는 게 그 방면의 마뜩잖은 관록을 짐작게 했다.

그러나 어쨌든 자기들이 내건 깃발이 여러 사람으로부터 믿음과 격려를 받고 있다는 것은 모두에게 감동적인 일이 아닐 수 없었다. 거기다가 명훈과 태욱을 비롯한 몇몇을 빼면 나머지는 모두가 순수한 계몽 운동의 이상에 이끌려 온 학생들이라, 처음 한동안 그들의 활동은 그들이 내건 기치와 크게 어긋나지 않았다. 오히려 출발 때보다 더 확고한 신념과 사명감으로 공명선거와 민주혁명의 완성에 헌신했다고 할 수도 있었다.

그러다가 먼저 문제가 생긴 것은 그들 내부에서였다. 그곳에 온 지 일주일 만인가, 계몽 강연회를 핑계로 혁신 계열 후보의 선거 연설을 철저하게 방해한 날이었다. 결국은 자기들이 하고 있는 게 특정 정당 후보를 지지하는 것과 다를 바 없다는 걸 알아차린 법정대학 쪽의 대원 하나가 성과 토론 시간에 이의를 제기했다.

"오늘 사회대중당 후보의 선거 연설 봉쇄는 성공적이었습니다만 한 가지 의문이 있습니다. 확실히 우리의 4월 혁명이 이 땅의 적화(赤化)에 기여하기 위한 것은 아니며, 반혁명 세력이 다시 고개를 드는 것도 용서할 수 없습니다. 그러나 이 시점에서 자유당 잔당과 혁신 계열을 빼면 남는 것은 민주당뿐입니다. 결과적으로 우리가 하고 있는 것은 민주당 후보의 지지 운동일 뿐이란 말입니다. 민주당 집권이 곧 혁명의 완성이라면 모르지만, 그게 아니라면 이 점 검토해야 할 문제라고 생각합니다."

그러자 윤광렬의 속셈은 모르고 대의에만 이끌려 온 하급 학년 대원 몇이 그런 그의 의견에 동조하고 나섰다. 태욱을 비롯한 몇몇이 어떻게 그 문제를 얼버무려 보려고 했으나, 한참 뒤에 나선 윤광렬은 오히려 정면으로 받아넘겼다.

"물론 거기 대해서는 나도 문제가 있다고 생각했다. 그러나 안됐지만 현재로서는 민주당 집권이 곧 혁명의 완성이란 등식을 인정하는 수밖에 없다. 그게 최선일 수는 없어도, 거의 유일한 차선이라는 게 나 개인뿐만 아니라 운동 본부의 결론이다."

그 존재는 짐작해도 대원 대부분이 직접적으로는 한 번도 겪어 보지 못한 게 계몽 운동 본부였다. 그러나 본부란 말이 가지는 위력은 컸다.

"본부의 결론이라고?"

처음 문제를 제기한 대원이 미심쩍은 듯 그렇게 되묻기는 했지만 기세는 이미 한풀 꺾여 있었다.

"틀림없이. 그것도 지금 이 자리에서보다 몇 배나 격렬한 토론을 거쳐 얻어진 결론이다."

윤광렬은 흔들림 없는 말투로 그렇게 받아 놓고, 뒤이어 그런 데는 가장 치명적인 무기로 그 논의를 손쉽게 끝내 버렸다.

"하지만 이왕 문제가 제기된 이상 나는 여러분의 의사에 따르기로 하겠다. 여기서 거수로 투표해 다수결로 결정짓기로 하지. 이런 종류의 계몽 운동이 불만스럽다는 쪽이 많다면 내일로 돌아간다. 본부에 우리 대학 지대(支隊)의 해체 경위를 보고하기가 좀 뭣하겠지만, 어쨌든 다수의 뜻을 따라야 하니까……."

그 결과는 잔류 아홉 명에 귀경 세 명으로 윤광렬의 압도적인 승리였다. 나중에야 그런 운동을 통합으로 관장하는 본부 같은 건 없었고, 무슨 지대니 하는 명칭도 윤광렬의 창안에 지나지 않았음을 알았지만, 아무것도 모르는 그때의 대원들로서는 어쩌면 그 운동으로부터의 이탈을 뜻하는 것일지도 모르는 귀경 쪽에 선뜻 손들기 어려웠을 것이다.

윤광렬은 별로 기뻐하는 기색도 없이 그 결정을 따랐다. 어디까지나 다수의 의견에 충실한 지도자 같은 태도였다. 하지만 다음 날 어쩌다 명훈과 단둘이 남게 되었을 때 그는 회심의 미소를 지으며 말했다.

"차라리 일찍 잘 터졌어. 어차피 곪은 것은 터져야 하니까. 이제부터 화끈하게 밀어붙이자고."

명훈이 새롭게 그를 보게 된 그의 또 다른 일면이었다.

그다음 날부터 윤광렬은 그동안 감춰 왔던 속셈을 거리낌 없이 드러냈다. '양심에 따른' '공정한' 선거의 권유에서 '민주 투사'의 지지를 공공연히 호소하기 시작했다. 어떻게 보면 일관된 계몽 운동처럼 느껴지겠지만, 그런 이름의 당에 오래 몸담아 왔다는 이유만으로 '민주 투사'란 호칭을 독점하고 있는 민의원 후보가 있는 그곳에서는 달랐다. 소박한 그곳 주민들에게 은연중에 공명선거가 곧 민주당 후보 지지란 등식을 심어 주는 셈이었다.

다른 후보에 대한 방해 활동도 한층 공격적이고 치밀해졌다. 자유당 출신의 무소속 후보나 혁신 계열의 후보가 터를 잡은 선거 유세장 부근에서 공명선거 구호를 높이 외쳐 대며 연설을 벌이는 정도를 넘어 직접 그들의 선거 유세장을 자기 편 지지 군중으로 휘저어 버리기까지 했다. 특히 자유당 출신의 무소속 후보가 하는 선거 유세장은 '반민주 세력 타도'의 플래카드를 앞세운 급조 데모대로 밀어붙여 그대로 흩어 버린 적도 있었다.

오랜 망설임 끝에 결정하고 따라나선 길이라 명훈도 처음 얼마 동안은 별생각 없이 그런 윤광렬과 함께했다. 그러나 자기가 현재 하고 있는 일과 3·15 선거 때 배석구를 따라다니며 한 일 사이에 비슷함을 느끼기 시작하면서 차츰 묘한 흥미가 일었다. 피를 흘려 가며 뒤집어 엎은 자유당의 부정을 이번에는 그 반대편에서 되풀이하고 있는 듯한 느낌 때문이었다.

틀림없이 그때 그 선거구에서 벌어진 일은 민주당 진영 전체로 보아서는 극히 예외인 경우일 것이다. 5·16 뒤의 군사 법정 재판 기록에는 당시 민주당의 폭력적인 선거 난동의 예가 여러 건 실려 있지만, 거기에는 민주당 집권의 정당성과 정통성에 찬물을 끼얹으려는 군사정권의 의도적인 확대해석이나 과장의 혐의가 짙다.

그러나 명훈이 그때 경험한 그 예외는 불행하기 그지없는 흔적을 그의 정신에 남겼다. 명훈이 그 생애의 마지막에야 겨우 벗어나게 된 듯 보이는 정의의 상대성에 대한 믿음이 바로 그것이다. 그로부터 두어 해 뒤 지적 허영에 빠진 명훈은 무리에 무리를 거듭하여 정의의 절대성에 관한 플라톤류 논의들을 읽게 되지만 끝내 그것을 승인할 수는 없었다. 그리고 그 뒤에도 몇 번인가 정의의 이름 아래 움직이게 되지만, 그 가장 격정적인 순간에조차 자신의 정의가 곧 모든 사람의 정의와 일치한다는 믿음은 가져 보지 못했다. 어쩌면 그가 목숨을 던져 움키려 했던 마지막 정의에서조차도.

하지만 명훈 스스로에게는 자신의 그런 불행한 믿음이 아주 뒷날까지도 뚜렷하지 않았다. 더욱이 그때는 그저 묘한 흥미와 좀 짓궂은 구경꾼의 의식 사이를 오락가락하며 그로서는 선택의 여지가 없어 보이는 길을 가고 있을 뿐이었다. 그러다가 벌어질까 조마조마하면서도 은근히 기다리던 한 차례의 피투성이 싸움을 겪고서야 애매한 깨달음의 형태로 그 불행한 믿음은 그의 정신에 지울 수 없는 흔적을 남기게 된다.

그 싸움은 선거를 나흘 앞둔 장날에 있었다. 그날 자유당 출신의 무소속 후보가 읍내 국민학교 운동장에서 그가 가진 모든 힘을 쏟은 군중 동원으로 마지막 기세를 올리려 한다는 정보를 들은 윤광렬은 그 전날부터 치밀한 방해 계획을 세웠다. '반혁명 세력 타도 군민 궐기대회'란 긴 이름의 행사가 그러했다. 그는 그 행사 끝에 3백 명 정도의 민주당 지지 세력을 동원하고 멋모르는 장꾼들을 약간 끌어들여 시위를 벌이려 했다. 작은 읍으로 보아서는 그전에 두어 번 한 시가행진과는 비교도 안 될 만큼 대규모의 군중 동원이었는데 더 무서운 것은 거기 덧붙여진 계획이었다. 윤광렬은 그 행렬의 방향을 그 자유당 출신 무소속 후보의 선거 유세가 있을 국민학교 운동장으로 이끌어 그쪽 후보를 지지하는 군중과 고의로 충돌시키려 하고 있었다.

하지만 어지간한 윤광렬도 고의적인 충돌 부분만은 대원 모두에게 알리기 거북했던 듯했다. 그는 대원들에게 궐기대회에 이은 시가행진으로 자유당 잔당의 선거 유세장에 모인 청중에게 심리적인 부담을 준다는 데까지만 얘기하고 회의를 끝냈다. 그러나 밤이 이슥해지자 그의 사람이라고 할 수 있는 명훈과 태욱, 그리고 유도부 하나, 축구부 둘만 따로 불러내 말했다.

"니네들을 믿고 하는 말이지만 내일은 시시한 데모 정도로는 안 돼. 아예 깡그리 뒤집어 놓아야 된다고. 니네들이 앞장서서 데모대를 그 국민학교로 유도하는 거야. 그리고 되도록이면 그쪽 운동원 녀석들에게 시비를 걸어. 우리 당원들의 협조가 있을 거니까 떨 건 하나도 없어. 촌놈 건달들 아예 깨강정을 내버리라고. 단, 무기를 써서는 안 돼. 그 부근에서 각목을 구해 몽둥이로 쓰는 것 정도는 좋지만 칼이나 벼린 쇠붙이 같은 걸 써서는 절대로 안 된다고. 그리고 편싸움 요령 잊지 마. 니네들이 앞장이니까 니네들이 밀리면 그대로 끝장나는 거야. 우리 당원들도 발 벗고 나서겠지만, 역시 촌놈들이라 크게 믿을 건 못 돼. 니네들이 본때를 뵈줘야 한다고. 알겠지?"

명훈은 언젠가 그런 사태가 있을 것이라 짐작은 했어도, 막상 윤광렬이 내놓고 그런 소리를 하자 다시 한 번 배석구를 떠올렸다. 상황이 달라지고 때리는 쪽과 맞는 쪽이 뒤바뀌기는 했지만, 배석구와 윤광렬이 조직하고 지도하는 행위의 본질에선 아무런 차이가 느껴지지 않았다. 하지만 더욱 알 수 없는 것은 명훈 그 자신이었다. 이번에는 배석구와 함께일 때보다 더욱 뚜렷하게 죄의식을 느꼈으나 그게 조금도 행동에 반영되지는 못했다. 마음 깊은 곳의 거부와 머뭇거림도 잠시, 명훈은 곧 서글픈 체념으로 그 싸움을 받아들였다. 어차피 정치적 대의나 이념과는 무관할 수밖에 없다는 게 자신의 삶에 그어진 한계요 떨쳐 버릴 수 없는 아버지의 유산이란 의식 때문이었으리라. 그리하여 어느새 뒷골목 세계에 익숙해져 가는 그의 몸은 오랜만의 편싸움에 오히려 야릇한 긴장과 흥분까지 느꼈다.

날이 밝자 일은 윤광렬이 짜 놓은 대로 잘 풀려 나갔다. 논매기가 끝나서인지 흥청대는 선거 분위기에 이끌려서인지 그날따라 읍내가 비좁도록 모인 장꾼들은 힘들여 불러 모으지 않아도 이런 저런 현수막이 나부끼고 마이크 소리가 왕왕거리는 계몽대의 궐기장으로 모여들었다. 공명선거에 대한 관심보다는 서울서 왔다는 대학생 계몽대에 대한 호기심 때문인 듯했다.

거기 힘을 얻었는지 말솜씨 좋은 법정대 쪽 대원의 연설에 이어 연단에 올라선 윤광렬은 그 어느 때보다 선동적으로 민주 투사의 지지를 호소했다. 그러나 처음부터 바람을 잡기 위해 동원된 사람들 백여 명을 뺀 나머지 장꾼에게선 별로 감동한 빛이 보이지 않았다. 연설이 끝나고 시가행진이 시작되어도 그랬다.

'반혁명 세력 처단하여 민족 정기 바로잡자.'

'피 흘려 얻은 민주, 공명선거로 지켜내자.'

'자유당 잔당은 물러가라!'

그런 현수막을 떼어 시위용 플래카드로 삼고 행진을 시작하자 수백 명이 뒤따랐다. 그러나 진심으로 그런 주장에 동조해서라기보다는 있을지 모르는 구경거리를 놓치지 않으려는 듯한 태도였다. 공연히 분위기에 들떠 동원된 지지 세력에 휩쓸린 약간을 빼면 대개는 구호조차 따라하는 법 없이 몇 발짝 떨어져 슬금슬금 따라올 뿐이었다.

하지만 윤광렬은 그런 군중의 동향에 조금도 실망하거나 불안해하는 기색 없이 행렬을 군청 앞 거리로 몰아갔다. 아직 윤광렬의 숨겨진 속셈을 알지 못하는 대원들도 처음으로 성공한 대규모의 군중 동원에 흥분했는지 특별히 몰아대지 않아도 앞장서서 구호를 외치고 플래카드를 흔들었다.

그런데 그 대열이 좁은 읍내 바닥을 한바탕 휩쓸고 무소속 후보의 유세 장소인 국민학교로 향하는 도로에 막 접어들었을 때였다. 갑자기 한 서른 명 정도의 젊은 패거리가 길을 막았다. 그 패거리 중에는 명훈에게도 낯익은 얼굴들이 여럿 섞여 있었다. 대개 주먹깨나 씀 직한 시골 건달풍으로, 자유당 시절부터 그 무소속 후보의 신변 호위를 맡아 온 듯한 청년들이었다. 그러나 지난 몇 번의 방해 때는 애써 명훈네와 패싸움이 되는 걸 피하는 눈치였는데 그날은 달랐다. 더는 참을 수 없다는 듯 상기된 얼굴에는 한바탕의 혈전도 마다않겠다는 결의가 서려 있었다.

"잘됐어. 일부러 시빗거리를 찾아야 할 판에 제 발로 기어나왔으니 일은 제대로 된 거지. 단단히 준비를 하라고."

윤광렬이 명훈에게 그렇게 수군거린 뒤 큰 걸음으로 앞장을 섰다. 때맞춰 저쪽 편의 우두머리인 듯한 맥고모자가 얼굴에서 검은 안경을 걷어 내며 꽥 소리쳤다.

"야, 거기 서. 서란 말따(말이야)."

그 소리에 구호가 멎으면서 행렬의 선두가 멈칫했다. 명훈네를 뺀 나머지는 모두 그를 알아보는 눈치였다. 그러나 윤광렬은 대원들을 돌아보며 따라오라는 눈짓을 슬쩍 보내고 그대로 뚜벅뚜벅 걸어나갔다.

"무슨 일로 그러십니까……?"

윤광렬이 학생답게 꾸벅 절까지 하며 깍듯한 경어로 그렇게 물었다. 그게 더욱 화가 나는지 맥고모자가 목소리를 한층 높였다.

"느그들 인마, 참말로 학생가?"

"왜 수상합니까? 학생증 보여 드릴까요?"

윤광렬이 남방셔츠 윗주머니에 손을 가져가며 더욱 공손하게 물었다.

"그 소리가 아이란 말따!"

맥고모자가 그 소리와 함께 손을 쳐들어 윤광렬을 따라 걸어 나오는 대원들을 주욱 손가락질까지 하며 반욕설을 퍼부어 대기 시작했다.

"느그 이누묵 새끼들, 느그가 바로 그 깡패제? 윤정룡이 그누마(그놈) 새끼가 서울서 돈 주고 사 온 깡패 아이가?"

"말씀이 너무 지나치십니다. 뭣 때문에 오해를 하신지 모르지만……."

윤광렬은 빙글거리기까지 하며 그렇게 받았다. 그게 더욱 화를 돋우는지 잠시 기묘한 말싸움이 이어졌다.

"느구 이누묵 쌔끼들, 글찮으믄 뭐로?"

"우리는 공명선거 계몽 운동 경남 6지구 대원들입니다."

"뭐시라? 공명선거라꼬? 야, 이누묵 쌔끼들아, 그기 공명선거라믄 3·15보다 더 깨끗한 공명선거도 없을 끼다. 이쪽저쪽 다 방해해 뿌고 한 놈만 편드는 기 공명선거가?"

"우리는 진정으로 이 나라 민주주의 발전에 이바지할 후보를 뽑아 달라고 유권자들에게 부탁드렸을 뿐입니다. 우리가 피 흘려

되찾은 민주주의를 빨갱이나 자유당 잔당에게 다시 짓밟히게 할 수는 없지 않습니까?"

"민주주의? 민주주의, 그기 뭔데? 일제 때는 면서기질 하며 누구 집에 놋대집(놋대접)이 몇 개 있는 거까지 다 왜놈한테 오아(고자질) 바친 기 민주주의가? 해방되고 용케 안 마(맞아) 죽으이께는 이번에는 한청(韓靑)인 동 뭔 동에 붙어 생사람 빨갱이로 몰아붙인 게 민주주의가?"

"그런 민주주의가 어디 있겠습니까? 뭣 땜에 그런 말씀을 하시는지 모르겠지만……."

"그라믄 지 조상보다 더 위하던 이 박사 자유당에서 보이(보니), 되도 않은 기(것이) 택도 없이 국회의원 나설라 카는데 공천 안 준다고 민주당으로 해딱 넘어가믄 민주 투사가? 그 감정으로 한 몇 년 이 박사 자유당 욕하고 댕긴다꼬 민주 투사가?"

"그럴 리야 없겠지요, 누구 얘긴데요?"

"바로, 일마, 느그가 응큼하게 밀고 있는 윤정룡이 글마 아이가. 글마가 어떤 놈인지는 이 함청 땅이 다 안다!"

"말씀이 지나치신 것 같습니다. 자유당 때라면 몰라도, 저희들은 어떤 특정 후보를 지지하려고 내려온 게 아닙니다. 그건 아직도 자유당 시절로 착각하는 선생 같은 분들의 오해겠지요."

"자유당 자유당, 캐 쌌지 마라, 이 새끼야. 느그들 하마 해 쌌는 꼬라지 보이 훤하다. 우리보다 훨씬 숭악한 놈들이라. 솔직히 말해 우리도 이런저런 짓 다 해 봤지마는 너어같이는 안 했다. 일마!"

"우리가 무슨 짓을 했는데요? 공명선거 궐기대회가 불법이라는 겁니까? 서로 방해하지 말고 길이나 비켜 주십쇼."

"택도 없는 소리 마라, 이누묵 새끼야. 어다(어디로) 가서 무슨 수작할라꼬?"

"민주주의 사회에는 집회와 시위의 자유가 있습니다. 그만 비키시죠."

"집회의 자유? 그래, 니 말 잘했다. 너 이 누묵 새끼들, 바로 말해라. 암것도 모리는 촌사람들 몰고 가 우리 신(辛)도수 선생 선거유세 방해할라 카는 수작 아이가?"

맥고모자가 그렇게 눈을 부라리며 소리치는데 갑자기 그 등 뒤에서 한 청년이 웃통을 벗어부치며 나섰다.

"이누묵 새끼, 우리도 일마, 참을 대로 참았다. 민주, 일마, 느그끼리 다 해 쳐무라, 글치만 일(이리)로는 못 간다. 길이 어디 여(여기)뿐이가? 절(저리)로 돌아가라. 택도 없다."

그런 그의 벗어부친 윗몸은 제법 볼 만한 데가 있었다. 군용 밴드로 허리를 졸라매 유난히 벌어진 어깨가 거꾸로 세운 세모꼴을 이루고 있는 데다, 울퉁불퉁한 근육도 꽤나 위협적이었다.

그러나 명훈은 그에게서 위압감을 느끼기보단 쓴웃음이 났다. 편싸움이 벌어질 판에 웃통을 벗어부치고 근육 자랑을 하는 순진함 때문이었다.

윤광렬도 그 순진한 촌 가다(어깨)의 정체를 알아보았는지 조금도 움츠러드는 기색이 없었다. 오히려 그가 나선 게 잘됐다는 듯 이번에는 그를 상대로 약을 올렸다.

"너무 겁주지 마쇼. 고대생 습격 사건 알지요? 깡패들이 대학생들을 습격했다가 4·19가 난 겁니다."

그러자 더 시간을 끌 필요도 없다는 듯 그 촌 가다(어깨)가 주먹을 내지르며 소리쳤다.

"오이야, 이누묵 새끼, 우리는 깡패다! 느그는 정의에 불타는 대학생들이고……."

다분히 반어적으로 한 말이었으나 그 자리에 썩 합당한 것은 못 됐다. 거기다가 그의 실수를 도운 게 윤광렬의 멋진 연기였다. 틀림없이 그렇게 빠르지도 세지도 않아 보이는 주먹인데도 윤광렬은 땅바닥에 몸을 굴릴 정도로 심한 타격을 받은 시늉을 했다. 뒷골목 세계에서 오야붕에게 맞을 때 '예의상'으로 아픈 척해 주는 꼬붕들의 연기 그것이었다.

"저놈들이 사람을 친다. 저 깡패 놈들이……."

마치 그런 사태를 기다리고 있었다는 듯 선두에 있던 지방 당원들이 내달아 나오고, 이미 윤광렬의 의도를 알고 있는 태욱과 두 명의 체육과 학생들은 바로 공격에 들어갔다. 말로 길게 설명해서 그렇지, 실은 윤광렬과 맥고모자가 맞닥뜨린 순간부터 채 오 분도 안 돼 벌어진 일이었다.

냉정히 말해 적어도 주먹을 쓸 줄 아는 그룹의 전력으로 보면 상대편 후보 쪽이 우세했다. 그쪽은 처음부터 편싸움을 각오하고 뽑아 보낸 서른 명 정도의, 그 바닥에서 제법 알아주는 주먹들이었으나, 이쪽은 명훈이 보기로 주먹의 숫자부터가 모자랐다. 대원 여남은 명이라고 해도 주먹을 쓸 만한 것은 자신을 비롯한 네댓뿐이었고, 선두의 당원들 중에도 제대로 주먹을 쓸 줄 아는 사람은 별로 보이지 않았다. 윤광렬이 그 전날 밤 자기들 몇을 불러 특별히 당부한 것도 그런 상황을 예측해서임에 틀림없었다.

하지만 패싸움에서 실제 전력보다 더욱 중요한 것은 기세였고, 그 기세에 있어서는 명훈 쪽이 압도적으로 우세했다. 그들의 등 뒤에는 수백의 지지 군중이 있는 데다 명분도 그들 편이었기 때문이다. 민주는 인간의 모든 약점 — 천한 권력욕, 비열한 복수심, 자기 반성 없는 분노를 비롯한 — 을 가려 주는 면죄부였으며, 그것을 지지하는 것은 단순한 분위기를 넘어 누구도 거역할 수 없는 대세였다. 그런데 명훈 쪽은 그걸 휘두르고 있었고, 상대편은 그걸 거스르는 집단으로 낙인찍혀 있었다.

싸움은 명훈이 자신의 솜씨를 보일 틈도 없이 그들 쪽의 승리로 끝이 났다. 술기운을 빌려 마구잡이로 주먹을 내지르는 촌 건달 하나를 한 발길질로 내려앉히고, 다시 길고 멋진 이단 옆차기를 달아나는 녀석의 옆구리에 찔러 넣고 나니 이미 저항은 멎어 있었다. 싸움에 졌다기보다는 기세에 눌린 시골 건달들이 자기 편 지지 군중이 있는 쪽으로 달아난 탓이었다.

"잡아, 저 깡패 새끼들!"

윤광렬이 앞서서 달리며 그렇게 소리쳤다. 어느새 계몽대와 한 덩어리가 된 군중이 그런 윤광렬의 뒤를 따라 맥고모자네 패가 달아난 국민학교 교정으로 몰려갔다.

안이 안 보일 정도로 빽빽한 측백나무 울타리를 돌아 교문으로 꺾어 드는 선두의 눈에 운동장 가득 들어찬 청중이 들어왔다. 그걸 보자 한껏 치솟았던 그들의 기세가 멈칫했다. 그들 속에 끼어 있던 명훈도 예상외로 많은 청중에 위압되어 뛰던 속도를 줄였다. 그 낌새를 알아차린 윤광렬이 앞장선 계몽대 쪽을 돌아보며 소리쳤다.

"겁낼 것 없어! 술잔이나 얻어걸리려고 모인 촌놈들이야."

그리고 다시 한층 목청을 높여 지지 당원들 쪽을 보고 외쳤다.

"여러분, 저 뻔뻔스러운 민주 역적 놈을 보러 갑시다. 저놈은 맞아 죽어도 몇 번은 맞아 죽었어야 할 자유당 찌꺼깁니다. 그런 놈이 더러운 돈으로 국회의원 자리를 다시 사들이려 넘보고 있습니다. 우리가 피로 연 민주의 대도(大道)를 부정축재한 돈으로 가로막고 있는 것입니다……."

그러자 거기 호응하듯 플래카드 자루로 쓰던 각목을 휘두르며 한 지방 당원과 태욱이 달려 나가고, 이어 나머지 시위대도 우, 하는 함성과 함께 달려 나갔다.

과연 그곳의 청중은 윤광렬의 말대로였다. 시위대가 몰려들자 맞서기는커녕 길을 틔워 주듯이나 양편으로 갈라져 흩어지기 시작했다. 술잔에 팔렸건 지난날의 정분에 이끌렸건 또는 사심 없는 지지였건 자기들이 선 자리가 떳떳하지 못하다는 의식은 공통된 것임에 틀림없었다.

그렇게 확 트인 길로 윤광렬이 앞장선 시위대는 연단을 향해 돌진했다. 그제야 다급해진 아까의 맥고모자 패거리 중 몇이 다시 막아 보려 했으나 될 일이 아니었다. 연단 위에 있던 무소속 후보와 지지 연설을 하던 연사는 볼품없이 끌려 내려가고, 윤광렬이 낚아챈 마이크는 공명선거 구호를 쏟아 냈다.

"반민주 세력 타도하자!"

"공명선거 이룩하여 민주 혁명 완성하자!"

"돈에 팔린 내 한 표, 나라 팔고 민족 판다!"

그래도 그 자유당 출신의 무소속 후보에게는 이선(二選)의 관록과 국회의 무슨 상임위원장을 지낸 이다운 배짱이 있었다. 멱살을 움켜잡혀 컥컥거리면서도 고래고래 소리를 질러 댔다.

"이놈들아, 이게 민주가? 조자룡이 헌 칼 쓰듯 아무 데나 휘두르믄 몽지리(모조리) 민주가? 여러분, 속지 마이소. 이거는 인자 동네북이 된 그 자유당보다 더 나쁜 놈들이라요!"

그러나 그를 지지하는 군중은 별로 움직이지 않았다. 다만 맥고모자네 패거리만이 명훈네가 연단을 점령한 데 만족해 잠시 느슨해진 틈을 타 자기들의 후보를 빼내 갔을 뿐이다. 윤광렬은 그런 그들을 야유하듯 한층 목소리를 높였다. 이미 구호가 아니라 승리의 노래 같았다. 반민주 세력 타도하자, 자유당 잔당 물러가라…….

하지만 흩어지는 청중을 살피던 명훈은 그들에게서 심상찮은 빛을 보고 섬뜩했다. 애써 무표정하게 돌아서기는 해도 그들의 눈길에서 은근히 쏟아져 나오는 것은 틀림없이 분노의 불길이었다. 그것도 윤광렬과 그쪽 지지 당원들이 번갈아 마이크를 잡고 구호를 외쳐 대는 연단을 힐끔거릴 때에 더욱 강하게 쏟아져 나오고 있었다. 그 바람에 명훈은 그때껏 군중심리에 휩쓸려 취해 있던 승리감에서 깨어났다. 난장판이 된 연단 위에서는 아직도 마이크 소리가 왕왕거리고, 그 아래는 자기 편이 동원한 군중만 동그마니 남아 이제는 더 뻗쳐 볼 데도 없는 기세를 뜻 모를 함성으로 뿜어내고 있었다. 그걸 보며 명훈은 문득 언젠가 헌책방 아저씨가 황을 내쫓으며 하던 말을 떠올렸다.

'돌계집[石女]의 헛구역질 같은 세월…….'

4·19와 이승만의 하야로 그것만은 틀린 것으로 단정했던 말이었다. 거기다가 이제 새로운 정권과 정부가 태어나려는 마당인데도 명훈은 왠지 헌책방 아저씨의 그 말이 이번에도 맞아떨어질지도 모른다는 예감이 들었다. 어쩌면 겉보기만 현란한 이 세월로는 아무것도 새롭게 태어날 게 없는지 모른다…….

명훈의 그 같은 예감을 더욱 짙게 한 일은 그날 밤에 한 번 더 있었다. 낮의 일을 자신에게 좋게만 평가한 '의원님'의 선심이 있었던지 윤광렬은 그날 저녁 대원들에게 크게 한턱을 썼다. 유권자들의 눈길을 의식해 색싯집으로 옮겨 앉지 못했을 뿐, 초저녁부터 여인숙 대청에서 벌어진 술판은 술과 안주 모두 호화롭기 그지없었다.

그런데 술판이 한창 무르익어 갈 무렵 뜻밖의 일이 벌어졌다.

초저녁부터 못마땅한 얼굴로 마지못해 술잔을 받고 있는 듯하던 법정대 쪽 둘이 술기운의 힘을 빌렸는지 갑자기 윤광렬을 보고 따지기 시작했다.

"선배님, 솔직히 말해 주십시오. 처음부터 이거였지요? 우리는 결국 특정 후보의 지원을 위해 동원된 거지요?"

둘 중 최(崔) 뭐라는 학생이었다. 별생각 없이 취해 가던 명훈은 그 물음에 슬며시 긴장이 되었으나 이미 취한 윤광렬은 태평스럽기만 했다.

"또 그 소리야? 그 때문에 초장부터 벌레 씹은 얼굴이었어? 내 말하지 않았나. 본부의 결정이 원래가 그랬다고."

"제가 묻고 있는 건 선배님의 의돕니다. 본부의 어쩔 수 없는 선택과는 무관한……."

"그게 그거지 뭐. 어차피 우리 학생들이 정권을 잡을 수 없을 바에야 기성의 정치 세력 가운데 어느 편엔가 맡겨야 되고, 또 그렇다면 당장은 이 길밖에 없지 않은가 말이야. 설령 내가 처음부터 우리 윤 의원님과 어떻게 선이 닿아 있었다 쳐도 그게 무슨 상관이 있겠어?"

"아니죠, 그건 달라요. 우리 운동 본부의 어쩔 수 없는 선택과 처음부터 어떤 특정 후보를 지지하기 위해 공명선거 계몽대의 깃발을 훔쳐 쓰는 것은 별개의 문젭니다. 후자 쪽이었다면 우리는 아예 이곳으로 내려오지도 않았을 겁니다."

그래도 윤광렬은 별로 긴장하는 빛이 없었다. 오히려 한층 더 느긋해지며 이번에는 공범 의식으로 그들을 주저앉히려 했다.

"어쨌든 그게 그거야. 더구나 니네들도 벌써 보름이나 우리와 함께 움직이지 않았어? 오늘은 제법 의자까지 들부숴 놓고 왜 그래?"

"그건 이 마당에 다시 의석을 차고 앉겠다고 설쳐 대는 자유당 잔당에 대한 혐오 때문이었습니다. 편리하게만 해석하지 마십시오. 적어도 선배님과 고의(故意)를 같이하는 공범은 아니었단 말입니다.!"

"나도 마찬가지야. 자, 자, 그만해 둬. 어렵게 따져 봤자야. 이제 며칠 안 남았어. 이왕 적신 몸이니까 끝까지 봐주자고. 이대로만 가면 의원님 당선은 떼 논 당상이고, 또 그리 되면 의원님도 가만있지 못할 거야. 우리는 우리대로 공명선거 계몽 운동의 소임을 성공적으로 수행한 게 되고……. 이게 바로 누이 좋고 매부 좋다는 거 아냐? 특히 강병식이 너는 정치과라며? 잘은 모르지만 사적 이익을 공적으로 전화(轉化)시키는 게 정치라던데, 그렇다면 이게 바로 그런 경우 아냐?"

아마도 윤광렬은 지나치게 일을 낙관한 듯했다. 이제 알아듣겠지, 하는 눈길로 최와 강을 둘러보았으나 반응은 뜻밖으로 강렬했다.

"더 따질 것 없어. 이제 알았으면 그만 일어나!"

최가 그렇게 말하며 자리를 차고 일어나자 강이 두말없이 뒤를 따랐다. 너무도 매몰찬 기세들이라 모두 아연해 보고 있는 사이에 함께 쓰던 방으로 돌아간 둘은 언제 챙겨 두었던지 가방 하나씩을 찾아들고 마당으로 내려섰다.

"어이, 뭣들 하는 거야? 어딜 가려는 거야?"

그제야 윤광렬이 놀라 몸을 일으키고, 대원 몇은 우르르 마당으로 달려 내려가 둘을 붙들었다.

"서울로 돌아가겠습니다. 늦었지만 이제라도 발을 빼겠어요. 이건 공명선거 계몽도 뭣도 아니란 말입니다."

최가 싸느랗고 가라앉은 목소리로 그렇게 대답하며 잡힌 손을 뿌리치자 마침 그를 잡고 섰던 태욱이 절반 위협 섞어 말했다.

"인자 가믄 우얍니꺼? 거기다가 행임도 안 캤습니꺼? 이기 중앙 본부의 결정이라꼬."

"내가 알기로 이 운동은 대학별로 이뤄지는 겁니다. 중앙 본부가 어디 높다랗게 따로 있는 게 아닌 줄 아는데요. 또 그렇다 쳐도 그 결정은 따를 수가 없어요. 이해도 안 되고……. 비켜요."

그 밖에도 몇 사람이 그들을 붙들고 늘어졌다. 사태의 심각성을 알아차린 윤광렬까지 달려 나와 하룻밤이라도 더 잡아 두려 했지만 소용없었다. 모두 어지간히 취해 있어 뭇매질이라도 할 듯 험한 분위기가 되어도 둘은 눈 하나 깜박하지 않고 그 여인숙을 나가 버렸다.

"저 새끼들 저걸……."

윤광렬이 험한 눈길로 그들의 뒷모습을 노려보다가 문득 화를 누르며 명훈을 돌아보았다.

"어이, 네가 한번 따라가 봐. 보내더라도 속셈이나 알고 보내야지. 어차피 이 밤에 서울로 가는 차는 없을 테니 여기 어디서 자고 떠날 거 아냐? 네가 비교적 표시 안 나게 움직였으니까 슬쩍 따라가 술이라도 함께하며 속셈을 떠 보라고."

그러잖아도 갑자기 떠나는 그들에게 적지 않은 흥미를 느끼던 명훈은 두말없이 신을 꿰고 그들을 뒤쫓았다.

명훈이 여인숙 문 앞에서 둘러보니 둘은 시외버스 정류장 쪽으로 저만큼 가고 있었다. 명훈은 흥분해서 뒤도 돌아보는 일 없이 저희끼리 떠들며 걷는 그들을 한참 조용히 뒤따르다 그들이 어떤 대폿집 앞에 머뭇거리는 걸 보고 얼른 다가갔다.

"어…… 이 형, 웬일이오?"

강이 불쑥 나타난 명훈을 반가움 반 경계 반의 목소리로 맞아들였다. 명훈은 그들의 물음이 되풀이될 때까지 뜸을 들이다가 천천히 대답했다.

"윤 선배와의 안면 때문에 함께 따라나서지는 못했지만 나도 의심나는 게 좀 있어서…… 몇 가지 알아보고 싶은 게 있는데 같이 들어가도 되겠소?"

그러자 둘은 별로 망설임 없이 받아들였다. 명훈이 설령 윤광렬이 보낸 사람일지라도 상관없다는 투였다. 어떻게 보면 차라리 잘됐다는 듯 대폿집 나무 탁자에 앉기 바쁘게 자기들이 못다 하고 떠난 말을 쏟아 내는 것이었다.

"낮의 일이 아무래도 꺼림칙해서 윤 후보의 경력을 주민들을 통해 알아보았소. 선거 포스터에 있는 민주 투사로서의 화려한 경력말고 말이오. 그런데 우리가 증인들을 잘못 고르지 않았다면, 윤 후보의 경력은 선거 포스터 쪽보다는 낮에 맥고모자가 빈정대던 쪽에 훨씬 가까웠소. 또 아까 말했듯 중앙 본부의 결정이란 것도 의심쩍기 그지없소. 한마디로 말해 우리는 처음부터 윤광렬의 농간에 놀아난 거요. 자유당과 한 뿌리에서 난 다른 가지를 다만 줄을 잘 섰다는 이유만으로 민주 투사로 추켜세운 셈이오."

"아니, 이번에는 민주당이 당연히 집권해야 된다는 보편적인 미신도 이 기회에 다시 검토되어야 해. 우리는 단순한 반사이익에 지나지 않는 그들의 공로에 너무 많은 것을 걸려 하고 있어. 현실적으로 정권 담당 능력이 있는 유일한 집단이란 이유만으로 그들이 건국 초기의 권력 투쟁에서 밀려난 친일 보수 세력의 한 분파일 뿐이라는 걸 너무 쉽게 잊어 준 거야. 설령 이곳의 경우가 아주 예외적인 것이라 해도 말이야."

"그 이상 우리 학생운동의 방향도 다시 한 번 검토돼야 해. 나는 진작부터 계몽 운동이다 뭐다 하는 방향이 미심쩍었어. 우리의 4·19가 혁명이란 이름을 획득하려면 본질적이고 구조적인 접근이 있어야 해. 우리가 해낸 것은 겨우 부조리와 모순의 외부 구조인 독재 정권의 타도뿐이야. 나는 이번에 돌아가면 우리 운동 방향의 새로운 모색과 설정을 제의하겠어……. 거기 실패한다면 4·19는 영원히 미완의 혁명이 되고 때에 따라서는 언젠가 한낱 역사의 복권쯤으로 조롱당할 가능성까지 있어……."

적어도 떠나는 그들의 속셈이 어쨌든 윤광렬과 더불어 갈 데까지 가 봐야 하는 자신과 현실적으로 거의 무관한 것은 다행이었다. 폭로나 반(反)선전으로 남은 대원들이 하는 일을 방해하려는 뜻은 전혀 내비치지 않은 까닭이었다.

그러나 그들과 헤어져 여인숙으로 돌아가면서 명훈은 문득 말 못 할 쓸쓸함과 울적함을 느꼈다. 뒤틀리고 헝클어진 의식의 밑바닥을 적셔 오는 그 감정을 몇 마디로 표현한다면 대강 이렇게 되었을 것이다.

'아아, 나도 될 수만 있다면, 너희같이 아름답고 때 묻지 않은 이념의 아이들이 되고 싶구나…….'

그들이 가는 길이 괴롭고 거칠며, 그럼에도 불구하고 어쩌면 이런 제국의 변경에서는 끝내 아무것도 얻을 수 없을지 모른다는 의식 한구석의 섬뜩한 예감을 빼면.

"어이, 일어나. 모두 일어나라고!"

윤광렬이 여인숙 마당으로 뛰어 들어와 성난 목소리로 외쳤다.

장터국밥으로 점심을 때운 뒤 투표장을 한 바퀴 돌고 온 명훈이 숙소 툇마루에 앉아 이런저런 생각 끝에 아슴아슴 잠 속으로 빠져들고 있을 때였다. 잘 모아지지 않는 시선으로 소리 나는 쪽을 보니 윤광렬이 여인숙 대문 위에 걸쳐 있던 '공명선거 계몽 운동 경남 6지구대'란 현수막을 떼어 내며 서두르고 있었다. 대청 기둥에 등을 기대고 있던 축구부가 물었다.

"형, 무슨 일이오?"

"아무래도 안 되겠어. 우리가 나서 봐야겠어."

"뭘 하려고? 곧 투표 마감 시간이 다 돼 가는데……."

"아직은 두어 시간 남았어. 우리 깃발 앞세우고 투표장엘 가는 거야. 정 안 되면 공갈 구호로 촌놈들 겁이라도 줘야겠어. 자, 빨리들 나오라고."

그러나 아무도 선뜻 몸을 일으키는 사람이 없었다. 그늘 밑에 있어도 숨이 콱콱 막히는 7월 말의 한낮에 그늘도 없는 학교 운동장에서 플래카드를 들고 무얼 외쳐 대야 한다는 게 생각만 해도 끔찍한 듯했다. 그런 감정을 문리대 쪽 대원 하나가 반론으로 드러냈다.

"그건 3·15 때 자유당이 써먹은 수법 아뇨? 완장 부대 말이오. 그게 또 통할까요? 자칫하면 역효과가 날지도 모르는데……."

"마, 그때완 사정이 달라. 그건 자유당 완장이고 우리가 내세우는 건 공명선거 깃발이야. 잔말 말고 어서 가자고."

그러자 이번에는 유도부가 근거 없는 낙관으로 마음 내키지 않는 출동을 피해 보려 했다.

"형, 혹시 지레짐작으로 너무 부산 떠는 거 아뇨? 그 사람들 마빡에 자유당 찍고 나오는 길이라고 쓰여 있기라도 합디까? 아마 안 그럴 거요. 지금이 어느 땐데 촌놈들이 감히 그러겠소? 틀림없이 우리 윤 의원님이 당선될 테니 느긋이 기다리다가 저녁에 당선 축하 파티나 합시다."

“김칫국부터 마시고 자빠졌네. 얀마, 내 눈은 폼으로 뚫려 있는 줄 아니? 척 보면 삼천리야. 지금 손 안 쓰면 가망 없어. 촌놈들이 의뭉 떨면 더 무서운 거 몰라?”

윤광렬이 그렇게 목소리를 높였으나 이런저런 핑계만 계속 쏟아져 나올 뿐 아무도 움직이려 들지 않았다. 그도 그럴 것이 마당 가득 쏟아지고 있는 햇볕이 하얗게 달군 강철 창날처럼이나 매섭고도 뜨겁게 내려꽂히고 있었기 때문이다. 차라리 기권을 했으면 했지, 그 시각에 투표하러 나서는 사람은 없을 것 같았다. 거기다가 지난 스무 날의 강행군도 그들의 진을 어지간히 빼놓은 뒤였다. 뙤약볕 아래의 갖가지 행사에다 때로는 몸싸움까지 마다하지 않고 뛰어온 그들이었다. 이제 투표가 시작되었으니 자기들 몫은 끝났다고 몸과 마음을 풀어 놓고 있는 참이라, 윤광렬이 아무리 몰아대도 먹혀들지가 않았다.

그 바람에 더욱 꽥꽥거리는 윤광렬과 전에 없이 불퉁거리는 대원들 간에 통명스러운 줄다리기가 벌어지고 있는데 태욱이 뒤늦게 달려와 양쪽을 모두 주저앉혔다.

“행임(형님), 마 파입니더. 치앗 뿌이소. 가 봐야 별 볼 일 없을 같심더.”

그 소리에 윤광렬이 놀라 물었다.

“뭐야? 무슨 일이 있어?”

“내 알아보이, 하마 투표율이 80프로 가깝다 캅니더. 인자 와보이 얼매나 더 오겠습니꺼? 날은 꿉는(굽는) 거 같이 더운데 촌 투표 백 프로 참가가 있겠어예?"

"그래도 아직 10프로는 남았을 거 아냐? 아니, 단 한 표라도 그게 어딘데? 딴소리 말고 너도 나설 준비해."

윤광렬이 그렇게 뻗댔으나 기세는 이미 많이 수그러져 있었다. 태욱의 다음 말이 그런 기세마저 꺾어 버렸다.

"의원님 쪽에서도 그까지는 안 바래는 모양입니더. 사무장이 행임만 쫌 와 달라는 기라예. 지금 학교 느티나무 밑에 있으이 글로(거기로) 함 가 보이소."

"사무장이?"

"예, 육발이 형하고 같이 있던데예."

그러자 윤광렬도 끌어 내려 들고 있던 현수막을 마지못한 듯 마루 구석에 놓고 여인숙을 나섰다. 그러나 떠나기 전에 여럿에게 얼러 대듯 한마디 던지는 것은 잊지 않았다.

"어쨌든 여기 모두 대기하고 있어. 선거란 게 투표만으로 끝나는 게 아냐. 남의 일을 봐주려면 삼년상까지 봐주랬다고. 개표 끝날 때까지는 함부로 움직이지 마!"

그렇게 불려 간 윤광렬은 꽤 오랜 뒤에야 돌아왔다. 낮잠을 자다 깬 대원들은 다시 대청에 드러누워 코를 골고, 잠이 없는 축은 여인숙 펌프가에서 등물을 친다 어쩐다 법석을 떨고 있을 때였다. 자동차 엔진 소리가 여인숙 대문께에 멎으며 윤광렬이 들어와 말했다.

"자, 더운데 집 안에서 궁상들 떨지 말고 나가자고. 자동차를 빌려 왔으니 어디 시원한 강가에 가 미역이나 감으며 술이나 한잔하는 거야. 개표 때나 돌아와 봐주면 우리 임무는 끝나니까."

나갈 때와는 딴판인 표정과 목소리였다. 시원한 강가라는 말에 선잠에서 깨어난 축들까지도 이번에는 별 불만 없이 따라나섰다.

명훈이 나가 보니 여인숙 문밖에 서 있는 건 윤 의원의 선거 유세에 쓰였던 지프였다. '민주 투사 윤정룡이를 국회로 보냅시다.' 따위, 어지럽게 감겨 있던 현수막은 떼어지고 없었다. 운전석 곁에는 안주 꾸러미와 소주 궤짝이 실려 있었는데, 명훈은 왠지 그런 윤 의원 측의 배려가 마음에 걸렸다.

"우리가 너무 과민했던 것 같아. 그쪽에서는 부정선거만 아니면 당선은 확실하다고 믿더군. 우리가 할 일은 개표 감시밖에 남지 않은 셈이야. 그때까지는 시간이 있으니까 땀이나 씻고 오는 거야."

윤광렬이 운전석 곁에 앉으며 달라진 상황을 그렇게 알려 주었다. 그의 표정이 너무 밝은 게 다시 명훈의 마음에 걸렸다. 일이 끝난 게 아니야. 이 사람은 아직 우리를 쓸 일이 남아 있어. 어쩌면 지금까지의 그 어느 때보다 더 철저하게 써먹을 일이…….

하지만 다른 대원들은 그런 윤광렬을 별로 의심하지 않았다. 오히려 이제야 모두 끝났다는 표정으로 찌는 듯한 지프 속에 포개 앉으면서도 시시덕거렸고, 강가에 도착해서는 어린애들처럼 이리 뛰고 저리 뛰며 첨벙댔다.

여름 강가에서 시원한 미역 뒤에 삶은 개고기와 잘 익은 수박을 안주 삼아 마시는 소주 맛은 유별났다. 토종 똥개라 그런지 소금에만 찍어 먹는데도 구수하기 그지없었고, 동이만 한 수박은 독한 소주를 알맞게 묽게 해 평소에는 즐겨 마시지 않는 사람들까지 겁없이 마시게 했다. 명훈도 마음 개운치 않은 대로 멋모르고 흥겨워하는 분위기에 차츰 휩쓸려 들어갔다.

윤광렬을 통한 윤 의원의 대접은 그걸로 그치지 않았다. 이미 어지간히 취하고 어지간히 배불렀지만 윤광렬은 돌아오는 길에 다시 지프를 숙소에서 멀지 않은 중국집 앞에 세웠다. 해가 아직 남았는데도 저녁 식사를 핑계로 그들에게는 호화판이랄 수밖에 없는 술자리를 벌였다. 탕수육, 라조기에 배갈로 한 번 더 대원들을 삶아 놓는 것이었다. 그러다가 그 끝에 얼핏 보아도 만 환은 넘어 보이는 돈 뭉치를 흔들어 보이며 기세를 올렸다.

"물론 우리가 이걸 바라고 온 건 아니지만, 한번 해 볼 만한 거 아냐? 이거, 윤 의원님께서 우선 집히는 대로 내려 주신 거야. 개표 끝난 뒤엔 정말로 화끈하게 한잔 마시자고. 어이, 여기 아직 딱지 못 뗀 친구 없어? 내 오늘 밤 책임지고 이 고을에서 제일 예쁜 색시로다가 총각 딱지 떼어 주지. 그뿐만 아니야. 니네들 다음 학기 등록금은 걱정하지 않아도 돼. 윤 의원님 이번에 서울로 올라오면 우릴 모른다 하시지는 못할걸."

취한 중에도 그 말이 너무 지나치게 들렸던지 문리대 쪽 대원 하나가 물었다.

"아직 개표도 안 했는데 어떻게 아십니까? 선거란 개표가 끝나봐야 아는 거 아닙니까? 더구나 공기도 별로 좋지 않았다면서요?"

얻어먹은 게 있고, 분위기가 있어, 드러내 놓고 따지지는 못했지만 윤광렬로서는 꽤나 아플 소리였다. 그런데도 윤광렬은 당황해하는 기색이 없었다. 오히려 진작부터 그런 물음을 기다렸다는 듯 기세 좋게 받았다.

"공기? 그걸 누가 알아? 아까 태욱이가 하도 호들갑을 떨어 좀 흔들리긴 했지만, 도대체 그런 게 어딨어? 이 선거는 처음부터 우리 의원님이 이기게 돼 있었다고. 이 빛나는 민주 시대에 민주 투사인 우리 윤 후보가 아니고 누가 당선된단 말이야? 만약 그게 아니라면 그건 부정선거라고, 부정선거!"

그때껏 은근히 윤광렬을 살펴 오던 명훈도 그 소리를 듣고서야 아, 하고 깨달아지는 게 있었다. 부정선거란 낱말을 유달리 힘주어 되풀이하는 데서 그만이 알아들을 수 있는 섬뜩한 암시를 받았기 때문이다. 명훈의 짐작이 옳음을 확인시켜 주기라도 하듯 윤광렬이 더욱 열을 올렸다.

"만약 그리 된다면 진짜 우리가 나설 때지. 공명선거 계몽 운동이란 게 뭔데? 바로 그런 부정선거 막자고 우리가 이렇게 먼 산골짜기까지 온 거 아냐?"

윤광렬은 벌써 부정선거로 판명 나기나 한 듯 그렇게 소리쳤다. 그런데 알 수 없는 것은 나머지 대원들이었다. 술기운 탓일까. 그들도 윤광렬 못지않게 상기되어 '부정선거 결사 반대'를 맞장구쳐 댔다.

'좋지 않다…….'

명훈은 본능적으로 그해 봄 3월 15일 밤을 떠올리며 속으로 가만히 중얼거렸다. 술이 다 확 깨는 기분이었다.

'거기까지 따라갈 수는 없어. 이건 아니야.'

잠깐 사이에 그렇게 마음을 정한 명훈은 그쯤에서 어떻게 대원들을 깨우쳐 보려 했다. 최소한 아직은 부정선거가 있었다는 한 가닥 단서도 없었다는 것 정도는. 그리하여 대원들이 턱없이 격앙된 채 개표장으로 가는 일이라도 막아 볼 작정이었으나 미처 그럴 틈이 없었다.

"아이, 이 사람들 여다서 뭐 하노? 개표가 시작된 게 하마 언젠데 안직도 여다서 밍기작거리고 있노?"

누군가가 열어 놓은 방문 안으로 머리를 디밀고 그런 타박을 주었다. 명훈이 보니 며칠 전 무소속 후보의 유세장을 뒤엎을 때 지지 당원들을 이끌고 앞장서 뛰던 지구당 청년부장인가 뭔가 하는 사람이었다.

"아니, 육발이 형, 벌써 그렇게 됐어요?"

윤광렬이 건성으로 시계를 보며 되물었다. 그렇게 보아서인지 시계에서 그 사람에게로 옮겨지는 윤광렬의 눈빛에는 단순한 놀라움 이상의 어떤 감춰진 물음이 느껴졌다.

"허 참, 이 사람 보래이. 죽이 넘는지 밥이 타는지 모리는구만. 이러이 무슨 공명선거가 되겠노? 부정선거 아이라 뭔들 몬 해 묵겠노? 어서 가 보라꼬. 가서 뭔 일이 벌어지고 있는 동 함 보라꼬."

벌써 뭣에 뒤틀려 왔는지 격하기 짝이 없는 목소리로 그가 그렇게 내쏘았다. 그리고 모두를 충동질이나 하듯 덧붙였다.

"공명선거 계몽 운동반이라 카디 이거 말짱 헛거 아이가? 장장이 돌며 요란만 떨었지. 된 기 뭐가 있노? 이런 사람들이 이승만이는 우예 내쫓았는가 몰라. 소 뒷걸음질에 쥐 잡기랬제 암매(아마)……."

그들이 꾸미는 일을 짐작하고 있는 명훈까지도 울컥 속이 치미는 소리였다. 그때 이미 4·19는 명훈 같은 엉터리 대학생들에게까지도 함부로 건드리기 싫은 보람으로 자리 잡아 가고 있었다. 그 바람에 명훈은 그가 나타나기 직전까지 먹고 있던 마음을 깜박 잊고 물었다.

"아니, 그럼 무슨 부정이라도 있었습니까? 잡힌 증거라도 있어요?"

"세상에 참말로. 증거 터억 내주고 하는 부정이 어딨겠능교? 학생들이 저래 쑥이라카이."

그렇게 쏘아붙인 청년부장이 이제는 더 볼 것도 없다는 듯 휙 돌아서 가 버렸다. 그 터무니없이 과장된 태도에서 명훈은 다시 그들이 꾸미고 있는 일의 모습을 더 뚜렷이 알 것 같았다. 그러나 이번에도 자신의 짐작을 다른 대원들에게 암시할 틈은 주어지지 않았다.

"가자!"

윤광렬이 벌떡 몸을 일으켜 달려 나가고, 그 뒤를 나머지 대원들이 우르르 따라 나갔다. 생각보다 훨씬 더 흉흉한 기세들이었다. 거기에 압도된 명훈도 이제는 어떻게 하겠다는 뚜렷한 생각조차 없이 그들을 뒤쫓았다.

아직 어둡지 않은데도 전깃불이 밝혀진 개표장에 가 보니 이미 개표가 진행된 지 한 시간 가까이나 지난 뒤였다. 그동안 개표된 결과를 알아보니 오는 동안의 예상대로 '민주 투사'는 벌써 '자유당 잔당'에게 눌리기 시작하고 있었다. 그 결과를 놓고 양쪽 운동원이 티격태격하는 소리가 이 구석 저 구석에서 들려왔다.

"니기미, 이거 부정선거 아이가?"

"느그 후보 안 찍는다꼬 다 부정이가?"

"안 보이 아나? 뭔 짓을 했는 동. 신 머시기 그노마 자유당 때부터 부정에는 이력 난 놈 아이가?"

"말 조심해라이. 민주, 민주 캐 쌌지마는 느그 윤정룡이는 어떻고? 우에다가 줄 한 분 바까(바꾸어) 선 게 바로 민주당이라꼬 다 민주 투사가?"

그러는 중에도 개표는 진행되어 아홉 시를 넘기면서 윤곽이 차츰 뚜렷해지기 시작했다. 붓 대롱이 약간 삐딱하게 찍힌 것, 용지 모퉁이 조금 접힌 것까지 다 시비가 붙어 개표가 늦어졌는데도, 워낙 군이 작아서였는지 예상보다 일찍 형세가 굳어진 것이었다. '민주 투사'가 '반혁명 세력'에게 2천 표가 넘게 뒤져, 남은 투표함에서 몰표를 얻는다 쳐도 당락을 뒤집기는 어려워 보였다. 정상적인 경우라면 그럴 때 진 편의 운동원들은 기가 죽게 마련이다. 그런데 민주 투사의 운동원들은 달랐다. 언제부터인가 부정선거의 주장을 상대편 운동원들과의 티격태격에서 일방적인 단정으로 바꾸더니, 마침내는 공공연한 구호의 형태로 쏟아 내기 시작했다.

"3·15 재판(再版)이다. 부정선거 다시 하자!"

"독재 잔당 신도수가 최고 득점 웬 말이냐!"

"반혁명 세력 물러가라!"

물론 상대편 운동원과 참관인 들도 가만히 있지는 않았다.

"시끄러버! 부정이라 카믄 느그는 입이 열 개라도 말 몬 해!"

"민주, 민주 카다 별 민주 다 보겠네. 투표에 지자 부정선거라이, 민주주의 선거는 다 그런강?"

그렇게 이따금씩 악은 써 댔으나 대단한 기세는 못 됐다. 그런 그들에게는 승리를 지켜야 할 입장이 주는 부담 이상의 야릇한 불안과 초조까지 엿보였다. 거기다가 더욱 알 수 없는 것은 그곳에 나와 있는 경찰관들과 개표에 종사하고 있는 임원들이었다. 경찰관들은 무엇에 주눅이 들었는지 명백한 개표 방해까지 못 본 척했고, 선관위원들은 차라리 그런 개표 결과가 죄스럽고 송구하다는 태도로 허둥대고 있었다.

그러다가 그게 무슨 신호였는지 운동장 쪽에서 총소리 같은 것이 두 번 나면서 민주 투사 쪽의 운동원들이 움직이기 시작했다.

하지만 아무래도 떳떳하지 못한 구석이 있었던지 고함과 욕설로 개표만 중단시키고 있는데, 그때껏 이렇다 할 활약을 보이지 않던 윤광렬이 갑자기 일어나 소리쳤다.

"여러분, 이건 명백히 부정선겁니다. 우리 공명선거 계몽 운동대는 이 지역 민의원 선거가 무효임을 선언합니다!"

아무런 근거 없는 선동에 지나지 않았으나 그 효과는 이미 붙기 시작한 불에 기름을 끼얹은 것과 같았다.

"맞아, 이 선거는 무효라꼬, 실컨 4·19 해 놓고 다부 자유당 뽑는 기 무신 공명 선거고?"

"긴말 할 거 없이 투표함 조뿌삿뿌리(쥐어 부수어 버려), 확 싸질러 뿌리자꼬(버리자고)!"

윤 의원 쪽 운동원들이 그렇게 외치며 투표함이 있는 데로 몰려가고 뒤이어 개표장 부근에 있던 친척과 지지자 들이 쏟아져 들어와 합세했다. 태욱을 비롯한 계몽대원 태반도 그들과 한 덩어리가 되어 날뛰기 시작했다.

그로부터 오래잖아 명훈은 아득한 무력감과 당혹감에 빠져 밤하늘을 붉게 비추며 타오르는 투표함을 바라보고 있었다. 그새 광란 상태에 접어든 수백의 군중이 살기 띤 눈을 번들거리며 '반혁명 분자'를 찾아 우르르 운동장을 뛰쳐나가는 광경은 섬뜩함을 넘어 공포 그 자체로 심장에 닿아 왔다.

굶주린 넋

어머님, 그간 옥체 만안하시온지요? 소자도 어머님 염려지덕에 옥경이 데리고 잘 지냅니다. 이곳은 벌써 가을 기운이 완연하여……

철은 거기까지 쓰다가 와락 편지를 찢어 버렸다. 어머니가 형에게 보내는 편지의 대필과 형이 어머니에게 보내 오는 편지들을 대독하는 동안에 익힌 어려운 한자어들로 편지를 쓰는 것은 철의 제법 오래된 글 버릇이었다. 읽은 어머니가 기특히 여길 뿐만 아니라 쓰는 자신도 갑자기 어른이 된 듯한 기분이 들어 알지 못할 자부심까지 느끼며 써 온 문투였는데 그날은 달랐다. 도무지 그런 말장난을 할 기분이 아니었다. 너무도 오랜 굶주림이 그의 순한 성격을 난폭하게 만든 탓이었다. 철은 한 장 남은 편지지를 꺼내 이번에는 퍼부어 대듯 단숨에 써 내려갔다.

어머니 보세요. 이게 쌀이 떨어졌다는 말을 하고도 세 번째 편집니다. 도대체 어찌 된 겁니까? 옥경이는 굶어 학교에도 안 가려 하고 나도 길을 걸으면 어질어질합니다. 어디 더 가 볼 데도 없어요. 영남여객 댁은 차마 낯이 없어 못 가겠고, 다른 데도 세 번 네 번 들러 이제는 찾아가 봤자 돈 10환 꿔 주는 데도 없습니다. 어린 저보고 어쩌란 말입니까? 이대로 앉아서 굶어 죽을까요? 아니면 옥경이 데리고 도둑질이라도 나설까요? 물론 그곳에는 그곳대로 사정이 있겠지요. 또 설마 낯선 객지에 우리 어린 남매를 버리고 아주 가신 건 아니겠지요……. 어머니, 이번에는 답장이라도 해 주세요. 우리더러 어떻게 하라는 말이라도 속 시원히 해 주세요. 깡통 들고 거리로 나서라는 말이라도…….

거기까지 써 놓고 나니 갑자기 눈물이 쏟아져 더 써 내려갈 수가 없었다. 지난번 어머니의 편지로 영남여객 댁 아주머니가 쌀말과 돈 3천 환을 가져다준 게 거덜 난 것은 벌써 한 달 전의 일이었다. 다시 목사님 사택, 원 집사네 헌옷 가게, 한 곳 있는 친척집을 돌며 쌀 한두 되, 밀가루 몇 줌씩 얻어 나르는 것도 보름 전에 끝나 버렸다. 그리고 그 나머지는 그대로 악전고투였다. 한 반 애(아이)네 아버지가 경영하는 식료품 가게에서 외상이라기보다는 구걸로 얻었다는 편이 옳은 국수 몇 묶음, 이웃에서 이따금씩 보다 못해 들여 주는 보리밥 그릇이나 찐 감자 소쿠리 따위가 그 뒤 그들 어린 남매의 목숨을 잇게 해준 식물(食物)의 전부였다.

따지고 보면 철에게 있어 굶주림이란 그리 낯선 게 아니었다. 아니 어쩌면 그의 기억이 쌓여 가기 시작하면서 가장 친숙한 것들 가운데 하나가 그 굶주림이라고 말할 수도 있었다. 안동에서 서울로 올라간 뒤의 한 1년과 밀양으로 옮겨 온 뒤의 한 반년 하는 식으로 굶주림과 한동안 멀어질 때도 있었으나 그마저도 불안하기 그지없는 예외였을 뿐이었다.

하지만 같은 굶주림이라도 어머니와 형이 있을 때와 그들 남매만이 따로 떨어져 겪는 것은 달랐다. 비록 세 살 터울이지만 자신이 손위가 되어 어린 옥경이를 데리고 헤쳐 가야 하는 굶주림은 우선 그 정신적인 쪽의 무게 때문에 훨씬 견디기 어려웠다. 곧 어머니와 형이 있을 때 같으면 당당히 다툴 수 있는 몫까지도 옥경이에게 내놔야 했기 때문이었다. 그 여름 어느 날, 한번은 한 반 아이네 원두막을 지나다가 참외 한 개를 얻은 적이 있는데, 그걸 가지고 돌아온 철은 한입 베어 먹지도 않고 옥경이에게 넘겨주어야 했다. 자신은 원두막에서 배불리 먹었다는 거짓말까지 하면서…….

"거 참, 이상하다. 이기 와 이리 됐이꼬?"

철이 편지를 쓰다 말고 망연한 슬픔에 젖어 눈물을 훔치고 있을 때 바깥에서 들으라고 하는 듯한 주인아주머니의 목소리가 들려왔다. 들에 나갔다 막 돌아온 듯했다.

"어예, 참 기가 차제? 볼쌀(보리쌀) 한 소쿠리 삶아 놓은 기 반

밖에 안 남았다 아이가? 글타꼬 쥐가 파먹은 것 같지도 않고……."

방 안에서 아무 대꾸가 없자 주인아주머니가 한 번 더 그렇게 떠들었다. 밖에 다른 사람의 기척이 없는 것으로 보아 철이네 방 쪽에 대고 하는 말임에 틀림없었다.

"무슨 일이에요?"

철이 그렇게 물으며 문을 열다 말고 옥경 쪽으로 눈길을 돌렸다. 옥경이는 철이 편지를 시작할 때만 해도 눈을 말똥거리며 곁에 누워 있었는데, 그새 눈을 감고 자는 척하고 있었다. 그런 옥경의 어깨 어름에서 가는 떨림이 느껴지는 게 왠지 꺼림칙했다.

"이 보라카이, 여 보래, 볼쌀(보리쌀)을 이마이 삶아 걸어 놨디 이 모양인 기라. 쥐가 파묵으믄 한 군데를 푹 파묵제, 이래 여기저기 긁어 가미 파묵지 않는다꼬. 이거는 틀림없이 사람 손자국이라……."

아주머니가 그러면서 내보이는 삶은 보리 소쿠리에는 정말로 한눈에 알아볼 만큼 손가락으로 긁은 자국이 보였다. 그걸 본 철은 낯부터 달아올랐다. 자신이 훔쳐 먹어서가 아니라 꼼짝없이 의심을 받게 되었다는 데서 온 당황 때문이었다. 그러나 주인집 아주머니는 붉어진 철의 얼굴에서 확증을 잡은 듯이 나무라는 투가 되었다.

"배가 고프믄 달라 캐서 얻어묵제, 이기 뭐꼬? 이거 믿고 저녁 안치러 왔다가 반마이 안 남았으이 우짤 것고? 언제 새로 볼쌀 삶아 저녁하노? 아아들도 참 많이도 묵었제, 이 억신 아이(애벌) 삶은 볼쌀을……."

그러다가 느닷없이 말머리를 그 자리에 없는 어머니에게 돌렸다.

"그 아주무이, 비기(보이기)는 안 그래 비디마는 참 너무한데이. 우짜자꼬 아무도 없는 객지에 알라들만 척 팽기쳐 놓고 하마 몇 달째 오도 가도 않노? 말이사 고향에 천금을 묻어 논 디끼(듯이) 떠들어 쌌지마는 혹 어디 영감 하나 정해 가지고 도망갔뿐 거 아이가? 우야, 안 글나(어이, 안 그렇나)?"

"아니에요. 그렇지 않아요."

철이 단호하게 말했다. 자신이 그 삶은 보리를 먹지 않았다는 뜻이었으나 아주머니는 어머니에 대한 의심을 부인한 걸로 알아들은 모양이었다.

"아이긴 뭐가 아이라. 틀림엄따(없다). 어데(어디) 영감 하나 정한 기라. 아이믄 하마 반년이 넘도록 우째 이래 코빼기도 안 빈단 말고? 참말로 느그 전에 고향 갔을 때 영감 하나 몬 봤나?"

"아니에요. 그런 일 없어요. 그리고 그 보리쌀도 내가 먹지 않았어요."

철이 한층 강경한 어조로 그 둘을 함께 부인했다. 그러자 그 아주머니의 눈길이 실쭉해졌다.

"뭐시라? 그럼 이거 귀신이 긁어 묵고 갔나? 도둑 놈이 들어왔으믄 소쿠리째 들고 갔뿌지 우에 이래 반만 긁어 묵고 갔겠노? 마, 이캐도(이렇게 말해도) 알고, 저캐도 안다. 묵은 거 묵었다 카믄 그만인데 뭔 아아(아이)가 억다구(억지)가 그래 시(세)노? 글타꼬 하마 뭐뿐(먹어 버린) 거 토해 내라 카겠나?”

이번에는 잡아떼는 게 괘씸하다는 듯 제법 목소리까지 높였다. 철은 그게 억울해서인지, 이미 상해 있던 감정 탓인지 다시 앞뒤 없이 눈물이 쏟아졌다. 목소리도 절로 울먹임으로 떨렸다.

“아니에요. 굶어 죽으면 죽었지 우리는 남의 거 훔쳐 먹지 않아요. 우린 그런 애들이 아니에요!”

철이 그렇게까지 나오자 아주머니도 약간 머쓱한 얼굴이 되었다. 하지만 아무래도 알 수 없다는 듯 고개를 기웃거리며 다시 삶은 보리가 담긴 소쿠리를 보며 중얼거렸다.

“거 참, 이상하다. 그라믄 이게 우예 된 기고? 걸버시(거지)가 와서 긁어 뭇다 캐도 이래 되지는 않을 낀데……. 글타고 니 하는 짓 보이 니가 그랜 거 같지도 않고…… 참말로 귀신이 곡할 노릇이제…….”

그런데 바로 그때였다. 그때껏 죽은 듯 방 안에 드러누워 있던 옥경이 엉금엉금 기듯 방문을 열고 나왔다. 샛노란 얼굴로 입을 막고 있는 게 토하고 싶은 걸 억지로 참고 있는 것 같았다.

“자가, 자가 와 저라노? 어디 아픈가 베?”

아주머니가 놀란 눈길로 옥경이를 보며 다가가려 했다. 허둥지둥 신발을 꿰던 옥경이 달아나듯 변소 쪽으로 걸음을 떼어 놓았다.

그러나 몇 발 옮기기도 전에 윽, 하는 소리와 함께 한 줄기 허연 토물을 쏟아 놓았다. 마당에 떨어지며 튀는 걸 보니 제대로 불지도 않은 삶은 보리쌀이었다.

철이 조금만 더 나이가 들었어도 그러면서 허물어지듯 폭삭 주저앉은 옥경이에게 애처로움부터 느꼈을 것이다. 그러나 유달리 그런 쪽에 결벽을 가진 열세 살짜리 소년에겐 그런 누이동생이 밉살맞기만 했다.

"이 기집애, 이 도둑년, 네가 삶은 보리쌀을 훔쳐 먹었구나……."

격분한 철은 그렇게 소리치며 우르르 달려가 아직도 토물을 쏟아 내고 있는 옥경이에게 발길질을 해 댔다. 아주머니가 보리쌀 소쿠리를 마루에 놓고 허둥지둥 달려와 철을 떼어 놓았다.

"야가 와 이카노? 참말로 크일 내겠데이, 성찮은 아한테 이기 또 무슨 짓고?"

아주머니는 그런 고함과 호되게 철의 등짝을 후려쳤다. 철이 더욱 화가 나 소리쳤다.

"놔둬요. 이런 기집앤 맞아 죽어야 돼. 도둑질을 하다니, 도둑질을……."

철이 그러면서 다시 옥경이에게 덤벼들자 아주머니는 몸으로 옥경을 감싸 안채 쪽으로 안고 가며 정말 성난 눈길로 철을 돌아보았다.

"아이고, 가(그 애) 참 순한 같디 인자 보이 못됐데이. 니는 어린 게 불쌍치도 않나? 오직 배가 고팠으믄 볼쌀 삶아 논 걸 간(반찬)도 없이 긁어 묵었겠나? 그 야들야들한 빈속에 이 억신 볼쌀이 그마이 드갔으이 지가 우예 쌔겨(삭여) 내겠노?"

그리고 다시 오들오들 떨고만 있는 옥경을 쓰다듬어 주며 말했다.

"아이다. 니 잘했데이. 배고프믄 뭐든 동 묵어야제. 묵고 목숨부터 살아나야제. 느그 오빠는 아(아이)라도 모삼(무시무시함의 작은 말)하데이. 아아가 우째 저래 독하겠노? 니 이 방에 드가 누워 있거라이. 잠시만 있으믄 내 흰죽 쪼매 끼려(끓여) 주꾸마."

그 소리를 듣자 철의 분노도 조금 수그러들었다. 흰죽이라는 소리를 듣자 정말로 옥경이에게 무슨 병이 났는지도 모른다는 생각이 든 까닭이었다. 하지만 너무도 큰 분노의 뒤끝이라 얼른 감정 전환이 이루어지지 않았다. 더는 옥경이를 몰아댈 수 없어 그 자리를 떠나면서도 한마디 성난 목소리를 덧붙였다.

"나는 갈 거야. 너 같은 도둑년 기집애하고 부끄러워서 어떻게 한집에 살아!"

그리고 제 성을 못 이겨 우르르 골목길로 달려 나갈 때에야 비로소 옥경의 울먹이는 목소리가 따라왔다.

"오빠, 같이 가. 잘못했어……."

그 소리가 다시 야릇한 아픔으로 철의 성난 발길에서 힘을 뺐다. 그 바람에 옥경이 뒤따라 달려 나오면 한바탕 부둥켜안고 울고 싶어져 한참이나 골목 끝에 붙어 서 있었으나 옥경은 뒤따라 나오지 않고 달래는 아주머니의 목소리만 판자 울타리를 넘어 새 나왔다.

"야가, 성찮은 기 어딜 갈라 카노? 느그 오빠 어디 안 간다. 지가 니 나뚜고 가이 어디 가겠노? 니는 여다 누웠다가 흰죽이라도 한 그릇 먹고 기운 차리야제."

그런 아주머니에게 붙들렸는지 한참을 기다려도 옥경이 나오지 않자 철은 혼자서 강둑길로 올라섰다. 시원한 바람이 가슴을 식혀 주는 듯 기분이 좀 새로워졌다. 그러나 처음부터 마음먹고 뛰쳐나온 길이 아니라 갈 곳이 없었다.

한참을 막연히 서 있던 철은 이윽고 둑길을 따라 강 하류 쪽으로 천천히 걷기 시작했다. 남이 보기에는 제법 어린 사색가 같아 보일지 모르지만 머릿속은 그의 위처럼 텅 빈 채였다.

한참을 걷다 보니 강둑길이 끝나고 누렇게 익어 가는 강 건너 들판이 두 눈 가득 들어왔다. 가을이 새삼 가슴 찡하게 다가오는 기분이었다. 그러자 굶주림에 억눌려 오래 잠들어 있던 그의 유별난 감성이 가만히 되살아나며, 거기에 이어 또한 오래 잊고 지냈던 명혜의 얼굴이 떠올랐다.

철이 누렇게 익은 들판을 보고 명혜를 떠올리게 된 것은 그 전해 가을의 어떤 일 때문이었다. 그해 가을 들판은 사라호 태풍 때문에 먹을 것이 흔했다. 강가의 덤불에는 홍수에 떠내려온 사과가 아직 썩지 않은 채 걸려 있기도 했고, 뿌리째 뽑힌 땅콩 줄기가 매달려 있기도 했다. 또 그 어떤 현상 때문이었는지 그해에는 메뚜기도 유별나게 많았다. 그래서 됫병 하나를 들고 들판을 나서면 그 됫병 가득 메뚜기가 차는 것뿐 아니라, 재수 좋으면 사과와 땅콩 따위까지도 한 보자기 주워 담아 오는 재미로 아이들은 학교만 파하면 곧장 강가 들판으로 달려 나가곤 했다.

철이도 종종 그들을 따라나섰는데, 한번은 잡아 온 메뚜기가 너무 많아 그걸 영남여객 댁에 가져간 적이 있었다. 됫병 가득 든 메뚜기를 보고 아주머니보다 더욱 반가워하는 것은 아이들이었다. 부모의 지나친 보호 때문에 언제나 집 안에 갇혀 지내다시피 하는 명혜네 남매에게는 됫병 가득 든 메뚜기가 신기할 뿐만 아니라 그 메뚜기를 잡는다는 일이 또한 즐겁고 신나는 모험으로 비친 듯했다. 그 자리에서 어머니의 치마꼬리에 매달리듯 해 다음 일요일 철과 함께 메뚜기 잡이를 나가는 걸 허락 받아 냈다.

철은 그 뜻밖의 행운에 며칠 밤잠까지 설치며 일요일을 기다렸다. 명혜와 아무의 방해도 받지 않고 하루를 함께 보낼 수 있다는 기대에서였으나 결과는 참담했다.

드디어 일요일이 되어 명혜 남매와 함께 도시락까지 싸 가지고 영남여객 댁을 나설 때만 해도 온 세상을 다 얻은 기분이었지만, 들판 어디서도 메뚜기는 한 마리도 눈에 띄지 않았다. 나중의 짐작으로는 그 한 주일 사이 몇 차례 된서리가 온 탓인 듯했다. 그걸 미처 깨닫지 못한 그때의 인철로서는 일이 그리 된 게 어찌도 그리 부끄럽고 당황스럽던지. 속절없이 거짓말쟁이가 되어 그 애들 남매의 놀림 속에 돌아올 때는 별 밝은 가을 정오의 들길이 다 캄캄하게 느껴질 정도였었다…….

하지만 굶주림에 짓눌린 어린 영혼에게는 일껏 되살려 낸 감상을 키워 갈 힘이 없었다. 벌써 몇 달째 가까이서 마주하지 못한 명혜의 얼굴이 시리도록 맑은 가을 하늘에 아련히 떠오르는 듯했으나 가슴 저린 애틋함까지는 되살아나지 않았다. 오히려 그로부터 오래잖아 다시 무슨 예리한 아픔처럼 철의 몸과 마음을 죄어 오는 것은 이제는 거의 추상화된 배고픔이었다. 철은 그 배고픔에 내몰리듯 둑길을 되돌아 나와 읍내 쪽으로 갔다. 무슨 특별한 계획이 있어서가 아니라 먹을 것은 그쪽에, 곧 사람들이 모여 다투며 북적대는 시장 부근에 있다는 거의 본능적인 방향감각에 따른 것이었다.

뱃다리거리에 이를 때까지도 추상적이기만 했던 철의 욕망은 다리를 건너면서 차츰 현실적인 계획들로 바뀌어 갔다. 먼저 가능한 대로 외상을 뚫어 보고, 안 되면 아는 사람들에게 차용의 형식을 빈 구걸로 읍내를 한 바퀴 돈다는 것이었다. 그가 외상을 우선적으로 염두에 둔 것은 그쪽이 갚으리라는 전제를 보다 강하게 내세우고 있어 아무래도 더 떳떳할 것 같았기 때문이었다.

철이 그런 계획에 따라 맨 먼저 찾은 것은 원 집사네 헌옷 가게 곁에 있는 쌀가게와 그 두 집 건너의 잡화점이었다. 두 곳 다 어머니를 잘 알고, 그래서 전에도 외상 거래를 트고 지낸 터였으나, 지난 반년 서너 번씩 신세를 지는 동안에 거래가 끊겨 버렸던 가게들이었다. 마지막 거래 때의 매몰찬 거절이 기억에 생생했지만 철은 있는 용기를 다 짜내 먼저 쌀가게를 찾았다.

"인자 외상은 안 되겠데이. 누구는 흙 파다가 장사하는 것도 아이고……."

다급한 김에 양을 줄이고 줄여 쌀 한 되 외상을 빌었으나 주인 아저씨는 말을 다 듣지도 않고 고개를 내저었다. 사람들 중에는 가난하고 비참해질수록 더 강하게 개결한 자존심에 매달리는 이들이 있다. 마음이 굳센 쪽보다는 여린 쪽에서 더 자주 그런 경우를 보는데, 아마도 그것은 모든 사태를 너무 일찍 비관해 버린 나머지 생겨난 절망적인 자기방어의 한 수단일 것이다.

철이도 대개 그런 비뚤어진 자존심으로 자기를 버텨 가는 쪽이었지만 그날만은 달랐다. 그가 떨어져 있는 상황이 그 같은 비관과 절망조차도 마음 놓고 선택할 수 없게 한 까닭이었다.

"동생이…… 아픕니다. 우린 며칠째……."

정히 안 된다면 동정심에라도 의지해 볼 양으로 철은 다시 그렇게 더듬거렸다. 주인아저씨는 이번에도 말이 끝나기를 기다려 주지 않고 짜증 섞어 말했다.

"그 얘기를 와 여다 와서 하노? 우리가 어디 고아원 채리 놓고 있나?"

그래 놓고 그대로 돌아서려다가 문득 철의 얼굴에서 무얼 읽었는지 목소리를 조금 부드럽게 해 혼잣말처럼 중얼거렸다.

"느그 집은 도대체가 뭐가 우째 된 긴지…… 지난봄에는 너그 누부(너희 누이)가 난데없이 쌀을 한 가마이나 팔고 가디, 너그 남매가 보름도 안 돼 다시 외상을 시작해 이길이 쌓인 외상이…… 하마 얼매고? 쌀·보리 합하믄 닷 말이 안 넘었나?"

"그건 누나가…… 누나가 서울로 달아나면서…… 실은 그 땜에…….”

철이 눅어진 그의 목소리에 그렇게 매달려 보았으나 소용없었다. 자신의 실수를 알아차린 쌀가게 아저씨가 한꺼번에 그걸 만회하려는 듯이나 퉁명스럽게 쏘아붙였다.

“그런 거 저런 거 내가 다 알아 뭐할 끼고? 외상은 마 아무래도 안 되겠다. 네 보이 느그는 부모 있는 집 아이들이 아이라. 매삔(내버린) 자식들이라꼬. 안 그라믄 우째 어린 너그 둘만 놔뚜고 하마 반년이 넘도록 느그 엄마는 오도 가도 않노?”

그러고는 더 들을 것도 없이 돌아서서 가겟방 쪽으로 가 버렸다. 철이도 돌아섰다. 도대체 눈시울이 화끈거려서 그대로 서 있을 수가 없었던 것이다.

뛰듯이 쌀가게를 나온 철은 가게 모퉁이 전신주에 부딪듯 기대서서 한참 동안 눈물이 멎기를 기다렸다. 모든 걸 다 집어치우고 집으로 돌아가고 싶었지만, 이미 말했듯, 그가 떨어진 상황은 그런 섣부른 절망까지도 턱없는 감정의 사치로 느껴지게 할 만큼 급박해 그럴 수도 없었다. 어쩌면 그때쯤은 정말로 병이 나서 누웠을지 모르는 옥경이를 위해서도 무엇이건 먹을 것을 구해 가야 했다.

눈가가 마르고 절망적인 충동이 가라앉기를 기다려 철이 두 번째 목표로 다가선 것은 그로부터 한참이나 지난 때였다. 되도록이면 별일 없었던 것처럼 활기차게 잡화점 안으로 들어가니 마침 가게에는 할머니 혼자뿐이었다. 그걸 본 철은 조금 힘이 났다. 할머니는 아들 내외보다 훨씬 정이 많을 뿐만 아니라, 어머니와는 같은 교회에 나가는 교우이기도 했다. 아들 내외가 외상을 거절한 뒤로도 철이 두 번이나 더 외상을 얻은 것은 바로 그 할머니에게서였다.

"할머니, 안녕하세요?"

철은 걸음걸이 이상의 활기참으로 그 할머니에게 인사말을 건넸다. 그가 애써 활기참을 가장한 것은 조금 전 쌀가게에서의 실패에서 받은 암시 때문이었다. 동정심에 빌어 보기보다는 우리에게서 외상값을 받을 수 있다는 확신을 주어 외상을 얻어 보자. 뚜렷하지는 않았지만 대강 그런 생각이었던 것 같다.

"아이고, 조 집사님네 아들이구나. 우예, 조 집사님은 왔나?"

할머니가 눈치 없이 반기며 그렇게 인사를 받았다. 철은 됐다 싶어 계획에도 없던 거짓말을 늘어놓았다.

"낼모레는 오실 거예요. 편지가 왔거든요. 일도 잘되셨는가 봐요. 할머님께 고맙단 말씀도 하고, 오시는 대로 외상값을 갚겠댔어요."

"그거 다행이네. 인자 애비에미한테 쿠사리(핀잔) 안 먹어도 되는 갑다."

할머니는 그렇게 말을 받았으나, 정말로 좋아하는 눈치는 아니었다. 그렇다면 처음에는 왜 그렇게 반겼을까 하는 생각이 들 정도로 얼굴빛이 달라지는 것이었다. 자신이 일부러 꾸며 보인 쾌활함에 어머니가 돌아온 줄 알았던 가겟집 할머니가 그렇지 않다는 말에 실망한 까닭이란 추측까지는 아직 철에게 무리였다. 어떻든 가게로 들어설 때 그 할머니가 보인 반가움만을 믿고 철은 조심스러운 대로 처음의 목적에 바로 다가섰다.

"할머니, 저…… 그래서 말씀인데요. 이번 한 번만 더 외상을 주시면 안 될까요? 쌀이 아무래도 좀 모자랄 것 같아서 국수 두 타래하고…… 또 오늘 담임선생님께서 가정방문이 있어 봉지에 든 도나스와 과자 좀……."

철은 거기까지 단숨에 말해 가다 비로소 그 할머니의 냉담해진 표정을 보고 얼결에 말을 그쳤다. 그걸 기다리고 있었다는 듯 할머니가 억지로 지어 뒤틀린 듯 보이는 미소로 말했다.

"외상이라믄 안 되겠다. 이기 내 가게가 아이고 애비에미가 빼빠지게 일해 겨우 요마이 어불어(어울어지게 해) 논 게라. 하마 잼긴(잠긴) 3천 환도 걱정이 늘어졌는데…… 저번에 느그 또 뭔 일 있다고 외상 줬다가 얼매나 쿠사리(핀잔, 잔소리) 문지(먹었는지) 아나?"

"그래도 낼모레면 어머니가 오시는데……."

철이 그렇게 매달려 보았으나, 직감적으로는 이미 글러 버린 일 같았다. 그걸 확인시켜 주듯, 파리채로 파리도 없는 진열장 한 곳을 치며 할머니가 이제는 완연히 찬바람이 느껴지는 말투로 잘랐다.

"우쨌든 안 된데이. 참말로 조 집사가 낼모레 돌아와 날 원망한다 캐도 할 수 없는 기라. 이기 어디 내 끼(것)라야제……."

그렇게 되면 하는 수 없었다. 철은 말없이 돌아서서 그곳을 나섰다. 은근히 믿었던 두 곳에서 연거푸 실패를 하고 나니 다시 섣부른 절망의 유혹이 시작되었다. 결국 되지도 않는 걸 괜히 창피만 더 당하는 꼴이 나지 않을까. 차라리 옥경이와 나란히 누워 곱게 굶어 죽는 게 낫지 않을까. 『플란더스의 개』에 나오는 저 네로 소년처럼…….

하지만 철은 끝내 세 번째 목표를 향해 발길을 옮겼다. 한계에 이른 기아 심리(饑餓心理)가 위기감의 형태로 그를 내몬 것은 아닌지.

말이 났으니까 하는 말이지만 그때를 전후해서 한 콤플렉스의 형태로 그의 의식 밑바닥에 가라앉게 된 기아 심리는 나중 철이 경제적으로 상당히 성공을 거둔 뒤까지도 종종 기이한 행동으로 그 모습을 드러냈다. 이제는 먹고사는 일은 그리 걱정하지 않아도 될 만큼 자리가 잡혔는데도 여유만 생기면 쌀가마니를 사들여 좁은 마루 구석에 재 놓기를 좋아하던 남편을 별로 고생 않고 자란 그의 아내는 가끔씩 의아하게 바라보곤 했다.

생각 끝에 어머니 외가 쪽의 먼 친척이 사는 북성 거리로 가기 위해 철이 작은 언덕길을 내려가고 있을 때는 어느새 해거름이었다. 유독 저녁놀이 빨간 게 까닭 없이 철의 가슴속을 어지럽혔다. 어쩌면 그 전날 저녁 이웃집에서 가져다준 찐 감자 몇 알을 먹은 게 음식으로는 마지막이었던 그의 몸이 어지러움을 느끼고 있었는지도 모를 일이었다.

그 집 대문 앞에 이르자 철은 그 위기감과도 같은 배고픔 속에서도 다시 한 번 가벼운 망설임에 시달렸다. 어머니의 종이모가 된다던가 하는 그 집 할머니가 지난번에 갔을 때 소리쳐 하던 말 때문이었다.

"우린들 뭐 억시기 잘산다꼬 너그까지 와서 이래노? 아 아바이

군청 촉탁(임시직) 나가 가주고 쪼매씩 벌어 오는 거 이 많은 식구에 택이나 있는 줄 아나? 촌에 있는 논마지기서 쌀가마이 안 올라오믄 우리도 식구대로 깡통 들고 나서야 할 판이라……."

쌀 한 되에 김치 한 포기, 보리쌀 두 되에 된장 한 대접 하는 식으로 주는 게 많지도 않지만 몇 번을 찾아가도 빈손으로 돌려보내지는 않는 데 맛을 들여 다시 찾아갔다가 끝내는 아무것도 얻지 못하고 그 소리만 듣게 되고 말았다.

그 기억에 대문께에서 쭈볏거리는 철을 그 집 안으로 끌어들인 것은 마침 군청에서 퇴근해 돌아오던 그 집 아저씨였다.

"이기 누고? 니 돌내골 누님 아들 아이가? 왔으면 들어가잖고 와 여다 서서 밍기작거리고 있노?"

그 아저씨는 그러면서 철의 손목을 잡고 들어가 이것저것 물어보는 법도 없이 밥상만 재촉했다. 그리고 밥상이 들어오자마자 아주머니를 윽박지르듯 밥 한 그릇을 더 내놓게 하고 숟가락을 쥐어 주며 말했다.

"자, 먹자. 지금 니한테 젤로 급한 거는 빨리 먹는 거 같다. 얘기는 나중에 하고……."

전 같으면 다시 앞뒤 없는 눈물부터 쏟아 낼 순서였으나 그날은 그렇지가 않았다. 음식물을 보자 갑자기 속을 뒤틀고 쥐어짜듯 하는 배고픔이 일어 철이로 하여금 모든 걸 잊고 밥상머리에 달라붙게 했다. 철은 한동안 아무것도 듣지도 보지도 못한 채 순갈질만 해댔다.

비쩍 마르고 노랑꽃이 핀 얼굴만 가지고도 철이 떨어진 처지를 짐작한 그 아저씨의 애처롭게 보는 눈길이며, 일터에서 돌아오는 가장을 위해 정성 들여 마련한 저녁상을 마구잡이로 퍼먹어 대는 어린 불청객에게 그 아주머니가 보내는 못마땅한 눈길, 그리고 신기한 구경거리나 생긴 듯 쪼르르 몰려와 철의 순갈질에 넋을 잃고 있는 그 집의 조무래기 남매……. 그러나 철은 굶주린 나머지 발광 상태가 된 어린 짐승처럼 오로지 먹는 데만 전념했다. 그러다가 철이 비로소 인간다운 감정을 회복하기 시작한 것은 아저씨가 금세 비워 버린 철의 밥그릇에 자신의 밥을 반이나 퍼 넘겨줄 때였다.

"니 속에 쇠는 못 쐐길(삭일)라마는 좀 천천히 무라. 밥은 얼매든지 더 있다."

그 같은 아저씨의 말이 꿈결에서처럼 아득하게 시작되더니 여름날의 선잠을 깨우는 천둥소리처럼 끝을 맺었다. 그 바람에 왁 소리를 지르고 일어나듯 깨어난 의식이 일시에 작은 인간으로서의 스스로를 느끼게 하였다. 먼저 자기에게 보내지고 있는 여러 개의 눈길들이 각기 거기 담긴 의미대로 의식에 와 닿았고 이어 자기가 거기까지 오게 된 경위가 되살아났다.

여러 갈래의 의식이 한꺼번에 깨어난 것처럼 거기에 대한 감정의 반응도 한꺼번에 일어나 철은 잠시 질식할 듯한 혼란 상태에 빠져들었다. 고마움과 굴욕감과 슬픔과 원망에 한 덩어리로 뒤죽박죽이 되어 무엇부터 어떻게 드러내야 할지 알 수 없게 되어 버린 것이었다.

"와 갑자기 안 묵고 그래 있노? 어서 무라."

복잡한 표정으로 숟갈을 든 채 굳어 있는 철이 이상했던지 아저씨가 그렇게 말해 놓고 주위를 둘러보다 꽥, 소리를 질렀다.

"모도 다 여서 뭐 하노? 무신 구경 났나? 모예 서 삐꿈히 들따(들여다)보기는……."

그 소리에 아이들과 아주머니가 찔끔해서 물러났다.

철이도 그 소리에 휘몰린 듯 감정의 표현을 우선 뒤로 미루고 다시 숟갈질을 시작했다.

"고맙습니다, 아저씨."

철이 비로소 그런 감정 표현을 하게 된 것은 두 번째 밥그릇이 다 비어 버린 뒤였다. 아저씨가 애매한 웃음을 지으며 물었다.

"말은 들었다마는 우예 된 기고? 와 느그 엄마는 이래 오래 걸랬는다노?"

"큰 산을 하나 팔려는데, 살 사람 쪽에서 오늘내일 하는 바람에 늦는답니다. 그냥 빈손으로 와 봐야 별수 없어서……"

그렇게 말하는데 벌써 두 번째 감정인 슬픔이 자기표현을 시작했다. 걷잡을 수 없이 쏟아지는 눈물이 그것이었다. 샛노란 얼굴로 허기져 늘어져 있을 옥경이도 그때 비로소 떠올랐다.

만약 그 무렵 해서 나타난 친척 할머니만 아니었더라도 그날 그 집에서의 기억은 온통 감격과 감동으로만 가득 찼을 것이다. 친척 할머니가 나들이에서 돌아온 것은 마침 아저씨가 아주머니를 윽박질러 뒤주에서 쌀을 퍼내게 하고 있을 때였다.

마지못해 남편의 말을 따르던 아주머니는 할머니가 돌아오자 백만 원군이나 얻은 듯 쌀 퍼내기를 멈추었다. 할머니는 또 할머니대로 펄펄 뛰는 아들 대신 철이의 염치없음을 나무라고 나섬으로써 철로 하여금 더 무엇을 얻어 갈 마음이 사라지게 만들었다. 철은 그러는 친척 할머니의 압박보다는, 자기 때문에 곤란에 빠진 아저씨와 어른들의 불화에 벌벌 떨고 선 꼬마들에게 미안해서 끝내 자리를 털고 일어나지 않을 수 없었다.

"아저씨, 고맙습니다. 은혜 잊지 않겠습니다."

철은 방금도 아주머니에게 무언가 성난 소리를 내지르고 있는 아저씨 등 뒤에다 꾸뻑 절을 하고 그 집을 달려 나왔다. 하지만 결국 그날 그 집에서는 아무것도 얻어 갈 운이 못 되었다.

몇 발짝 걷기도 전에 갑작스러운 구역질을 느낀 철은 그 집 대문께가 보이지 않을 만큼 골목을 돌기 바쁘게 쪼그리고 앉아 먹은 것을 토해 내기 시작했다. 그리고 엄청나게 쏟아져 더미 진 토물을 보고 한동안 소리 없이 흐느껴 울었다.

그로부터 아주 여러 해 뒤 철은 한 문학청년이 되어 크누트 함순(굶주림)을 읽다가 비슷한 대목을 보고 눈시울이 화끈해진 적이 있었다. 굶주림에 내몰린 주인공이 개에게 준다면서 공짜로 얻은 뼈다귀에 붙은 살점을 날것으로 뜯어 먹었다가 끝내 소화하지 못하고 토한 뒤 그 토물 더미를 보며 우는 구절이었다. 함순의 문장력이나 구성이 뛰어나서가 아니라, 같은 경험을 가진 적이 있어서 더 커졌음에 분명한 어두운 감동 때문이었다.

그 가을의 만남

버스에서 내려 모니카가 그려 준 약도대로 따라가던 명훈은 슬몃 불안한 느낌이 들어 주위를 돌아보았다. 벌써 여섯 달이나 지나 이제는 괜찮을 듯도 싶었지만 그래도 4·19 전에 깡철이네 패거리와 함께 차지하고 있던 골목이 너무 가까워서였다. 하기야 7월인가 8월의 어떤 신문에 보니 금방 총살이라도 당할 것 같던 이정재가 겨우 징역 10년을 구형받아서 자기 같은 조무래기 주먹은 잡힌다 해도 몇 달 살 것 같지 않았다. 그러나 지난번 그 괴상한 공명선거 계몽 운동 참가로 더욱 뚜렷해진 대학 안 그런 쪽 단체에서의 위치가 경찰에 꼬투리 잡혀 거창하게 정치깡패로 끝장나게 되는 것은 아무래도 서운한 일이 아닐 수 없었다.

돌이켜 보면 7월 말의 개표장 난동에서도 명훈은 아찔한 경험을 해야 했다. 그날 윤 의원의 지지 군중은 투표함을 불살랐을 뿐만 아니라 당선이 거의 확정돼 가던 무소속 후보를 잡아 린치까지 가함으로써 전국적인 여론의 지탄을 받게 됐고, 그 때문에 경찰의 예외적인 검거 선풍이 일자 윤광렬의 계몽대도 경찰서로 끌려가는 신세가 되고 말았다. 거기서 명훈은 자칫하면 경력이 들춰질 뻔했으나, 워낙 대학생들의 위세가 대단하던 시절이라 하룻밤 만에 훈방의 형식으로 풀려난 덕택에 운 좋게 서울로 돌아올 수 있었다.

개학이 되자 윤광렬은 뱃심 좋게도 교내 단체 연합 대회에서 결과 보고까지 했다. 그의 말대로라면 전국에서 가장 효과적으로 공명선거 계몽 운동을 수행한 게 자기들이었다. 그때 먼저 돌아간 법정대의 두 학생이 이의를 제기했으나 윤광렬의 힘 앞에서는 아무 소용이 없었다. 이미 이런저런 수단으로 교내 단체들을 휘어잡아 가고 있던 윤광렬은 대범한 웃음으로 그들의 성난 외침을 무력하게 만든 뒤 다른 패거리를 시켜 오히려 그들이 설 자리가 없게 만들어 버렸다. 그들의 새로운 학생운동의 필요성을 주장하는 걸 파벌주의로 몰아붙이는 식의 술수였다. 그 과정에서 명훈은 절로 중요한 인물이 되어 갔다. 윤광렬은 말끝마다 의거 부상자를 들추며 명훈을 여럿에게 추켜올렸고, 윤광렬이 거느린 주먹패도 무슨 소리를 들었는지 명훈에게는 한 팔씩 접어 준 덕분이었다.

거기다가 윤광렬은 또 이번에는 어디에 선을 대 돈을 끌어냈는지 명훈의 2학기 등록까지 해 주어 명훈의 엉거주춤한 대학 생활을 계속할 수 있게 해 주었다. 곧 명분의 단맛에 빠져들면서도 실질의 거짓됨에는 불안해하는 배석구 밑에서와는 앞뒤가 뒤바뀐 듯한 건달로서의 대학 생활이었다.

'그렇지만 여기까지 와서 그냥 돌아갈 수는 없지 않은가. 그 애가 어디 있다는 걸 알면서도 찾아보지 않을 수는 없지…….'

명훈은 그렇게 중얼거리며 다시 모니카가 그려 준 약도를 바라보았다. 중요함을 나타내기 위해 빗금으로 표시해 둔 건물 표시 곁에 멋을 부리느라 그림같이 써 둔 수도빌딩이란 글씨가 눈에 들어왔다. 그 빌딩만 찾으면 영희가 근무하는 업체는 쉽게 알 수 있게 되어 있었다.

그러나 제법 큰 건물인 듯 그려져 있고 빌딩이란 이름이 붙은 걸로 봐도 큰 건물이어야 하지만 수도빌딩은 잘 찾을 수가 없었다. 5층만 되면 찾아가 물어봐도 도무지 그런 빌딩은 모르겠다는 대답들이었다. 그 바람에 명훈은 한 번 더 약도를 들여다보았다. 시옷 밑에 ㅜ 자를 너무 한쪽으로 몰아 써 '싀' 자로 읽힐 수도 있었으나 '싀도'란 말이 있을 것 같지는 않았다.

'갈보 같은 기집애가 무슨 멋은 부린다고…….'

명훈은 공연히 화가 나 모니카에게 쌍욕을 퍼부으며 이번에는 좀 작은 가게 건물들을 대상으로 수도빌딩을 찾기 시작했다. 그러나 마음은 모니카에게 쌍욕을 퍼부으면서도 몸은 무언가를 줄곧 아쉬워하고 있었다.

모니카가 불쑥 명훈을 찾아온 것은 그날 오전의 일이었다. 명훈이 그 전날 받은 입대 영장을 놓고 어떻게 해야 될지 마음을 정하지 못해 이 생각 저 생각을 하고 있는데 방문 밖에서 모니카의 목소리가 들려왔다.

"명훈 오빠 있어요?"

그게 모니카의 목소리인 걸 알아듣자 명훈의 몸과 마음은 야릇한 긴장으로 굳어졌다. 혐오감과 반가움이 정확히 반반으로 나뉘어 순간적인 대결을 벌인 데서 온 긴장이었다.

"아직 주무세요?"

명훈이 미처 감정을 정하지 못해 잠시 대답을 못 하고 있는 사이에 모니카가 축대로 올라서서 문고리에 손을 대며 한 번 더 물었다. 상상되는 그녀의 동작이 너무도 스스럼없고 그 목소리가 터무니없이 해맑은 게 갑자기 명훈의 마음속에서 유지되던 야릇한 균형을 깨 버렸다. 마치 아무 일도 없었던 것처럼, 그래서 당연히 그 방 안으로 들어설 수 있다는 것처럼 다가드는 그녀의 태도가 뻔뻔스러움으로 느껴지면서 혐오감 쪽이 주된 감정으로 결정된 것이었다.

"뭐야? 네가 어떻게 여길 또 왔어?"

명훈이 버럭 소리를 지르며 거칠게 문을 열어젖혔다. 그녀가 방 안으로 들어오는 데 대한 완강한 거부 의사가 포함된 행동이었다.

"어머, 앗!"

짐작대로 문고리 근처에 손이 와 있었던지 모니카가 거칠게 열어젖힌 방문에 맞은 손을 다른 손으로 움켜쥐며 머리를 푹 숙이고 있었다. 어린애들이 아픈 곳을 호호 부는 것 같은 자세였는데, 이미 그녀를 속속들이 알고 있는 명훈까지도 마음이 흔들릴 만큼 귀엽고 순진하게 보였다. 거기다가 코앞에 다가선 그녀의 잘 빗어 탄 가르마의 고운 선과 정갈한 머리칼 내음은 문을 열 때의 앞뒤 없는 혐오감이 멈칫해질 만큼 고혹적이었다.

"아이, 깜짝이야. 오늘은 영희 때문에 왔단 말이에요, 영희!"

이윽고 고개를 든 모니카가 토라진 애들 같은 목소리로 앙탈 부리듯 말했다.

살짝 노려보는 눈길에 돌고 있는 물기가 다시 명훈의 가슴속에 부글거리는 혐오감을 반나마 가라앉혔다. 영희의 문제도 속대로만 처리할 수 있는 것은 아니었다. 워낙이 억센 아이니까, 하면서 스스로를 달래 오긴 해도 벌써 몇 달째나 자취를 알 길 없는 영희가 걱정이 안 될 수 없었다. 집을 떠날 때 만 환이 넘는 돈이 있었고, 또 이모네 집을 나설 때도 취직이 되어 그리로 옮긴다고 했다지만, 서울이란 도시가 열아홉 살의 여자아이에게 그리 만만할 수만은 없었다.

"뭐, 영희? 영희, 그 기집애 지금 어딨어?"

이래저래 어정쩡해진 명훈이 자신도 모르게 누그러진 목소리로 물었다. 그러나 방문을 막아선 자세는 아직 완강했다.

"오빠도 차암…… 제가 무슨 흉측한 문둥이라도 돼요? 이렇게 문밖에 서서 어서 할 말이나 하고 가라는 거예요?"

모니카가 완연한 앙탈로 대들었다. 표독스레 쏘아보는 젖은 눈길이 공연히 명훈의 가슴을 철렁하게 했다. 생각하면 참으로 어이없는 앙탈이지만, 당장 자신이 무언가 잘못한 것 같은 느낌이 드는 데는 어쩔 수가 없었다. 그전뿐만 아니라 그 뒤까지 거듭거듭 당하면서도 명훈이 한 번도 성공적으로 저항해 본 적이 없는 그녀 특유의 기이한 힘이었다. 그날도 그랬다.

'정말 당해 낼 수 없는 아이로구나…….'

명훈은 속으로 그런 한탄 아닌 한탄을 하면서 방문 앞에서 비켜서지 않을 수 없었다.

그때 지은 명훈의 쓴웃음을 어떻게 해석했는지, 모니카는 방안에 들어서자 더욱 기가 살아나 부산을 떨었다.

"아휴, 방 안이 이게 뭐야? 꼭 돼지우리 같아."

그러면서 코를 쥐는 시늉을 하다가 소매를 걷어붙이고 빗자루를 찾아 나서는 것이었다. 이건 참을 수 없다. 그녀가 너무 설쳐 대는 바람에 비로소 처음의 혐오감을 되살린 명훈이 그녀의 손에서 빗자루를 거칠게 뺏어 방 한구석으로 내던지며 차갑게 말했다.

"쓸데없는 짓 마. 영희 소식을 가지고 왔으면 그거나 일러 주고 가란 말이야."

그러자 휘둥그런 눈으로 명훈을 쳐다보던 모니카가 이내 거짓말처럼 풀이 죽어 제자리에 앉았다.

"알았어요. 말씀드릴게요. 그리고 곧 갈 테니 너무 성내지 마세요."

그러면서 한숨까지 푹 내쉬자 이번에는 까닭 모를 애처로움이 다시 명훈의 감정을 어정쩡하게 만들고 말았다. 그 바람에 묻기 시작하는 명훈의 목소리는 절로 부드러워지지 않을 수 없었다.

"그래, 어떻게 된 거야, 너희들? 영희 그 기집애 다시는 너와 어울리지 못하게 했는데……."

"우리는 친구걸랑요. 영원한 친구……."

무엇 때문에 다시 기가 살아났는지 모니카가 이내 그렇게 재잘거리며 영희가 서울로 올라온 때부터의 일들을 길게 늘어놓았다. 형배라는 뜻밖의 인물과 영희의 일자리가 학교에서 소개한 것이라는 정도의 소득은 있었으나, 나머지는 쓸데없는 잡담에 지나지 않았다.

"좀 간단히 얘기할 수 없어? 아니 여기다 약도나 그려 주고 그만 얘기 끝내. 나머지는 영희 그 기집애 만나서 들으면 되니까. 또 돼먹잖은 짓하고 돌아다니는 중이면 다리몽둥이를 부러뜨려 집에 데려가야지."

듣다 못한 명훈이 그렇게 모니카의 말허리를 자르고 종이와 연필을 내밀었다. 그 거친 말투에 놀란 듯 자라 모가지처럼 목을 쏘옥 움츠린 모니카가 방바닥에 엎드려 약도를 그리기 시작했다. 연필에 침을 발라 가며 꼼지락거리고 그려 가는 게 꼭 하기 싫은 숙제를 하는 국민학교 아이 같았다. 그런 그녀에게 그토록 추악하고 불결한 과거가 깃들여 있으리라는 것은 누구보다도 그녀를 잘 알고 있는 명훈에게까지 거짓말처럼 느껴졌다.

오히려 그때의 명훈에게 더 솔직한 충동은 동그랗게 엎드려 있는 그녀를 포근히 안아 주고 싶다는 것이었다.

하지만 모처럼 거기까지 갔던 감정의 화해는 오래잖아 파국이 왔다.

"옛어요. 이대로 찾아가면 될 거예요."

이윽고 모니카가 그 말과 함께 약도를 내밀고 나서 얼마 안 된 때였다. 명훈이 그걸 찬찬히 들여다보고 있는데 무언가 볼을 따끔따끔 찔러 오는 것 같은 느낌이 왔다. 약도에서 눈길을 뗀 명훈이 그쪽을 보니 모니카가 빤히 그를 훔쳐보고 있었다. 아주 탐나는 것에 반한 아이처럼 반쯤 입을 벌린 채였는데, 그 눈빛이 문득 명훈에게 오래된 기억을 섬뜩하게 일깨웠다. 바로 그녀가 남자를 원할 때 보여 주는 그 눈빛이었다.

명훈은 그 뒤로도 오랫동안 그녀의 그런 눈빛을 욕정과 혼돈했다. 그러나 나중에 안 것이지만 그것은 엄밀한 의미에서 욕정의 눈빛이 아니었다. 나는 남자가 즐거워하는 걸 보는 게 즐거울 뿐이에요. 언젠가 그녀가 말했듯 그녀 자신의 몸은 끝내 성적인 쾌락을 모른 채 죽어 갔기 때문이었다.

하지만 그때까지만 해도 그런 눈빛을 그녀의 되바라진 욕정의 표시로만 단정하고 있던 명훈이었다. 그걸 문득 그녀에게서 느끼자 그동안 이래저래 수그러들었던 혐오감이 일시에 들고일어났다.

"이 못된 기집애, 너 지금 무슨 생각을 하고 있는 거야?"

명훈이 보고 있던 약도를 팽개치듯 방바닥에 내려놓고 차갑게 물었다. 만약 모니카가 그때라도 그런 명훈의 감정을 알아차렸더라면 여섯 달 만에 이루어진 그들의 재회가 그토록 볼품없이 끝장나지는 않았을 것이다. 그러나 불행히도 모니카는 그때 이미 그 느닷없고 몽롱한 열정에 깊이 빠진 뒤였다. 명훈의 감정 같은 건 살펴보려고도 않고, 그럴 때 흔히 하는 코맹맹이 소리로 속삭이기 시작했다.

"오빠…… 우리 다시는…… 예전처럼 안 될까? 깡철이 그 새낀 나쁜 자식이야. 그리고 이젠 군대에 갔어……. 그 일…… 잊어 줄 수 없어?"

그 말뿐만이 아니었다. 모니카는 명훈의 일그러진 표정을 빤히 바라보면서도 마치 그게 바로 허락이라도 되는 것처럼 가만히 몸을 기대 왔다. 코끝을 스쳐 오는 그녀의 살냄새에 잠깐 몸이 움찔했으나 명훈의 감정은 이미 걷잡을 수 없는 지경에 가 있었다.

"정신 차려! 이 순 갈보 같은 기집애야. 이게 어따……."

명훈은 세차게 모니카의 따귀를 때려 주고 몸을 벌떡 일으켰다. 고개가 홱 젖혀질 만큼 충격을 받았으면서도 모니카는 비명 한 번 지르지 않고 방바닥에 푹 엎드렸다. 그 완전한 피학의 자세가 오히려 불붙기 시작한 명훈의 가학 의지에 찬물을 끼얹어 다시 더 하려던 발길질을 멈추게 했다. 대신 정신은 한층 더 광포해져 누가 듣는 것에도 상관치 않고 고래고래 소리쳤다.

"내 그때 말했지? 다시 한 번 내 눈앞에 나타나면 죽여 버리겠다고. 잘 들어. 앞으로 또다시 내 눈에 띄면 그때는 너 죽는 날인 줄 알아!"

'흥, 어디서 순 똥치 같은 게 사람을 어떻게 보고……'

겁먹은 얼굴에 눈물까지 글썽이며 등을 떠밀리듯 방을 나가는 모니카가 머릿속에서 지워질 때쯤 명훈은 자신도 모르게 속으로 중얼거렸다. 일부러 골라 입은 화사한 가을 나들이옷 속에 감춰진, 그러나 그의 기억에는 자신의 몸만큼이나 생생한 그녀의 몸이 아쉬움으로 언뜻 떠올랐지만, 후회로까지 번지지는 않았다. 그 정도의 육체적 필요에는 충분하게 저항할 수 있을 만큼 그의 정신이 젊고 맑았다는 뜻인지도 모를 일이었다. 그로부터 여러 해가 지나서야 있게 될 그들의 재회와 그 뒤의 광기 어린 뒤엉킴에 견주어 보면.

다행히도 수도빌딩은 오래잖아 찾아낼 수 있었다. 명훈은 거기서 시커먼 물이 흐르는 청계천 건너편을 바라보았다. 영희가 나가는 곳이 무슨 기업이라길래 좀 큰 회사로 짐작하고 있었으나 그편에 다닥다닥 들어선 것은 고물상 같은 점포들밖에 없었다.

오래된 시멘트 다리를 건너 청계천을 따라 걸으며 명훈은 모니카가 일러 준 영희의 일터를 찾아보았다. 간판들이 어울리지 않게 커서인지 이번에는 찾기가 어렵지 않았다. 그러나 종로 쪽에서 예감한 대로 그곳도 좀 정돈되었을 뿐 역시 고물상 중의 하나일 뿐이라는 느낌을 주기에는 그 곁의 다른 점포들과 차이가 없었다.

한눈에 들여다뵈는 점포 안에는 머리가 헝클어진 기름투성이 젊은이 하나가 성깔깨나 있어 뵈는 중늙은이와 어떤 기계를 조심스레 뜯고 있었다.

명훈은 다시 한 번 모니카가 그려 준 약도를 펴서 자기가 맞게 찾아왔나를 확인해 본 뒤 잠시 점포 앞에 서서 그 안을 살펴보았다. 파란 페인트를 입힌 중고 선풍기 몇 대와 냉장고인 듯싶은 상자 모양의 기계 하나를 빼면 상품다운 상품은 하나도 눈에 띄지 않았다. 구석구석 쌓인 것은 한눈에도 폐품임을 알 수 있는 여러 종류의 전기 제품과 뜯어서 분류해 놓은 듯한 부품 무더기뿐이었다.

그 기계들 대부분에 영어로 된 마크가 찍혀 있는 걸 보자 명훈은 문득 그 점포의 주인도 알 수 있을 것만 같았다. 미군 부대에 있을 때 미군들에게는 이미 더 손대 볼 수 없는 폐품인데도 탐욕스레 그것들을 거둬 가던 이들을 종종 본 까닭이었다. 그러나 그들이 바로 이 땅의 산업사회를 앞당기는 일을 하고 있으며, 방금 눈앞의 두 사람도 바로 그걸 위해 원시적이긴 하지만 가장 확실한 기술 습득을 하고 있다는 것까지는 알아보지 못했다.

"저어…… 실례합니다."

한참을 둘러본 명훈이 조심스레 다가가며 그렇게 소리치자 두 사람이 한꺼번에 고개를 들어 쳐다보았다. 기계를 뜯는 데 너무 열중해 명훈의 존재를 거의 느끼지 못한 눈치였다.

"무슨 일임매?"

명훈이 고객은 아닐 거라는 짐작이 가서인지, 몰두해 있던 일에서 깨난 게 성가셔서인지, 별로 반갑잖은 목소리로 나이 든 쪽이 물었다. 아마도 그쪽이 영희의 고용주일 것이라는 짐작에 명훈은 되도록 공손하게 말했다.

"사람을 찾아왔습니다. 이영희라는 여학생인데…… 여기서 일한다고 해서……."

그러자 이번에는 젊은 쪽이 물었다.

"무슨 일로 찾아왔소?"

어쩐지 경계와 적의 같은 게 느껴지는 눈길이었다. 그 바람에 명훈은 잠깐 그를 눈여겨보았다. 울퉁불퉁한 인상이지만 거칠거나 포악해 뵈지는 않았다. 그런데도 경계와 적의를 내비치는 까닭을 알 수 없어 명훈은 계속해 그를 살피면서 대답했다.

"제 누이동생입니다. 오래 소식이 없어서……."

그 말에 젊은 쪽의 표정이 눈에 띄게 풀어졌다. 단순히 경계와 적의를 거둔 정도가 아니라 갑작스러운 호의까지 드러내는 게 명훈을 그렇게 만나기가 거북하다 못해 차라리 당황스럽다는 표정이었다.

"그렇다면 이명훈 씨……인가요?"

젊은이가 엉거주춤 몸까지 일으키며 알은체를 했다. 나이 든 쪽도 매몰차 보이는 인상에 비해서는 제법 반기는 기색을 드러냈다.

"길타믄(그렇다면) 영희 학생 오라버니 되는구만. 들어오시라요."

그 두 사람의 태도를 보고 명훈은 슬며시 안도감을 느꼈다. 영희가 적어도 그들로부터 미움이나 구박을 받고 있지는 않다는 걸 알게 된 데서 온 안도감이었다.

"철부지를 맡겨 놓고 진작 한번 와서 찾아뵙는다는 것이……."

명훈이 그런 인사치레를 하자 나이 든 쪽이 다시 받았다.

"그게 어드레 쉽갔시오. 같은 서울에 살아도 어려운데……."

그 말로 미루어 영희는 서울에 홀로만인 것처럼 꾸며 댄 모양이었다. 그걸 짐작으로 알아차린 명훈이 다시 의례적인 말을 했다.

"너무 모자란 것이 많은 아이라 심려는 끼쳐 드리지 않는지요?"

"심려는 무슨……. 되레 너무 똑똑하다. 일 잘하고 있시요."

나이 든 쪽이 천만에라는 표정으로 그렇게 말했다. 하지만 그의 친절은 그것으로 끝이었다. 영희가 맘에 들기는 해도 그보다 더 중요한 것은 일이라는 듯 명훈에게 의자 하나를 내주며, "여기 앉아 기다리시라요. 곧 올 거니끼." 해 놓고 공연히 머리만 긁적이며 서 있는 젊은이를 몰아세우듯 말했다.

"야, 앉으라야. 마저 해야디. 냉각이야 그렇다 해두 방열(放熱)은 어드러케 되는 거이야?"

그 말로 미루어 아마도 냉장고를 분해하다 일어선 듯했다. 젊은이도 못마땅한 대로 그 일에 다시 끌려 들어가 한동안 명훈은 별 흥미 없는 그들의 작업을 구경하지 않으면 안 되었다.

영희가 돌아온 것은 그로부터 한 반 시간 뒤였다. 냉각장치를 분해하는 그들의 자세가 하도 진지하고 정성에 찬 것이라 명훈은 저도 모르게 구경에 넋을 잃고 있는데, 갑자기 등 뒤에서 영희의 밝고 서글서글한 목소리가 들려왔다.

"아저씨, 받았어요. 받아 냈어요……."

영희가 무언가를 자랑하려다가 힐긋 돌아보는 명훈을 보고 얼굴이 굳어졌다.

두려움과 죄책감 때문인 듯했는데, 그러나 그것도 잠시였다. 금세 반가움과 기쁨으로 눈물을 글썽이며 안길 듯 다가왔다.

"오빠, 오빠 왔구나!"

집을 나가 떠돈 대여섯 달 동안 무던히도 외로움에 시달린 듯했다.

모니카 탓도 있지만 원래 명훈이 영희를 찾아나설 때의 감정은 엄격하고 약간은 비정한 데까지 있는 어떤 것이었다. 그러나 영희가 뜻밖으로 밝고 건강하게 살고 있다는 게 먼저 명훈의 감정을 누그러뜨렸고, 거의 열 달 만에 다시 보는 얼굴이 함부로 집을 나간 누이를 찾아온 오빠로서의 엄격함을 거의 잊어버리게 했다. 그러다가 몇 마디 나누기도 전에 점포에 붙은 골방으로 들어가 교복으로 바꿔 입은 영희가 책가방을 챙겨 들고 나올 때쯤은 나무람은커녕 칭찬하고 격려할 마음까지 일었다.

'너는 참으로 강하고 지혜로운 아이로구나. 출발의 방식은 다소 무리한 데가 있었지만 이제 보니 네게는 그만한 권리가 있었어……'

그 바람에 그들 남매의 만남은 명훈이 예상했던 것보다 훨씬 짧아졌다. 만약 영희가 잘못되어 있으면 밤새워 달래더라도 그녀를 다시 집으로 내려보낸다는 게 집을 나설 때 명훈이 한 결심이었다. 그러나 영희의 등교 시간이 다 된 데다, 그렇게 길게 붙들고 앉아 해야 할 이야기도 없이, 마주 앉은 지 삼십 분을 못 채우고 일어나게 되고 만 것이었다.

"지금이라도 어머니께 글 올리도록 해라. 설령 네가 지금 하고 있는 게 옳다 해도 그런 식으로 집을 나서는 게 아니다. 박 원장을 찾아가지 않았다니 잘했다. 앞으로도 두 번 다시 만날 생각 마라. 아니, 아예 네 기억에서 그 작자를 지워 버려라. 너는 애초에 그런 작자를 만난 적이 없는 것으로, 그리고 마지막으로 모니카도 다시 만나지 마라. 너무 썩어 곁에 있는 딴 사과까지 썩게 만드는 썩은 사과 같은 아이다. 착하냐 아니냐로 그 애를 재지 말고, 그 썩음과 타락으로 그 애를 봐라."

헤어질 무렵에 명훈은 그런 당부를 주었지만, 그것도 그 효과를 믿어서라기보다는 오랜 보호자로서의 의무감 때문이었다.

학교 쪽으로 가는 버스에 영희를 태워 보낸 뒤 혼자 종로통을 걸으니 명훈은 왠지 쓸쓸한 마음이 들었다. 걱정해 오던 영희가 뜻밖으로 잘해 나가고 있는 걸 본 뒤라 오히려 마음이 홀가분해져야 마땅한데 참으로 알 수 없는 일이었다. 아마도 오랜 세월 자신의 보호 아래서 자란 영희가 드디어 혼자 걷기를 시작한 걸 보고 온 데서 비롯된 감정일 터였다.

어느 사이에 그토록 가을이 깊어졌는지 거리에는 제법 낙엽이 날리고 있었다. 거기다가 서편 하늘에 붉게 비친 저녁놀이 거든 탓일까, 명훈의 감정은 차츰 서글픔과 외로움으로 흥건히 젖어 가기 시작했다.

자신의 내면을 분석해 보지 않아서 그렇지, 사실 명훈은 그 얼마 전부터 조금씩 외로움의 병을 앓고 있었다. 가만히 헤아려 보면 그사이 참으로 많은 사람이 그를 떠나갔다. 먼저 어머니와 아이들이 떠나고, 경애가 떠나고, 미군 부대와 더불어 낯익었던 많은 사람이 떠나갔다. 모니카도 떠났고, 배석구가 떠났고, 깡철이와 도치네 패가 떠났으며, 마침내는 김 형과 황도 떠나갔다.

물론 새로이 만나게 된 사람도 적지는 않았다. 대학 생활의 시작과 더불어 유만하를 만나고, 윤광렬과 그의 패거리도 만났다.

공공연하게 호의의 눈길을 할금거리며 불러 주기를 기다리는 같은 과의 여학생도 만났고, 《학원》에 실린 시 한 편을 무슨 대단한 관록으로 여겨 교유를 구하는 문학 지망생도 만났다. 그러나 그들과의 관계는 무언가 억지로 끼워 맞춘 듯 거북살스럽고 어색해, 떠나간 그 어느 누구의 자리도 채워 주지 못했다. 한번은 버스를 타고 동대문을 지나다가 깡철이와 함께 그 주인의 팔을 꺾어 놓은 적이 있는 술집이 저만치 보이자 문득 깡철이가 보고 싶어 눈시울이 화끈한 적도 있었다. 언제나 싸늘한 비웃음으로 자신을 노려보고 있는 듯한 녀석의 불길한 눈길도, 모니카와 뒤엉켜 있던 그 구역질 나고 치 떨리는 광경도, 그때의 불현듯한 그리움을 깨끗이 지워 내지는 못했다.

'아아, 가랑잎처럼 모두 흩어져 가 버렸구나…….'

명훈은 자신도 모르게 어느 영화의 자막에서 본 주인공의 독백을 되뇌며 갈 곳 없는 사람처럼 거리를 따라 걸었다. 실은 마땅히 갈 만한 곳도 없었다. 아직 저물지도 않았는데 자취방으로 돌아가 궁상을 떨고 싶지도 않았고, 그렇다고 딱히 찾아보고 싶은 사람이 있는 것도 아니었다.

우선은 가깝게 지내는 윤광렬이 있지만 술 몇 잔 값으로 명훈에게도 수상쩍기 그지없는 그의 정치철학을 듣는 게 지겨울 뿐만 아니라, 그 시각엔 만나려 한다 해도 연락이 닿을지가 의문이었다. 유만하도 그랬다. 시에 빠졌다기보다는 홀려 있다고 하는 편이 더 정확한 이 시인 지망생은 그 무렵 명훈이 이해할 수도 없는 외국의 시 이론으로 과우들 간의 술자리를 망쳐 대고 있었다. 황은 가정교사로 있던 사업가 집을 나와 버려 찾아보려야 찾아볼 길이 없었고, 그 밖에 다른 사람들은 명훈 쪽에서 만나 볼 마음이 내키지 않았다.

'차라리 모니카나 불러내 술이나 퍼마시고 개처럼 어울려 볼까…….'

마침내는 그런 비뚤어진 생각까지 해 보던 명훈이 화신 앞에 이르렀을 때는 거리가 퇴근 인파로 제법 붐비기 시작할 무렵이었다.

"오라이 —."

버스 벽을 주먹으로 탕탕 치며 그렇게 외치는 여차장의 앳된 목소리에 퍼뜩 정신이 든 명훈은 무심코 이제 막 떠나려는 그 버스에 눈길을 주었다. 그런데 그 눈길이 버스 앞문을 지나 첫 번째 차창에 이르렀을 때였다. 무슨 강한 예감처럼 명훈의 의식을 파고드는 여자의 뒷모습이 하나 있었다.

'경애다…….'

그런 느낌이 드는 것과 동시에 몸을 날린 명훈은 미처 덜 닫힌 버스 뒷문에 매달렸다. 막 차 문을 닫으려는데 뛰어든 명훈에게 놀란 남자 차장이 험한 눈길을 보내며 무어라고 쏘아붙였으나 명훈의 귀에는 전혀 들어오지 않았다.

잡히는 대로 백 환짜리 한 장을 차장에게 던져 준 명훈은 미친 사람처럼 사람들을 헤집고 앞문 쪽으로 나아갔다. 발을 밟힌 아가씨 하나가 비명을 지르고 심하게 떠밀린 중년이 호통에 가까운 불평을 했지만 이번에도 명훈의 귀에는 들어오지 않았다.

틀림없이 경애였다. 두어 발짝 떨어진 곳에서 경애임을 확인하자 명훈은 갑자기 온몸에서 힘이 쭉 빠졌다. 그토록 애타게 찾았던 그녀가 거기 앉아 있다는 게 도무지 실감 나지 않았다. 그 바람에 명훈은 거기서 멈칫 굳어진 채 한참이나 그녀를 살폈다.

명훈의 두 눈에서 쏘아져 간 예사 아닌 빛 때문이었을까. 그때까지 무언가 골똘한 생각에 잠겨 운전석 쪽으로 눈길을 돌리고 있던 그녀도 이내 명훈이 다가온 걸 알아차렸다. 일순 얼굴이 묘하게 굳어지는가 싶더니 이어 잔잔한 미소가 떠올랐다.

"이번에는 네가 먼저였군."

경애가 먼저 그렇게 입을 열었다. 그 말뜻은 알아듣지 못했지만, 그녀가 무언가 말했다는 게 순간적으로 막혀 있던 명훈의 말문을 열리게 했다.

"경애, 너야? 너 맞아?"

그 소리가 어찌나 컸던지 부근에 있던 승객들이 모조리 호기심 어린 눈길을 그들에게 보냈다. 경애가 민망했던지 살짝 얼굴을 붉히며 나무람 섞어 대답했다.

"틀림없어. 하지만 목소리는 낮춰."

그래도 명훈의 귀에는 그 말이 들어오지 않았다. 여전히 자기 감정을 이기지 못해 큰 소리로 되풀이 물을 뿐이었다.

"경애 너란 말이지? 네가 정말로 이 서울에 남아 있었단 말이지?"

"목소리 낮추라니까!"

경애가 이번에는 쏘아붙이듯 말하더니 발딱 몸을 일으켰다.

"안 되겠어. 여기서 내려."

그러고는 마침 선 버스 승강구로 먼저 내려갔다. 명훈이 기계적으로 따라 내려 보니 세종로였다. 거리의 서늘한 바람에 비로소 자신이 경애를 만났다는 게 조금씩 실감 나기 시작했지만, 아직도 감정이 제대로 추슬러지지 않아 그냥 머뭇거리기만 하는데 경애가 한곳을 턱짓하며 나직이 말했다.

"저리로 가. 저기 가서 얘기해."

그녀가 가리킨 곳은 '진주탑'이란 다방이었다.

명훈이 자신의 감정과 언어를 여느 때처럼 제대로 다룰 수 있게 된 것은 그 다방 안에 자리를 잡고도 한참 뒤였다. 조금 전 버스 안에서 흘려들었던 그녀의 첫마디가 뒤늦게 떠올라 명훈은 그것부터 물었다.

"이번에는 네가 먼저……라니, 그게 무슨 소리야?"

"그 뒤에 두 번쯤, 너를 본 적이 있지. 흑석동하고 서대문 가는 전차 안에서……."

경애가 애매한 미소를 지으며 그렇게 대답했다.

"뭐야? 나를 보고도 그냥 지나갔단 말이지? 나를 보고도."

"멀찌감치서 피했지."

"왜?"

명훈은 그렇게 물으려다 갑작스레 힘이 빠져 입을 다물었다. 그제야 경애가 벌써 오래전에 자신으로부터 떠나간 사람임을 괴롭게 상기한 까닭이었다. 하지만 그 무력감은 쓰라린 대로 명훈의 앞뒤 없는 들뜸을 가라앉히는 데는 크게 도움이 되었다. 명훈은 그녀를 만나고 처음으로 냉정을 되찾아 그녀의 얼굴에만 모아져 있던 자신의 눈길을 몸 전체로 돌렸다. 비로소 그녀가 환상의 얼굴이 아니라 한 실제의 인간으로 비쳤다.

경애는 많이 변해 있었다. 검은 스커트와 흰 블라우스에 수수한 바바리코트를 걸친 그녀에게서는 손에 들고 있는 책이 아니라도 여대생 티가 물씬 났다.

1년 전만 해도 미군 부대 하우스 걸로 미군 장교들의 침대 시트나 개고 있었다고는 누구도 상상할 수 없을 만큼 달라진 모습이요, 분위기였다. 그런 그녀의 알몸을 싸구려 여관방에서 안아 본 적이 있다는 기억 자체가 못 미더워지며 갑작스러운 서먹함에 명훈은 잠시 말문이 막혔다.

경애는 명훈의 그런 눈길을 악의 어린 탐색으로 이해한 것 같았다. 한동안 말없이 명훈의 눈길을 받고 있다가 갑자기 비꼼 섞어 물었다.

"내게서 뭘 찾고 있는 거야? 버터워스의 흔적?"

그 말에 그때껏 깜박 잊고 있었던 버터워스 소령의 표정 없는 얼굴이 불쑥 떠오르고, 이어서 수없는 밤을 명정(酩酊)에 젖게 한 질투의 염염한 불길이 서서히 가슴속에서 되살아나기 시작했다.

"그래, 눈알도 파래지지 않고 머리칼도 아직 검은 게 어째 믿어지지 않는군."

비틀어진 웃음과 함께 명훈이 마치 준비하고 있었던 것처럼이나 그렇게 받았다. 경애의 눈길에 새파란 불꽃 같은 게 반짝하더니 이내 스러졌다.

"그래, 네 말처럼 그렇게는 아니지만 그의 흔적은 있지? 이거."

너와 싸우고 싶지 않다는 말을 가벼운 웃음으로 대신하며 왼손을 내밀었다. 에메랄드인 듯싶은 팥알만 한 녹색 보석이 박힌 반지 하나가 약지에 끼워져 있었다.

"약혼반지야. 9월에 약혼했어. 결혼은 졸업 뒤에 하기로 하고……."

"토민(土民) 처녀와 결혼하는 주둔군 사관(士官)치고는 꽤나 격식을 차리는 편이군."

"대로마제국 천부장의 자존심이지. 그는 토민 처녀와 결혼하는 게 아니고 헤롯 대왕의 딸쯤과 결혼하려는 거야. 요즘 대학에서의 공부보다 내가 더 많은 시간을 들이는 게 뭔지 한번 볼래?"

경애는 명훈의 악의쯤 무시하기로 작정한 듯 책과 함께 들고 있던 꾸러미 하나를 풀었다. 작은 발 같은 것에 말아 둔 크고 작은 붓이었다. 깨끗이 빨려 있기는 했지만 아직도 물기가 남아 있었다.

"그의 성화로 서예와 문인화를 배우고 있지. 내 성이 경주 김(金)가인 것을 가지고 한국에서 가장 오래된 왕족 가문의 숙녀로 본국의 친척들에게 나를 소개했거든. 어쩌면 결혼해서 그리로 갈 때는 궁중 예복을 한 벌 해 입고 가야 될지도 모르겠어."

"그거 혹시 네 머릿속에서 나온 거 아냐? 비뚤어진 신데렐라의 꿈……."

이번에도 경애는 명훈의 악의를 탄하지 않았다. 오히려 가벼운 한숨까지 내쉬며 고개를 끄덕이는 것이었다.

"그럴지도 모르지……. 나도 최소한 한 줌의 달러에 팔려 온 위안부 출신의 신부로는 오해받고 싶지 않거든."

"하기야 그가 준 달러로 울긋불긋한 옷이나 해 입고 화장품이나 사 대는 것과 대학 배지를 달고 서화를 배우는 것은 아무래도 좀 다르겠지."

그러자 경애가 한동안 말없이 명훈을 건너보았다. 예전의 오만하고 곧잘 경멸에 차던 그 눈길은 아니었다. 오히려 달래는 것 같기도 하고 호소하는 것 같기도 한 조용하고 정감 어린 눈길이었다.

"물론 날 많이 원망했겠지……."

"아냐, 좀 비웃었을 뿐이야."

"어쨌든 좋아. 이제 그 얘기는 그만해. 벌써 1년 반 전의 일이야."

경애는 그 말과 함께 쓸쓸하기 그지없는 미소를 지어 보이더니 문득 말머리를 돌렸다.

"그래, 그동안 넌 어땠어?"

이상하게도 명훈의 가슴속에서 이글거리는 악의를 단숨에 가라앉게 하는 어조였다. 그 바람에 혀 밑까지 차오른 악의를 주체하지 못해 명훈이 잠시 대꾸를 못 하는데 경애가 다시 물었다.

"너도 다행히 대학은 간 것 같은데, 대학 생활이 어때? 우리 아도니스를 안아 줄 비너스는 아직 나타나지 않은 거야?"

"그만해."

비로소 할 말을 찾은 명훈이 차갑게 그녀의 말을 제지했다. 그리고 가슴속에서는 이미 스러져 가는 악의를 짐짓 되살리려 애쓰며 쏘아붙였다.

"너무 태연하면 뻔뻔스러운 것으로 보이기도 하지. 이렇게 만난 걸 조금은 감격스러워하고 당황해도 좋지 않아?"

하지만 경애는 조금도 저항의 기색을 보이지 않았다. 약간 어깨까지 움츠리며 나직이 말했다.

"그렇게 보였다면 미안해. 그렇지만 일부러 꾸민 건 아니야. 너에 대한 내 감정을 그대로 이야기했을 뿐이야."

다시 까닭 모르게 명훈을 맥 빠지게 하는 소리였다. 그러나 잦아든 것은 적의와 복수심 같은 격렬한 감정이었을 뿐 그녀를 향한 애증 그 자체는 아니었다. 아마도 명훈이 술집으로 자리를 옮기자고 제안하게 된 것은 적의와 복수심의 빈자리를 슬금슬금 메워 들기 시작하는 알 수 없는 비감과 미련이었다.

그리고 그 같은 감정 전환의 밑바닥에는 영희를 만나고 돌아오던 때의 외로움과 서글픔이 짙게 깔려 있었다.

"좋아, 하지만 나는 마시지 않겠어. 나는 아메리카 제국에서도 유서 깊은 동부 출신의 고급 사관과 약혼한 이 땅에서 가장 오래된 왕족 가문의 규수니까."

때로 어떤 종류의 동요와 혼란은 오히려 술로 가라앉기도 한다. 그날 명훈이 그 다방에서 겪은 것도 그런 동요와 혼란이었던 듯 술이 오르면서 감정이 정리되고 이야기도 술술 풀려 나왔다. 명훈은 조금도 과장하는 기분 없이 그녀가 떠난 뒤의 공허함과 상실감을 이야기하고, 그녀에게 걸었던 지난날의 꿈들을 늘어놓았다. 하지만 이미 모든 것은 지나간 일. 경애는 시종 그런 눈길로 명훈의 말을 받다가 명훈이 조금이라도 어느 한쪽으로의 감정 과잉을 보이면 이내 새로운 질문의 형태로 말머리를 돌려 버리고는 했다.

갈수록 더해 가는 취기 속에서도 경애의 그 같은 태도는 명훈에게 뚜렷이 느껴졌다. 얼마 되지 않아 명훈의 화제가 데모와 학생운동 쪽으로 열을 뿜게 된 것은 아마도 그 때문이었을 것이다.

그해 4월을 얘기하던 끝에 무심코 걷어 보인 팔뚝의 상처에 그녀가 전에 없는 감동의 표정을 보이자 명훈은 거의 필사적으로 그 화제에 매달렸다.

명훈은 그의 경험과 언어가 터득한 가장 효과적인 방법들을 다 동원해 그 방면으로의 자신을 미화하고 과장했다.

그러다 보니 이상한 내부의 열정이 가세해 나중에는 자신이 그 화제에 매달리게 된 최초의 동기까지 까맣게 잊고 떠들었다. 하지만 그것도 끝까지 성공적이지는 못했다.

"사람들 중에는 이 혁명의 한계를 민주, 그것도 자본주의적 질서가 말하는 민주까지만이라고 하지만 나는 그렇게 보지 않아. 오히려 민주는 이 혁명의 첫 번째 단계일 뿐이고 우리는 다음 단계로 넘어가야 돼. 그것은 민족이고 통일이야. 민족과 통일 앞에서는 민주도 공산도 극복되어야 해. 그런데도 우리 학생운동은 지금껏 방향을 잘못 설정하고 있었어. 애써 획득한 혁명 주체의 자리를 수상쩍기 그지없는 보수 정치인들에게 내주고, 우리는 무슨 계몽 운동이다 무슨 생활 운동이다 하는 조연(助演)의 자리로 물러나 버린 것이지. 반성이 있어야 돼. 새로 시작해야 한다고……."

명훈이 여기저기서 주워들은 것들 중에 — 특히 황과 김 형의 논쟁에서 들은 게 많지만 — 멋있어 보이는 것들로만 연결해 그렇게 실감도 안 나고 자신도 없는 소리를 떠들었을 때였다. 그때껏 가만히 듣고만 있던 경애가 혼잣말처럼 중얼거렸다.

"그렇다면 그게 그 소리였나……."

"뭐?"

명훈은 취한 중에도 그녀가 오랜만에 반응을 보인 게 반가워 그렇게 그녀를 자신의 화제 속으로 끌어들였다.

"버터워스는 우리의 4·19를 변경에 불어 가는 한 줄기 바람일 뿐이랬어. 그것도 아메리카가 멀리서 은근히 부채질해 준 바람……. 그런데 이 바람의 끝은 좀 묘한 형태일 거라고 했어."

"어떻게?"

"꼭 혁명처럼 불지만 기껏해야 개량으로 주저앉거나 반동의 역풍(逆風)으로 뒤바뀔……. 그때는 무슨 말인지 잘 몰랐는데 — 그 사람 정보(情報) 출신이란 거 알아? 그 출신답게 조금이라도 캐묻는 눈치가 보이면 아내가 될 나까지도 경계하지 — 이제 네 얘기를 들으니 알 듯도 해."

명훈은 전에도 그 비슷한 말을 들어 본 것 같은데도 경애가 뜻하는 바가 얼른 머릿속에 들어오지 않았다. 술기운에 허세까지 섞어 슬며시 경애의 풀이를 유도해 보았다.

"그건 또 무슨 소리야?"

"네가 민족과 통일이라고 하니까 문득 그가 말한 반동의 역풍이란 게 무엇인가 짐작이 갔어. 그래, 그 역풍은 무엇이든 날려 버릴 수 있을 거야."

그제야 명훈은 그녀가 무슨 소리를 하고 있는지 알 것 같았다. 취한 머릿속으로 김 형의 깐죽한 목소리가 울려오고, 이어 그것에 반박하던 황의 고함이 왕왕거렸다.

"그러니까 민주까지만 가고 민족까지는 가지 마라. 그게 아무리 더디고 불철저하더라도 제도의 개량에 의지하지 체제의 변혁에 기대하지 마라. 두 제국(帝國)의 변경으로 분할되어 대립하고 있는 이 땅에서는……"

"그렇게 거창하게는 아니지만, 어쨌든 아직도 민족과 통일을 말하기에는 거기 상반된 이해관계를 가진 사람들이 이 땅에 너무 많아. 그들의 힘이 너무 커."

"그걸 패배주의라고 하지. 달리는 허무주의라고도 하고……."

명훈은 목소리까지 황을 흉내 내며 그렇게 소리쳤다. 술집이 작아 구석까지 다 들릴 만한 소리였지만, 다른 탁자에 앉은 두어 패의 술꾼도 저마다 무언가를 떠들고 있어 명훈의 말에 귀 기울이는 사람은 없었다. 무엇 때문인지 경애가 갑자기 철없는 동생을 달래는 누이의 말투가 되어 나직이 말했다.

"너 많이 변했구나. 설마 너까지 유사의식에 들떠 어떻게 된 건 아니겠지? 너는 스스로 정치 쪽으로는 원죄가 있다고 하지 않았어?"

"나는 이 피로 내 원죄를 씻었어!"

명훈은 불빛에 번질거리는 흉터가 드러나는 팔을 높이 쳐들며 소리쳤다. 그래 놓고 나니 정말로 자신이 가야 할 길이 환히 보이는 듯했다. 거기다가 술이 거들어 갑자기 알 수 없는 열정에 들뜬 명훈은 이제 아무런 논리도 이념도 없는 자신의 포부를 한동안 떠들어 댔다. 김 형과 황의 기억이 거덜 나 주로 배석구와 윤광렬의 기억에 의지한 허풍이었다.

그사이 두 주전자나 비운 막걸리만 아니었더라도 명훈은 갈수록 감동을 잃어 가는 경애의 얼굴을 알아보았을 것이다. 그러나 술 못지않게 턱없는 자기도취에 빠져들고 있던 그는 그런 그녀의 변화를 조금도 알아차리지 못했다. 오히려 차츰 그녀에게로 방향을 바꾸어 번져 가는 엉뚱한 음모와 야심으로 가슴까지 두근거리고 있었다.

'이제 다시는 널 놓아 보내지 않겠다. 어쨌든 너는 내게 정복된 여자, 나는 내 기득권을 결코 포기하지 않겠다. 만약 거절한다면 힘으로 찍어 누르더라도 네가 내 여자임을 다시 한 번 확인시켜 주겠다. 그래서 함께 진창을 구르든 벼랑에서 떨어지든 남은 이 삶은 너와 함께하겠다…….'

그리고 그 실천의 한 단계로 화제를 다시 그들만의 추억으로 돌려 감상적으로 회상하기 시작했을 때였다.

"아줌마, 여기 화장실 어디 있죠?"

경애가 마침 술상 곁을 지나가는 주인아주머니에게 그렇게 소곤거리며 묻더니 살그머니 일어나 밖으로 나갔다. 가지고 있던 책과 붓 싸개를 두고 일어난 것이라 명훈은 별 의심 없이 그녀를 보냈다.

경애는 그 길로 다시 돌아오지 않았다. 그리고 그게 그들에게는 이 세상에서의 마지막 이별이었다. 그로부터 10년쯤 뒤 명훈의 아우 인철은 온전히 아메리카인이 되어 고국에 들른 경애를 만나게 되지만 끝내 명훈과 만나게 해 줄 수는 없었고, 다시 10년 뒤 과부가 된 경애가 이따금 고국을 찾게 되었을 때는 이미 명훈도 이 세상 사람이 아니었다.

명훈이 경애로부터 전해 받은 마지막 의사 표시는 그녀가 나간 지 삼십 분쯤 되어 어떤 껌팔이 소녀가 가져온 쪽지 한 장이었다. 그렇게 나간 사람답지 않게 또박또박 쓴 그 쪽지에는 이런 내용이 담겨 있었다.

명훈. 이렇게 그 자리를 떠나오지 않을 수 없었던 나를 이해해 줘. 우리 사이에 있었던 일은 이미 돌이킬 수 없는 과거일 뿐이라는 것도. 그리하여 — 우리가 다시 이 거리에서 마주치더라도 서로 외면할 수 있는 용기를 가지기를. 다시 한 번, 이제 우리가 만나서 함께할 수 있는 일은 아무것도 없어. 그럼 안녕, 이제야말로 영원히 안녕.

로마 천부장(千夫長)의 정혼자.

저류(底流)

"야, 너 정말 와 이러네? 어서 못 일어나간?"

셈이 질겨 '고래 심줄'이라는 별명이 있다는 장 사장도 며칠 시달린 끝이라선지 마침내 못 참겠다는 듯 목청을 높였다. 영희는 짐짓 몸을 조그맣게 움츠리며 이럴 때 최상의 무기가 되는 눈물을 가만히 준비했다. 어쨌든 그를 성나게 했으니 목적의 절반은 이룬 셈이었다.

"광도(光道) 그 새끼가 시키데? 더런 새끼. 건 그렇고 도대체 넌 뭐이가? 학생이라더니, 술집 다방 안 가리고 따라붙는 게 영 아이(아니)다이. 어째 그리 사업하는 사람 여럿 앞에서 창피 주고 그러네?"

"그러니까 돈만 주시면 되잖아요? 전 오늘 그걸 받아야 월사금을 낸단 말예요. 제 월급이…… 이리로 밀렸단 말예요."

영희가 일부러 말끝에 울먹임을 섞었다. 시장 바닥에서 오래 굴러서 그런지 사장은 그만한 연기에는 눈썹 하나 까딱 않았다.

"그건 또 무슨 개 같은 수작이가? 천하의 홍광도가 급사 아이 월급 몇 푼 못 줘 내 돈 받아 월사금 내라 했단 말이디? 앙큼 떨디 말라우. 나도 다 들은 게 있디. 그 간나 새끼가 무슨 수작을 부리고 있는디…… 못된 에미나일 시켜 동업자들에게 어떤 떼거질 쓰고 있는디 말이야."

아무래도 이대로는 안 되겠다. 그렇게 생각한 영희가 그새 제법 뜻대로 할 수 있게 된 눈물을 쏟으며 따지고 들었다.

"아저씨, 정말 말씀 다하셨어요? 아저씨는 저 같은 딸 없으세요? 에미나이가 뭐예요? 에미나이가. 그리고 떼거지라니, 빌려 준 돈 외상값 받는 게 떼거지는 무슨 떼거지예요? 아저씨, 너무 그러시는 거 아녜요. 남의 집에서 심부름하는 계집아이라고 그렇게 막 보는 게 아니라고요. 고학생이 월사금을 동냥하러 와도 이래서는 안 돼요. 그런데 받을 거 받으러 온 사람을……."

다방 안의 사람들이 다 돌아볼 만큼 높고 떨리는 목소리였다. 그 격렬한 반격에 어지간한 장 사장도 당황한 기색을 드러냈다.

"햐, 이거 정말 못 당하겠구만……"

남이 들으란 듯하는 큰 중얼거림과 겸연쩍은 웃음도 한순간이고, 마음속의 분노를 이길 수 없는지, 벌떡 몸을 일으켰다.

"좋아, 오늘 내가 가디. 홍광도 그 새끼보고 어디 나가지 말고 있으라고 그래. 이 종간나 새끼. 같은 삼팔따라지 신세에 이렇게 막보고 나온다면 나도 생각이 있다 이기야."

"그걸 어떻게 믿어요? 아저씨가 약속 어긴 게 어디 한두 번이에요? 까짓 1만 3천 환, 이웃 가게서 빌려도 어렵잖을 분이……."

영희가 이번에는 그의 말을 믿어도 될 것 같다는 생각을 하면서도 한 번 더 그렇게 옥죄었다. 장 사장이 다시 불끈하며 금세 뺨이라도 후려칠 듯 눈을 부라리다가 애써 화를 억누르고 말했다.

"이거 여럿 앞에서 사람을 아주 뒥여(죽여) 놓는구만. 그럼 함께 가자우, 지금 당장."

그가 씩씩대며 앞장을 서는 걸 보고, 영희는 속으로 쾌재를 부르면서도 겉으로는 한껏 겁먹은 얼굴로 뒤를 따랐다.

점포로 돌아가니 마침 주인아저씨는 없고, 정섭이만 또 무언가 기계 하나를 뜯어 점포 바닥 가득 벌여 놓고 있었다.

"광도 이 새끼 어디 갔어? 광도 이 새끼 나와!"

저만치 점포가 보이는 곳부터 그렇게 씨근대며 달려간 장 사장이 그런 정섭의 등허리에다 냅다 고함을 질렀다.

"야, 늬 아부지 어디 갔어?"

"아, 아저씨 오셨어요? 아버지요? 아까 저쪽 순댓국집에 점심 잡수러 가셨는데……."

기계에 정신이 팔려 있던 정섭이 얼떨떨한 눈길로 장 사장을 보며 그렇게 대답했다.

"어디야? 저기 저 집?"

장 사장이 턱짓으로 멀지 않은 순댓국집을 가리키더니 대답도 듣지 않고 그리로 우르르 달려갔다.

"영희 씨, 저 아저씨, 왜 저러시죠?"

장 사장의 뒷모습을 쫓던 정섭이 알 수 없다는 눈길로 영희를 보며 물었다. 영희가 비로소 가벼운 웃음을 보이며 대답했다.

"하도 질기길래 약을 좀 올려 줬어요. 은근히 그 집 마담을 맘에 두고 드나드는 다방까지 따라가 떼를 썼거든요. 이제 화를 냈으니까 돈 곧 갚을 거예요. 돈 있으면서 안 내놓는 저런 사람, 한번 속이 뒤집혀 봐야 돼요."

"그렇지만 좀 심한 게 아닌지…… 몹시 성나 있던데. 그분 말입니다. 흥남 부두에서 우리와 같이 배를 타고 월남한 분이라고요. 거래는 좀 질기지만 아직 떼먹은 적은 없고……."

"거래가 좀 질기다고요? 아니 물건이고 돈이고 한번 갔다 하면 빨라야 반년 결제니…… 그리고 요즘 이자가 얼만지 알아요? 한 달에 7부라고요, 7부. 그것도 급전이면 1할이 넘고, 달러 빚은 2할 가까운 것도 있다고요. 한번 계산해 봐요. 7부로 쳐도 여섯 달이면 4할 2부, 원금의 절반이 날아가는 거예요. 장 사장이 가져간 만 3천 환, 벌써 6천 환은 죽은 거라고요."

"그래도 어떡합니까? 아버지 친군데……."

그 말에 영희는 은근히 부아가 났다. 남은 자기들을 위해 들을 소리 안 들을 소리 가리잖고 들어 가며 겨우 돈을 받게 만들어 놨는데, 정작 정섭은 그걸 나무라듯 하고 있는 때문이었다.

"이게 무슨 소리예요? 그럼 내가 무슨 잘못이라도 했다는 거예요?"

"그건 아니지만……."

영희가 화난 눈치를 알자 정섭이 드러나게 허둥댔다. 영희는 더욱 기가 살아 그를 몰아붙였다.

"이봐요, 정섭 씨. 아무리 주인댁 아드님이시지만 맺고 끊는 건 좀 분명히 하라고요. 더구나 사장님은 아침에 틀림없이 장 사장 돈 빨리 받아 내라고 하셨다고요."

"……."

"그러니까 노상 아버지한테 욕이나 얻어먹지. 그렇게 물렁해 가지고 이 가게 제대로 이어받겠어요?"

그러자 정섭이도 화가 나는 모양이었다. 갑자기 굳어진 얼굴로 퉁명스레 받았다.

"말 함부로 하지 마쇼. 아버지 신임을 받는 줄은 알지만 여자가 너무 드센 것도 그리 보기 좋은 건 아뇨."

그러고는 뜯고 있던 기계에 달라붙었다. 그새 는 안목으로 살펴보니 냉방기 종류인 듯했다. 영희는 그가 벌써부터 작은주인 행세를 하려는 게 아니꼬워 한바탕 퍼부으려다 그만두었다. 그는 어떤 면에서는 평범에도 못 미쳤지만 한번 기계에 열중하면 이상하게도 무슨 위엄 같은 게 그 주위에 서려 함부로 다루기 어려웠다.

홍 사장은 그로부터 한 시간 뒤쯤 가게로 돌아왔다. 언제나 무표정하게 굳어 있던 그의 얼굴이 그날따라 어둡게 찌푸려져 있는 것 같아 공연히 불안했다. 그가 돌아오는 기척에 정섭이 기계에서 눈길을 떼며 물었다.

"아버지, 곽산 아저씨 만났어요?"

"만났다."

그렇게 대답하는 그의 숨결에 제법 짙은 술 냄새가 배어 있었다. 그 술이 장 사장의 분노와 연관이 있을지도 모른다는 생각이 들며 영희의 불안은 한층 커졌다. 그러나 그런 불안도 잠시, 곧 영희의 거센 성격이 반발을 시작했다.

'누가 시키지 않은 일을 했나, 뭐. 남은 애써 받아 내려 했는데, 야단만 쳤단 봐라…….'

영희가 그렇게 마음을 다잡아 먹고 오히려 건드려 주기를 기다리고 있는데 홍 사장이 영희 쪽으로 고개를 돌렸다.

"넌 왜 시키잖은 짓을 하고 그러네?"

"네에?"

"저것 말이야. 저거 얼마에 받았어?"

그제야 영희는 그가 장 사장 얘기를 하는 게 아님을 깨닫고 손가락질하는 곳을 보았다. 전날 오후에 잡아 둔 무슨 모터 같은 기계였다. 천 환을 요구하길래 제 딴에는 잘한다고 5백 환으로 깎아 맡아 둔 것이었다. 스스로 잘한다고 생각한 것은 먼저 그걸 가져온 사람의 차림이나 거동에서 어딘가 정상적인 거래를 하러 온 것 같지 않다는 느낌이 든 까닭이었다. 정상적인 거래가 아니라면 값은 쌀 터, 그나마 약간의 실랑이 끝에 5백 환으로 깎아 사게 되자 영희는 은근히 자신의 장사 수완에 자부심까지 느꼈다. 거기다가 가져온 물건이 전기 제품이라는 것도 영희를 안심시켰다. 홍 사장은 전기 제품이라면 중고품이고 폐품이고를 가리지 않고 받아들였을 뿐만 아니라, 어떤 때는 벌건 녹을 뒤집어쓴 삭아 빠진 기계도 몇천 환씩 내놓았다.

고작 나무라려는 것이 그 기계라면 더욱 자신 있다는 기분으로 영희가 대답했다.

"5백 환요. 왜, 너무 비싸게 샀어요?"

"비싸고 싸고가 문제가 아니야. 너 출처가 어딘지 알아봤어?"

"그런 걸 뭣 땜에 물어봐요? 값만 맞으면 사는 거지."

"그러니까 돼먹잖은 거다. 내가 언제 너보고 장물까지 받으라 그랬네? 이 장사 이거 장물 받기 시작하면 끝장이란 거 몰라?"

"장물이 어디 장물이라고 씌어 있나요? 경찰도 아니면서 어떻게 일일이 그런 걸 조사해 보고 받아요?"

영희가 기어이 제 성질을 못 이겨 목소리에 날을 세웠다. 홍 사장의 짙은 눈썹이 움찔하며 이마에 골 깊은 주름이 팼다가 천천히 풀어졌다.

"너 여기서 벌써 네댓 달 됐는데 아직 고철값도 모르네? 저건 고철값만 해도 5백 환은 되잖갔어?"

"그래서 제가 물어보지도 않고 받아 둔 거 아녜요? 이익이 많이 남겠다 싶어."

그렇게 대꾸해 놓고 나니 영희는 더욱 화가 났다. 장 사장 일도 그렇지만 그 기계도 제 딴에는 잘한다고 했는데 욕만 먹는 게 참을 수 없어 쏘아붙이듯 덧붙였다.

"좋아요. 이건 제가 책임지죠. 그 돈 5백 환 제가 물어내면 되죠 뭐. 물건은 장물이라니까 아무 데나 버리면 되고……."

"돈 때문에 그러는 게 아니야!"

드디어 홍 사장도 목소리를 높였다.

"에미나이가 어째 그리 버르장머리가 없네? 주인과 고용인이 아니라도, 나이 든 사람 말끝에 이럴 수 있는 거이야?"

갑자기 서북 사투리가 심해지는 게 홍 사장도 화가 단단히 난 듯했다. 영희의 억센 성격은 그럴수록 강하게 반발했다.

'이거 정말 못 참겠어. 오늘 한바탕 하고 여기서 보따리 싸 버릴까? 도대체 내가 잘못한 게 뭐 있어? 장물, 장물 하지만 자기도 이따금씩 수상쩍은 물건들을 받지 않았는가 말이야. 장 사장 일로 비틀어진 모양이지만 것도 그래. 자기가 싸워 가며 받아 내지 못할 거 같아 내가 나선 거 아냐? 나는 자기들을 위해 한다고 했는데…….'

아마 1년 반 전만 해도 영희는 그런 감정을 격한 소리로 퍼부었을 것이다. 그러나 영희는 이미 억세고 거칠기는 해도 순박하기 그지없었던 그때의 영희가 아니었다. 사랑을 알고, 남자를 겪고, 무엇보다 집을 나와 벌써 반년째나 홀로 세파에 부대끼며 사는, 열아홉이 꽉 차 가는 여자였다. 충동적이고 감정에 휘몰린 행동들이 자신에게 준 여러 불리(不利)에 시달려 본 사람답게 무턱대고 반발하는 대신 계산부터 해 보았다.

잠깐 동안의 계산이지만 답은 어쨌든 스스로를 억눌러야 한다는 쪽으로 나왔다. 먼저 아까운 것은 그 일터였다. 월급 5천 환은 대단할 것 없다 쳐도 저녁 다섯 시면 어김없이 등교할 수 있게 해 주는 조건은 흔하지 않았다. 점포 뒤에 딸린 방도 좁은 대로 포기하기 쉽지 않은 그 일터의 이점이었고, 특별히 어렵거나 힘들 것 없는 일도 그런대로 매력이 될 만했다.

그동안 그들과 맺은 인간관계도 영희의 거센 반발을 누르는 데 한몫을 단단히 했다. 얼핏 보면 무뚝뚝하고 인색한 장사치지만 홍 사장은 여러 가지로 영희를 감동시키는 데가 있는 사람이었다. 겉보기보다는 엄청나게 실속 있는 그 점포의 사업 내역, 때로는 답답하게 보일 만큼 끈질긴 기술 습득의 집념, 인색이라기보단 검소와 절약으로 이해해야 하는 편이 옳은 그들 일가의 생활 방식……. 그러나 그 무엇보다 영희를 감동시킨 것은 자신을 보는 그의 눈이었다. 그는 어머니가 그토록 싫어하고 미워하던 그녀의 특성들을 하나같이 좋게만 보아 주었다. 억셈은 꿋꿋함으로, 고집은 심지 깊음으로, 조심성 없음은 활달함으로 쳐서 높이 사고 북돋아 주는 것이었다. 영희가 그토록 열심히 일한 것, 특히 그를 위한 일이라면 궂은 소리 힘든 싸움도 마다하지 않고 기어이 해내고 만 것은 아마도 그런 그의 인정에 대한 보답이었을 것이다.

그의 아들 정섭도 굼뜨고 미련해 보이는 외양과는 달리 가끔씩 영희를 감탄시켰다. 아버지의 살림이 그만한 만큼 당연히 대학 진학을 졸라 댈 만했고, 또 그게 안 되더라도 멋이나 부리고 돈 쓸

궁리나 하기 십상인데, 그는 바보스러울 만큼 충실히 아버지의 뜻을 따랐다. 처음에는 사람이 모자라거나 무슨 정신적인 장애가 있는가 싶었지만, 그게 아니었다. 착하고 순할 뿐, 때로 그의 머리는 비상한 번득임까지 보였다. 그런 데다 영희를 대하는 태도도 은근하기 그지없어 함께 있기가 결코 싫지 않은 사람이었다.

영희는 이런저런 계산 끝에 홍 사장과의 다툼을 쓸데없이 격화시키지 않기로 했다. 하지만 어떻게 그 자리를 수습해야 될지가 당장 막막했다. 쉽기로야 잘못을 빌고 드는 게 있지만, 아직 영희의 성격은 그토록 결이 삭아 있지는 못했다. 또한 얼마 전에 장 사장에게 그랬듯 눈물을 앞세우는 방식도 있었지만, 그걸 다시 쓰는 것도 영희에게 그리 마음 내키지 않았다. 적어도 그들 부자에게까지 거짓 눈물을 쓸 만큼 영악해져 있지는 못했다.

그래서 엉거주춤 서 있는 영희에게 홍 사장의 고함 소리가 한 암시를 주었다

"내래 기래도 널 아주 좋게 봤디. 요새 세상 살아갈라믄 너만큼은 당차고 똑똑해야 된다고 보아서(보았어). 기런데 이거 뭐이야? 오냐, 오냐 하니까 이건 아주 사람을 개지고 놀려고……. 주인도 아래위도 없이……."

"알겠어요. 그런 저를 지금까지 써 주셔서 고맙습니다."

영희는 못 미더운 대로 자신에 대한 그의 애착을 담보 삼아 보기로 하고 침착을 과장한 목소리로 그렇게 말했다.

"뭐이야?"

"절 그렇게 보시는데 어떻게 여기서 더 있을 수 있겠어요? 그만두겠어요."

영희는 스스로도 대견스럽다 싶을 만큼 차분하고 가라앉은 목소리로 대답해 놓고 골방으로 들어갔다. 일부러 소리 내어 옷가지와 책가방을 챙기고 있는데 점포 쪽에서 정말로 화난 홍 사장의 목소리가 들려왔다.

"저, 저눔의 에미나이, 앞뒤가 콱 멕혀 개지구선……. 그래 좋아, 맘대로 하라우!"

그때 정섭이가 나섰다.

"아버지, 진정하세요. 제 딴에는 잘해 본다고 한 건데…… 제가 좋은 말로 타일러 보지요."

그러면서 홍 사장의 옷깃이라도 끄는지 두 사람의 목소리가 조금씩 멀어졌다.

"야, 이거 정말 겁나는구나야, 아무렴 저깐 에미나이 하나 없다고, 이 가게 못 해 먹겠니……."

"글쎄, 고정하시라니까요."

"기래도 길티……."

홍 사장은 정말로 화가 난 듯했지만 그날 일은 결국 영희가 노린 대로 결말을 보았다. 잠시 후 돌아와 어떻게 달래 본답시고 더듬거리는 정섭에게 영희는 마음껏 속풀이까지 하고 학교로 나설 수 있었다.

그날 영희가 학교에서 돌아온 것은 밤 아홉 시가 조금 지났을 때였다. 여상인 데다 졸업 때가 가까워 취업 나간 아이들 자리가 듬성듬성 빠진 학급은 벌써 지난주부터 수업이 제대로 되지 않았다. 차라리 집에서 입시 준비에나 힘을 쏟을까 싶다가도 학교에 안 나가는 게 불안해서 나가 보면 두세 시간 수업이 고작이었다. 그날도 수업은 두 시간뿐이어서 오랜만에 학교에서 만난 모니카와 빵집에서 한 삼십 분 잡담을 하고 왔는데도 그 시간밖에 걸리지 않았다.

습관적으로 점포 문을 점검하고 골방으로 들어가려던 영희는 점포 안에서 새어 나오는 불빛에 섬뜩해 걸음을 멈추었다. 간혹 홍 사장 부자가 남아 야간작업을 하는 수도 있지만, 먼저 떠오른 것은 도둑이었다.

영희는 무턱대고 고함부터 지르려다가 아직 밤이 깊지 않은 데 힘을 얻어 가만히 쪽문을 열어 보았다. 문이 소리 없이 열리며 점포 안이 반쯤 눈에 들어왔다. 점포 바닥에 무언가를 늘어놓고 골똘히 들여다보고 있는 것은 뜻밖에도 홍 사장이었다. 영희는 낮의 일이 생각나지 않은 것은 아니었으나 그보다 앞서는 감정은 알지 못할 반가움이었다.

"사장님이 지금까지 웬일이세요?"

영희는 특별히 계산을 하는 법 없이 제 감정대로 인사를 건넸다. 그런 솔직함이 실은 원래의 영희에 가까웠다. 영희의 목소리가 예상 외로 밝은 것에 어리둥절했는지 홍 사장이 한동안 멀거니 영희를 돌아보다가 역시 아무 일 없었던 사람처럼 대답했다.

"응, 너를 기다리다가 심심해서……."

그런 그의 목소리에 낮의 술기운이나 흥분의 그늘은 전혀 남아 있지 않았다. 언제나처럼 표정 없고 굳은 얼굴이었다. 그게 더욱 쉽게 낮의 일을 잊게 해 주어 영희는 벌써 별 어색함을 느끼지 않고 그에게로 다가갔다.

"절, 기다리셨다고요?"

"그래, 할 얘기가 좀 있어서. 우선 거기 좀 앉으라야."

영희의 물음에 턱짓으로 손님용 나무 의자를 가리키며 그같이 대답한 그가 이어 무언가를 확인하듯 물었다.

"그런데 말이야, 너 정말 아무렇지도 않네?"

"뭘요?"

영희가 짐짓 못 알아들은 척 되물었다.

"그런 점을 좋아하디만, 아무래도 믿기지 않는데. 정말 잊어버려서?"

"아, 낮에 그 일요? 죄송해요."

영희가 그제야 알겠다는 듯 그렇게 가볍게 받았다. 그가 잠깐 무언가를 생각하는 표정이더니 특별히 꾸미는 기색 없이 말했다.

"미안한 건 되레 나다. 실은 너한테 화를 낼 일이 아니었어야."

"아녜요. 제가 아마 너무 눈치 없이 굴었던 것 같아요."

영희가 시원스레 대답하자 다시 한동안 말이 없던 그가 천천히 입을 열었다.

"솔직히 걱정했디. 나는 말이야 널 보내고 싶디 않아야."

"……"

"셈이 빠르고, 지기 싫어하고, 마음먹으면 무어든 해치우는 힘도 있고, 그러면서도 여자다. 그게 우리한테는 필요해. 욕심대로라면 한 식구가 돼서……"

한 식구란 말에 담길 수 있는 뜻이 두 볼을 화끈하게 했으나 영희는 굳이 못 느낀 척 그의 다음 얘기를 기다렸다. 그도 그걸 알아차린 듯 얼른 말을 돌렸다.

"한 식구가 된다는 게 뭐 꼭 딴 뜻이 있는 건 아니고…… 너 우리하고 오래 함께 일해 보지 않겠니? 지금 이 일 말고 새로 시작할 일……"

"그게 뭔데요?"

"기렇디, 것부터 얘기해야겠지만. 하지만 그전에 먼저 묻고 싶은 게 있는데…… 너…… 이 가게 어떻게 생각하니?"

"겉보기보다 아주 실속 있는 장사죠."

"나하고 정섭이는 어떻게 보네?"

"부지런하고 성실한 분들이죠. 검소하고."

영희는 조금도 아첨하는 기분 없이 평소의 생각대로 대답했다. 그의 얼굴이 드러나게 펴지며 눈에 갑작스레 생기가 돌았다. 이제 얘기할 기분이 난다는 표정이었다.

"잘 봐주니 고맙다야. 그럼 우리가 앞으로 어떻게 될 것 같니?"

"뭐, 돈 많이 벌어 잘사시겠죠."

"계속 이 장사로다가?"

"점포도 늘리고 다른 가게도 내고…… 시골에 논밭을 많이 사기도 하고……."

그러자 그가 희미하게 웃었다. 희미하면서도 이상하게 야심과 자만을 느끼게 하는 웃음이었다.

"기건 틀렸어야. 우릴 너무 작게 보았디. 우리 꿈은 그보다 훨씬 커."

"그게 뭔데요?"

영희는 정말로 호기심이 일어 물었다. 그때부터 대답하는 그의 눈에서 이상한 빛이 뿜어져 나오기 시작했다.

"장사, 그거 물론 잘하면 얼마큼은 벌겠디. 길티만 닥쳐올 세상에서 큰돈은 못 만들어. 나는 또 알디. 논밭 마지기나 고깃배·어장으로 큰 부자 행세하는 시대는 지나갔다는 걸. 광산이니 뭐니도 금 노다지가 펑펑 쏟아지지 않은 담에야 한물갔디. 닥쳐올 세상은 공장만이 진짜 큰 부자를 만들어 낼 수 있을 거이야. 값싸고 좋은 물건을 강물처럼 쏟아 내는 공장……. 하기야 지금도 그 비슷하게 보이는 공장과 돈쟁이들은 있디. 방직공장, 설탕 공장, 밀가루 공장…… 겉보기엔 그럴듯해 뵈디. 길티만 기건 아니야. 좀 통 큰 장사치, 아니 질 나쁜 노름꾼들일 뿐이야. 장사해 번 돈 와이로(뇌물)로 써서 원조 들어온 원면(原綿), 원당(原糖), 통밀 많이 빼돌리는 놈이 이기는 노름판이라고. 자본도 기술도 원료도 정치에 목을 매고 있고, 생산이란 것도 따지고 보면 가공에 지나지 않아. 그걸 혼자 차고 앉았거나 몇몇이 갈라 먹기로 나눠 개지고 꿈짝없는 시장에 별 경쟁 없이 펴 앵기는 거디. 것도 두 배 세 배 장사로다가……."

요컨대 그가 말하고 있는 것은 상업자본을 산업자본으로 전환하는 것이었고, 꿈꾸고 있는 것은 진정한 산업사회였으며, 비판하고 있는 것은 관료 매판형 자본주의와 독과점 체제였다. 그러나 듣고 있는 영희는 물론 말하는 그 자신도 그런 것을 뚜렷이 의식하지는 못했다. 그가 의지하고 있는 것은 앞서 가는 상인의 감각뿐이듯이, 영희도 소박한 당시의 상식으로만 그의 말을 받아들이고 있었다.

"그렇지만 사업이란 게 원래 그런 거 아녜요? 국회의원 장관과 교제도 하고, 와이로도 쓰고……."

"아니디. 기래서는 안 되디. 국회의원, 장관은 갈리고 정권도 바뀌지만 기업은 기렇게 갈리고 바뀌는 게 아니잖네? 기런데 정치에 목을 매 어떡하갔어? 사업가가 무슨 기생이간? 양갈보간? 사업하는 놈뿐 아니라 나라 경제를 위해서도 기래서는 안 되는 거이야. 생각해 보라우. 정권 바뀌고 장관 갈린다고 기업이 망했다 흥했다 해서야 쓰가서? 기업이 누구 혼자서 하는 거이야? 그 밑에서 밥 빌어먹는 숱한 일꾼. 거기서 나온 물건 사다 쓰는 일반 국민은 어쩌가서? 기업하는 놈은 말할 것도 없고……."

그가 열 올려 나무라는 것은 이른바 정경유착쯤 될 것이었다. 그러나 상식에 절여져 있는 영희에게는 도무지 모를 소리였다. 잘은 모르지만, 도대체 정치에 줄 안 대고 사업한다는 게 될 일 같지가 않았다. 그게 그를 생각하는 마음과 어울려 제법 걱정에 찬 물음이 되었다.

"그러지 않고 되는 사업도 있을까요? 사장님은 어떻게 하실 작정이세요?"

"그 돼먹잖은 장사치들에게 본때를 봬 주가서. 학생이니까 말해 주는데, 내래 니북에서 내려올 때는 빤스 바람이었지만 그동안 돈 좀 모아서. 발써 부평 쪽에 공장 부지도 마련해 뒀고, 이 장사 한두 해 더 허리띠 졸라매면 제법 버틸 만한 자본도 거머쥐게 되디. 허풍선이로 공연히 공장부터 커다랗게 짓고 나서지 않는다면 말이야."

"사업하는 데는 그것 말고 또 뭣뭣이 더 있어야 한다면서요?"

"기술 말이가? 것도 차근차근 쌓아 나가고 있다. 우리 부자 맨날 고물 기계 뜯어 놓고 뭐 하는지 아니? 뭐 땜에 다된 폐품 사다가 밤낮없이 뜯어내고 있는디 알아? 모두 기술 익히는 거라고. 우리 정섭이 공업학교 보낸 것도 마찬가지디. 난들 왜 귀한 자식 좋은 대학 보내 편한 월급쟁이로 사는 거 보기 싫갔네? 까짓 기술이야 최신 외국 기계 턱 사다 들여놓으면 모든 게 절로 될 것 같디? 길티만 안 그래. 기곌 부리는 건 사람이고, 그러자면 우리가 만들어 내려고 하는 것은 내 몸처럼 알아야 된다고. 기리구 인제 까놓구 얘기지만 이 마당에서 기술하면 우리 부자만큼 되는 놈도 없을걸. 발써 작년부터 양코배기들까지 우리한테 수리를 부탁하니깐……."

“그렇다면 사장님이 세우시려고 하는 것은 냉장고 공장……?”

“그뿐이가? 제빙기, 냉방기…… 좀 거창하게 말하믄 냉동 산업이다. 왜 하필 그거냐고 묻겠지만, 건 또 까닭이 이서(있어). 내가 젊었을 때 원산서 왜놈 얼음 공장을 다닌 적이 있다. 오뉴월 겹옷을 꿰고 일하는 것도 신기했지만, 더 신기한 것은 거의 공짜인 물을 얼려 놓은 게 같은 무게의 곡식이나 물고기보다 더 비싸다는 거여서. 이제 농사짓고 고기 잡아서는 떵떵거리고 살기 틀린 세상이란 걸 어렴풋이나마 알게 된 것은 거기서다. 이런 세상에서 천석꾼 만석꾼은 공장에서만 나올 수 있다는 생각이 들더만. 나는 처음 그 얼음 공장을 포부로 삼고 정말로 열심히 기술을 익혔다. 한때 ‘홍상’이라면 함흥 천지가 다 알아주는 냉동기 기술자여서(였어). 기런데 전쟁이 터지고 어떻게 흘러 흘러 여기까지 오게 되었다. 이 자리에 움막을 얽고 고물상을 시작할 때는 먹고사는 게 당장 발등의 불이어서. 하지만 쌩팔년(단기 4288년: 1955년)을 전후해 좀 먹고살 만해지자 다시 그눔의 얼음 공장이 떠오르더만. 그때 때맞춰 거래를 튼 게 미군 부대 폐품 취급하는 패거리였다. 나는 선풍기서부터 냉방기까지 그 방면의 기계는 폐품 중고 가리잖고 사들여서. 그러다 보니 얼음 공장은 그 얼음을 얼리는 기계 자체를 만드는 공장으로 바뀌고 말았다.”

얘기에 회상이 끼어들어 그런지 홍 사장의 목소리에 감동이 서렸다. 그 감동이 갑자기 영희의 의식 깊이 가라앉아 있던 옛 기억을 건져 올리며 갑작스러운 경계로 홍 사장을 대하게 했다. 바로 박 원장의 기억이었다. 그가 미움과 원한의 사람으로 변하자, 불그레 취해 뒤틀린 목소리로 늘어놓던, 그때는 가슴 저린 연민으로만 들었던 그의 씁쓸한 회상도 이제는 교활하고 비열한 술수로만 떠오르는 그즈음이었다.

"그런데 사장님의 그런 크신 포부에 제가 무슨……."

영희가 자신도 모르게 차고 어색해진 목소리로 물었다. 홍 사장이 갑작스레 기습당한 사람처럼 움찔하는 게 더욱 수상쩍었다. 나중에 이 일 저 일로 짜 맞춰 보면 기실 그날 저녁 홍 사장이 하려 했던 것은 영희를 장래의 며느릿감으로 속셈을 한번 떠보려 한 것뿐이었다. 그러나 그걸 알 리 없는 영희에게는 그 시각 그가 거기 있다는 게 그저 불안할 뿐이었다.

"아니디, 너 같은 젊은 여자가 꼭 필요해. 안에서 휘어잡고 뒤를 받쳐 주는 힘이……."

영희의 목소리에 담긴 변화를 어떻게 느꼈는지 그가 허둥대듯 말했다. 그러나 듣기에 따라서는 한층 노골적인 홍정의 시작처럼 느껴질 수도 있었다. 그게 영희에게 어떤 위기감까지 주어 목소리를 한층 더 쌀쌀맞고 단호하게 만들었다.

"그렇지만 전 대학에 가야 해요. 거기서 공부를 더할 거예요."

"바로 그 얘기야. 그 대학, 꼭 가야 하겠니?"

영희가 마침 알맞은 얘깃거리를 찾아 준 듯 그가 반가운 빛까지 띠며 물었다. 그러나 결과적으로는 더 불리한 오해만 일으켰다. '흥, 이제는 대학으로 나를 꾀어 보려 하는구나.' 그런 생각이 들자 영희는 더 볼 것 없다는 뜻으로 의자에서 몸을 일으켰다.

"제 대학 얘기는 더하지 마세요. 어쨌든 제 힘으로 갈 수 있어요."

영희가 그러면서 입구 쪽으로 걸음을 떼어 놓자 그의 얼굴에는 감출 수 없는 실망이 떠올랐다. 그 실망을 제멋대로 해석한 영희는 잔인한 쾌감까지 느끼며 즉흥적인 거짓말로 무언가 더할 얘기가 있는 듯한 그의 말문을 막아 버렸다.

"어쩌시겠어요? 여기 좀 더 계시겠어요? 전 오늘 이모님 댁에 가 봐야 돼요."

그러고는 대답도 듣지 않고 점포를 나와 버렸다. 어쩌면 정말로 그곳을 그만둬야 할지 모른다는 게 잠깐 아쉽게 느껴졌지만, 당장은 그녀를 몰아대는 위기의식에서 빠져나오는 게 급했다.

산업사회의 구조적인 특징 가운데 하나가 2차 산업, 특히 대량 생산 체제를 갖춘 제조업의 발흥이라면, 그날 밤 홍 사장이 영희에게 보여 준 것은 틀림없이 그 산업사회로 가는 흐름 중의 한 갈래였다. 비록 그 주류는 그 뒤 20년이 넘도록 지속된 보상적(報償的) 정권의 경제 우위 정책과 야합해 관료 매판자본이란 병근(病根)을 지닌 채 꽃피게 되지만, 그때 우리 사회에도 분명 진정한 산업사회를 위해 나아가고 있는 사람들이 있었다. 그러나 그때만 해도 성적인 피해 의식에 짓눌려 있어 엉뚱한 오해를 품게 된 영희에게는 그 흐름이 보였을 리 없었다. 뒷날 이 나라에서 알아주는 냉동 기기 제조 회사의 부사장이 된 정섭이 외국인 바이어들과 영희가 경영하는 요정으로 찾아들었을 때는 그 같은 그의 성장이 뜻밖이다 못해 신기하게 느껴졌을 만큼.

또 다른 전야(前夜)

"오랜만이다!"

명훈이 강과 최의 안내를 받아 중국집 골방으로 들어가자 몹시 낯익은 청년 하나와 마주 앉아 있던 황이 손을 내밀며 큰 소리로 반겼다. 그 뜻밖의 만남에 잠시 어리둥절해 있는데 그 낯익은 청년이 먼저 알은체를 했다.

"반갑소, 이명훈 씨. 따지고 보면 알 만한 사인데 몰라봤소."

그제야 명훈은 그가 누구인지를 기억해 냈다. 이런저런 학내 모임에 이따금씩 무표정한 얼굴로 나타나 구경하다가 차가운 웃음으로 돌아서곤 하던 법정대 쪽의 상급생이었다.

어떤 모임에서도 말 한마디, 움직임 한 번 제대로 드러내는 법이 없었지만 그의 존재는 명훈을 비롯한 윤광렬의 패거리 전체에 진작부터 인지되고 있었다. 특히 차가운 웃음은 까닭 없이 음흉하게 느껴지는 눈길과 함께 여럿 가운데 끼어 있어도 금세 알아볼 정도로 눈에 띄었다.

그런 그에 대한 느낌이 좋을 턱 없었고, 따라서 윤광렬을 따라다니는 녀석들 중에는 가끔씩 그에게 만만찮은 적의를 드러내는 축도 있었다. 그러나 윤광렬은 어찌 된 셈인지 그를 함부로 다루지 못하게 했다.

"어어, 저 새끼가 또 와서 실실 쪼개고 있잖아? 형님, 저 새끼 바짝 태워 버릴까요?"

공명선거 계몽 운동 결과 보고 때인가, 성미 급한 체육과 녀석 하나가 그를 손가락질하며 윤광렬에게 그렇게 물은 적이 있었다.

"내버려 둬. 저 자식은 내가 알아. 타고난 음모가야. 그것도 뿕뜨그레한……. 가만히 둬도 경찰이 데려갈걸. 감옥에서 반평생을 착실히 썩고 나면 철이 들겠지."

윤광렬은 그를 무시하듯 대꾸했으나 명훈에게 더 뚜렷이 느껴지는 것은 오히려 어떤 자신 없음이었다. 그 때문에 다시 한 번 그를 눈여겨봐 그날 그렇게 낯익은 얼굴로 보였는지 몰랐다. 그러나 일종의 동료 의식이랄까, 자신이 윤광렬 패거리에 들어 있음으로써 품게 된 서먹함이 금세 없어지지 않아 우물쭈물하고 있는데, 황이 자기 앞에 있던 배갈 잔을 명훈에게 내밀며 활기차게 말했다.

"자, 앉아. 우연히 이 근처에 왔다가 저기 저 노 형과 최·강 두 친구를 만났지. 거기서 명훈이 얘길 듣고 부르러 보낸 거야. 오늘 수업 더 있어?"

"수업은 무슨……."

명훈이 공연히 계면쩍어 말끝을 흐리며 앉자 최와 강도 따라 앉았다. 눈치로 보아 그들은 윤광렬이 주동하는 학내 단체를 떠난 뒤로 노(盧)라는 그 상급생을 따라다니고 있는 것 같았다.

"명훈이 잘 모르는 것 같으니까 노 형을 간단히 소개하지. 지금은 너희 선배가 되었지만 실은 우리 학교 선배이기도 해. 시대를 앞지르는 사고(思考) 때문에 한 1년 옥고를 치르고 니네 대학에 편입하게 됐지. 이 시대의 드문 이념가야."

이념가란 말에 명훈은 자신도 모르게 긴장했다. 이상하게도 윤광렬이 말한 음모가와 동의어로 느껴지며 가슴이 섬뜩해졌다. 그 바람에 그들이 말하는 걸 듣고만 있는 명훈에게 황 형이 말한 걸 간추리면 대강 이랬다.

"여러 가지로 미뤄 윤광렬이란 그 친구 아주 안 좋은 것 같아. 어용(御用)의 체질을 타고났거나 이미 작은 정치 모리배로 썩어 버린 것 같더군. 그 희한한 공명선거 계몽 운동 얘기도 여기 있는 최·강 두 분에게서 잘 들었어…….

그런데 명훈이 그자를 거들어 한 팔 노릇을 단단히 하고 있다며? 언제 보수 반동 정치인들의 개가 되어 새로운 반공청년단 노릇을 하게 될지 모르는 그자들 패거리의 앞잡이라며? 정말 알 수 없는 일이야. 이기붕이 집 앞에서 흘린 피가 아깝지도 않아? 의거 부상자란 명예를 그렇게 값싸게 팔아 치울 수 있는 거냐고?

명훈이, 내 말 들어. 하루라도 빨리 윤광렬과 손을 끊어야 해. 그자는 가장 악질적인 반혁명 분자야. 우리 학생 세력을 분열시켜 오히려 그 일부를 보수 반동 정치인의 도구로 팔아먹으려는 자라고. 정히 무엇이든 해야겠다면 차라리 여기 있는 이 노 형을 따라. 이 동지들처럼 말이야. 앞서 가는 그 정신 때문에 아직은 소수에 지나지 않지만 오래잖아 우리 학생운동의 주류는 이쪽 노선을 잡게 될 거야. 또 반드시 그래야 하고…….

하기야 명훈이는 언제나 나보다 김 형 쪽에 더 귀를 기울이는 편이었으니까 이쪽 노선이 불온하고 위험스럽게 보일 수도 있지. 그렇다면 차라리 이쪽저쪽 다 끼어들지 말고 물러나 있어. 한 해 가까이나 한솥밥 먹고 한 방에서 뒹군 정리로 하는 충고야. 거 뭐지, 그 시(詩)로라도 물러나 가만히 보고만 있어. 더는 윤광렬을 따라서는 안 돼. 명훈은 길을 잘못 들어도 한참 잘못 들었다고……"

만약 그 며칠 전의 명훈이라면 그 자리에서 제법 거센 반발이 있었을 것이다. 애초에 명훈이 못 미더워하면서도 계몽 운동에 참가하게 된 것은 언젠가 그들의 자취방에서 황이 그 동료들을 설득하던 논리에 힘입은 바 컸다. 거기다가 공명선거 계몽 운동을 떠날 때쯤 해서는 은근히 부추기기까지 하지 않았던가.

하지만 축 처지고 우울해져 있는 그날의 명훈에겐 그런 황을 반박할 흥은커녕 황이 그 무렵 들어 갈아타게 된 노선의 정확한 내용에 대한 흥미조차 일지 않았다. 며칠 전 꿈결인가 싶게 나타났다가 어이없이 사라져 버린 경애와 그날 오전 느지막한 등굣길에 받은 입영 통지서 때문이었다.

집결 장소: 안동역 앞 광장.

집결 일시: 1960년 11월 5일 오후 두 시.

지참물: 도(시)민증, 인장, 세면도구함…….

우체부가 내민 등기 봉투 안에서 그런 내용물들이 프린트된 쪽지가 나오자 명훈은 경애를 만난 날부터 슬금슬금 밀려들었던 알 수 없는 종말감의 구체적인 모습을 본 듯한 느낌이었다. 입대. 전투는 벌써 7년 전에 멎었으나 전선은 아직 유지되고 있었고, 소규모 충돌의 끔찍한 결과들도 확인할 수 없는 풍문으로 떠도는 시절의 군대는 소집되는 젊은이에게 종말감의 형태로 느껴질 수도 있었다.

명훈이 이렇다 할 반응이 없자 황도 길게 늘어놓지는 않았다. 노라는 그 음모가 — 명훈에게는 그 뒤로도 언제나 그렇게만 떠올랐다. — 는 심지 깊고 참을성 많은 사람임에 틀림없었다. 틀림없이 명훈을 설득할 논리들을 준비하고 있었던 듯한데도 저쪽에서 서둘러 이야기를 꺼내는 법이 없었다. 시종 말없이 술잔을 기울이다가 명훈의 무덤덤함에 자리가 어색해질 것을 우려한 황이 서둘러 일어날 때에야 작별 인사 삼아 한마디 했다.

"이명훈 씨, 만나서 반갑소. 다음에는 뜻 맞는 동지로 만나게 되길 빕니다."

중국집을 나와서도 명훈이 학교로 돌아갈 기색을 보이지 않고 함께 버스 정류장 쪽으로 걷자 황이 돌아보며 물었다.

"오늘 강의 남은 거 없어?"

명훈이 별 감정 없는 목소리로 대답했다.

"필요없어. 어차피 새로 해야 될 학기니까."

"뭐? 그게 무슨 소리야?"

"영장이 나왔어. 11월 5일이 입대야."

명훈은 그 말과 함께 입영 통지서를 내보였다. 황이 힐끗 보더니 알겠다는 표정으로 말했다.

"그래서 우리 명훈 씨가 심드렁했군. 그것도 모르고 공연히……."

황이 그렇게 말끝을 흐리다가 갑자기 말투를 바꾸어 덧붙였다.

"모두 가는구나. 보자 11월 5일이라…… 그럼 보름도 안 남았잖아? 안 되겠어. 어디 가서 정말로 한잔해야겠어."

그게 꼭 자기의 입대를 서운히 여겨 하는 소리 같지만은 않아서 명훈은 물었다.

"모두 다 가다니? 또 누가 갔어?"

"김가에다 이제 너까지……."

"김 형은 몰라도 나야 뭐. 그렇지만 사람 그리운 황 형은 아닐 텐데. 무슨 회(會)다, 무슨 동지다, 많잖아? 그리고 그 예쁘고 교양 있는 국회의원 따님은 어떻게 됐어? 그때 잘돼 가지 않았어?"

"김가 그 새끼, 떠나면서까지 사람 모함하고 갔네. 그 꼴값 얘기는 하지도 마. 그 애비에 그 딸이야. 애비가 정치로 모리해 준 돈에다 껍데기 반반하니 어디 공부가 되겠어? 거기다가 실속 없이 양풍(洋風)이 들어 그것까지 헤프니 이건 뭐 면허 받은 화냥년이지. 애비도 딸도 다 거덜 난 것들이야. 오래전에 그놈의 집구석하고는 끝나고 말았지."

말은 한껏 경멸 조로 내뱉었지만 눈길에는 누를 수 없는 분노 같은 게 어른거렸다. 그러나 그것도 잠시, 황은 평소의 그답지 않게 감상적인 어조가 되어 있었다.

"나야 뭐라니? 그게 무슨 말이야? 명훈은 나를 어떻게 생각하는지 몰라도 내겐 명훈이 그리 흔한 사람은 아냐. 김가도 그렇고. 직장에서 오다가다 만났고, 어쩌다 한 집에서 몇 달 함께 지냈다는 것 정도로는 다 설명 못 할……. 실은 오늘 여기 온 것도 어쩌면 명훈이 널 보러 왔다는 편이 더 맞을 거야. 노 형이나 최·강이야말로 우연히 마주쳤을 뿐이라고. 그런데 뜻밖으로 네가 그들에게 화제의 인물이 되어 있길래 그들을 통해 부른 것뿐이야. 실은 지난달에도 두 번이나 그 자취방엘 갔었지. 그때마다 네가 없어 허탕 치고 말았지만."

그 말을 듣자 명훈에게도 단순한 반사적 감정 이상의 감동이 일어났다. 황 같은 이, 특히 그 같은 지식과 이념의 사람이 그토록 자기를 깊이 생각해 주었다는 데서 온 것이었다.

"황 형이야 나와는 다른 정신세계에 사는 사람이니까. 거기다가 이래저래 바쁠 것도 같고…… 또 만나 봤자 제대로 말 상대도 못 될 거고……. 하지만 나야말로 황 형을 만나고 싶을 때가 많았지. 특히 요즈음 들어 무언가 끝나고 있다는 생각이 들면서 더욱……."

그때 황이 길가의 술집을 가리키며 말했다.

"아직 대낮이라 안됐지만 저기가 어때? 저기 가서 얘기 좀 하고 가지."

명훈도 이제는 마다하고 싶은 기분이 아니었다. 가까스로 다시 찾은 경애를 어이없게 잃어버리고 괴로움과 무력감에 짓눌려 술로 보낸 그 며칠의 응어리진 감정이 새로운 형태의 발산과 해소를 요구하고 있어서였는지 모를 일이었다.

하지만 그날 그 술집에서의 나머지 시간은 그런 명훈의 감상적인 기대와는 거리가 멀었다. 처음 한동안 그들은 함께 지내던 시절을 추억하기도 하고 미국으로 건너간 김 형의 안부를 궁금해하기도 했다. 우연히 만난 경애 얘기며 황이 경멸과 증오 속에 떠나온 국회의원과 그의 딸 얘기도 오갔다. 그러나 오래잖아 그들의 화제가 멈춘 곳은 역시 그 무렵의 사회 상황이었다. 뒷날의 그의 삶이 보여 주듯 황은 무엇보다도 정치적인 사람이었고, 명훈 또한 아버지가 물려주고 떠난 원죄 의식으로 비뚤어져 있기는 해도 결코 비정치적인 성격은 아니었다.

"그런데 아까 그 노 형, 어떤 사람이지? 왜 나보고 그와 어울리기를 권했지?"

술이 몇 잔 돈 뒤에 명훈이 불쑥 그렇게 물은 게 시작이었다. 그 중국집에서 너무 심드렁하게 대한 게 문득 미안해져 명훈이 그렇게 물음으로써 그쪽으로 돌아간 화제는 자리가 끝날 때까지 바뀌지 않았다.

"우리 학교에 이어져 오는 어떤 전통의 한 맥이지. 정확히 말해 좌파적 전통의. 이쪽에는 어떻게 알려져 있어?"

"알려져 있다기보다는 음모가로 통하지. 무언가 음침하고 위태로운……."

명훈이 무심코 그렇게 대답하자 이내 황의 목소리가 열기를 띠어 갔다.

"그건 윤광렬인가 뭔가 하는 그 친구의 얘기겠지. 하기야 이런 학교에서 그가 그 이상으로 이해받기를 기대하는 것도 무리지만……."

"아니, 내게도 그렇게 보여. 황 형도 아까 이념가란 다른 이름으로 그런 내 짐작을 뒷받침해 줬고……."

별로 애정을 느끼며 다닌 건 아니지만 황이 '이런 학교'라고 할 때의 경멸 섞인 표정에 묘한 반발심을 느끼며 명훈이 퉁명스레 받았다. 실수를 알아차린 황이 가벼운 웃음과 함께 손을 저었다.

"'이런 학교'는 취소, 취소. 명훈이 있다는 걸 잊었군. 하지만 음모가와 이념가를 동일시하는 건 좀 심한데……."

"아니, 이념가라면 내게도 한 서린 추억이 많지. 우리 아버지는…… 좀 얼치기인 듯한 혐의는 있지만 틀림없이 그 이념가의 부류일 거야. 그런데 그와 그 동지들이 우리 골방에 모여 수군대는 것은 언제나 음모였지. 가장 눈에 띄는 행동이랬자 피신과 감옥살이 정도였을까. 언제나 투쟁적인 행동은 누군가 남에게 맡기는 게 그들의 특징이더군. 얻어맞고 피 흘리고 죽는 것은 언제나 그들 아닌 다른 사람이었어."

명훈은 까닭 모를 전의까지 느끼며 그렇게 받았다. 그때껏 한 번도 황에게 맞서 무슨 논쟁을 벌이는 것은 꿈도 꾸어 본 적이 없는 그라 스스로도 좀 놀라웠다.

"그런 뜻이라면 일리가 없는 것도 아니지. 하지만 모든 이념가를 한낱 음모가로만 본다는 건 아무래도 좀 지나치지 않을까?"

황은 여전히 가볍게 받았으나 웃음기는 이미 가시고 없었다. 명훈도 더는 몰아대고 싶지는 않아 조금 말투를 부드럽게 해 말머리를 돌렸다.

"그래, 그가 이 학교에서 꾸미려는 일이 뭐야?"

"꾸미는 게 아니라 이미 오른 불꽃을 이곳에도 옮겨 붙이자는 거지."

"이미 오른 불꽃?"

"그래, 민족주의와 통일의 불꽃. 우리의 혁명은 위기를 맞고 있어. 여기서 대전환이 있지 않으면 우리의 4·19가 얻을 수 있는 것은 다만 바뀌어진 권력자와 집권당의 명칭뿐이야."

며칠 전 자신이 술에 취해 경애 앞에서 떤 허풍을 황이 되풀이

하고 있는 게 어이없어서 명훈이 얼른 대꾸를 못 하고 있는데 황이 가벼운 한숨과 함께 말을 이었다.

"실은 우리가 질서 회복 운동과 이런저런 계몽 운동으로 전환할 때도 이런 오늘을 예언하며 우리를 비웃던 그룹이 있었지. 하지만 그들은 너무도 소수였고 또 그들의 논리는 우리의 일반적인 수준을 지나치게 앞질렀어. 그래서 바로 너처럼 우리도 그들을 음험하고 위태로운 음모가의 집단으로 보고 우리 운동에서 소외시켰지. 아니, 지도부는 은근히 그들에게 경쟁의식까지 느꼈음이 분명해. 우리 방식대로 밀고 나가 그들에게 보아란 듯이 이 혁명을 완성하고 싶었을 거야. 본질과 형상을 구별 못 한 맹목이었지. 강도에게 좀 심하게 얻어맞았다는 이유만으로 사기꾼을 정의의 투사로 오인하고, 그를 도와 정의의 실현을 기대한 꼴이라고 할까. 그 결과가 이 오늘이야. 독재와 부패란 형상을 타도했다고 해서 본질인 체제까지도 변혁시켰다고 단정한 대가가……. 그래서 이제는 이런 대전환이 시작되고 있어."

"그래서 이제 그들과 무얼 하려는데?"

명훈이 이번에는 진심으로 물었다. 민족이나 통일이란 말이 너무 엄청나고 어마어마해 거기 무슨 구체적인 방안이 있을 것 같지 않은 까닭이었다.

"먼저 조직해야지. 떠도는 꿈이나 추상적인 열망을 이념력(理念力)으로 가꾸어 갈……."

황이 이미 여러 번 해 본 적이 있는 소리를 되풀이하듯 대답했다. 조직이란 말이 섬뜩해 명훈이 물었다.

"그럼…… 학생운동 단체 말고?"

"물론 출발은 학생운동의 한 갈래로서지. 그러나 무슨 회니 무슨 서클 같은 식은 아니야. 그보다는 훨씬 유기적이고 역동적인 조직이 될 거다."

황이 그렇게 자신 있게 말해 놓고 약간 목소리를 낮춰 덧붙였다.

"민족통일촉성동맹(民族統一促成同盟), 아마 그런 이름쯤 될걸."

"동맹이라고?"

이번에는 동맹이라는 말에 움찔해 명훈이 다시 그렇게 묻자 황이 그것 보라는 듯한 너털웃음과 함께 받았다.

"왜? 어때서? 훨씬 힘 있게 들리잖아?"

"그렇지만 왠지 섬뜩한데. 옛날 좌익들이 무슨 청년 동맹, 무슨 부녀 동맹 하던 게 떠올라서……."

"바로 그거야. 우리는 오히려 특정한 용어 한마디에 주눅 들어 하는 이 사회의 왜곡된 의식부터 바로잡고 싶어. 모두가 그런 의식에 짓눌려 있고, 통일 논의가 금기로 되어 있는 한 자유와 민주는 백날을 떠들어 봐도 알맹이 없는 구호일 뿐이지. 그래서 우리는 명칭부터 기성의 주눅 든 의식에 자극을 주고 싶은 거야."

"우리라면…… 많아? 그런 학생, 황 형네 학교엔?"

"아니, 아직은 유사의식(類似意識)의 바다에 갇힌 작은 섬이지. 하지만 우리가 한번 깃발을 올리면 그 바다는 오히려 우리의 호수가 될 거야. 그게 방황이든 모색이든, 아직 제 길을 잡지 못해 시행착오를 거듭하고 있는 이 나라의 젊은 의식은 틀림없이 그 깃발 아래로 모인다."

"그래서…… 모인다면?"

"우리끼리, 실천 가능한 것부터 시작한다."

"그런 게 있을까?"

"있지. 대외적으로는 제국주의의 압력을 배제하는 것이고, 안으로는 민족의 동질성 유지를 위한 접촉의 시도. 물론 기성세대, 특히 기득권층과의 악전고투가 예상되지만……."

"제국주의의 압력을 배제하는 것이라면?"

"우리 남쪽으로서는 미국이 그 중요한 대상이 되겠지. 통일에 대한 그들의 부정적 영향력을 극소화시키는 모든 투쟁이야."

"접촉의 시도란 어떤 거야?"

"아직은 직접적으로 맞부딪친 적이 없는 계층간의 대화와 교통을 말해. 이를테면 남북 학생들의 만남 같은 것. 이제 통일 운동의 주도권은 남북 모두 그런 계층으로 넘겨져야 해. 기성세대가 마음에도 없는 통일 문제를 주절대면서 이것저것 말아먹는 작태를 더는 용서해선 안 돼."

황의 목소리는 갈수록 열기를 띠었다. 그러나 명훈에게는 그럴수록 그가 멀어 보였다. 동맹, 조직, 제국주의……. 그대로 두면 오래잖아 인민(人民)이란 말까지 튀어나올 것 같은 불안이 일었다. 무엇이든 아버지와 연관된 기억을 건드리면 본능적으로 섬뜩해서 움츠러드는 그로서는 당연한 일인지도 몰랐다.

명훈이 묻기를 그친 뒤에도 황은 한동안 더 그 동맹에 대해 열을 올렸다. 구체적인 것은 말하지 않았지만, 그동안 벌써 몇 차례의 노선 검증을 거쳐 실제적인 결성 단계에 이른 것 같았다. 황은 처음부터 그 동아리에 속한 것이 아니라 나중에 끼어들게 된 모양인데 그 바람에 오히려 '새로 시작하는 자'의 열정에 들떠 있었다.

"그런데 생각나? 그게 4월 말쯤 같은데…… 그때 우리 자취방에서 주장한 것은 뭐지? 7월에 내가 공명선거 계몽 운동에 낄까 말까를 망설일 때 한 소리는? 겨우 서너 달 전인데 이래도 되는 거야? 내 보기엔 꽤나 심각한 전향 같은데 그게 겨우 몇 달 사이에 손바닥 뒤집듯 일어날 수 있는 거냐고."

명훈이 그걸 물은 것은 황이 너무 들떠 있는 게 은근히 고까워지기 시작하면서부터였다. 그 반격의 고의 섞인 물음에 황은 잠깐 머쓱해하는 눈치였으나 이내 그전보다 더한 기세로 받았다.

"이건 전향이 아니고 회귀야. 처음부터 우리가 설정한 목표는 여기까지 와 있었어."

"그럼 4·19 직후의 성명은 뭐야? 그때는 왜 그런 생각들을 했지?"

"그건 일시적인 오류였지. 아니, 너무 안일하고 낙관적인 단계적 발전 이론에 홀렸다고나 할까? 하지만 크게 보아 그것도 오늘의 이 길로 접어들기 위한 모색의 과정이었는지도 모르지. 값은 좀 비싸게 먹혔지만 그런대로 소중한 훈련과 습득이었는지도……."

"김 형 같은 사람들의 견해는? 그건 논리적으로 극복된 거야?"

"아, 거 뭐야? 그 얄팍한 변경 이론? 그건 교묘하게 포장된 신(新) 식민주의야. 그때도 그런 논의 자체는 우리에게 큰 영향을 주지 못했지. 기껏 있다면 거기 포함된 개량주의적 요소 정도였을까?"

"신식민주의가 뭔지, 개량주의적 요소가 어떤 것인지, 나는 잘 모르지만 그래도 김 형의 얘기에는 무시 못 할 현실성이 있어 뵈던데……."

"천만에, 거기에는 제국의 시민권을 열망하는 변경 지식인의 편의가 있을 뿐이야. 교활한 자기 정당화의 욕구와 그래도 지워 버릴 수 없는 종족적 양심이 고투(苦鬪)와 타협 끝에 짜낸……."

"그래도 마음만 먹으면 이 땅을 열 번이라도 잿더미로 만들 수 있는 강력한 제국의 현실적인 힘을 지워 버릴 순 없을걸. 또 어떤 이름 아래서든 공산주의자와 이마를 맞대고 살기는 글러 버린 극우 보수 세력의 존재는? 그들이 이 땅에서 합법적으로 움켜쥐고 있는 물리력은?"

명훈은 퍼뜩 경애를 떠올리며 그렇게 물었다. 그녀 앞에서 취해 떠든 게 부끄러움으로서보다는 이상한 안도로 떠올랐다. 황 같은 사람들이 논리적으로 뒷받침해 주고, 더 많은 학생이 거기 가담해 새로운 운동 주류를 이루어 준다면 자신의 허풍도 터무니없는 것은 되지 않으리란 계산에서였다. 어떻게 보면 그가 황을 상대로 펴고 있는 반론도 실은 그 터무니없는 객기의 논리적 보완을 기대해서인지 모를 일이었다. 그가 진정으로 믿고 지지하는 길이 어느 쪽인가에 상관없이.

"그런 걸 우리는 허무주의라 규정짓지, 이명훈 씨."

황은 그렇게 빈정거려 놓고 이어 전에 없던 자신으로 덧붙였다.

"과연 아메리카 제국은 강력하지. 세계를 뒤덮을 만한 군대와 물량, 그리고 핵무기로 상징되는 가공할 신병기(新兵器)…… 하지만 따지고 보면 그들의 출현은 우리들의 역사 경험에 하나도 새로울 게 없어. 지금까지의 세계 제국치고 그들의 물량과 군대가 변방의 소수 종족에게 준 위압감이 오늘날의 아메리카가 우리에게 주는 그것보다 더 작았던 적이 있을 것 같아? 핵무기도 그래. 아직 청동제 무기를 쓰는 종족에게 자기들의 무기를 진흙 베듯 하는 제국의 철제 무기나, 아직 비행 무기라고는 활밖에 모르는 종족에게 쇠와 불을 뿜어 대는 제국의 대포가 오늘날의 핵무기보다 덜 위력적일 것 같아? 만약 김가의 논리를 따른다면, 세계사는 하나의 제국만으로 충분했을 거야.

내부적인 반동 세력도 마찬가지야. 어느 시대 어느 지역에서건 한 강력한 제국이 휩쓸고 들어오면 그들에게 영합함으로써 자신의 이득을 구하는 무리가 생겨나지. 그리고 그 제국에 의해 기득권이 확보되면 그걸 지키려는 열의와 저력 또한 대단한 법, 김가처럼 그걸 한 번 승인하고 나면 그 종족의 운명은 언제나 예속과 굴종만으로 이어질 거다. 하지만 역사가 알려 주는 바는 그와 달라. 오히려 그런 제국주의 세력과의 과감한 투쟁을 통해 변방 종족의 역사는 한 단계씩 발전해 왔지……."

만약 그때 명훈에게 '혁명의 미적분(微積分)'에 대한 개념이 있었다면, 그래서 그 '비극적 소모'를 따져 볼 능력이 있었다면 또 다른 문의도 가능했을 것이다. 그러나 쓸쓸하게도 명훈에게는 거기서 더 물음을 계속할 능력이 없었다. 김 형에게서 귀동냥한 논리가 끝나자 그 방면에 대해서 별다른 모색도 습득도 없었던 그의 정신은 온전히 황에게서 쏟아지는 설득의 포화 아래 맡겨지고 말았다.

"김가는 우리 4·19가 혁명이라는 걸 인정하는 데도 인색했어. 우리의 기세에 눌리지 않았다면 '용케 한판 맞아떨어져 준 역사의 복권'으로 계속 우겨 댔을걸. 나중에야 '옆으로부터의 혁명' 어쩌고 하며 겨우 승인하는 척했지만 놈의 심중은 여전히 그 승인을 유보하려는 것 같았어. 그게 놈의 한계지. 아메리카의 환상에 홀려 있는 변경 지식인의 어쩔 수 없는 선택이기도 하고.

물론 이 혁명의 주체인 우리도 한동안은 어리둥절했다. 생각보다 쉽게 독재와 부조리의 형상을 타파한 까닭인지도 모르지. 그러나 이제는 확실하다. 그것은 틀림없이 혁명이었고 우리는 그 첫 번째 과업을 성공적으로 수행했다. 그리고 이제는 그 실질까지 변혁시켜 혁명을 완수할 책무가 남았다. 이게 위로부터냐 옆으로부터냐 밑으로부터냐를 따지는 것은 중요하지 않다. 역사적 행운과 사회적 필연의 비율을 따지는 것도 이제는 무의미해. 아직은 미완일지라도 지금 이 땅에서 진행되고 있는 것은 분명 혁명이다…….

김가의 이분법도 비판 받아야 돼. 민주 혁명과 민족 혁명은 본질적으로 같은 거야. 민주까지만 가고 민족까지는 가지 마라. 얼마나 간교한 편의주의야? 기성세대의 비굴과 탐욕을 그보다 더 그럴듯하게 분식할 수도 없을걸. 도대체 왜 그런 한계를 스스로 설정해 그 안에 갇히려 드는 거야? 철저한 민족주의적 혁명 없이, 특히 민족적 통일 없이 진정한 민주가 가능할 것 같아? 두 제국에 분할된 상태에서도 자유와 평등이 있을 수 있느냐고."

그 자리에 김 형이 없는 게 새삼 분하다는 듯 한동안 그렇게 퍼부어 대던 황은 날이 저물어서야 자리에서 일어났다.

"하기야 내일모레 영장을 받아 놓고 있는 너에게는 이제 관심 밖의 일이겠지. 왠지 네가 늘 김가 쪽에 귀를 기울이고 있는 것 같은 느낌에 내가 공연히 열을 올렸는지 몰라. 언제쯤 서울을 떠날 거야?"

갑자기 스스로가 열없게 느껴졌는지 그 자리에서 일어나던 황이 변명 비슷한 말로 물었다.

"글쎄, 잠깐 밀양에 들렀다가 집결지로 가야 되니 입대 사나흘쯤 전에는 서울을 떠나야겠지."

"어쩌면 우리 소식 듣고 가겠구나. 그때쯤은 우리 대학에 내가 말한 조직이 생긴 뒤일 테니까. 이름이야 어떻게 되든…… 어쨌든 멀리 떠나더라도 성원 잊지 마라."

"알았어."

명훈은 그렇게 담담히 대꾸했으나 속으로는 지난번 함창에서 강씨 성 쓰는 친구와 최씨 성 쓰는 친구를 보낼 때의 중얼거림을 다시 되뇌고 있었다.

'나도 너희들과 함께이고 싶구나.'

논리적으로 설득당했다기보다는 그런 황에게서 뿜어져 나오는 순수한 열정에 감동된 까닭이었다. 본질적으로는 그 어떤 경우에도 이념적이 될 수 없는 한 불행한 영혼의 쓸쓸하기 그지없는 궤적을 다시 한 번 보여 준 셈이다. 하지만 황과 헤어질 때까지도 강하게 명훈을 사로잡고 있었던 그 감동 역시 그리 지속적이지는 못했다. 자취방으로 돌아가는 골목길에서 만난 독각 선생 때문이었다.

명훈이 만만찮은 술기운에 건들거리며 헌책방 앞을 지나는데 갑자기 맞은편 술집에서 유리창 깨지는 소리와 함께 두 사람이 뒷걸음질 쳐 나왔다. 둘 다 신사복 차림에 한 사람은 제법 중절모까지 반듯하게 얹고 있었으나 몰골은 뒤집어쓴 술과 안주로 말이 아니었다. 그 뒤를 따라 무언가를 휘두르며 달려 나오는 것은 바로 헌책방 주인 아저씨인 독각 선생이었다. 한 팔로는 출입문을 짚고 외다리로 선 채, 오른손으로는 왼발에서 떼 낸 듯한 의족을 무섭게 휘두르고 있었다.

"어서 가! 요 날라리 새끼들, 골통을 바숴 놓기 전에 썩 없어지지 못해!"

독각 선생은 낭패스럽기도 하고 겁나기도 해서 제대로 대꾸조차 못 하고 주춤주춤 뒷걸음질 치는 두 신사를 금세라도 덮칠 듯 노려보며 소리소리 질러 댔다. 2년 가까이 드나들면서 한 번도 본 적이 없는 광포함이었다. 그러나 그런 그의 고함에는 어딘가 절실한 부르짖음 같은 게 섞여 있는 듯했다.

"이 박영규의 하나 남은 다리가 그렇게 탐나? 차라리 그냥 떼 줘?"

그의 젊은 아내가 언제나처럼 짙은 화장을 한 얼굴로 빼꼼히 가게 문을 열고 소리 나는 쪽을 건너다보고 있었다. 마침 그 부근에서 걸음을 멈추고 있던 명훈이 무심코 그녀에게 물었다.

"아주머니, 저 아저씨가 오늘 왜 저러죠?"

그러자 그녀가 새빨갛게 루즈를 칠한 입술을 비쭉이며 말했다.

"빌어먹을 영감쟁이! 저 신사분들이 찾아와 선생님, 선생님 하고 모셔 가려 하는데 저 지랄발광을 떨고 있잖아? 술은 처먹어도 뭔가 있는 줄 알았는데 아주 갔어, 갔다고."

그때 다시 독각 선생의 거친 고함 소리가 명훈의 주의를 끌었다.

"에라이, 똥파리 같은 새끼들. 무슨 냄새를 맡고 또 모여 웅웅거리는 거야? 돌계집의 헛구역질 소리만 듣고도 돌 잔칫상 차리고 자빠질 눔들, 진보? 혁신? 뭘 재건한다고?"

내용은 뚜렷이 알 수 없지만 무언가 명훈의 의식 밑바닥을 휘저어 대는 데가 있는 말이었다. 명훈은 반사적으로 그 상대방 쪽을 보았다. 신사복 차림의 두 사람은 드러나게 변한 안색으로 마주 보더니 무슨 말인가를 수군거린 뒤 종종걸음 쳐 그 골목을 빠져나갔다. 가끔씩 뒤를 힐끔거리는 게 갑작스레 불안해진 듯한 모습이었다.

"아하하하하, 아하하하하……."

독각 선생이 그런 그들을 보며 미친 듯이 웃어 젖히기 시작했다. 그러나 명훈이 정작 그들 사이에 일어났던 일들을 어렴풋하게나마 짐작하고, 황에게 느꼈던 것과는 또 다른 종류의 감동에 빠진 것은, 의족을 내던진 독각 선생이 갑자기 술집 문 앞에 퍼질러 앉아 앞뒤 없는 넋두리를 시작한 뒤였다.

"불쌍한 놈들, 지금이 어느 철이라고 함부로 고갤 내밀어? 더구나 이 박영규의 시체를 끌어다 어디 쓰겠다는 거야? 흐흐…… 그런데 박영규 동지, 그대는 왜 죽지도 못하는 거요? 여기서 더 부를 무슨 노래가 남았다는 거요……. 일생을 가슴속에서 타오를 이데아의 광휘, 그런 게 아직도 있다는 거요?"

그런 그의 넋두리에는 피를 토하듯 하는 비통함과 처절함이 배어 있었다. 그러나 정작 명훈을 그에게로 이끈 것은 그 넋두리에서 오는 감동보다는 그 안에서 몇 번이고 반복된 그의 이름이었다. 박영규란 이름을 두 번째 듣는 순간부터 어두운 기억 저편으로 끌려 나온 이름이 하나 있었다. 누군가의 도움이 절실하게 필요할 때마다 어머니가 하나하나 꼽아 보던 아버지의 옛 친구들 이름 속에서였다.

"영규 씨, 그 사람은 암매 죽었을 끼라. 동경서 좋은 대학 나오고 집안 살림도 오졌지마는 남한에서 출세할 처지는 영 아이지. 너그 아부지하고 같이 붙잡해 10년인가 징역을 받고 감옥살이하는 중에 사변이 터졌으니께는. 우예 용케 살았다 캐도 남쪽에 있을 사람이 몬 된다꼬…….”

어머니가 언제나 한쪽으로 제쳐 놓던 이름이라 제대로 기억 속에 자리 잡지 못했는데, 거기서 갑자기 떠오른 것이었다. 하지만 독각 선생에게 다가가면서도 명훈은 아직 그 '영규 씨'가 바로 그일 것이란 믿음까지는 갖지 못했다. 30대 중반인 아버지의 모습밖에 없는 명훈의 기억에 비해 그는 너무 늙어 있었고, 출신이 의심스러운 그의 아내나 초라한 삶의 방식도 동경 유학까지 다녀왔다는 그의 전력과는 너무도 동떨어진 것이었다. 언젠가 황과 함께 찾아갔다가 쫓겨난 날의 기억이 아니었더라면 어머니의 '영규 씨'와 그가 되뇐 박영규가 같은 인물일지도 모른다는 의심조차 하지 못했을 것이다.

“선생님, 이만 고정하시고 일어나십쇼. 제가 집까지 모셔다드리겠습니다.”

명훈이 자신도 모르게 선생님이란 존칭까지 쓰며 부축하려 들자 자기 연민으로 풀려 있던 그의 눈길에 다시 적의와 경계의 불길이 일었다.

“이건 또 어디서 날아온 똥파리야? 아, 저 위 따라지 대학생이구먼, 생사람 찜 쪄 먹으려 들던 그 얼치기하고 몰려다니던…….
그래, 넌 뭐야? 또 무슨 냄새를 맡고 내게 엉겨 붙지? 너도 저것들과 섞여 한바탕 웅웅거려 보고 싶은 거야?”

어디서 그런 힘이 솟는지 독각 선생이 세차게 명훈을 뿌리치며 쏘아붙였다. 그 기세에 머쓱해져 물러나려던 명훈이 한번 찔러나 보자는 기분으로 불쑥 말했다.

"언젠가 선생님은 제가 왠지 낯익다 하셨지요? 그런데 선생님의 성함을 듣고 보니 저도 그 성함이 귀에 익습니다. 아니, 저도 영규 씨란 분을 알고 있습니다."

"뭐? 영규 씨?"

대폿집 불빛에 비친 얼굴이 갑자기 묘하게 굳어졌다. 긴장이라기보단 무언가 퍼뜩 짚여 오는 게 있어 자신의 기억에 골똘하게 매달린 사람의 표정이었다. 느닷없는 확신으로 두근거려 오는 가슴을 누르며 명훈은 짐짓 빙빙 돌려 말했다.

"그 영규 씨는 아버지 친구분인데 사변 전에 사상 관계 일로 아버지와 함께 검거돼 10년인가 징역을 선고받았다고 합니다. 그러다가 서대문 형무소에서 사변을 만났는데, 어머님 말씀은 아마도 거기서 죽었을 거라더군요."

"그럼, 그럼 네가……?"

독각 선생이 무어라 형언할 수 없는 표정으로 그렇게 더듬거리다가, 문득 그때까지도 남아 있는 몇몇 구경꾼을 의식했음인지 애써 무표정을 가장하며 명훈과 같은 방식으로 말을 받았다.

"네가 아는 영규 씨는 틀림없이 거기서 죽었어. 후퇴하는 경찰이 사상범을 무더기로 처리할 때. 그렇지만 네 아버지는 알 듯하다. 아마도 이동영이란 얼치기이겠지."

그러면서 몸을 일으킨 그는 문짝을 짚고 비틀비틀 술집 안으로 들어갔다. 명훈이 자연스럽게 그를 부축하며 다시 맞장구를 쳤다.

"맞습니다. 얼치기까지도."

"네가 낯익게 느껴지던 까닭도 이제 알겠다. 머릿속은 텅 비어 있으면서도 네가 턱없이 신식 얼치기를 따라다니던 까닭도. 신식 얼치기 알지? 거 뭐야 황 뭣이던가……."

그들이 그렇게 주고받으며 자리를 잡는데, 갑자기 그의 젊은 아내가 분을 뒤집어쓴 것 같은 얼굴을 출입문 쪽으로 디밀며 째지는 소리를 냈다.

"야, 너 또 취해 거기 퍼질러 앉을 거야? 증말 누구 속 터져 죽는 꼴 보고 싶어 그래? 아이고!"

틀림없이 자신을 향해 퍼붓는 악다구닌 줄 알면서도 독각 선생은 전혀 듣지 못하는 사람 같았다. 태연히 대폿집 아줌마를 향해 술을 청했다.

"아주머니, 여기 소주 한 병 주쇼."

"아쭈 저게…… 저걸 그냥……."

그의 젊은 아내가 더욱 앙칼지게 소리치며 주르르 탁자 앞으로 달려왔다. 금세 독각 선생의 멱살을 잡고 따귀라도 후려칠 기세였다. 보다 못한 명훈이 일어나 그녀의 두 팔을 잡으며 말렸다.

"아주머니, 걱정 마세요. 오늘은 제가 책임지고 선생님을 댁까지 모셔다드리겠습니다."

덤벼들 때에 비해 그녀의 기세는 쉽게 숙어졌다. 가볍게 뿌리치는 시늉뿐 명훈이 끄는 대로 술집을 나갔다. 명훈의 체면을 보아서라도 한번 참아 준다는 듯한 태도였지만, 문밖에서 덧붙이는 말에 어울리지 않는 콧소리가 섞인 게 그 이상의 뜻이 있었다.

"선생님은 무슨…… 하지만 좋아요. 그럼 학생만 믿고 가요. 학생도 저 술귀신한테 홀려 너무 마시지 말고……."

어쩌다 골목에서 마주칠 때마다 헤픈 웃음을 보내는 게 까닭 모르게 불쾌했는데, 그날 밤은 그 덕을 단단히 본 것 같았다.

명훈이 다시 자리로 돌아가니 그새 소주 한 잔을 털어 넣은 독각 선생이 다시 미친 듯이 웃어 젖히기 시작했다. 마침 초저녁이라 다른 손님이 없어서인지 주인아줌마는 못마땅한 듯 이마만 찌푸릴 뿐 달리 몰아대지는 않았다.

"아하하하, 아하하하하……."

한참을 웃어 젖히던 독각 선생이 갑자기 웃음을 뚝 그치더니 눈물 고인 눈으로 명훈을 보며 말했다.

"동영이 그 친구도 겨우 제 한 몸밖에 건지지 못했군. 아니 제 한 몸이라도 제대로 건졌는지 몰라……."

그러고는 한동안 멀쩡한 사람처럼 명훈에게 쓰라린 그들 이산(離散)의 역사를 캐물었다. 이따금씩, "그는 드디어 여기서 무(無)가 되었으니, 그쪽 세계에서는 전부가 됐을까."라든가, "근거 없이 이상화(理想化)된 과거와 도그마로 화석화(化石化)된 미래 사이를 떠도는 몽상의 섬, 오직 그것만이 우리의 조국이었나……." 같은 중얼거림을 끼워 넣을 때는 김 형이나 황에게서보다 훨씬 깊이 있고 다듬어진 지성까지 느끼게 했다.

명훈의 얘기가 과거를 지나 현재에 접어들 때까지도 한동안 그의 광기는 드러나지 않았다. 명훈이 배석구와 뒷골목은 빼고 대학 진학까지 얘기했을 때는 제법 아버지의 옛 친구다운 안도의 숨까지 내쉬었다.

“어쨌든 잘됐어. 이동영의 가족이 한 사람도 상하지 않고, 더구나 그 맏아들은 최고학부까지 갈 수 있게 되었다니…… 이남도 그리 몹쓸 땅은 아닌 듯하군.”

“하지만 목숨이 붙어 있다고 다 살아 있다고는 할 수 없죠. 대학도 대학 나름이고…….”

명훈은 그가 모든 걸 낙관적으로만 보는 것 같아 그렇게 이의를 달았다. 그래서 괴롭고 쓰라렸던 지난 10년과 방금도 하나같이 불구(不具)한 그들 일가의 삶을 보다 어둡게 윤색해 털어놓으려는데 그가 돌연 화제를 바꾸었다.

“그런데 요즈음도 그 얼치기를 따라다니나? 아니 요즈음 그 얼치기들은 무슨 수작들을 하고 있어?”

‘따라다닌다.’는 말이 묘하게 명훈의 자존심을 건드려 그에게 반발하게 했다.

“선생님은 얼치기, 얼치기 하시지만 그래도 우리는 강력한 독재 정권을 무너뜨렸습니다. 또 선생님은 그때 이 세월을 돌계집의 헛구역질 같은 거라고 하셨지만, 그래도 그 돌계집은 민주 정부라는 옥동자를 낳았습니다.”

“우리라…… 그럼 그 얼치기를 그저 따라다닌 게 아니라 제법 한몫 거들기까지 한 모양이군."

"어쨌든 저도 이 땅의 대학생입니다. 이것 보십시오."

명훈은 별로 과장한다는 느낌 없이 왼팔을 걷어 흉터를 보여 주었다. 어쩌면 김 형과는 또 다른 그의 냉소주의를 탐색해 보고 싶어서였는지도 모르는 일이었다. 그러나 그는 놀라움이나 감동보다는 엉뚱하다는 표정을 지었다.

"뭐야? 너까지도……."

그런 그의 대꾸에서 느껴지는 빈정거림의 억양이 더욱 명훈을 반발하게 했다. 갑자기 얼마 전 황에게서 받은 감동이 되살아나 희미한 적의까지 느끼며 그와 맞서게 했다.

"또 얼치기들의 수작이라지만, 그들은 드디어 기성세대의 가장 큰 실패에 도전을 시작했습니다. 통일 말입니다. 저는 열흘 뒤로 영장을 받아 놓고 있어 참여하지 못하는 게 한스럽지만……."

"벌써 거기까지……."

"네, 패배감과 허무주의에 빠진 기성세대가 방치하고 있는 민족의 가장 큰 상처를 치유하려는 겁니다. 통일 없이 우리 혁명은 완성될 수 없습니다."

드디어 그의 얼굴과 말투에 동요가 이는 걸 명훈이 은근한 쾌감까지 느끼며 그렇게 말했을 때였다. 그가 다시 뒤틀린 웃음을 터뜨렸다.

"아하하, 아하하하……."

한참을 그렇게 미친 듯 웃어 젖힌 그가 쿨룩거림과 함께 웃음을 멈추더니, 완연히 뒤틀린 말투로 돌아갔다.

"내가 언젠가 말한 얼치기의 특성 아직 기억해? 바로 그런 턱없는 서두름 말이야."

"……?"

"적절한 비유가 될지 모르지만, 큰 배에 물이 스며들기 시작하면 가장 먼저 날뛰는 것은 쥐새끼들이지. 노련한 선원은 쥐새끼들이 까닭 없이 갑판 위를 떼 지어 다니거나 돛대로 기어오르는 걸 보면 배가 침몰하고 있음을 알아차린다는 거야. 사회도 그래. 한 사회가 침몰의 징후를 보이면 가장 먼저 날뛰는 것은 천박한 유사(類似)의식이지. 바로 침몰하는 배의 쥐새끼들이라고."

"그들은 결코 유사의식으로 날뛰는 게 아닙니다."

"신념의 깊이도 없고 희생의 각오도 철저하지 않다. 과거에는 반성이 결여됐고 현재에는 인식이 결여됐으며 미래에는 통찰과 전망이 결여돼 있다. 현실에 대한 사적(私的)인 불만, 또는 변혁에 따를 막연한 기대 이익이 행동의 동기이고, 변혁의 대의는 그저 그럴듯한 구실일 뿐이다. 자란 것은 의식이 아니라 탐욕이며, 홀려 있는 것은 건설의 의지가 아니라 파괴의 욕망이다. 대개 그런 게 유사의식의 징표지.

물론 너는 그런 유사의식이라도 없는 것보다는 낫다고 주장할지 모르지. 처음에는 유사의식으로 출발하더라도 실패와 좌절을 되풀이하는 사이에 진정한 의식으로 자라 갈 것이라고 기대할 수도 있어. 하지만 불행히도 유사의식의 본질은 그렇지가 못해. 그것은 애초부터 의식이 아니고 위장된 불안감과 터무니없는 기대 사이를 우왕좌왕하는 집단 히스테리 또는 광기일 뿐이야. 곧 어떤 계기로 보태려는 탐욕이 갑자기 부풀어 달아오르게 됐지만, 또한 언제든 지키려는 욕망으로 후퇴할 태세가 되어 있는……. 그리하여 기대 이익이 남아 있는 한 유사(類似)의 미망 속에 끝없이 내닫지만, 한번 불안감이 일면 걷잡을 수 없이 무너져 또한 그 반동(反動)에 끝없이 양보하고 굴종하게 되어 있지. 이미 모든 것을 체념한 무력한 왕을 기어이 단두대에 올린 지 20년도 안 돼 철권의 황제를 환호로 받아들이는 식으로 말이야."

"적어도 그들은 다릅니다. 그들은 엄격한 반성과 냉철한 인식과 깊이 있는 통찰을 아울러 갖추고 있습니다. 선생님이 말씀하시는 그 유사의식은 결코 아닙니다."

명훈은 자신 없으면서도 그렇게 뻗대었다. 그가 한층 뒤틀어진 목소리로 몰아붙였다.

"그래? 그럼 과거와 미래는 그만두고 현재만이라도 따져 보자. 우선 통일 문제부터. 너는 그들이 현실을 냉철하게 인식하고 있다지만, 도대체 그 냉철한 인식이란 게 어떤 거냐?"

"……."

갑자기 말문이 막힌 명훈이 대답을 못 하고 있자 소주 한 잔을 털어 넣은 그가 이죽거리듯 계속했다.

"찢긴 국토의 아픔 같은 거 말이야? 나뉜 형제의 슬픔? 외세와 이데올로기의 억압에 대한 분노? 아니면 남과 북의 형제들이 얼싸안는 날의 감격? 이어진 국토가 우리에게 줄 축복? 산업의 상호 보완성? 결집된 민족적 역량의 눈부신 성취?"

"그게 전부는 아니겠지만 현실 인식의 중요한 내용은 되겠지요."

"아니야, 천만에. 그건 냉철한 인식이 아니고 얄팍한 감상이야. 통일을 염두에 둔 그들의 인식이 냉철함을 획득하려면 최소한 힘의 산술이라도 정리돼 있어야 해."

"힘의 산술?"

"그게 명확한 수치로는 나오지 않더라도 어느 정도의 가늠은 할 수 있게 해 주지. 첫째로 우리가 계산해야 될 것은 우리의 분단에 투입된 힘의 총량이야. 1945년 당시 소련의 극동 전략과 미국의 아시아 태평양 전략이 38도 선에서 균형을 이룰 때까지 그들이 각기 한반도에 투입한 힘, 그리고 미국의 그늘에서만 자신들의 이익을 확보할 수 있는 우익 보수 세력과 소련식 체제 아래서만 자신의 이익을 확보할 수 있는 좌익 급진 세력이 각기 분단을 지향해 투입한 힘의 총량. 둘째로 계산할 것은 그 뒤 15년에 걸친 외부적·내부적 가감이야. 먼저 미국과 소련은 그 뒤 얼마를 더 투입하고 얼마를 빼내 갔는가를 그들의 정책과 국제 정세의 변화에 따라 계산해 내야겠지. 그리고 다시 남북한의 이념적 응고 및 분단 고착을 기도하는 세력들의 강화와 민족적 각성 및 통일 의지의 성장을 각기 가감 요인으로 삼아 현재의 분단을 유지하는 데 투입되고 있는 민족의 내부적 힘의 총량을 산출해야지. 셋째로 계산할 것은 지금 이 시점에 우리가 통일을 위해 최대한으로 집결할 수 있는 힘의 총량이야. 최악의 경우는 극좌·극우와의 내전(內戰)을 수행하면서 동시에 반소(反蘇), 항미전(抗美戰)을 수행하기 위해 우리가 끌어낼 수 있는 힘의 총량 말이야. 그래서 두 번째 계산에서 산출해 낸 힘의 총량과 세 번째 계산에서 산출해 낸 힘의 총량이 균형을 이룰 때에 나온 통일 논의라면 최소한의 현실 인식은 확보했다 할 만하지. 그런데 그 얼치기들이 과연 그런 초보적인 산술이라도 염두에 두고 있는 걸까?"

"어쩌면 그 이상 치밀하게 계산하고 있는지도 모르지요."

명훈은 자신 없는 뻰대기를 한 번 더 되풀이했다. 독각 선생의 표정이 갑작스러운 악의로 심하게 일그러졌다.

"만약 그런 계산이 있은 뒤의 결론이 통일 운동으로의 전환이라면 그건 더욱 큰일이지. 두말할 것도 없이 엉터리 산술이니까. 첫째로 한반도의 분단에 투입된 외부적 힘의 가감 문제에 있어서 내가 보기에 남북 어느 쪽도 감소는 확인되지 않아. 이를테면 이승만 정권의 붕괴를 미국이 방관했다고 해서 그것이 남한의 유지를 위한 미국의 투입이 감소됐다는 뜻은 아니지. 이승만 정권은 틀림없이 미국이 바란 이상으로 그들의 극동 정책에 협조적이었지만, 동시에 그 부패와 권위주의로 미국에게 부담을 준 것도 사실이야. 특히 이승만 하야를 전후한 그들의 태도를 보면 단순한 부담감을 넘어 적극적인 배제 의지까지 느껴질 정도지. 모르긴 해도 한반도에 대한 미국의 영향력은 4·19를 통해 오히려 강화됐을걸.

그렇다고 북쪽에 투입된 소련이나 중공의 힘이 드러날 만큼 감소한 것 같은 조짐 또한 어디에도 없어. 결국 분단에 투입된 외부적 힘의 총량은 늘었으면 늘었지 줄어든 것 같지는 않단 말이야. 내부적인 분단 고착의 에너지도 마찬가지로 낙관적이 못 돼. 남과 북의 어느 쪽 기득권층도 특별히 개전(改悛)의 정을 보이거나 각성의 징표를 나타내고 있지는 않거든.

그럼 그 모든 걸 압도할 만큼 통일을 향한 민족적 의지나 역량의 성숙이 이루어진 것일까. 아마도 그 얼치기들의 산술은 이 부분에 가장 큰 기대를 걸겠지만, 안됐게도 가장 큰 오차는 거기서 나오겠지. 그 까닭은 내가 이미 말한 그 유사의식에 있어. 물론 그 유사의식에서도 순간적인 파괴의 에너지 정도는 뽑아 쓸 수 있겠지. 하지만 그건 공허한 에너지야. 경우에 따라서는 좌우 양쪽의 극렬 분자와 내전을 수행하면서 동시에 항미·반소전을 치러야 할지 모르는 통일 작업의 에너지원(源)으로 산입(算入)할 수는 결코 없는……. 그걸 무슨 큰 힘으로 믿고 일을 벌였다간 앞선 시대의 얼치기들이 해방 정국에서 6·25에 이르기까지 당한 것보다 훨씬 험한 꼴을 보게 될걸."

"그럼 우리가 할 일은 선생님의 이른바 내부적·외부적 에너지가 새로운 분단 고착의 논리를 정립할 때까지 두 손 처매고 구경이나 하는 것이겠군요."

"패장(敗將)은 군진(軍陣)을 논하지 않는 법이라지만, 그리고 젊은 너희들에겐 비참하게 들리겠지만, 나는 오히려 기다림을 권하고 싶다. 더 솔직히 말하면 서세동점(西勢東漸)이 시작된 이후 백 년 가까이나 준비되고, 필경에는 동족상잔의 피 반죽으로 굳어진 분단의 벽을 그 총성이 멎은 지 8년도 안 돼 순수한 열정 하나만으로 허물려 드는 그 성급함을 경계하고 싶은 거야. 하지만 그렇다고 네가 말한 방관이나 막연한 기다림을 권하는 것은 아니다. 우선은 유사(類似)의 미망에 휩쓸리고 있는 이 사회의 의식을 순화시켜 민족의 정신에 내재화·보편화시켜야 한다. 진정으로 필요한 시기가 오면 죽음을 마다하지 않는 이념력(理念力)으로 분출할 수 있도록. 그다음은 남과 북이 은연중에 강요받고 있는 비정치적 예속부터 배제해야 한다. 이를테면 경제적 예속이나 문화적 예속 같은 것. 너희들은 그게 모두 정치와 한 끈으로 연결돼 있어 정치적 매듭부터 풀어 나가야 다른 것도 예속에서 풀려날 수 있으리라 단정하지만, 내가 참담한 실패를 치르고 얻은 눈썰미로는 그렇지 않다. 경제는 경제대로 문화는 문화대로 각자의 메커니즘이 있어. 어쩌면 뜻밖에도 헐거운 매듭을 그쪽에서 찾아낼 수 있을지도 모르지. 그러면서 안으로는 서로 총칼을 맞대었던 극렬한 이해 당사자들이 늙어 죽거나 무력해져 자연도태되고, 밖으로는 두 제국의 이해가 일치할 때 — 누가 알아? 미·소가 힘을 합치지 않으면 격퇴하지 못할 강력한 외계인이라도 나타나 줄지 — 를 기다리는 거지……."

그런데 알 수 없는 것은 갈수록 그의 악의가 자조로 변하고 뒤틀린 목소리도 처음의 깐깐함을 잃어 가는 점이었다. 갑자기 그가 말끝을 흐리고 안주도 없는 소주를 두 잔이나 거푸 털어 넣을 때는 희미한 자학의 낌새까지 느껴졌다. 그게 그의 논리에 빠져 들어가던 명훈을 다시 반발하게 했다. 명훈은 스스로도 감탄할 만큼의 순발력으로 그의 약점인 성싶은 곳을 헤집었다.

“그 기다림의 부분이야말로…… 선생님께서 급조하신 대안이지요? 오래전부터 진득하게 모색해 온 길이 아니라, 이것도 안 된다 저것도 안 된다 하다 보니 문득 그럼 너의 답은 뭐냐, 하는 질문이 나올 것 같아서…… 어쩌면 오늘 이 자리에서 만든 건 아닙니까?”

그러자 그의 눈길에서 적의 때문인지 충격 때문인지 모를 빛이 번쩍, 하는가 싶더니 이내 스러졌다. 이어 술꾼 특유의 퀭한 눈길로 돌아간 그가 모든 걸 툭툭 털어놓는다는 투로 말했다.

“오늘 이 자리에서는 아니지. 하지만 그리 오래되지 않은 것도 사실이야. 금년 들어, 아니 어쩌면 그 신식 얼치기가 내게 무슨 낌새를 느끼고 내 몽롱한 의식 안을 기웃거리게 되면서부터일 거야. 오늘처럼 옛날의 얼치기들이 찾아와 나를 지분거리면서 한층 모양을 갖추게 되고…….”

“실은 두려울 뿐이지요? 젊은 세대의 앞뒤 없는 열정이 이끌어낼 새로운 시대를 지난 시대의 비관론과 허무주의로는 감당할 자신이 없어…….”

명훈이 한층 더 악의의 강도를 높여 보았다. 이번에도 그는 가볍게 어깨를 움찔할 뿐 더는 흔들림을 보이지 않았다.

"정직하게 말하면 네가 바로 본 건지도 모르지. 그토록 완강해 보이던 이승만 정권이 어이없게 무너져 내린 아침부터 나는 줄곧 불안한 기다림 속에 지내 왔다. 무언가 끔찍한 세월이 일찍이 우리가 경험하지 못한 형태로 준비되고 있는 것 같은 예감, 우리가 다시 이승만 시절을 향수로 되돌아볼 시대가 올 것 같은 예감…… 4·19는 성공이나 완성이 아니라 보다 참혹한 반동의 시대를 예고하는 짧은 막간극에 불과하고, 그게 맛보여 준 자유니 민주니 하는 것도 한번 우리 입천장에 박히면 죽음 같은 고통 없이는 빼내지 못할 미늘을 감추고 있는 그럴듯한 미끼에 지나지 않은 듯한 예감……. 아니, 이건 예감이 아니야. 인간의 의식이 망가지고 짓무를수록 어떤 종류의 감각은 더 발달하는 법이지. 틀림없이 무언가가 진행되고 있어. 피비린내까지 섞인 그 무엇이……."

사실 그 피비린내는 그로부터 여러 해 뒤 인혁당(人革黨)이나 통혁당(統革黨) 때부터야 조금씩 비치기 시작하지만, 그 말만으로 명훈의 기를 꺾어 놓기에는 충분했다. 갑작스러운 섬뜩함에 잠시 멈칫해 있는 사이에 완연히 취한 술꾼으로 돌아간 목소리로 그가 불쑥 물었다.

"참, 영장이 나왔다고 했지? 입대가 언제야?"

"다음 달 초순입니다."

"잘됐군, 참 잘됐어. 군소리 없이 군대나 다녀와. 지금으로서는 가장 안전한 피난처야. 거기에 몸을 숨기고 가만히 살펴봐. 그래, 황가란 그 얼치기가 그랬던가, 기특하게도 쓸 만한 말을 찾아냈더군. 아메리카 제국의 변경. 이 황량한 아메리카 제국의 변경에 이제 어떤 일이 벌어지는가를…… 한 발 떨어져 차분히 바라보라고."

그때쯤에야 겨우 좀 전의 악의를 회복한 명훈이 대담하게 그를 비꼬았다.

"저는 인간이 보수적이 되는 게 무언가 지킬 게 있을 때라고 들었습니다만, 오늘은 좀 별난 보수의 논리를 들은 셈이군요."

"인간은 목숨이 붙어 있는 한 무언가 지킬 게 있는 법이야."

"처량한 목숨이라도……."

굳이 명훈의 악의를 못 알아들은 척 담담하게 받는 그를 다시 그렇게 빈정거린 명훈이 느닷없는 가학의 충동에 휘말려 덧붙였다.

"게다가 아저씨는 더 지킬 게 많지요. 소주값은 댈 만한 헌책방, 가끔씩 멱살은 잡혀도 따로이 화대는 물지 않아도 되는 젊은 아주머니, 옛날의 얼치기들은 때를 기다리는 와룡 선생쯤으로 착각해 주고, 신식 얼치기도 곰삭은 이념가쯤으로 여겨 찾아와 주는 이 그럴듯한 무대……."

그날 자신이 왜 그렇게 공격적이고 악의에 차게 되었던지를 명훈은 뒷날까지도 잘 이해할 수 없었다. 몇 시간 전 황에게서 받은 감동이 일부 살아 있었다고는 해도 극적으로 만난 아버지의 옛 친구를 그렇게 모질게 몰아댈 만큼은 아니었다. 막연한 감으로만 의식 속을 떠도는 자신의 상황 인식을 그가 명쾌하게 정리해 줌으로써 은연중에 그런 자신에게 느끼던 혐오의 감정까지 그가 뒤집어쓰게 되었다고 볼 수도 있지만, 그것 또한 명훈의 심리를 온전히 설명하기에는 모자란다. 어쩌면 그 두 가지 이유에다 오래 부성(父性)에 굶주려 온 명훈의 때 아닌 응석이 더해져 그런 터무니없는 공격성과 악의로 나타난 것은 아닌지.

"그만해!"

독각 선생이 낮지만 힘 실린 목소리로 그렇게 말해 놓고 가만히 술병을 움켜잡았다. 그때는 명훈도 어지간히 취해 있었지만 그의 손아귀에 으스러질 듯 잡힌 술병이 본능적인 위기감을 건드려 입을 다물었다. 다행히도 독각 선생은 두어 번 거친 숨을 몰아쉬었을 뿐 발작에까지는 이르지 않았다.

"역시 이동영의 아들이라 제법 눈도 밝고 말도 다룰 줄 아는구나. 이제 일어나 가 봐라. 그리고 앞으로 다시는 내 앞에 나타나지 마라. 내게는 대를 이은 얼치기의 가계를 마음 졸이며 구경하는 취미가 없다. 아니 솔직히 말해, 우리가 자주 만나 이로울 건 하나도 없어……."

이윽고 목소리를 가다듬은 그가 취한 사람답지 않게 차가운 어조로 말했다. 그러나 차츰 흉맹한 광기를 뿜기 시작하는 그의 핏발선 눈길은 전보다 훨씬 높은 강도로 명훈의 위기감을 자극했다. 거기다가 그때껏 그를 몰아댄 까닭 모를 공격 심리와 악의도 어느 정도는 충족되었던지 명훈은 그쯤에서 일어나기로 했다.

"아하하하하, 아하하하하하……."

꾸벅 머리 숙여 인사를 대신하고 술집을 나오는데 다시 독각 선생의 높고 공허한 웃음소리가 귓전을 울려 왔다.

검은 별 아래서

방 안의 이상한 기척 때문에 철은 새벽녘에야 빠져든 단잠에서 다시 깨어났다. 문틈이 겨우 희끄무레할 뿐 방 안은 아직 짙은 어둠으로 차 있었다.

철은 금세 쏟아지는 잠을 힘겹게 떨쳐 내면서 무엇이 자신을 깨웠는지를 알아보았다. 어둠 속에서 먼저 전해 온 것은 곁에 누운 어머니의 몸이 가늘게 떨리는 것이었다. 이어 숨죽여 흐느끼다 내는 콧물 빨아들이는 소리와 침 삼키는 소리가 세상의 그 어떤 소리보다 자극적으로 그때껏 그의 의식에 찐득하게 눌어붙은 잠을 털어 냈다.

'어머니가 울고 계신다…….'

겨우 생각이 거기에 이른 순간 잠에 빠져 잠시 잊고 있었던 일들이 한꺼번에 떠오르며 철을 걷잡을 수 없는 울음 속에 빠지게 했다.

"엄마……."

철이 울며 와락 부둥켜안자 어머니도 더는 참지 못하겠다는 듯 그를 얼싸안으며 흐느낌과 함께 넋두리를 쏟아 놓았다.

"아이고 불쌍한 내 새끼들. 너그를 거다 보내 놓고 내가 우예 살꼬? 이것들을 띠(떼어) 놓고 내가 어딜 간단 말꼬……."

그때 다시 선잠에서 깨어난 옥경이가 완연한 홰울음으로 어머니에게 감겨들었다.

"엄마, 엄마아……."

몸을 돌린 어머니가 한 팔을 내어 옥경이를 받아 안자 그들 세 식구는 한 덩이가 되었다. 그리고 전날 밤만 해도 이웃 알까 두려워 소리 없는 흐느낌으로 대신해 오던 울음을 드디어는 아무런 거리낌없이 쏟아 내었다. 누구보다 남의 눈치에 민감한 철이도 그때만은 마음껏 목을 놓았다.

어머니가 고향에서 돌아온 것은 가을도 깊어 가는 10월 말의 어느 날이었다.

"에휴, 여름에 뒷골 산 팔았을 때 다문(다만) 몇만 환이라도 챙기올 거로. 어중간한 형광 씨 말만 믿고 큰 산 팔기 바랬다가 또 빈손이 되고 말았으이 이 일을 우예믄 좋겠노?"

어머니는 방 안에 들어앉는 길로 그렇게 걱정부터 늘어놓았지만 철이와 옥경에게는 어머니가 돌아왔다는 사실만으로도 든든하기 그지없었다. 실제에 있어서도 어머니가 돌아온 그 시각부터 그들 남매는 지난 여덟 달의 온갖 고통에서 풀려났다. 빈손으로 왔다는 말과는 달리 어머니는 그날 저녁으로 아이들에게는 집 안이 그득하다는 느낌이 들 만큼 쌀말과 찬거리를 들였고, 다음 날은 학교까지 들러 그들 남매에게는 지옥 같던 공납금 독촉을 없게 해 주었다.

"교인이라꼬 다 믿을 것도 아이라. 영희 그년이 잽혀 먹은 틀대가리 이자가 6부가 뭐꼬? 7천 환 가지고 간 게 하마 만 환이 넘었뿌랬으이 인자 그 틀대가리는 우리 끼 아이라. 글타고 또다시 영남여객 댁에 손 내밀 수도 없고, 참말로 이걸 우예믄 좋노?"

어머니는 또 넋두리를 늘어놓으면서도 그들 남매의 새 겨울옷을 한 벌씩 구해 왔고, "인자 철이 니 중학은 우야노?" 하며 가망없다는 한숨을 지으면서도 『4294(1961)년 중학 입시 예상 문제집』을 사오기도 했다. 따라서 어머니의 그런 걱정과 넋두리에 진작부터 익숙해 있는 철이와 옥경이에게는 그 모든 게 그저 들을 때만 좀 심각한 어머니의 입버릇쯤으로만 여겨졌다.

그러다가 11월 초순 서울의 명훈 형이 느닷없이 찾아듦으로써 철의 행복한 유년은 꺼지기 전의 촛불처럼 마지막 불꽃으로 타올랐다. 어머니는 객지를 떠돌다가 입대를 며칠 앞두고 돌아온 맏아들을 위해 안간힘을 써, 집 안에는 근년의 그 어느 때보다 먹을 것이 풍성했다. 또 명훈 형은 명훈 형대로 그동안 소홀했던 형제간의 정을 그 며칠간에 다 만회하기로 작정이라도 한 사람처럼 철이를 얼싸안고 돌았다. 철에게는 괴롭기 그지없던 지난 여덟 달이 한꺼번에 보상 받는 듯한 느낌뿐만 아니라, 앞날까지도 그대로 밝고 넉넉하고 따뜻하리란 믿음까지 준 그 며칠이었다.

하지만 형이 장정(壯丁) 집결 장소인 안동으로 떠나기 전날 밤부터 그 불꽃같이 빛나던 날들은 불안하게 일렁이기 시작했다. 그날 낮 형 명훈과 무언가를 어두운 얼굴로 의논하던 어머니는 밤이 되자 기어이 눈물을 보였다. 잠자리에 드는 삼 남매를 물끄러미 내려다보던 끝이었다. 철은 처음 그게 3년이나 사랑하는 맏아들과 헤어져 있어야 하는 게 서운해서인 것으로 짐작했지만 이내 그뿐만이 아니란 걸 알아차렸다. 자신과 옥경을 보는 형의 눈길에도 단순한 우애나 석별의 정 이상의, 하염없는 연민 같은 게 서려 있음을 느낀 까닭이었다. 뿐만 아니라 그날 밤 늦도록 깊은 한숨을 쉬며 잠 못 이루던 형이 갑자기 자신을 와락 쓸어안으며 해 준 말도 반드시 입대를 염두에 둔 당부 같지만은 않았다.

"철아, 사내는 굳세고 씩씩해야 한다. 어떤 경우에도 울지 않고 쓰러지지 않고 지지 않아야 한다. 어떤 경우에도……."

아직 확정되지는 않았지만 무언가 어둡고 괴로운 앞날이 올지도 모른다는 예감을 풍기는 어조였다.

그러다가 그 예감이 구체적으로 모습을 드러낸 것은 형이 떠나고 열흘쯤 뒤였다. 그동안도 무언가 안간힘을 다해 버티는 듯 이곳저곳을 바삐 돌며 길을 찾던 어머니가 마침내 지쳤다는 표정으로 철을 불러 말했다. 일제고사가 있어 일찍 돌아온 날이었다.

"철아, 할 수 없데이. 니하고 옥경이하고 한참만 고아원에 가 있거라. 소도 부벨(비빌) 언덕이 있어야 한다꼬. 엄마가 그동안 백방으로 애써 봤지만 도대체가 길이 없다."

"고아원요?"

철은 갑작스러운 한기까지 느끼며 그렇게 되물었다. 고아원 아이들, 고아……. 한 반에 두엇씩은 끼어 있는 그 더럽고 깡마르고 그러면서도 하나같이 표독스러운 아이들, 여름철은 검은 광목 팬티와 러닝셔츤지 남방인지 모를 갈색 체크무늬의 시마즈 천(縞地: 값싼 줄무늬천) 윗도리로 나고, 겨울철은 낡고 몸에 맞지 않아 우스꽝스러운 구제품 차림에다 갈라 터진 발등이 내보이는 검정 고무신으로 나는 그 아이들, 교실에서 사소한 물건이 없어져도 일쑤 반 아이들의 의심쩍어하는 눈길을 받게 되지만, 그 아이들 중 누구 하나만 건드려도 학교 안에 있는 모든 '형제'가 벌 떼처럼 모여드는 그 무서운 패거리……. 철은 자신이 그들 중에 하나가 된다는 게 아무래도 쉽게 받아들여지지 않았다.

"그래, 엄마는 남의집살이라도 갈란다. 영희 그년 그렇게 달라빼고(달아나고) 너그 형까지 군대에 갔뿐 이 마당에 어예 요동을 쳐볼라 캐도 도리가 없다. 글치만 오래는 아일(아닐) 끼다. 다문(다만) 얼매라도 돈을 모아 우리 모도 다시 한테 모예 살 수 있으믄 곧 너그를 데리러 가마."

"그래도 어떻게 고아원엘……."

"아이다. 고생스럽기야 하겠지만 꼭 고아원이래야 된다. 인제 니는 곧 중학을 가야 될 낀데 무신 재주로 그 비싼 입학금, 월사금을 대겠노? 글치만 거다 가면 중학교는 공으로 댕길 수 있다. 꼭 너그 먹이고 입히는 거 몬 해서가 아이라. 사람 키운다는 게 그뿐이라믄 굶기든 동 벗기든 동 내가 끼고 있제 거다는 안 보낸다."

"하지만 엄마와 형이 있다는 걸 모두 아는데……."

철은 다시 그쪽에 기대를 걸고 슬쩍 어머니에게 상기시켜 보았다. 모든 중요한 일에서 다 그렇듯 그때쯤은 어느새 명혜가 눈앞에 떠올라 슬픈 얼굴로 도리질을 치고 있었다. 세계가 고아원의 담으로 갈라져 있어 한번 그 안으로 들어가 버리면 다시는 명혜가 사는 세계로 되돌아 나올 수 없을 것 같았다.

"그거는 개않타. 벌씨로 박 장로님한테 얘기가 다 됐으이께는. 니 알제? 교회 박 장로님. 그 어른이 바로 고아원 원장 아이가? 오히려 너한테는 남다르게 대해 줄 끼다. 최 집사네 남매도 거기 가 있는데 잘 지낸다 카드라."

그렇다면 모든 것은 이미 결정된 것이나 다름없었다. 철은 암담하면서도 아직 절실한 슬픔 같은 것은 느끼지 못한 채 고아원을 마음속으로 받아들일 채비에 들어갔다. 어머니도 그때까지는 냉정을 잃지 않고 있었다.

그런데 뒤늦게 학교에서 돌아와 그 말을 들은 옥경이 갑자기 울음을 터뜨리면서 분위기는 일시에 달라졌다. 어머니가 기어이 눈물을 닦아 냈고, 철이도 갑자기 덮쳐 온 아득한 슬픔의 정조를 못 이겨 눈물을 쏟았다.

그 뒤 일주일 그들 세 식구는 쓸쓸한 이별 의식으로 들어갔다. 어머니는 그동안 돈이 되는 것이면 무엇이든 팔아 그들 남매와 먹고 즐기는 일에 썼다. 밥상은 끼니마다 쌀밥과 고기 반찬으로 푸짐했고, 철과 옥경의 용돈도 그 어느 때보다 풍족했다. 뿐만 아니라 어머니는 '국민학생 입장가(入場可)'란 팻말만 붙었으면 비싼 입장료를 겁내잖고 그들 남매를 극장으로 데려갔고, 어떤 때는 정성들인 도시락으로 진늪이나 백송(白松) 있는 데까지 세 식구만의 소풍을 나가기도 했다. 어떻게 보면 긴 잔치 같은 일주일이었으나, 어른도 아이들도 의식의 한 꺼풀만 벗기면 슬픔이 핏물처럼 괸 내출혈의 시간들이었다. 그리고…… 이제 날은 다해 그들 세 식구는 그 마지막 밤을 새우고 있는 중이었다.

그래도 남자 꼬리를 달았다고 셋 중에서 가장 먼저 눈물을 닦고 일어난 것은 철이었다.

"어머니, 진정하세요. 우리가 뭐 죽을 곳에라도 가나요? 걱정 마세요. 우리 반의 김형선이도 고아원 아이지만 작년에 우등상까지 받았어요. 잘해 볼게요."

철이가 어른처럼 그렇게 어머니에게 말해 놓고 다시 옥경이를 달랬다.

"옥경아, 울지 마. 나하고 같이 가는데 뭘. 더구나 어머니도 그냥 밀양에 계실 거라 하시잖아? 적어도 일주일에 한 번은 어머니도 볼 수 있을 거야. 일요일 예배 때 교회서 만나면 되니까."

그런 철이 대견스러워서였을까, 어머니의 흐느낌도 이내 잦아들었다. 눈물을 닦고 목소리를 가다듬은 어머니가 몸을 일으키며 아직도 한 팔에 매달려 있는 옥경이를 다독였다.

"옳다. 철이 니 말이 맞다. 딴 거는 아무것도 변한 거 없다. 잠하고 밥 먹는 거만 잠시 거기서 한다고 생각하면 되는 거라. 자, 그러이 고만 울고 일어나거라. 우리 찬송하고 기도나 드리자."

그러자 옥경이도 울음소리를 죽였다. 옥경이의 울음이 딸꾹질 비슷한 마른 울음으로 가라앉기를 기다려 어머니가 둘에게 말했다.

"너그들 '태산을 넘어……' 알제? 그부터 하자."

어머니가 그 말과 함께 음정이 맞지 않은 그녀 특유의 찬송가를 시작했다.

> 태산을 넘어 험곡에 가도
>
> 빛 가운데로 걸어가면……

그쯤에서 철이가 목소리를 합치고, 다시 옥경이도 훌쩍거림 섞어 따라 불렀다.

> 주께서 아니 버리시기로
>
> 약속한 말씀 변치 않네.

하늘의 영광, 하늘의 영광

나의 맘속에 차고 넘치네…….

찬송이 끝나자 어머니가 엎드려 기도하는 자세를 만들며 나직이 말했다.

"그럼 기도하자."

찬송가 덕분인지 한층 마음이 가라앉은 철은 왠지 그 기도가 영험할 것 같은 기대가 들어 얼른 엎드렸다. 옥경이마저 엎드리기를 기다려 어머니가 기도를 시작했다.

"하나님 아부지, 지들을 불쌍히 여기시소. 오늘 죄 많은 딸은 아부지가 맡기신 짐을 감당하지 못해 아아(아이)들을 고아원에 보냅니더. 글치만 다시 생각하믄 이것도 아부지 뜻이라 싶고, 견디야 할 죄 값음 같기도 합니더. 지는 아아들을 고아원에 맡기지만 실은 아부지께 맡기는 택이니께는, 아부지 우짜든 동(어쨌든 간에)이 아아들 잘 보살펴 주시이소. 지가 다시 데리러 갈 때까지 어긋지지 않게 길러 주시고 건강하고 공부 잘하게 보살펴 주시이소. 비는 이 딸은 아무 공로 없지만 예수님의 이름 받들어 간절히 빕니더……."

여러 가지 고통스러운 기억에도 불구하고 그 고아원행(行)은 내 정신에 몇 가지 깊은 흔적을 남겼다. 그중에서도 가장 먼저 들 수 있는 것은 삶이 특별한 노력이나 인내를 요구하는 고비에 이를 때면 일쑤 빠져드는, 자신의 삶을 객관화하는 버릇이다.

우리가 고아원으로 들어가야 한다는 게 피할 수 없는 사실로 굳어진 뒤 며칠은 어린 내게도 고뇌라 이름할 수 있을 만큼의 슬픔과 번민에 찬 나날이었다. 지금도 그리 나아진 것 같지는 않지만, 아직 전쟁이 그친 지 7년밖에 안 된 그때의 아이들에게 고아원이란 바로 인생의 막장이란 말과 다를 것 없었다. 사회는 부모 있는 아이들도 제대로 양육받지 못할 만큼 보편적인 가난에 짓눌려 있는 데다 전쟁이 너무 과다한 비율로 고아를 떠맡긴 까닭이었다. 학급에 두엇씩은 있게 마련인 원생(고아원 아이)들의 굶주림과 헐벗음이 드러나는 외양, 그들에게 보내지는 천대와 멸시, 거기다가 서양 동화 속의 고아원이 주는 어두운 인상들과 내 별난 상상력이 겹치면 내가 갈 고아원은 말 그대로 끔찍한 나락이 되고 마는 것이었다.

그때는 벌써 완연하게 모양을 갖춘 내 첫사랑도 그 고뇌에 한몫을 단단히 했다. 나는 무엇보다 그 읍내에서 그런 처지에 떨어져 내 베아트리체에게 참담한 꼴을 보여야 하는 게 견딜 수 없이 괴로웠다. 지저분한 그 소화 과정과 배설을 상기시키는 게 두려워 그녀에게 먹는 모습을 보이는 것조차 꺼렸던 그때의 내 극단한 결벽으로 봐서는 당연한 일이었다.

그리하여, 그 며칠 어떻게든 우리 남매를 즐겁게 해 주려고 애쓰신 어머니에게는 죄스럽게도, 나는 몇 번인가 진지하게 가출을 꿈꾸었다. 그 봄 나는 이미 누나의 가출을 배웅해 준 경험이 있는 데다 그 얼마 전에는 입대하는 형과 어머니의 대화 가운데서 그 가출의 성공을 암시하는 말까지 귀동냥해 들은 터였다. 불안하기는 하지만 미지(未知)가 차라리 명확한 나락보다는 훨씬 매혹적으로 비친 것도 나를 부추겼다. 그러나 무엇보다도 가출 쪽으로 내 마음이 끌리게 한 것은 그렇게 떠나감으로써 내 베아트리체에게 나의 참담한 전락을 보여 주지 않을 수 있다는 점이었다.

하지만 결심은 장해도 가출을 막상 실행하기에 열세 살의 나이는 너무 어렸으며, 집은 뿌리 없이 떠돌았지만 그때까지 나는 어머니와 형의 두터운 보호 밑에 자라난 아이였다. 아직 미지란 호기심이나 희망이 아니라 불안이나 공포의 동의어에 가까웠고, 삶도 구체적인 생산과 소비의 고리로 전환시키기에는 너무 몽롱하고 추상적이었다. 요컨대 알라딘의 램프도 도깨비방망이도 없이 낯선 곳으로 출발할 수 있는 것은 오직 내 상상뿐이었다.

그럴 때, 곧 가출이란 대안이 며칠 밤 잠만 설치게 한 망상으로 끝장을 보고 고아원이 받아들이지 않을 수 없는 운명으로 굳어져 갈 때, 나를 위로하고 격려한 게 바로 삶의 객관화였다. 삶의 어떤 순간을 현재에서 떼어 내 연속된 흐름 위에 놓고, 그리하여 닥쳐 올 시간에다 현재를 보완할 책임을 부여하는 것, 삶의 어떤 부분은 그때의 주관적인 인식과 판단을 보류하고, 완결된 뒤의 총체적이고도 객관적인 조감과 평가에 기대를 거는 것 따위로, 바꾸어 말하면 삶의 전기화(傳記化)일 수도 있다. 뒷날 나는 어렵고 힘든 삶의 고비를 넘길 때마다 속으로 중얼거리곤 했다. '나는 지금 내 전기의 가장 어두운 부분을 쓰고 있다…….'

그리고 새롭게 솟는 전의와 약간은 젠 체하는 기분까지 느끼며 그 쓰라림과 서글픔을 달래고 패배감이나 수치심을 이겨 나갔다. 비록 뒷날처럼 뚜렷하지는 않았지만, 그 같은 삶의 객관화 또는 전기화는 그때 그 고아원을 받아들이면서 습득하게 된 삶의 기교가 발전한 것임에 틀림이 없다. 그 후로도 수없이 되풀이된 내 삶의 부침(浮沈)과 연관지어 돌이켜 보면 나는 유용하기 그지없는 정신적 도구를 일찍도 장만했던 셈이다. 어쨌든 나는 어머니를 괴롭힐 꼴사나운 발버둥이나, 열에 아홉은 불행한 끝장을 보게 되어 있는 가출이란 모험에 나를 맡김 없이 그 새로운 운명 속으로 걸어 들어갔다…….

철은 뒷날 그 고아원과 관련 지어 그런 술회를 한 적이 있다. 그게 참말이라면 그의 조숙은 다른 쪽으로도 제법 감탄할 만한 수준이었던 셈이다.

하지만 그의 추억을 따라가 보면, 그 '새로운 운명'으로의 들어섬이 그의 술회처럼 그렇게 전기적(傳記的)은 못 되었다. 그 새벽 어렵게 회복된 그들 세 식구의 냉정은 어머니 곁에서의 마지막 식사를 마치고 고아원으로 떠날 채비를 할 무렵 해서 다시 흔들리기 시작했다. 철이와 옥경이가 가지고 떠날 책과 공책을 챙기고 있는데 어머니의 느닷없는 넋두리가 터져 나왔다.

"아이고 이 양반아, 어디 있노? 인제는 당신 한 몸뿐 아이라 내꺼지 죽었데이. 야들이 고아원 가는 거는 당신하고 내하고 다 죽었다는 말 아이가? 몸이 살았다고 다 사는 기가? 시퍼렇게 눈 뜨고도 자식 새끼 고아 맨들믄 그게 바로 죽은 기제. 그래 인제 이래 되이 좋나? 아이, 이래 안 하믄 혁명이고 건국이고 안 되겠드나? 늙은 어마이 젊고 어린 처자속 다 안 자(잡아)먹고는 혁명이고 건국이고 안 되겠드나? 세상에 참말로 별난 혁명 다 봤데이, 참말로 몸서리나는 건국이데이……."

그때껏 잘 견디던 옥경이 다시 싸고 있던 책 보따리를 버려 두고 어머니에게 감기며 울먹였다.

"엄마, 우리 정말로 고아원에 안 가면 안 돼? 우리 셋이 어디 멀리 가서 살면 안 돼?"

슬픔과 눈물도 전염되는 것일까. 철이도 그때껏의 장한 자제를 잃고 다시 샘솟는 눈물을 닦았다. 거기서 다시 걷잡을 수 없는 눈물 속에 한동안이 흘러갔다. 그러다가 옥경이의 말에 무슨 암시를 받은 듯 철이가 그때껏 생각해 본 적도 없는 얘기를 불쑥 꺼냈다.

"어머니, 우리 차라리…… 돌내골로 내려가는 게 어때요? 접때 보니까…… 일가(친척)도 많고…… 찾아보면 논밭도 남은 게 있을 거라면서요? 거기서 농사나 짓고 살죠 뭐."

"까짓 거, 찌끄레기 땅 남았다 캐 봤자 얼마겠노? 게다가 농사를 지으이 안 배운 농사를 인제 와서 어예 짓겠노?"

어머니가 무심코 그렇게 받다가 갑자기 몸서리를 치며 옥경이를 떨치고 일어났다.

"아이다. 거기는 안 된다. 천석지기 문전옥답이 그대로 남아 있다 캐도 거다는 못 간데이."

"왜요? 거긴 고향이잖아요?"

"글쎄, 거기는 무조건 안 된다 카이!"

갑자기 어머니의 목소리가 높아지더니 철의 눈물 젖은 두 눈과 마주치자 한숨과 함께 목소리를 낮추었다.

"니는 큰어무이(할머니) 말 기억할지 몰따마는 돌내골은 우리가 가 살 땅이 아이라. 거기는 모두 우리가 누군 동 잘 알고 또 산골이다. 전쟁만 터졌다 카믄 우리는 빨갱이 가족이라꼬 초다디미(첫머리)에 붙들리게 돼 있제. 어디 그뿐인가? 거기는 도시하고 달라 법도 없고 재판도 없다. 저그가 급하믄 사람 생으로 땅에 묻어도 꼽다시(고스란히) 당할 수밖에 없는 게 그런 산골티기라. 그기 바로 소리 소문 없이 골(골짜기: 처형지)로 가는 길이라꼬. 철이 니 내 말 알아듣겠제?"

이제는 철이도 그만한 나이는 됐다는 듯 전에 없이 설명 조였다. 그리고 그 말과 함께 사로잡히게 된 위기의식의 힘을 빌렸는지 금세 냉정을 회복했다.

"내가 백지로 쓸데없는 소리를 했는갑다. 하도 너그 아부지가 야속시러버서 글타. 그거는 그거고 우리는 우리대로 살 궁리를 해야제."

어머니는 그 말과 함께 옥경이 싸다 만 책 보따리를 챙기기 시작했다.

그들 세 식구가 집을 나섰을 때는 아주 이른 아침이었다. 쌀쌀한 초겨울 날씨에 하늘까지 흐려 첫눈이라도 흩뿌릴 것 같았다.

"철이 니 내 시킨 말 기억하고 있제? 꼭 그대로 하고…… 부디 마음 단단히 먹거래이. 자, 그러믄 인제는 너끼리 가그라."

저만치 고아원이 보이는 길에서 어머니가 마지막으로 철이와 옥경이의 등을 다독거려 주며 말했다. 고아원 안까지 따라가 줄 수 없는 게 못내 마음에 걸린다는 표정이었다. 이제부터는 내가 다시 옥경이를 돌봐야 한다. 그런 생각에 애써 마음을 다잡아 먹은 철이 짐짓 흔들림 없는 어조를 지으며 도리어 그런 어머니를 안심시켰다.

"걱정 마세요, 어머니. 잘할게요."

그리고 옥경이의 손을 잡으며 고아원 쪽으로 걸음을 떼어 놓았다. 어머니의 발소리가 갑자기 다급해지며 멀어졌다.

'어머니가 우시려고 저렇게 달려가시는구나. 우리가 안 보이는 곳에서 마음껏 우시려고…….'

그렇게 헤아리자 철의 콧머리가 다시 시큰해졌다. 그러나 고아원 사람들에게 처음부터 눈물을 보이는 게 싫어 철은 속으로 이를 악물며 옥경의 손을 끌었다.

"옥경아, 걱정하지 마. 어쩌면 어머니가 돌내골 가고 없을 때보다 저기서 사는 게 훨씬 덜 고생스러울지 몰라."

철은 뒤돌아보는 대신 그 말로 자신과 옥경의 주의를 한꺼번에 저만치 있는 고아원 쪽으로 쏠리게 했다. 그러나 옥경이는 어머니 쪽이 못내 궁금한지 대답은 않고 뒤만 연신 돌아보았다. 철이 한층 어른스러운 목소리를 지어 그런 옥경을 어르듯 말했다.

"뒤돌아보지 마. 이젠 너도 어린애가 아니잖아. 우리 저기서 잘 지내 어머니를 기쁘게 해 드리자."

그러면서 몇 마디 주고받는 사이 고아원의 철문이 눈앞에 다가왔다. 갈릴리 보육원(保育院). 대문 위에 세운 철제 아치 앞면에 그렇게 쓰인 간판이 보였다. 그전에도 몇 번 지나치며 본 적이 있건만 그날은 어쩐지 생판 처음 보는 느낌이었다.

"야, 너희들 어떻게 왔니?"

철이 쭈뼛거리는 옥경을 끌 듯 대문 안으로 들어서는데 대문 왼편의 부속 건물에서 낯익은 얼굴 하나가 나오며 물었다. 정수원이란 교회 반사(班師)였다. 수요일 저녁 예배 뒤에 그가 들려주는 재미난 얘기(나중에 알고 보니 대개는 '세계 명작 다이제스트'였다.) 때문에 철이 홀딱 반해 있는 사람이었는데, 그가 거기서 나온 것은 참으로 뜻밖이었다.

"저어 조정인 집사님이 원장 선생님을 찾아뵈라고 해서……"

철은 반가움과 괴로움이 반반 섞인 어정쩡한 기분으로 그렇게 더듬거렸다.

"아, 그게 너희들이었니? 그럼 들어가 봐. 저쪽이야."

그가 얼굴 가득 사람 좋은 웃음을 띠며 손가락으로 원장 사택을 가리켰다. 원장인 박 장로는 마침 아침 식사 중이었다. 잠깐 안방에서 나와 그들 남매를 훑어본 뒤 다시 상머리로 돌아가며 짤막하게 말했다.

"알았어. 가 봐. 총무 선생님께 말씀드려."

철은 총무 선생이 누구인지, 그가 어디 있는지 알지 못했으나 왠지 그런 물음으로 박 장로를 귀찮게 해서는 안 될 것 같아 그대로 물러났다. 어쩌면 대문께에서 만난 정수원 반사를 믿어서였는지도 모르는 일이었다.

"총무 선생님? 지금 식당에 계셔. 여기서 좀 기다려, 모셔올게."

짐작대로 정수원은 철의 은근한 불안을 가볍게 해결해 주었다. 그가 식당으로 간 뒤 철은 남매만 남겨진 실내를 찬찬히 둘러보았다. 두 칸 방 정도나 될까, 천장도 벽도 바닥도 시멘트 미장으로만 마감질된 방 안에는 커다란 나무 책상과 의자 하나, 그리고 한쪽에 세워져 있는 작은 서류함이 전부였다. 굳이 더 있다면 한쪽 벽에 걸린 대략 신문지만 한 크기의 예수 수난상과 원아(院兒) 현황판 정도일까.

철이 그런 걸 하나하나 돌아보고 있는데 갑자기 문이 열리며 누가 들어왔다. 아앗. 철은 그 사람의 얼굴을 쳐다본 순간 하마터면 그런 비명을 내지를 뻔했다. 실제로도 같은 순간에 그 사람의 얼굴을 본 옥경의 입에서는 가느다란 비명이 흘러나왔다. 그 사람의 얼굴 한쪽에 난, 화상이 남긴 듯싶은 끔찍한 흉터 때문이었다. 왼편 관자놀이에서부터 입 끝까지 살 한 겹을 베어 내고 다리미로 눌러 버린 듯한 상처가 음산한 빛을 뿜으며 번들거리고 있었다.

그 사람은 하얗게 질린 채 굳어 있는 그들 남매를 힐끗 쏘아보더니 책상 뒤의 의자에 털썩 앉으며 손에 들고 있던 무언가를 책상 위에 소리 나게 내려놓았다. 철이 그 소리에 찔끔하여 훔쳐보니 자반[尺半] 길이 정도의 철사 같은 것이었다.

"총무 선생님이시다. 인사드려."

뒤따라 들어온 정수원의 목소리가 가벼운 마비 상태에 빠진 것 같은 철의 의식을 깨웠다. 철이 펄쩍 놀란 사람처럼 총무 쪽을 향해 꾸벅 절을 했다. 옥경이도 오들오들 떠는 듯 섰다가 얼른 머리를 숙였다. 총무는 한동안 말없이 그런 남매를 훑어보다가 천천히 말했다.

"이름이 뭐냐?"

"저는 이인철이고…… 재는 이옥경입니다."

이상스레 음산하게 들리는 그 목소리에 움츠러든 철이 까닭 모르게 더듬거리며 대답했다. 철의 표준말 때문인지, 그의 성한 오른편 눈이 한번 번쩍하더니 다시 한동안 말이 없었다.

"남자애는 바들로매실(室)로 보내면 되고 여자애는 엘리사벳실로 보내면 될 것 같습니다. 얘들 나이도 그렇고 방 사정도 그렇고……."

정수원 반사가 이번에는 총무를 향해 그렇게 말했다. 총무가 그 말을 못 들은 사람처럼 다시 남매에게 물었다.

"들고 있는 건 뭐야?"

"책과 옷입니다."

철은 죄 지은 것도 없으면서 더욱 움츠러들며 대답했다.

"옷은 안 돼!"

그가 갑자기 버럭 소리를 질렀다. 그리고 드디어 구실을 찾아냈다는 것처럼 무시무시하게 덧붙였다.

“너희들 말이야. 정신 차려. 여기 들어오면 모두 고아야. 부모도 가까운 친척도 없는 거야. 공연히 누가 있다, 누가 있다고 나불대서 딴 아이들 기죽이면 아주 혼날 줄 알아! 그리고 바깥에서 하던 엉뚱하고 돼먹잖은 짓 여기서는 용서 없어. 내가 오늘부터 지켜볼 거야. 그럼 나가 봐.”

어지간한 철이도 곧 그들 남매를 다독여 준 정수원이 없었더라면 그 길로 울며 어머니에게로 달아났을 것이다. 그만큼 총무의 첫인상은 공포스러웠다.

“겁내지 마. 그렇게 나쁜 사람 아냐.”

정수원은 총무실을 나오기 바쁘게 철의 등을 쓰다듬으며 나지막이 말했다. 그러나 철은 그 말에 어떤 위로나 격려를 느끼기보단 그때껏 없었던 어둡고 새로운 종류의 불길한 예감에 가슴이 무거워질 뿐이었다.

그 얼마 뒤 철은 한 방을 쓰는 고등학생 형의 미술 교과서에서 우연히 고흔가, 고혼가 하는 서양 화가의 「검은 별 아래서」란 그림 하나를 본 적이 있다. 겨우 엽서 크기도 안 되는 조악한 복사물이고, 그림의 내용도 추상적이었지만 철은 왠지 얼른 그 그림을 이해할 것 같았다. 밤하늘 아래 커다랗고 무성의하게 그려진 검은 별 아래 한 사내가 절망적으로 팔을 벌리고 서 있는 그림이었는데, 놀랍게도 철은 그때 벌써 그 사내에게서 겨우 열세 살인 자신을 찾아볼 수 있었다.

한 종장, 또는 긴 막간의 시작

(1961년 5월 16일)

"원산폭격 실시!"

함 병장의 나직한 목소리에 황급히 머리를 발 앞에 처박으며 명훈은 속으로 안도의 한숨을 내쉬었다. 괴롭기야 마찬가지겠지만 기합으로 시작하면 일단 빳다(배트: 여기서는 구타)는 없다는 게 6개월 남짓의 졸병 생활에서 얻은 경험이었다.

"그대로 듣는다. 니네들 요새 군대 생활 어떻게 하는 거야? 아주 군기들이 싹 빠졌어. 졸병들을 한 내무반 가득 놔두고 특명(特命) 고참이 밥까지 굶어야 하겠어? 제대 말년 우리가 취사병 새끼들에게 굽신거리며 밥 얻으러 다녀야 하느냐고?"

함 병장의 깐깐한 목소리가 뒤통수에 쏟아지듯 들려왔다. 제대 특명을 받아 벌써부터 열외(列外)인 고참 하나가 술에 취해 자다가 저녁 식사 시간을 놓친 게 그날 집합의 발단이었다. 그럴 때 누군가 밥을 타 놓아야 하는데 모두가 잊어버려 일이 났다.

"야, 니네들은 제대 특명 안 받을 줄 알아? 말년 고참 이렇게 괄시하는 거 아냐."

그 고참이 바로 아래 기수(期數)인 함 병장 또래에게 한마디하자 함 병장이 뒤늦게 취사반에 달려가 밥을 얻어 왔는데 그때 이미 내무반의 분위기는 심상치 않았다. 그러다가 삼십 분도 안 돼 귀엣말로 전해 온 것이 '25개월 이하 기재 창고 뒤로 집합'이었다.

"니네들 어쩔래? 정말로 줄빳다 한번 맞고 정신 차리겠어? 그러잖아도 우리 3내무반 요즈음 말썽 많은 거 몰라?"

함 병장이 다시 그렇게 이었다. "줄빳다"란 말에 힘을 주는 게 그저 해 보는 소리가 아닌 것 같았다.

어쩌면 오늘은 기합으로만 끝나지 않을지도 모르겠구나. 그런 생각이 들자, 갑자기 이상한 한기가 등골을 타고 흘렀다. 참으로 알 수 없는 공포였다.

여럿이서 함께 당하는 구타는 어쨌든 한계가 있게 마련이고, 또 그런대로 공평해서 맞는 데는 어느 정도 단련된 명훈에게 그토록 두려울 까닭이 없었다. 그러나 막상 일을 당하게 되면 옆 사람의 것까지 전염되어 그런지 바깥 사회에서는 전혀 경험해 보지 못한 크기의 공포에 떨게 되고는 했다

명훈의 우려는 오래잖아 현실로 나타났다. 흙바닥에 처박은 머리가 제대로 배겨 오기도 전에 누군가 몽둥이를 끌고 함 병장 곁

으로 다가오는 소리가 들렸다.

몽둥이가 이따금 땅에 박힌 돌과 부딪쳐 내는 소리가 짧고 탱글거리는 게 목질의 단단함을 암시했다. 작업용 곡괭이 자루가 아니면 야전침대 마후라(머플러) 같았다.

"야야, 설교 필요 없어. 이 새끼들은 맞아야 정신 차려. 며칠 손 안 댔더니 엉덩이가 말랑말랑해진 모양이지."

졸병들에게는 악명 높은 최 상병이었다. 군번은 함 병장과 비슷하지만 술로 두어 번 사단 영창을 들락거린 것 때문에 계급은 상병에서 굳어 있었다.

"모두 일어나. 그리고 엎드려뻗쳐!"

최 상병이 몽둥이를 고쳐 쥐며 빽 소리를 질렀다. 고개를 들며 힐긋 보니 기재 창고 창 틈에서 새어 나오는 불빛을 옆으로 받고 있는 그의 얼굴이 표독스러운 악귀처럼 느껴졌다.

그런데 그때 뜻밖의 구원이 왔다. 갑작스러운 군홧발 소리와 함께 선임하사가 나타나 수선스레 외쳤다.

"새끼들, 여기 모두 자빠져 있었구나. 뭣들 하는 거야?"

"기합 좀 주고 있습니다. 군기들이 싹 빠져서."

최 상병이 한풀 꺾인 목소리로 대답했다. 선임하사가 평소답지 않게 짜증을 내며 소리쳤다.

"시끄러워. 어서 빨리 내무반으로 돌아가!"

"그렇지만 교육할 건……."

"육갑 떨고 있네. 인마, 비상이란 말이야, 비상. 어서 돌아가 군장 꾸리고 출동 대기해!"

그러자 한번 버텨 보려던 최 상병도 어쩔 수 없다는 듯 몽둥이를 소리 나게 내던지며 기합을 풀어 주었다.

"모두 일어나 내무반으로 돌아가. 오늘 용꿈 꾼 줄 알아!"

명훈은 처음 선임하사가 비상이란 말을 했을 때, 그게 한번 해 본 소린 줄 알았다. 사람 좋은 그는 전에도 이따금 졸병들이 기합 받는 걸 보면 되도록 고참들의 의사를 존중하는 하사관들의 관례를 깨고 이런저런 핑계로 구해 주곤 했기 때문이다.

그런데 그날은 달랐다. 이마에 흐르는 땀을 닦으며 내무반으로 들어가던 명훈은 전투복에 철모까지 쓴 중대장·소대장이 통로를 왔다 갔다 하는 걸 보고 자신도 모르게 긴장했다.

전에도 비상 훈련은 몇 번 받아 본 적이 있지만 중대장·소대장의 얼굴이 그렇게까지 굳어 있는 걸 보기는 처음이었다. 졸병들뿐만 아니라 고참들까지도 움찔하는 눈치인 게 명훈과 비슷한 느낌인 듯했다.

하지만 그런 긴장도 잠시, 내무반은 곧 군장 꾸리는 소리로 소란스러워졌다. 소총이 침상에 쓰러지며 요란스러운 소리를 내고, 반합이 침상을 구르고, 서투른 신병들을 닦달하는 고참들의 욕설이 끼어들었다. 그런 내무반의 분위기를 더욱 소란스럽게 하는 것은 선임하사의 까닭 모를 흥분이었다.

"실전 상태와 똑같이 꾸리도록 해. 수통에 물도 채우고…… 실탄도 지급될 거야."

통로를 왔다 갔다 하며 떠들어 대는 그에게서는 어떤 위기감마저 느껴졌다. 그렇지만 잘 단련된 현역병들에게는 완전군장을 꾸리는 데 그리 오랜 소동이 필요하지 않았다.

삼십 분도 안 돼 군장 꾸리기를 마친 중대원들은 군화 끈까지 깨끗하게 여민 채 침상 끝에 줄지어 앉아 있었다.

"전원 현 위치를 이탈하지 않고 대기하도록."

이것저것 까다로운 점검을 마친 중대장이 삼엄한 얼굴로 그런 지시를 하고 내무반을 나갈 때만 해도 내무반의 긴장은 남아 있었다. 그러나 아무런 후속 지시 없이 한참이 지나자 분위기는 서서히 풀어지기 시작했다. 곁에 사람끼리의 귀엣말이 수군거림으로 변하고, 다시 그 수군거림은 제법 대담한 잡담으로까지 번져 갔다. 그러다가 선임하사까지 자리를 비울 때쯤 내무반은 제법 불평의 기운까지 섞인 의문들로 떠들썩했다.

"이기 대체 우예 된 일고? 난데없이 출동이라 카이 어디로 출동한단 말고?"

"출동이라믄 큰 훈련인디 큰 훈련을 사전 계획도 없이 마구 해도 되는 거여?"

"혹 폭동이 일어난 거 아녀? 지난달에 거 왜 폭동 진압 훈련 자주 했잖여?"

듣고 보니 명훈도 그들과 같은 의문이 들었다. 그러나 그는 오래 그 의문에 매달려 있을 수가 없었다. 계급은 같은 일등병이라도 군번은 대여섯 달 빨리 받은 옆자리의 권 일병이 갑자기 편지

한 통을 내민 까닭이었다.

"이 일병, 이것 말이야, 깜박 잊었는데…… 저녁때 내가 받아 뒀지. 집에서 온 편지 같은데……."

명훈이 얼른 받아 겉봉을 살펴보니 어머니에게서 온 것이었다. '어머니……' 명훈은 편지를 뜯어 보기도 전에 가슴부터 미어져 왔다. 그녀가 벌이고 있는 힘겨운 싸움이 떠오르며 잠시 글씨가 안 보일 정도로 눈앞이 흐려졌다.

명훈이 보아라.

그간 몸 성히 지내고 근무에도 충실하나? 이 죄 많은 어미도 별고 없이 잘 지낸다. 네가 저번에 보낸 편지는 어제사 받았다. 내가 주소를 옮겨 한 달이나 있다가 옛날 집에 딜따(들여다)보이 네 편지가 와 있더구나. 편지 보고 한없이 울었다.

영희는 여기로 돌아오지 않았다. 또 어디를 돌아다니며 남에게 못할 짓을 하고 있는지 참으로 걱정되고 겁난다. 전생에 무슨 살(煞)이 꼈는지, 아니, 하나님께서 무슨 뜻으로 이토록 나를 시험하시는지. 이제사 그 애물이 돌아와 봤자 어디든 다시 보낼 수밖에 없는 처지가 되었다만, 그래도 종적조차 알지 못하니 어미 가슴 찢어지는 듯하다.

며칠 전에는 갈릴리(고아원)에 있는 철이와 옥경이가 다녀갔다. 철이는 중학교에 잘 다니고 있고 옥경이도 오히려 내가 끼고 있을 때보다 살이 올라 한 가닥 위로는 되었다.

참, 철이는 이번 중학 시험에 몇 등인가 해서 특대생이 되었다더라.

등록금 공납금이 면제되었으니 먹여만 줄 수 있으면 내가 데리고 있어도 되는데 그리 못 하니 안타깝다. 꼭 하려고 들면 못 할 것도 없지마는 공연히 잘 있는 아이들 끌어내다가 저희 배 곯리고 내 고생하는 거보다는 이렇게 지내며 한 푼이라도 모아 우리 모두 함께 모여 살 날을 기약해야 되지 않겠느냐?

옛말에 자식 떼 놓고 돌아서는 에미, 발자국마다 피가 괸다 그러더라만, 이제는 많이 진정되어 아이들을 보낼 때는 눈물을 안 보일 수 있었다. 그러니 너도 이곳 일로 너무 상심하지 말고 네 몸이나 잘 간수해라. 아이들은 물론 이 어미도 네가 제대해 돌아올 날만 손꼽아 기다린다. 그리고 오랜 기도 끝에 결정했는데 영희 일은 이제 그만 잊어버리자. 나는 작년 겨울밤 그 아이의 머리를 깎으면서 실은 머리카락을 끊은 게 아니라 부모 자식의 정을 끊었다.

거기다가 어린 동생들을 굶겨 놓고 이것저것 쓸어 모아 달아난 것이니 진작부터 더 볼 게 없는 악물(惡物)이랬다. 공연히 그 일로 속 썩이지 마라. 내게 자식은 이제 너희 삼 남매뿐이다.

오랜만에 니한테 편지를 쓰니 니를 대한 듯 만단정회가 쏟아져 쓸데없이 편지가 길어졌다. 벌써 외출을 나왔더라니 첫 휴가도 멀지 않겠구나. 휴가 받거든 지체 없이 어미에게로 달려오너라. 그때는 박 장로님께 말씀드려 아이들도 불러내고 함께 모여 소회를 풀어 보자. 그럼 이만 쓴다. 부디 몸 조심하여라.

4294년 5월 11일

죄 많은 어미가 쓴다.

편지지 석 장을 앞뒤로 채운 어머니의 편지는 그랬다. 지난번 첫 외출에서 돌아와 쓴 편지를 며칠 전에야 받고 답장을 쓴 듯했다.

홀로 남의집살이를 하게 되니 외로움을 타는지 전에 없이 긴 편지였다. 명훈은 마흔도 훨씬 넘겨 평생에 해 본 적이 없는 식모살이를 나선 어머니가 그만큼이라도 꿋꿋이 버티는 게 다행스럽게 여겨지면서도 한편으로는 죄스럽기 그지없었다. 자신이 특별한 신념이나 열정도 없이 공연히 들떠 지낸 그전 한 해 때문이었다. 어차피 겉모양뿐인 대학 따위는 집어치우고 가족들을 위해 열심히 일했다면 어머니와 동생들이 그런 지경까지 가지는 않았을 것 같았다.

혹시 그 편지를 남이 볼까 염려해서 어머니는 빙빙 둘러말하고 있었지만 철이와 옥경이가 간 곳은 고아원이었다.

"아무래도 이래 가지고는 죽도 밥도 안 되겠다. 아이들은 연말쯤 고아원에 옇고(넣고), 나는 나대로 벌이를 해서 쪼매씩이라도 모아야제. 그래 가지고 니 제대할 때까지 모도 고생하며 힘을 키우는 게라. 더구나 철이는 내년에 중학을 가야 하는데 이대로는 당최 자신 없다. 철이 중학을 보내기 위해서라도 그 길밖에 없다."

입대 전 밀양을 들렀을 때 어머니는 초췌한 얼굴로 한숨 섞어 말했다. 그때 어머니는 그 고아원이 그녀가 나가는 교회의 장로가 경영하는 곳이며, 설비 좋고 아이들 잘 거두기로 이름난 곳이라는 걸 여러 번 강조했지만 고아원인 이상 뻔했다. 명훈은 언젠가 우연히 들여다본 서울 변두리의 고아원을 떠올리며 갑자기 시큰해지는 콧마루를 감싸 쥐고 마른 코를 풀었다. 건물은 번듯하고 설비도 그럴듯했지만 그곳의 아이들이 걸치고 있던 누더기와 받아 들고 있던 음식은 구경하기에도 눈물겨웠다. 더군다나 끊임없이 눈치를 보던 그 핏기 없는 얼굴들. 그런데 이제 철이와 옥경이가 그 속에 끼어들고 말았다. 그러나 철이와 옥경이 못지않게 명훈을 괴롭혀 오는 것은 영희의 일이었다.

지난달의 첫 외출 때 명훈은 모든 걸 제쳐 두고 영희부터 먼저 찾아갔다. 괴롭고 힘든 신병(新兵) 생활이 혈연의 따뜻한 정을 그리게 한 탓이었는데, 명훈은 찾아간 영희의 일터에서 뜻밖의 일을 당했다. 영희를 찾는 그에게 주인 남자가 덤벼들어 멱살이라도 잡을 듯하며 거칠게 물었다.

"이거 무스그 수작이야? 솔직히 말하라우. 무얼 살피러 왔네?"

그러고 보니 그토록 친절하던 젊은이의 눈길에도 예사 아닌 적의가 번쩍이고 있었다. 명훈은 직감적으로 영희가 무슨 일을 저질러도 큰일을 저질렀음을 알았다. 마구잡이로 퍼부어 대는 주인 남자의 욕설에 불끈 치솟는 화를 애써 억누르며 조용히 까닭을 알아보았다.

"그 종간나, 발쎄(벌써) 한 다발 훔쳐 내뺐디. 것두 자그마치 5만 환씩이나……."

주인 남자는 그렇게 씩씩거리며 말하고 그때껏 보관하고 있던 쪽지를 꺼내 명훈의 코앞에 흔들어 대며 덧붙였다.

"이거이 장난하는 거이가, 뭐이가? 정말로 집으로 돌아가지 않아서? 엇다 숨겨 놓고 우리 눈치 살펴보러 오지 않아서?"

> 아저씨, 정말로 죄송합니다. 이 돈이 꼭 쓸 데가 있어 허락 없이 빌려 갑니다. 뒷날 성공하면 꼭 갚겠어요. 용서해 주세요.
>
> 영희 씀.

급하게 흘려 써도 눈에 익은 영희의 필체는 그렇게 말하고 있었다. 명훈은 먼저 자신의 외출이 입대 5개월 만에 하는 첫 외출인 점을 들어 사장의 의심을 푼 뒤에 오히려 자신이 궁금한 점을 캐물었다. 명훈에게도 영희의 그 같은 행동은 너무도 뜻밖이었다.

"내가 그걸 어드렇케 아네? 그래도 우리는 저를 믿었는데…… 성깔은 있어도 억시고(억세고) 부지런한 게…… 정말 알고도 모를 게 세상 일이고 사람 일이디."

이웃고 주인 남자는 약간 넋두리 조가 되어 그렇게 말하고 한숨까지 곁들였다. 뭔가 아쉬운 데가 있어 영희가 더욱 괘씸하다는 투였다.

"자꾸 말해 뭐해요? 그까짓 기집애……."

곁에서 더는 못 참겠다는 듯 내뱉는 젊은 쪽의 말투에도 단순한 금전 손실에서 온 분노를 넘어서는 그 무엇이 느껴졌다.

그 바람에 명훈은 서울에 있는 몇 안 되는 친척집을 모조리 돌고 마지막에는 가기 싫은 모니카네 집까지 가 보았다. 그러나 거기서는 모니카 자신이 집을 뛰쳐나간 지 오래라 영희의 행방을 물어볼 수조차 없었다. 그래서 귀중한 첫 외출 하루를 그 일로 몽땅 날려 버린 뒤, 혹시나 싶어 어머니에게 편지로 영희 소식을 물어본 것인데 답장으로 봐서는 역시 그곳으로 간 것도 아니었다.

'그럼 어디로 갔단 말인가…….'

거기서 명훈은 다시 아무리 해도 알 수 없는 영희의 간 곳과 아울러 그녀가 그 돈을 훔친 까닭을 헤아려 보았다. 그녀가 돈을 훔친 무렵이 대학 입시철이라 그쪽으로 생각해 볼 수도 있었으나, 그것도 아닌 듯했다. 영희의 성격으로 보아 그렇게라도 여대생이 되었다면 보아란 듯이 부대로 면회라도 왔을 것이었다. 그리고 그런 이유를 빼면 나머지는 모두가 좋지 않은 쪽뿐이었다. 나쁜 남자의 꾐에 빠져서……와 같은.

동생들 때문에 우울한 상념에 빠져 있던 명훈이 다시 현실로 돌아온 것은 갑작스러운 비상 해제 소동 때문이었다.

"비상 해제. 각자 관물, 병기 원위치하고 취침 준비!"

대대본부 쪽이 좀 웅성거리는 것 같더니 무엇 때문인가 허둥거리며 달려온 선임하사가 그렇게 소리쳤다. 야간 출동이 달가울 리는 없지만 그래도 완전군장까지 꾸리고 대기하고 있던 끝이라 그런지 사병들이 툴툴거리며 군화 끈을 풀기 시작했다. 그런데 미처 그 군화를 벗기도 전이었다.

내무반 출입문을 걷어차듯 들어온 중대장이 빽 고함을 질렀다.

"동작 그만!"

그리고 선임하사를 성난 눈길로 노려보더니 다시 한층 소리를 높였다.

"아직 비상이 발령 중이다. 전원 완전군장한 채 대기."

사병들로서는 도무지 알 수 없는 일이었다. 알 수 없기는 그도 마찬가지라는 듯 선임하사가 혼란된 표정으로 그런 중대장을 쳐다보았다. 중대장이 찬바람 도는 얼굴로 선임하사에게 지시했다.

"선임하사도 쓸데없이 이동하지 말고 여기 앉아 병력이나 장악하고 있으쇼."

"그럼 사단 사령실 명령은……?"

"글쎄 이 출동은 작명(作命: 작전명령)에 따라 준비된 것이오. 아무리 상관이라도 지휘 계통이 다른 연대장의 전화 한 통으로 취소될 순 없소."

"그래도 괜찮을까요? 틀림없이 사단장님 명령이라고 못 박았는데……."

"어쨌든 계통을 밟은 작명 취소의 전통(電通) 없이는 비상을 풀 수 없소. 출동 준비 태세를 유지시키고 영외 거주자도 계속해 영내 대기하도록 하시오."

듣고 있던 사병들이 있음을 의식했는지 중대장은 한층 더 확고한 목소리로 그렇게 말하고 내무반을 나가 버렸다. 그쯤 되자 선임하사도 어쩔 수 없다는 듯 자신의 명령을 취소했다. 그러다가 무언가 못내 꺼림칙한지 볼멘 혼잣말을 중얼거렸다.

"이거 뭐가 뭔지 알 수가 있어야지. 금방 병력을 해산하라고 사단에서 전화 지시가 있었는데, 이쪽은 또 그대로 대기하라니……."

그 말에 간이 커진 고참 몇 명이 불평 섞어 지휘부의 상황을 떠보았다.

"선임하사님, 도대체 어떻게 된 겁니까? 작전명령이 출동 직전에 이랬다 저랬다 바뀌는 수도 있습니까?"

"누가 아니래? 나도 전쟁 끝나고는 첨이야."

"무슨 일인데요?"

"사단 사령실에서는 분명히 병력을 해산하라는 전통이 내려왔는데, 이쪽에서는 지휘 계통을 밟은 작명 취소가 아니라고 버티는 거야. 대대장님은 출동 시간이 됐는데도 뵈지 않고……."

"혹시 괴뢰군 놈들이라도 쳐 내려온 거 아닙니까?"

"인마, 그럼 더욱 출동 태세를 갖추고 있어야지. 어쨌든 이만 됐어. 중대장님 말씀대로 해. 모두 언제든 발령만 되면 달려 나갈 준비 갖추고 대기하도록."

선임하사는 더 이상 사병들에게 지휘부의 혼란을 알게 해서는 안 된다고 생각했던지 그쯤에서 말허리를 잘랐다. 그러나 마음속은 여전히 복잡한지 침상 한구석에 털썩 앉으며 수통을 빼 들었다. 한 모금 마시고 이마를 심하게 찡그리는 게 수통에 소주라도 채워 둔 듯했다.

풀었던 군화 끈을 졸라매고 건성으로 군장을 점검하는 것도 잠시, 사병들에게는 다시 방치된 것처럼 느껴지는 시간이 한동안 흘러갔다. 그사이 밤 열한 시가 넘어서인지 하나둘 조는 사병이 생기고, 배짱 좋은 고참들은 아예 철모를 벗고 침상에 드러눕기도 했다. 이따금 중대장이나 작전과장이 초조한 얼굴로 내무반을 둘러보러 왔지만 사병들의 그런 자세까지 나무라지는 않았다.

갑자기 헌병 백차에서 나는 것인 듯한 사이렌 소리와 함께 몇 대의 차량이 빠른 속도로 다가오는 소리에 내무반이 다시 긴장한 것은 열한 시 삼십 분경이었다.

"무슨 일이야?"

수통 속의 술을 찔끔찔끔 마셔 대던 선임하사가 내무반을 나가고 뒤이어 제대 말년의 고참 두엇이 따라 나갔다. 한참 뒤에 돌아온 고참들이 고개를 갸웃거리며 주고받았다.

"이거 오늘 정말로 무슨 일 난 거 아냐? 이 오밤중에 백바가지(헌병)가 한 차라니."

"뒤따라오는 차는 사단 1호차 같던데. 초소 외등 불빛에 번쩍번쩍하는 게 틀림없이 별판이었어."

"그럼 사단장이 이 시간에 여기까지?"

"무슨 일이 난 거야. 근데 무슨 일일까……."

그때 가까운 행정반 쪽에서 한껏 소리 높여 붙이는 경례의 구호 소리가 내무반까지 들려왔다. 꼭 사단장이 아니더라도 누군가 높은 사람이 온 것임에 틀림없었다. 그 바람에 잠시 풀려 있던 분위기가 다시 팽팽하게 조여들며 내무반 안이 조용해졌다.

그로부터 한 삼 분쯤이나 됐을까, 이번에는 여러 사람의 군홧발 소리가 요란하게 가까워지더니 막사 문께에서 멈춰 서며 누군가 위엄 있게 말했다.

"어서 병력 해산시켜. 영외 거주자는 주번사관 외에 모두 귀가시키고. 돌아오면서 다시 확인할 거야."

"네, 알겠습니다. 각하."

그런 대답과 함께 낯색까지 하얗게 질려 내무반으로 뛰어든 것은 한 반 시간 전까지만 해도 출동 태세 유지를 되풀이 확인하던 중대장이었다.

"비상 해제! 모두 군장을 풀고 취침 준비에 들어간다. 모든 관물과 병기는 제자리에 정돈하도록. 실시!"

중대장은 바깥 사람에게 들으라는 듯 전에 없이 쇳소리를 냈다. 그러나 바깥의 군홧발 소리는 그의 고함이 끝나기도 전에 이웃 막사로 옮겨지고 있었다.

"참말로 쫄빙(졸병) 이거 더러워서 몬 해 묵겠네. 연병장을 빡빡 기든 동 잠을 자든 동 우예 된 긴지 셈판이나 알아야제. 야, 이 일병 이것 쫌 풀어 제자리에 갖다 놔라."

중대장이 나가자마자 김 병장이 소총을 소리 나게 관물대에 기대 세우며 자신의 배낭을 명훈에게 밀어 보냈다. 명훈이 당번처럼 맡아 시중을 드는 말년 고참 중의 하나였다. 이 촌놈의 새끼가, 하고 내뱉고 싶은 걸 애써 참으며 명훈은 자신의 배낭을 제쳐 놓고 그의 배낭부터 풀어 관물 정돈을 시작했다. 초저녁부터 이래저래 시달려서인지 그날따라 유달리 피로했다.

'정말로 무슨 일이었을까…….'

명훈이 잠시라도 그쪽으로 생각을 돌린 것은 열두 시 무렵 소등이 된 뒤였다. 형식적인 비상 훈련이 아니라 며칠 전부터 예고되었던 훈련 출동이 그 직전에 취소된 것은 신병인 명훈에게도 좀 이상했다.

그것도 그 취소를 놓고 한 시간을 넘게 옥신각신하다가 사단장이 직접 나타나서야 결말이 나는 걸 보니 아무래도 심상찮았다.

그러나 그 의문에 비슷하게라도 답을 찾는 것은 그때의 명훈에게는 능력 밖이었다. 눕기 바쁘게 짓눌러 오는 눈시울의 무게를 못 이겨 명훈은 곧 신병의 단잠 속으로 빠져 들어갔다.

하지만 그날 밤은 이 땅의 역사 속에서 못지않게 명훈 개인에게도 유별난 밤이었다. 언제 잠들었는지도 모르게 곯아떨어진 지 두어 시간이나 되었을까, 명훈은 꿈결인가 싶게 중대장의 목소리를 들었다.

"기상, 기상! 모두 일어나!"

명훈이 떠지지 않는 눈을 간신히 뜨고 몸을 일으켜 소리 나는 쪽을 보니 정말로 중대장이 서 있었다. 사단 BOQ로 가 자는 줄 알았던 그가 비상 때의 복장 그대로 다시 나타난 것이었다.

"불침번만 빼고 모두 단독 군장으로 연병장에 집합!"

중대장이 다시 악을 쓰듯 외쳤다. 전날 밤 같은 그 소등 끝에도 잠들기 전에 몇 잔 걸쳤던지 함 병장이 술기운 남은 목소리로 투덜댔다.

“씨팔, 이거 새벽 두 시잖아? 무슨 놈의 비상이 밤새껏 오락가락이야?”

그러자 마침 알맞은 시범 케이스를 찾았다는 듯 중대장이 대뜸 침상으로 뛰어올라 아직도 앉은 채 뭉그적거리는 함 병장의 가슴패기를 걷어찼다. 일부러 소리 나게 찼는지 쿵하는 소리와 함께 함 병장이 벌렁 자빠졌다. 중대장은 침상 마룻바닥을 군홧발로 요란스레 굴러 한 번 더 내무반의 주의를 자기에게로 끈 뒤 이를 악물며 소리쳤다.

“고참이라는 새끼가 이 모양이니…… 안 되겠어. 모두 단독 군장으로 대대 연병장에 선착순 집합!”

그러고는 문짝을 걷어차듯 나가 버렸다. 그제야 다급해진 사병들이 화닥닥거리며 단독 군장에 들어갔다. 선잠에서 깨어난 데다 선착순이란 말에 서두르느라 간밤과 비교할 수 없는 소동이 다시 한바탕 벌어졌다.

간신히 단독 군장을 차린 명훈이 헐떡이며 연병장으로 내려가니 연병장에는 벌써 스무남은 명이 한 줄로 늘어서 있었다. 저만치 어둠 속에서 야전 플래시를 번쩍이며 서 있던 중대장이 차갑게 말했다.

“선두 세 명 빼고 모두 엎드려뻗쳐!”

그 바람에 줄이 갑자기 배나 늘어나며 주르르 뒤로 밀렸다. 명훈은 하마터면 자신의 소총에 걸려 엎어질 뻔하다가 겨우 몸을 가누어 엎드려뻗쳐 자세를 했다. 5월도 반이나 지났건만 새벽 두 시의 연병장 바닥은 차고 축축했다.

다행히도 중대장의 목적은 기합 그 자체에 있는 것 같지 않았다. 어지간히 모였다 싶자 중대원들을 일으켜 세우고 그제야 어슬렁거리며 연병장으로 내려오는 선임하사에게 인원 파악을 지시했다. 말이 중대일 뿐 예비사단이라 병력은 이런저런 열외와 휴가를 빼면 완편(完編)의 3분의 1밖에 안 됐다.

중대장은 거기서 다시 특명 고참과 환자를 열외로 빼고 좀 풀린 목소리로 말했다.

"우리는 사단의 정예부대로 지목돼 특별히 사령부의 호출을 받았다. 모두 사단 직할대 연병장으로 구보!"

그리고 스스로 앞장서서 느린 구보를 시작했다. 대대를 벗어나 사단 영내 도로로 접어들 무렵 어디선가 1소대장 이 소위가 나타나 중대장 대신 선두를 이끌었다.

그들이 직할대 연병장에 이르렀을 때 거기에는 이미 백 명 남짓의 병력이 모여 웅성거리고 있었다. 사단 직할대 병력인 듯싶었다. 중대장이 그곳 병력을 지휘하고 있는 작업모 차림의 소령에게 도착 보고를 하자 그 소령은 그들을 받아들여 전 병력을 4개 소대로 나누었다. 명훈의 부대는 좀 인원이 넘치는 대로 한 소대로 편성되었다.

아직 출동 목적은 몰랐지만, 그런 비상 편제부터가 자다가 끌려나온 사병들에게는 적지 않은 위기감을 느끼게 했다. 그 위기감을 더한 게 사단 수송부에서 전조등만 켠 채 몰려든 병력 수송용 트럭이었다. 밤이 깊고 어두워서 그런지 엔진 소리가 유난히 크게 울리며 까닭 모를 불안을 자아냈다.

그러나 그 위기감의 절정은 승차 전에 있은 실탄 지급 때였다. 몰려온 여덟 대의 트럭 중 캘리버 50을 운전석 지붕 쪽에 설치한 트럭에서 실탄 상자가 내려지더니 카빈은 60발, 엠원은 64발씩의 실탄이 사병 모두에게 지급되었다.

"별명(別命)이 있을 때까지 장전해서는 안 된다. 실탄 클립은 모두 휴대용 탄통에 넣어 보관하도록."

그런 지시가 있었지만 사격 연습이 아닌 다른 목적으로 실탄을 60발씩이나 지급받자 사병들은 한결같이 으스스해졌다.

사단장은 실탄 지급이 막 끝났을 무렵 나타났다.

부관과 참모 한 사람을 뒤딸리고 있었는데 어둠 속이지만 목소리만으로도 몹시 흥분하고 긴장되었음을 짐작할 수 있었다.

"모두 주목. 너희들은 우리 사단의 선발대로 참모총장님의 특명에 의해 서울 시내로 진주한다. 정보에 따르면 국군 일부 병력이 현 정부를 전복하려고 음모를 꾸미고 있다고 한다. 우리는 주요 관공서와 언론사를 그들로부터 지키라는 임무를 부여받았다. 모두 임무 수행에 차질이 없도록 만반의 태세를 갖추기 바란다."

사단장이 비로소 그렇게 출동의 이유를 밝혔다. 그러나 명훈을 비롯한 사병들로서는 그게 간밤의 출동과 정반대의 목적이라는 걸 알 길이 없었다. 다만 어쩌면 반란군과 교전이 벌어질지도 모른다는 불안이 작은 웅성거림으로 변해 대오 사이에 번졌다.

“불안해할 거 없다. 알려진 바에 따르면 반란 부대 병력은 소수다. 진압군이 계속 서울로 집결하고 있는 만큼 쉽게 제압할 수 있으리라고 본다. 우리의 임무는 그때까지 주요 관공서를 경비하는 것이다. 자, 그럼. 선임 부대부터 제대별로 승차!”

사단장 곁의 참모가 다시 그런 상황 설명을 곁들였으나 차에 오른 뒤까지도 사병들의 동요는 쉽게 가라앉지 않았다.

“그럼 그게 증말 아녀? 5월 12일 군에서 뭔 일 있을 거라던 소문 말여.”

“나도 쩌번(지난 번) 외출 때 그런 소리 듣긴 했는디. 오늘은 뭐시냐? 벌써 열두 시가 넘었으니께 5월 하고도 16일 아녀?”

그 며칠 전 잠깐 떠돌다 흐지부지된 풍문을 조심스레 수군대는 사병들이 있는가 하면 선임하사는 대뜸 대학생들부터 타박 주고 나섰다.

“그 새끼들이 촐랑대니 무슨 일이 안 나? 남북 학생 회담이라고? 즈이들이 모여 뭘 어떡하겠다는 거야? 내 벌써 행협(行協: 한미 행정 협정) 반대다 통일이다 하고 떠들어 댈 때 알아봤지. 가만히 있는 군을 꼬드겨 불러낸 거야…….”

그러나 명훈이 문득 황을 떠올리게 된 것은 중대 서무계 권 상병 때문이었다. 황과 같은 학교 출신의 빵빵 군번(학보병, 1년 6개월 근무 단기제대 군번 앞에 00이 붙어 빵빵 군번이라고 통칭함)으로, 명훈은 그가 입대 때문에 4·19에 참여할 수 없었던 것을 못내 아쉬워하던 걸 본 적이 있었다. 그런 그가 까닭 모를 한숨과 함께 나직이 중얼거렸다.

"테르미도르(열월(熱月), 프랑스 혁명력 제11월) 9일인가, 브뤼메르(무월) 18일인가……."

테르미도르란 말이 귀에 익은 것이라 명훈이 그 뜻을 곰곰이 생각하고 있는데, 곁에 앉은 말년 고참 박 상병이 그런 빵빵 권 상병에게 물었다.

"테르미도, 비르메…… 그게 뭔데?"

"아니, 아닙니다. 그저 혼자 해 본 소리예요."

권 상병이 황급히 자신이 한 말을 지워 버리려고 애썼다. 박 상병도 구태여 캐물을 뜻은 없는지 더는 말꼬리를 잡고 늘어지지 않았다.

'테르미도르, 테르미도르…… 그렇지 김 형이 자주 쓰던 말이다. 반동(反動)이란 말과 함께. 테르미도르 반동(로베스피에르 공포정치를 종식시킨 온건파의 반격)……. 황이 4·19로 한창 의기양양해 있을 때 경고하듯 툭툭 내던지곤 했지. 그런데 그게 오늘 밤의 사태와 무슨 관련이 있을까? 그리고 또 브뤼메르 18일(나폴레옹이 쿠데타를 이르킨 날)은?'

한참 뒤에야 그런 걸 떠올려 낸 명훈은 권 상병에게 다시 물어보고 싶었으나 그의 침묵이 워낙 완강해 엄두가 나지 않았다. 권 상병은 박 상병보다 대여섯 달 아래라도 명훈에게는 함부로 말 붙이기 힘들 정도의 고참이었다. 그때 문득 떠오른 게 한 닷새 전 면회를 다녀간 황이었다.

기성 부대로 배속된 지 한 석 달쯤 되어 명훈은 황에게 편지를 냈다. 그럭저럭 졸병 생활도 자리가 잡혀 편지를 낼 여유가 생긴 데다 가까운 서울에는 그 말고 달리 편지를 낼 만한 사람이 별로 없어서이기도 했지만, 그렇다고 그런 것들이 편지를 내게 된 동기의 전부는 아니었다. 애틋하달 것까지는 없어도, 황과는 한 직장에 한솥밥을 먹어 가며 보낸 두어 해의 정이 있었고 배움과 논리의 사람으로서 그가 명훈에게 끼친 영향도 만만치 않았다. 거기다가 때로는 위험스러워 보이던 그의 열정과 이상도 회상 속에서는 은근한 그리움이 되기까지 했다.

하지만 명훈은 편지를 내면서도 황의 답장이나 면회에 큰 기대를 걸지는 않았다. 열등감이랄까 자격지심이랄까, 명훈은 언제나 황이 자신을 대단찮게 여기리란 단정을 품고 있었다. 어쩌다 고단하고 쓸쓸한 인생의 한 굽이를 잠시 함께 걷게 되었을 뿐, 한 친구로 느끼기에는 여러 가지로 거리가 있는 황이었다. 명훈으로서는 아득하게만 느껴지는 그의 정신적인 우위도 그렇지만, 특히 지나칠 정도의 정치적 지향은 적지 않은 경원까지 품게 했다.

그런데 그 황이 지난주 목요일 느닷없이 면회를 왔다. 또 무슨 일이 있는지 마지막으로 봤을 때보다 더 들뜨고 열이 올라 있었다.

"마침 구파발 쪽에서 모임이 있어 부근에 왔다가, 문득 네 편지가 떠올라……."

사단 면회실로 불려 나온 명훈에게 황은 솔직하게 면회 자체가 목적이 아니었음을 밝히며 손을 내밀었다. 그러나 입대 6개월 만에 처음으로 면회를 나간 명훈은 그저 그가 반갑고 고맙기만 했다.

황이 그 무렵 열중해 있는 일은 오래잖아 밝혀졌다.

"거 뭐냐, 통일촉성동맹인가 뭔가는 어떻게 됐어?"

군대 면회실에서 흔히 주고받게 마련인 이런저런 얘기 끝에 바깥 세계, 특히 그 무렵의 대학 분위기가 궁금해진 명훈이 그렇게 물었을 때였다. 황은 진작부터 그런 화제를 기다렸다는 듯 대뜸 신이 나 떠들었다.

"아, 민족통일연맹? 그거야 버얼써 결성됐지. 아마 네가 입대하기도 전일걸. 우리 학교에서 시작하자 다른 대학에서도 줄줄이 뒤를 이었어. 지금은 도(道)·시(市) 지부까지 결성하고 점점 그 조직을 확대 중이고. 오래잖아 범민족적인 조직으로 자리 잡아 실효성 있는 통일 운동의 주체로 활약할 거다. 실은 오늘 모임도 그 때문이었어."

황은 그곳이 군대 면회실이라는 걸 아주 잊어버린 사람 같았다. 명훈은 그곳에 근무하는 고참에게 눈치가 보였으나, 그보다는 바깥 세상에 대한 궁금함이 앞섰다. 문득 며칠 전 행정반에서 주워 읽은 날짜 지난 신문의 제목을 떠올리며 명훈은 다시 물었다.

"그럼 남북 학생 회담 얘기도 거기서 낸 거야?"

"물론이지. 요즈음은 악법(惡法) 개폐 운동이나 2대 협정 반대 운동보다 그쪽에 더 많은 힘을 쏟고 있어."

"2대 협정?"

"한미행정협정과 경제협정 말이야. 장면 정권이 획책한 대미(對美) 불평등 협정인데 우리는 혁신 세력과 손잡고 반대 운동을 일으켰지. 그러나 신식민지적 종속을 저지하는 것도 중요하지만 더 중요한 건 통일 그 자체 아니겠어? 그래서 남북 학생 회담 쪽으로 전환한 거야. 두고 봐, 이제 곧 무언가 손에 잡히는 통일 방안이 나올 거야. 남북의 청년 학도가 이마를 맞대고 마주 앉는 것도 며칠 안 남았어. 이달 29일이야."

그러는 황의 눈길에서는 이전의 그 어느 때보다 더 세찬 빛줄기가 뿜어져 나오는 것 같았다. 하지만 명훈에게는 불길하게만 느껴지는 빛줄기였다.

"그렇지만 어른들이, 특히 분단 체제 아래서만 기득권을 누릴 수 있는 기성세대가 가만히 있겠어? 언제 신문인가에서 보니 무슨 경북연맹인가 하는 단체의 자금 모금을 경찰이 수사한다고 났던데. 그게 바로 남북 학생 회담을 지원할 자금이라지, 아마."

"알아, 그거 민족통일경북연맹 얘기야. 별문제 없어. 물론 분단 고착화를 기도하는 극우 반동 세력이야 기를 쓰고 막아 보려 하겠지. 하지만 이건 대세야. 민족적 결의고 열망이라고. 이 땅이 뉘 땅인데 오도 가도 못 하는가? 가자, 북으로! 오라, 남으로! 만나자, 판문점에서! 이 얼마나 감격적인 외침이야? 기성세대에서 누가, 언제 이런 소릴 해 본 적이 있어? 까짓 한 줌도 안 되는 반동 부스러기들, 용을 쓰고 짖어 대 봤자지. 기세로 밀어붙여도 그쯤이야……. 낼모레 12일에는 남북 학생 회담 환영(지지) 대회를 거창하게 열기로 되어 있어, 10만 정도의 군중 동원은 어렵지 않을 거야. 그걸 보면 좀 정신들 차리겠지."

황이 너무도 자신 있게 떠드는 게 더욱 불안해 명훈은 마음에 없는 반발을 해 보았다.

"한 줌도 안 되는 반동 부스러기라고? 그렇게 간단하게 말할 수만은 없을 텐데. 군대가 있고, 경찰이 있고, 자동화기가 있고, 장갑차가 있는데……. 게다가 군중이란 게 과연 그렇게 믿을 만한 거야? 10만 아니라 백만을 모은다고 그 군중만 가지고 뭐가 될까? 어릴 때 기억 안 나? 남로당 말이야. 그 사람들이 군중 못 모아 그 쪽이 났어? 더군다나 그때는 경찰 3만에 국방 경비대 10만밖에 없었다던데……."

"아하, 아하, 우리 이명훈 씨가 영광스러운 육군하고도 일등병이란 걸 내가 깜박 잊었군. 70만 대군을 전우로 가진……. 하지만 민주 사회에서 군대는 뭐고, 경찰은 뭐야? 모두가 시민의 일부 아냐? 그런데 그들이 꼭 반동의 총칼로만 기능한다는 단정은 어디서 나왔지? 특히 군대는 4·19 때 너도 보지 않았어? 그들을 동원한 건 독재 정권이었지만, 과연 그들이 충성스럽게 그 독재 정권을 지켜 주었어?

그리고 남로당도 그래. 그들의 이념 활동과 우리의 민족운동을 같은 선상에 놓고 보는 건 아무래도 좀 심한 것 같지 않아? 그때 남로당이 얼마만 한 군중을 동원했건, 그들이 휘두른 것은 기껏해야 반 쪼가리 이념일 뿐이었어. 그러나 우리는 아냐. 우리는 이쪽저쪽을 초월한, 총체적 이념으로 이 일을 밀고 있어. 민족의 이름으로 민족의 단호한 결의와 처절한 열망을 실현시켜 가고 있는 거라고. 그런데 말이야…… 참으로 알 수 없는 게 너란 친구야. 너는 당연히 이 통일 운동의 제1차적 수혜자가 될 텐데도 언제나 회의적이고 비판적이거든. 네 불행한 가족사적 체험 탓이겠지만, 그것만으로 충분히 설명 안 되는 구석이 있어. 김가 그 자식이 뿌리고 간 비관주의 내지 허무주의의 독물이 뼛속 깊이 스몄다 쳐도 이해 안 되는……."

그러자 불쑥 독각 선생이 명훈의 머릿속을 스쳐 갔다. 그가 말한 '힘의 산술' 같은 것은 틀림없이 황에게 유력한 반박이 될 수 있었다. 또 미국에 가 있는 김 형과 그가 말한 테르미도르 반동도 떠올려 보았다. 그 정확한 의미나 역사적 배경은 잘 모르지만 그걸 황에게 상기시켜 주는 것도 어떤 의미가 있을 것 같았다. 그러나 명훈은 결국은 몰리고 말 논쟁을 쓸데없이 키우는 게 싫어 그걸 입 밖에 내지는 않았다. 무엇보다도 황은 입대 6개월 만에 처음 찾아온 면회객이었다. 그런데도 황은 한참이나 더 자신이 들뜬 논리로 명훈을 몰아붙인 뒤에야 자리에서 일어났다. 자신이 고된 신병 생활을 하고 있는 명훈에게 면회 온 처지란 걸 알고 있다는 표시는 갖다 먹은 빵과 음료수의 값을 치를 때뿐이었다. 작별 인사조차 명훈을 위한 것이라기보다는 스스로를 격려하는 것에 가까웠다.

"두고 봐. 4·19로 시작된 우리의 혁명은 금년 5월 29일로 한 단계 도약하게 될 거다. 잘 있어. 다음에 면회 올 때는 평양 소식을 가져오지."

명훈이 까닭 모를 쓸쓸함까지 느끼며 황을 떠올리고 있는데 다시 선임하사가 무어라고 대학생들에게 욕설을 퍼부었다.

"우리 출동이 꼭 그런지도 알 수 없지만 어쨌든 지금쯤은 누군가 통일 얘기를 꺼낼 때도 되지 않았습니까?"

듣다 못한 권 상병이 대드는 기색 없이 선임하사의 말을 받았다. 그러자 선임하사는 버럭 소리를 질렀다.

"가재는 게 편이라더니 너도 대학물 좀 먹었다고 그 새끼들을 편드는 거야? 좋다. 통일, 물론 해야지. 그렇지만 한번 물어보자. 어째서 그 새끼들 통일은 언제나 떡 줄 놈은 생각도 않는데 김칫국부터 먼저 마시고 자빠지는 통일이냐? 간 쓸개 다 빼 주고 날 잡아잡수 하는 통일이냐고? 손뼉도 짝이 맞아야 소리가 난다는데 통일이 즈이 혼자서 되는 거야? 아무리 좆 꼴려도 벌려 주는 가랑이가 없으면 용두질밖에 더 되겠어?"

할 말이 없다기보단 국방 경비대 시절부터의 노병(老兵)인 선임하사의 험한 기세에 눌렸는지 권 상병은 더 대꾸가 없었다.

그사이 차는 벌써 수색(水色)을 지나고 있었다. 새벽 세 시를 넘긴 시각이었다. 어느새 출발 때의 긴장이 풀어졌는지 차 안쪽에서 누군가 코 고는 소리가 들렸다.

"코 고는 새끼가 누구야? 깨워!"

선임하사가 카빈 개머리로 적재함 바닥을 치며 턱없이 높은 목소리로 악을 썼다. 권 상병이 말대꾸를 안 한 것은 역시 잘한 일 같았다.

하지만 그날 밤 선임하사가 사병들의 잠을 깨우기 위해서는 더 악을 쓸 필요가 없었다. 차가 조용한 가운데도 왠지 수런거리는 듯한 도심으로 접어든 지 얼마 안 돼서였다. 뚝두둑, 뚝뚝, 뚝뚝뚝뚝뚝……. 갑자기 고요한 밤하늘을 찢는 듯 용산 쪽(실은 한강 쪽)에서 요란한 총소리가 났다. 그 소리를 들은 사병들이 어둠 속에서도 알아볼 만큼 움찔움찔하며 자세를 바로 했다.

"이게 무슨 소리야?"

선임하사가 그런 외침과 함께 일어나더니 운전석 뒤쪽 창 곁으로 가 선임 탑승자인 2소대장과 높지 않은 목소리로 무어라고 주고받았다. 총소리에 관한 물음인 것 같았으나 소대장도 달리는 차 안에 앉아 있기는 마찬가지여서인지 신통한 대답을 주지는 못하는 듯했다.

"모두 안전장치 잠그고 탄창을 끼워. 제 위치에서 앉은 채 사주경계!"

제자리로 돌아온 선임하사는 그렇게 명령을 전할 뿐 상황 설명은 없었다. 그 총소리가 무슨 자극을 준 것일까. 명훈이 비로소 그날 밤의 사태와 연관 지어 중령인 이모부를 떠올린 것은 그 무렵이었다. 지난번 외박 때, 영희의 소식을 알아보려고 이모님 댁을 찾자 이모는 작년 여름과 똑같은 불만과 걱정을 되풀이했다. "아이고, 저 속없는 양반, 저렇게 얼려 다니다 뭔 일 내지……." 주색잡기에 밝고 친구 좋아하는 이모부라 그때는 그런 쪽으로만 생각하고 흘려들었는데, 이제 보니 그게 아닌 듯했다. 뿐만 아니라 그날 저녁 늦게 얼큰해서 돌아온 이모부가 명훈에게 전에 없이 이것저것 캐묻던 것도 지나 놓고 보니 이상했다.

"비록 지금은 군대에 있지만 대학 친구들하고 왕래는 계속되겠지. 요즘 대학 분위기는 어때. 듣자 하니 4·19 1주년을 전후해서 대규모 데모가 있을 거라면서……?"

명훈네 부대가 시청 앞에 이른 것은 새벽 네 시가 가까운 때였다. 시청 앞 광장으로 들어가기도 전에 차량이 멈추자 혼자 내려갔다 온 선임하사가 혼잣말로 중얼거렸다.

"어떻게 된 거야? 어째서 해병대가 먼저 와 있지?"

"그럼 우리가 늦은 거 아닙니까? 반란군이 먼저 서울을 점령해……?"

누군가 그렇게 걱정스레 묻자 갑자기 차 안은 새로운 긴장에 휩싸였다. 반란군이 먼저 시가를 점령하고 있다면 곧 시가전이 벌어질 수도 있기 때문이었다. 선임하사가 앞서와는 달리 지어낸 듯한 태평스러운 목소리로 차 안의 긴장을 풀었다.

"반란군 같으면 우리가 여기까지 접근하도록 가만뒀겠어? 해병

대가 먼저 온 게 이상하지만 우린 경비 부대야. 사단장님 지프가 방금 시청 앞 광장으로 들어갔으니까 틀림없어."

그래도 사병들은 마음이 놓이지 않는 듯했다. 얼마 전에 들은 불길한 총소리 때문에 더욱 그랬는지도 모를 일이었다. 명훈도 금세 발사 명령이 떨어질 것 같아 자신도 모르게 엠원 방아쇠에 손이 갔다.

까닭 없이 불길하게 느껴지는 침묵 속에 시간이 흘러갔다. 시계로는 정확히 몇 분인지 모르나 명훈에게는 꽤 긴 시간인 듯싶었다. 갑자기 사단장의 지프가 돌아오는 엔진 소리가 나더니 연락병이 각 차량의 선임 탑승자를 호출해 갔다.

잠시 후 군홧발 소리와 함께 불려 갔던 소대장이 돌아와 운전대에 오르는 소리가 들리고 이어 트럭이 다시 움직이기 시작했다. 선임하사가 운전석 뒤쪽에 난 창으로 고개를 디밀 듯해 다시 한동안 무어라고 떠들었다. 행선지를 묻는 것 같았다.

"어디로 간답니까?"

함 병장이 제자리로 돌아온 선임하사에게 물었다. 선임하사가 갑자기 어색하게 더듬거리며 대답했다.

"우리는 중앙청이라는군. 중앙청을 경비하러 가는 중이야."

하지만 그 얼마 되지 않는 시간 동안 자기들의 출동 목적이 또 한 번 달라졌다는 걸 아는 사병은 아무도 없었다. 모르는 사이에 자신들이 혁명군의 일부가 되어 버렸다는 것을. 차량 행렬은 텅 빈 세종로를 달려 이내 어두운 중앙청 앞에 이르렀다.

"전원 하차!"

이상하게 떨리는 것 같은 명령 소리에 사병들은 차례로 차에서 내렸다. 내려서 보니 가로등과 몇 군데 외등으로 제법 훤한 중앙청 뜰에는 이미 다른 부대가 와 있었다.

부대가 소대별로 정렬하는 사이 지프에서 내린 사단장은 부관과 참모 한 사람을 데리고 먼저 도착한 부대의 지휘관을 만나 보러 갔다. 정렬하던 명훈이 무심코 보니 왠지 사단장의 뒷모습이 지치고 맥 빠져 보였다.

다시 얼마나 지났을까, 명훈의 부대는 경복궁 쪽과 그 외곽 경비로 들어갔다. 적당한 간격으로 벌려 세운 입초(立哨) 형태의 경계였다.

모르는 새에 자신이 혁명군의 일원이 된 걸 명훈이 안 것은 그로부터 한 시간쯤 지난 뒤였다. 희붐하게 밝아 오는 거리로 또 한 부대의 육군이 증강돼 오자 명훈의 부대는 그들에게 자리를 내어주고 한쪽으로 밀집되었다. 그런데 그게 왠지 밀려나는 기분이어서 명훈은 새로 온 부대의 한 사병에게 그들의 소속과 출동 목적을 넌지시 물어보았다. 김포에선가 강화에선가 온 부대였는데, 그 사병은 소속과 함께 자기들이 혁명군임을 자랑스레 밝혔다.

충돌할 때 틀림없이 반란 부대로부터 관공서를 경비하러 간다는 말을 듣고 온 명훈은 그 사병의 말에 잠시 어리둥절해졌다. 그런데도 그들을 저지하지 않고 오히려 자리를 내주라는 자기 부대 지휘관의 명령을 아무래도 이해할 수가 없어서였다.

"뭐래? 어디서 온 부대래?"

경계 구역이 좁혀지는 바람에 바로 곁에 서게 된 권 상병이 물었다. 명훈은 자신도 모르게 고개를 갸웃거리며 대답했다.

"강환가 김폰가에서 왔답니다. 그런데…… 자기들이 혁명군이라는데요."

"뭐?"

권 상병도 처음에는 놀라는 눈치였다. 그러나 이내 짐작이 간다는 듯 가벼운 한숨과 함께 말했다.

"이럴 줄 알았지. 아무리 예비사단이라지만 서울에서 가장 가까운 사단이 겨우 4개 소대 병력 긁어모아 허둥지둥 달려올 때 알아봤어. 아마 우리가 시청에서 만난 것도 혁명군일 거야. 아니, 지금 서울 시내에는 모두가 혁명군뿐일 테지. 우리까지도."

"하지만 우린……"

"아직도 몰라? 시청 앞에서 우리는 이미 혁명군이 된 거야."

그제야 뚜렷하지 않은 대로 명훈도 일의 경과가 짐작이 갔지만 군인과 혁명이란 말이 아무래도 잘 연결되지 않았다. 마침 상대가 다른 사람 아닌 권 상병인 걸 다행으로 여기며 가만히 물어보았다.

"그렇지만, 군인이 무슨 혁명을……?"

"그럴 수도 있지. 특히 우리에겐."

"그럼 이게 테르미도르……?"

"아니, 이제 보니 브뤼메르 18일 같은데. 어쩌면 테르미도르의 반동은 장면 정권이 초특급으로 때우고 말이야. 하기야 우리의 나폴레옹이 누군지 모르지만, 그리고 이게 한 종장인지 긴 막간인지 모르지만……."

권 상병은 그렇게 말해 놓고 다시 어이없다는 목소리로 혼잣말처럼 중얼거렸다.

"충분히 가능하고 또 예측할 수도 있는 일이었는데…… 왜 아무도 이걸 생각하지 못했을까……."

그때 누군가가 일부러 크게 틀어 놓은 듯한 가까운 차량의 라디오에서 전에는 한 번도 들어 보지 못한 무슨 선언문 같은 게 흘러나왔다.

첫째, 반공을 국시(國是)의 제일의(第一義)로 삼고 지금까지 형식적으로 구호에만 그친 반공 태세를 재정비·강화한다.

둘째, 유엔 헌장을 준수하고 국제 협약을 충실히 이행하며 미국을 위시한 자유 우방과의 유대를 더욱 공고히 한다.

셋째, 이 나라 사회의 모든 부패와 구악을 일소하고 퇴폐한 국민 도의와 민족 정기를 바로잡기 위하여 청신한 기풍을 진작시킨다…….

(1부 4권 끝)

변경 4

신판 1쇄 인쇄 2021년 9월 17일
신판 1쇄 발행 2021년 9월 25일

지은이 이문열

발행인 양원석
편집장 최두은 **디자인** 김유진 **영업마케팅** 양정길, 강효경, 정다은, 김보미, 구채원

펴낸 곳 ㈜알에이치코리아
주소 서울시 금천구 가산디지털2로 53, 20층(가산동, 한라시그마밸리)
편집문의 02-6443-8844 **도서문의** 02-6443-8800
홈페이지 http://rhk.co.kr
등록 2004년 1월 15일 제2-3726호

ISBN 978-89-255-7969-6 04810
978-89-255-7978-8 (세트)

※ 이 책은 ㈜알에이치코리아가 저작권자와의 계약에 따라 발행한 것이므로
본사의 서면 허락 없이는 어떠한 형태나 수단으로도 이 책의 내용을 이용하지 못합니다.

※ 잘못된 책은 구입하신 서점에서 바꾸어 드립니다.

※ 책값은 뒤표지에 있습니다.